Sylvia B. Barron

November NÄCHTE

BRUNNEN
Verlag GmbH · Giessen

© 2023 Brunnen Verlag GmbH, Gießen
Lektorat: Carolin Kotthaus/Brunnen Verlag GmbH
Umschlagfoto: © Elina Garipova/Trevillion Images,
© Sina Ettmer/Adobe Stock und © Viktor/Adobe Stock
Umschlaggestaltung: Daniela Sprenger/Brunnen Verlag GmbH
Satz: Brunnen Verlag GmbH
Druck: GGP Media GmbH, Pößneck
Gedruckt in Deutschland
ISBN Buch 978-3-7655-3622-9
ISBN E-Book 978-3-7655-7838-0

www.brunnen-verlag.de

Vorwort

Der Hintergrund dieses Romans ist die deutsche Revolution 1918/1919. Eine verworrene Zeit, in der sowohl politisch linke als auch rechte Kräfte eine Demokratie abwenden wollten. Noch bevor die junge Demokratie richtig entstehen konnte, musste sie sich schon in verschiedenen Feuerproben bewähren und ungute Bündnisse eingehen.

Doch in dem Strudel der verschiedenen Parteien und Weltanschauungen war es gar nicht immer so einfach, die richtigen Bündnispartner zu wählen. Auch meine Protagonisten werden auf der Suche nach Gerechtigkeit nicht immer gleich den richtigen Weg finden …

Damit ihr beim Lesen den Überblick behaltet, sind alle historisch realen Personen beim ersten Auftauchen mit einem kleinen Symbol am Rand versehen, zu denen ihr im Anhang des Romans eine kleine Biografie findet. Außerdem habe ich euch ein kleines politisches Schaubild erstellt, auf dem ihr in sehr vereinfachter Form die verschiedenen Gruppierungen nachschlagen könnt, falls ihr einmal den Faden verlieren solltet.

Viel Spaß beim Lesen!
Eure Sylvia B. Barron

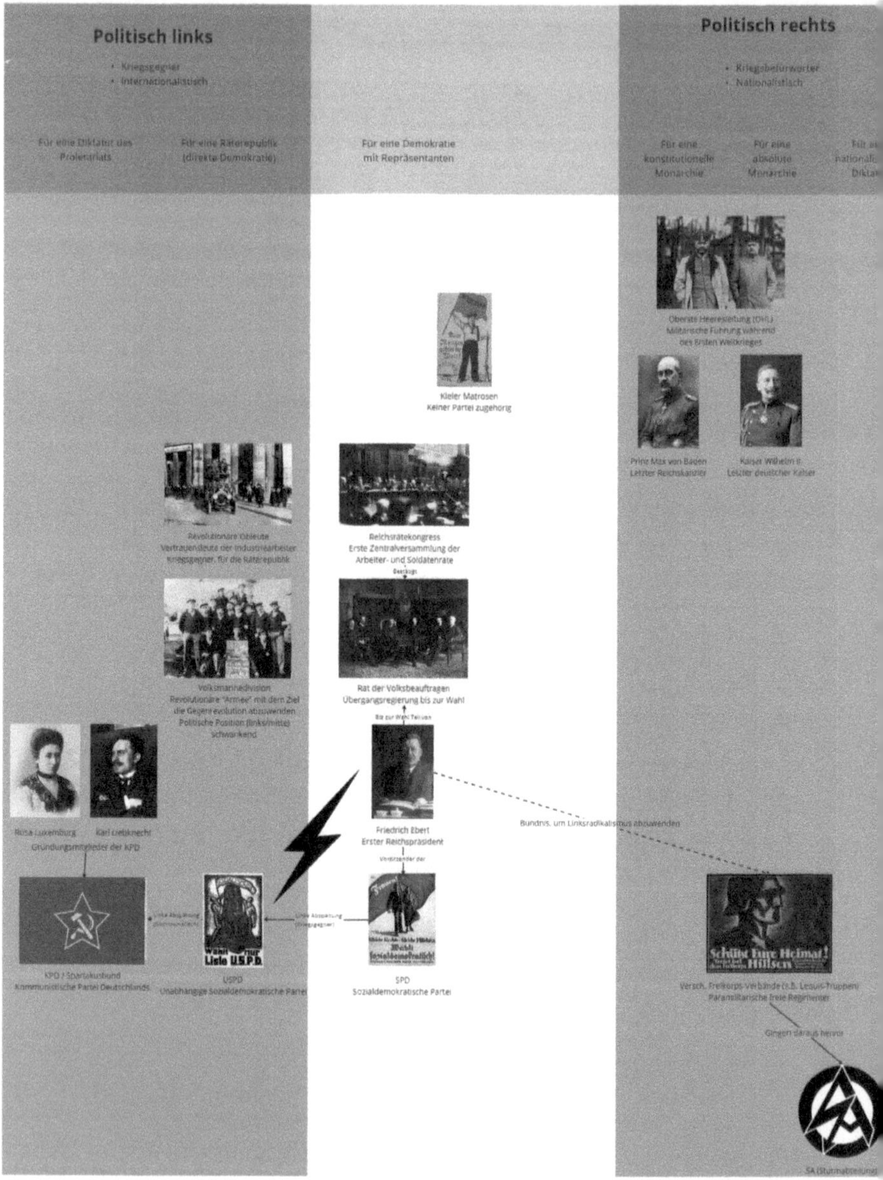

Politisch links
- Kriegsgegner
- Internationalistisch

Politisch rechts
- Kriegsbefürworter
- Nationalistisch

Für eine Diktatur des Proletariats

Für eine Räterepublik (direkte Demokratie)

Für eine Demokratie mit Repräsentanten

Für eine konstitutionelle Monarchie

Für eine absolute Monarchie

Für eine nationalist. Diktatur

Oberste Heeresleitung (OHL)
Militärische Führung während des Ersten Weltkrieges

Kieler Matrosen
Keiner Partei zugehörig

Revolutionäre Obleute
Vertrauensleute der Industriearbeiter
Kriegsgegner, für die Räterepublik

Reichsrätekongress
Erste Zentralversammlung der
Arbeiter- und Soldatenräte

Prinz Max von Baden
Letzter Reichskanzler

Kaiser Wilhelm II.
Letzter deutscher Kaiser

Volksmarinedivision
Revolutionäre "Armee" mit dem Ziel
die Gegenrevolution abzuwenden.
Politische Position (links/mitte)
schwankend

Rat der Volksbeauftragen
Übergangsregierung bis zur Wahl

Rosa Luxemburg   Karl Liebknecht
Gründungsmitglieder der KPD

Friedrich Ebert
Erster Reichspräsident

Bündnis, um Linksradikalismus abzuwenden

KPD / Spartakusbund
Kommunistische Partei Deutschlands

USPD
Unabhängige Sozialdemokratische Partei

SPD
Sozialdemokratische Partei

Versch. Freikorps-Verbände (z.B. Lützow-Truppen)
Paramilitärische, freie Regimenter

Ging aus diesem hervor

SA (Sturmabteilung)

Wenn du mit deinem Smartphone diesen QR-Code scannst, gelangst du zur Onlineversion des Schaubildes und kannst es dir im Detail anschauen. Oder du rufst über deinen Internetbrowser folgende Website auf: https://miro.com/app/board/uXjVP3QCvLk=/

Er lässt es den Aufrichtigen gelingen und beschirmt die Frommen und behütet die, die recht tun, und bewahrt den Weg seiner Heiligen. Dann wirst du verstehen Gerechtigkeit und Recht und Frömmigkeit und allen guten Weg. Denn Weisheit wird in dein Herz eingehen, dass du gerne lernst. Guter Rat wird dich bewahren und Verstand wird dich behüten.

Sprüche 2, 7-11

Kapitel 1

Er schob die zähe Masse durch seinen Mund. Der beißende Geschmack von zerhackten Kohlebriketts fraß sich unbarmherzig in Nathanaels Nervenenden.

Wie konnte man Grünkohl so zu Tode kochen? Der Physikstudent in ihm überschlug sofort Umfang und Höhe der monströsen Kochtöpfe in der Kombüse und er kam zu dem Schluss, dass eine mindestens zwei Zentimeter dicke verbrannte Kruste am Boden des Kessels kleben musste. In der grünen Mahlzeit schwammen die Rußpartikel wie Blattläuse auf einem Gummibaum.

Es war nicht das erste Mal, dass man ihnen als Matrosen versalzenes, verkohltes oder gar verschimmeltes Essen vorsetzte, aber heute war es besonders ekelerregend. Wie gerne säße Nathanael jetzt in seiner engen Berliner Studentenbude auf dem Teppich. In der einen Hand eine Butterstulle mit Käse von der schwäbischen Alb aus einem Fresspaket seiner Mutter, in der anderen ein gutes Buch. Die Zeiten waren lange vorbei. In seinem alten Zimmer war längst ein Fremder eingezogen und die Päckchen mit Essbarem gingen, wenn überhaupt, in die andere Richtung; immerhin bekamen die Soldaten ein bisschen mehr zugeteilt als die Zivilbevölkerung. Er fuhr sich durch seine rotblonden, ordentlich zur Seite gekämmten Haare. Er wünschte sich an einen anderen Ort. Irgendwo. Hauptsache nicht hier.

Der Eintopf schwankte auf seinem Teller und Nathanael wurde gegen die Schulter von Rupert gedrückt.

„Pfui Deife! Woin de uns vagiftn??", schimpfte der Bayer Rupert und spie seinen Bissen zurück in die Schüssel.

„Wäre nicht das erste Mal", knurrte es von Nathanaels anderer Seite. Wiltzi ließ die Mahlzeit von seinem Löffel tropfen und untersuchte eingehend die schwarzen Flocken. Seine bulligen Nasenflügel bebten und die breiten Schultern schüttelten sich. Nathanael musste zu ihm aufsehen – mit seinen dreiundzwanzig Jahren war Wiltzi zwar drei Jahre jünger als er, dafür aber ungefähr zwanzig Zentimeter größer.

„Ob sie den Grünkohl jetzt auch schon mit Sägespänen strecken wie das Brot?", brummte Wiltzi.

„Wohl mit verbrannten Sägespänen", murmelte Nathanael.

„Wia viel Gang gabs heid noch mal für de Herrn Offiziere?"

„Drei. Kartoffelsuppe mit Speck, frisch gefangener Kabeljau auf Buttergemüse und zum Nachtisch Apfelstrudel mit Vanillesauce", wiederholte Nathanael Klingenstein das Menü, das er gestern beim Putzen in der Offiziersmesse gelesen hatte. Dreißig Gedecke aus verschnörkeltem Silberbesteck und rosenförmigen Tellern mit Goldrand, fein akkurat nebeneinander drapiert. Als wäre es eine Hochzeitsgesellschaft und kein Mittagessen auf einem Großkampfschiff mitten im Krieg.

Er rückte seine Brille zurecht, aber die kastaniengroße Kartoffel und die fünf Fasern altes Schweinefleisch neben dem Grünkohl blieben unverändert klein und die wässrige Brühe im Schälchen daneben durchsichtig. Eine Zeit lang hatte der Physikstudent seinen Kameraden zu jeder Mahlzeit vorgerechnet, wie viele Kalorien sie heute auf den Tellern hatten. Doch nach drei Wochen waren alle müde geworden, immer dasselbe Ergebnis zu hören: zu wenig.

Das Gemurmel unter den vierzig Matrosen in dem stickigen, engen Raum wurde lauter. Löffel knallten auf den Tisch, man hörte verächtliches Schnauben und Würgegeräusche.

Nathanael sah an seiner Sitzreihe entlang. Die weißen Arbeitsanzüge schaukelten auf den Bänken hin und her wie ein brausendes Meer, das zu einer vernichtenden Welle Anlauf holte.

Einzelne Männer standen auf, stopften sich noch die Kartoffeln und das Fleisch in den Mund und verkündeten kauend, den Verpflegungsausschuss aufzusuchen und sich zu beschweren. „Oder besser gleich zum ersten Offizier!"

Aufgebracht schimpfend quetschten sich etwa fünfzehn Matrosen durch die Rücken ihrer Kameraden zum Ausgang der Kasematte III.

Der gepanzerte Raum, der vierzig Seemännern der dritten Musterungsdivision als Schlaf- und Essraum diente, wurde stiller. Aber Nathanael ahnte, dass sich das Wasser der Wut nur für die nächste Welle zurückzog und sammelte.

Das Maß war voll. Vier Jahre lang schlemmten die Offiziere schon im ruhigeren hinteren Teil des Schiffes von goldenen Service, während ihre dünnen Suppen vom Fahrwasser durchgeschüttelt über die Tellerränder schwappten. Nur um sich dann demütigende Worte anhören zu müssen, dass sie es nicht hinbekamen, ihre Uniformen sauber zu halten.

Heute Morgen hatte es „Künstlerfrühstück" gegeben: Kaffee und Zigarette, wobei ihnen die Glimmstängel nun ebenfalls ausgegangen waren. Brot gab es schon seit einer Woche nicht mehr, noch nicht einmal mit Sägemehl gestrecktes. Das war nichts Neues, brotlose Zeiten hatten sie in den letzten Jahren viele erlebt. Doch dass es heute Morgen keine Zigaretten gegeben hatte, die den Hunger linderten, hatte seine Kameraden zur Weißglut gebracht. Aus dem Künstlerfrühstück war ein Kaffeefrühstück geworden, wobei es nicht Kaffee, sondern aus Hafer gebrauten Muckefuck gab.

Nathanael war insgeheim ein wenig froh gewesen, dass heute das ständige Gequalme an Deck nachgelassen hatte, aber das rauchige Aroma des Grünkohls machte dem Zigarettengestank starke Konkurrenz.

„Es reicht!" Kreuze, ein bartloser Junge, erhob sich und stellte sich auf seine Bank. Die Welle kam ins Rollen. „Wie lange wollen wir uns noch von unseren Offizieren drangsalieren lassen? Die Friedensverhandlungen laufen schon, aber trotzdem werden wir behandelt wie Sklaven!"

Das Wort traf es gut. Nathanael nickte zustimmend, ebenso wie viele andere im Raum. Gefangen an Bord eines Monstrums, zur Arbeit verpflichtet, gehalten bei Muckefuck und verbranntem Grünkohl, während ihre Herren sich im Überfluss suhlten. Auf Abhauen oder Meuterei standen mehrere Jahre Zuchthaus.

Vor dem Krieg hätte er einen anderen Begriff gewählt: Diener des Vaterlandes, Kämpfer für die Heimat.

Auch wenn er sich damals schon nur widerwillig freiwillig gemeldet hatte. Sein Bruder war im Januar 1915 eingezogen worden. Nach seinem ersten Brief von der Front bei Verdun, der mit Schlammspritzern gesprenkelt gewesen war, hatte Nathanael sich der Marine verpflichtet. Auf dem Meer zu schippern hatte ansprechender geklungen, als sich in modrigen Gräben zu verschanzen. Vielleicht war es auch besser, aber mehr so, als hätte man lieber eine lebensgefährliche Grippe als die Beulenpest.

Kreuzes Ausbruch hatte sich wieder gelegt und er setzte sich. Er erntete ein paar Schulterklopfer von den Kameraden neben ihm.

Nathanael nahm einen weiteren Löffel Grünkohl. In einem seiner Bücher hatte er gelesen, dass die Nase den Geschmack beeinflusste, deswegen hielt er die Luft an, während er das Besteck zum Mund führte. Aber das Experiment scheiterte, es war auch ohne den Geruchssinn unerträglich.

Wiltzi neben ihm schaufelte stur den Teller in sich hinein.

„Wia hoidsn du des aus?", fragte Rupert ihn staunend.

Wilhelm Stark hob seine vom Rauchen vergilbten Finger in die Luft und umschlang mit ihnen eine unsichtbare Zigarette. „Alles Training." Er beugte sich mit seinem breiten Rücken über den Tisch und schnappte sich die Portion von einem Nachbarn, der sich dem Beschwerdetrupp angeschlossen hatte.

Wenn Wiltzi das Zeug herunterbekam, sollte er es auch versuchen. Nathanael schloss die Augen, hielt die Luft an und dachte an den schönen Räucherspeck, den er sich manchmal vor der Vorlesung auf einem der Berliner Wochenmärkte gegönnt hatte. Langsam ließ er den grünen Matsch vom Löffel in den Mund gleiten. Er schluckte heftig. Ging doch. „Wenn man von der möglichen Vergiftungsgefahr einmal absieht, sollte der Kohl durchaus nahrhaft sein. Oder werden beim Verbrennungsvorgang die Kalorien durch die chemische Reaktion in Wärmeenergie umgewandelt? Doch, das müsste eigentlich ...“

„Hör mit deinen Kalorien auf!" Wiltzi lachte, wie immer grölend und zu laut.

Nathanael biss sich auf die Lippen. Inzwischen hatte er gelernt, dass Wiltzi und Rupert nichts von seinen physikalischen Überlegungen hielten.

Im Stillen kam er zu dem Entschluss, dass der Verbrennungsvorgang durchaus Kalorien verbrauchte, aber im Vergleich zur Menge im zu vernachlässigen Bereich.

Mühsam kämpfte er sich durch seinen Teller, dann stapelten sie die Gedecke auf Tabletts. Sie setzten sich ein paar Bänke weiter zu Kreuze, der sich mit Wiltzi seine letzte Zigarette teilte. Kreuzes bester Freund Socke, den jeder so nannte, weil er einmal im Winter seine halb erfrorenen Segelohren mit Socken gewärmt hatte, pulte Tabakreste aus diversen Stummeln, um sich daraus neue Zigaretten drehen zu können. Die Jungen waren kaum zwanzig Jahre alt, aber die resignierten Gesichtszüge ließen sie älter aussehen.

Rupert Vogl, der mit seinen vierunddreißig Jahren der Senior in der Runde war, rauchte ebenfalls nicht. „Hob in meim Leben gnuag Rauch gschnaufd", antwortete er, wenn man ihn danach fragte. Mehr sagte er nicht, aber die zerfurchte weiße Haut auf seiner linken Wange erzählte so einiges.

Wiltzi hielt Nathanael wie immer die Zigarette hin. „Zieh, Nattel."

Wie immer schüttelte er den Kopf. Er konnte sich nicht so recht erklären, wie er, der schmächtige, langweilige Brillenträger, sich mit dem breitschultrigen Hünen angefreundet hatte. Am Anfang hatte Nathanael geglaubt, Wiltzi nehme ihn aus Mitleid mit dem Außenseiter unter die Fittiche. Aber irgendwann hatte er gemerkt, dass Wilhelm Stark es aus irgendeinem Grund schätzte, ihn um sich zu haben. Als er ihn einmal unter dem Sternenhimmel auf offenem Meer neben dem Achtergeschütz danach gefragt hatte, hatte Wiltzi sein zu lautes Lachen gegrölt, ihm auf die Schulter geschlagen und gesagt: „Bist doch ein nettes Kerlchen, Nattel." *Nathanael* war ihm zu lang und zu förmlich.

Die Zigarette war noch nicht fertig geraucht, als „Pfeifen und Lunten aus" ertönte, der Befehl, die Backen, wie sie die Tische an Bord nannten, zusammenzuklappen und unter die Decke zu hängen.

Nathanael erhob sich und wollte die Bank anheben, aber die anderen machten keine Anstalten aufzustehen.

„Ich hab keine Lust mehr", schnaufte Socke und zog am Glimmstängel.

„Lassen wir es einfach bleiben", stimmte Kreuze mit ein.

„Was bleiben?" Nathanael blieb unschlüssig mit den Knien zwischen zwei Bänken eingeklemmt stehen.

„Wir räumen die Backen nich' weg. Warum sollen wir die Arbeit für die anderen machen? Warum sollen wir überhaupt arbeiten? Für was?"

„Damit … wir den Krieg … ähm …" – *gewinnen* wollte er sagen, aber das war Unsinn. Jeder wusste, dass der Waffenstillstand in Verhandlung war und man diplomatische Briefe mit Präsident Wilson der Vereinigten Staaten austauschte.

„Überleben? Wenn wir überleben wollen, tun wir am besten nichts." Socke verschränkte die Arme vor der Brust.

„Und … wenn jemand kommt?" Nathanael sah zur Tür hin. Wenn sie sich zur Musterung verspäteten, würde man sofort nach ihnen suchen. Obwohl ihr Schiff, die SMS König, durchaus groß war, die halbe Besetzung einer Kasematte war schnell gefunden.

„Tür zu und Licht aus", rief Kreuze und die Männer am Ausgang hielten inne. Dann lachten sie, schlossen die Tür und schoben den breiten Riegel vor.

Jemand legte einen Schalter um und die elektrische Beleuchtung erstarb mit einem Sirren. Die Glühbirnen glommen noch ein paar Momente nach, dann war es stockdunkel. Durch die grau gestrichenen und fest vernieteten Stahlwände im Bauch des Schiffes stahl sich kein einziger Lichtstrahl.

Nervöses Lachen und verhaltenes Johlen breitete sich unter den Männern aus.

„Freiheit!", rief Socke.

Wiltzi lachte aus seinem breiten Mund und Kreuze ergänzte: „Heute mal Revolution!"

„Die werden uns doch hier finden." Nathanael flüsterte die Worte nur.

„Und wenn schon! Der Krieg ist bald vorbei und dann ist sowieso alles egal. Nach dem Krieg wird bestimmt keiner mehr wegen irgendwelcher Soldaten-Lappalien in Festungshaft sitzen." Socke brüllte die Antwort förmlich durch den Raum.

Nathanael war sich da nicht so sicher. Er wollte nach Hause, zurück zu seinen Büchern in Berlin. Da konnte er keinen kindischen Aufstand in seinem Lebenslauf gebrauchen, der sowieso zum Scheitern verurteilt war.

„Still jetzt!", zischte es von irgendwo her. „Vielleicht dauert es dann länger, bis sie uns finden."

Der Lärm wäre Nathanael lieber gewesen. Das gleichmäßige Pochen der Schiffsmaschine der SMS König dröhnte in seinen Ohren wie ein warnendes Klopfen. Auch wenn sie auf der Voslapp-Reede lagen und Wilhelmshaven nur einen Katzensprung entfernt lag, hörte man tief im Inneren des Schiffes in der Kasematte III nichts von dem lebhaften Treiben der Hafenstadt. Nur der Herzschlag der Bestie, in deren Bauch sie sich befanden, hatte hier drin eine Relevanz. Was kümmerte sie Krieg oder Frieden draußen, solange sie hier gefangen waren? Hier hatten die Offiziere die Macht – sie waren die Köpfe des Monsters, Kläger und Richter in einem.

Das Schlagen von Stiefeln auf Stahl hallte den schmalen Gang vor der Kasematte entlang. Es rüttelte an der Tür.

„Aufmachen!", tönte es. Es war Obermaat Steede, den Wiltzi liebevoll „Obertrottel Steede" getauft hatte. Jeden Morgen kam der Unteroffizier um sechs Minuten vor fünf in die Kasematte III, um die verschlafenen Matrosen notfalls aus den Hängematten zu schütteln, obwohl Wecken in allen anderen Musterungsdivisionen erst um Punkt fünf Uhr war. Eine Beschwerde über ihn beim ersten Offizier hatte erwirkt, dass Steede für diese Morgenroutine eine Belobigung bekommen hatte.

13

„Aufmachen! Dies ist ein Befehl!"

Nathanael hielt die Luft an. Sie machten sich gerade der Befehlsverweigerung schuldig. Er sollte hingehen und die Tür öffnen. Doch seine Knie unter ihm fühlten sich an wie Dr. Oetkers Pudding, den er das letzte Mal an Weihnachten vor drei Jahren gegessen hatte.

„AUFMACHEN!" Steede klang eine Spur verzweifelter.

„Ja, warum machen Sie denn nicht auf?", brüllte Kreuze zurück und ein allgemeines Gelächter brach aus, übertönt natürlich von Wiltzis dröhnendem Bariton.

Auch auf Nathanaels Lippen stahl sich ein Grinsen, dass sie es Obertrottel Steede gezeigt hatten. Kasematte III zu spät zur Musterung! Was für ein Skandal im Lebenslauf des überpünktlichen Obermaats.

Ein Stiefel krachte gegen die Tür, gefolgt von einem schimpfenden Wimmern. Dann entfernten die Schritte sich.

Angespannte Stille legte sich über die stockdustere Kasematte.

„Und jedsad?", fragte Rupert in den Raum hinein.

Ja, was nun? Wie weit wollten Socke und Kreuze den Spaß treiben? Wie weit konnte man es überhaupt treiben? Was würde mit ihnen geschehen, wenn sie die Befehlsverweigerung fortsetzten?

Schaudernd dachte Nathanael an letztes Jahr zurück. Einigen Matrosen der SMS Prinzregent Luitpold war eine Kinovorstellung abgesagt und durch Dienst ersetzt worden. Aus reiner Offizierswillkür natürlich, Sinnvolles gab es auf den im Hafen vor sich hin modernden Großkampfschiffen selten zu erledigen.

Daraufhin waren rund fünfzig Matrosen nicht zum Dienst erschienen und stattdessen am Ufer spazieren gegangen. Bei ihrer pünktlichen Rückkehr wurden elf von ihnen verhaftet.

Am nächsten Tag ging nahezu die gesamte Besatzung aus Protest von Bord, marschierte neunzig Minuten im Hafen und fand sich wieder auf dem Schiff ein. Die ganze Zeit über waren Matrosen an Deck geblieben, die die Gefechtsbereitschaft sicherstellten.

So oder so ähnlich hatte man es sich im Wirtshaus „Banter Schlüssel" in Kiel erzählt. Und noch mehr Geschichten hatten die bierseligen Seeleute in den Schaum ihrer Krüge geflüstert. Als man sich geweigert hatte, Essen anzunehmen, in dem es von Würmern nur so gewimmelt hatte. Oder wie der Matrose **Max Reichpietsch** sich im Heimaturlaub mit sozialistischen Politikern getroffen hatte, um sich über die ungerechte Verpflegungsverteilung in der Marine zu beschweren. Dazu noch ein paar kleinere Unruhen auf anderen Schiffen, aber mehr war nicht passiert.

Umso größer war Nathanaels Entsetzen gewesen, als die Tavernengerüchte zur Gewissheit geworden waren, dass man **Albin Köbis** und Max Reichpietsch erschossen und einige andere Matrosen zu mehreren Jahren Haft verurteilt hatte.

Für Spaziergänge und verwurmtes Essen. Das war keine Gerechtigkeit!

Nathanael schloss die Augen. Blühte ihnen das gleiche Schicksal? Erschießung und Zuchthaus? Dabei wollte er doch einfach nur nach Hause, herunter von diesem elenden Schiff. Keinen sinnlosen Routinen mehr folgen, sondern seinen Kopf wieder für sinnvolle Gedanken benutzen. Die Relativitätstheorie zum Beispiel oder die Entdeckung, dass Licht Energie in Quanten abgab. Diesen Geheimnissen der Naturwissenschaft auf die Spur zu kommen, das war seine Leidenschaft. Nicht dieses stumpfsinnige Matrosenleben und schon gar keine dunkle Arrestzelle, in der man keinen klaren Gedanken fassen konnte.

Sie sollten schleunigst diese Tür öffnen! Jemand musste etwas sagen! Er wollte Wiltzi anstoßen, aber sein Arm war wie erstarrt.

Wieder hallten Schritte den Flur entlang. Diesmal waren es mehrere Paar Stiefel.

„Alle Mannschaften antreten in Musterungsdivisionen!", bellte die Stimme des ersten Offiziers.

Niemand rührte sich. Der Geruch von verschwitzten Männerfüßen stieg Nathanael in die Nase. Plötzlich fühlte er sich, als würde er keine Luft mehr bekommen.

„Sofort!"

Jemand legte den Lichtschalter um und brachte verschreckte Gesichter zum Vorschein. Der Bann war gebrochen, die Männer an der Tür stemmten eilig den Eisenriegel auf. Kreuze räusperte sich, erhob sich von seiner Sitzbank, schob Socke beiseite und klappte sie wortlos zusammen.

Innerhalb von zwei Minuten waren alle Backen an die Decke gehängt. Mit hängenden Köpfen trotteten die fünfundzwanzig Matrosen die Stufen hinauf.

Salziger Wind schlug Nathanael ins Gesicht. Er schnappte danach wie ein Fisch, den man auf ein Bootsdeck gezogen hatte.

Wiltzi klopfte ihm kräftig auf den Rücken. „Wird schon alles", murmelte er, aber seine Augen zuckten von links nach rechts über das Deck.

Als Nathanael nach Zapfenstreich auf seiner Hängematte ausgestreckt auf das Pochen der Schiffsmaschine lauschte und auf den Schlaf wartete, hallten die Worte des Kapitäns bei der Abendmusterung in ihm wider. Der Kriegsgerichtsrat würde eingeschifft werden und die Vorkommnisse untersuchen.

Er schloss die Augen, öffnete sie wieder, starrte auf das regelmäßige Nietenmuster am Stahlträger eine halbe Armlänge über ihm.

Welche Fragen würden sie ihm stellen? Was sollte er antworten? Wiltzi hatte ihm bei der abendlichen Plauderrunde vor Zapfenstreich in der Kasematte III in die Rippen gestoßen und gemeint, er solle bloß niemanden verpfeifen. Nun gab er direkt unter Nathanael nur noch schnarchende Grunzlaute von sich, als wäre damit alles erledigt, während in Nathanael die Gedanken Jahrmarktkarussell fuhren. Wie konnte Wiltzi die Lage so locker sehen?

Trotz der neununddreißig schnaufenden Matrosen um ihn herum fühlte er sich plötzlich einsam. Wie ein Spielball des Schicksals wurde er von einem Eck ins nächste geschlagen. Das Universum schien sich gegen ihn verschworen zu haben.

Würde der Untersuchungsausschuss ihn besonders genau unter die Lupe nehmen, weil er nichts gegen das Lichtlöschen unternommen hatte? Drohte ihm Zuchthaus? Oder … Schlimmeres?

Und was war mit Kreuze und Socke, die zur Befehlsverweigerung aufgefordert hatten?

Er streckte den Arm aus und berührte die runden Nieten, die aus dem Metall hervorstanden, in Reih und Glied, wie alles auf diesem Schiff. Kein Platz für Ausreißer, freies Denken oder Eigenverantwortung. Sie waren Teil der gleichgeschalteten Maschine.

Nein, er musste sich seine Freiheit bewahren, und wenn es auch nur die Freiheit in seinem eigenen Kopf war. Sie durften ihn nicht kleinkriegen! Es war feige, seine Kameraden zu verpfeifen.

Doch andererseits – war es ein verkohlter Grünkohl wert, sich mit den Offizieren auf Kriegsfuß zu stellen? Man sollte die Hand, die einen füttert, nicht beißen.

Mit diesem Gedanken fand Nathanael in einen unruhigen Schlaf.

Kapitel 2

Der Nebel lag tief zwischen den Häusern der Doppelstadt Rüstringen-Wilhelmshaven und düstere Wolken tauchten die Werftarbeiterhäuschen in ein schummeriges Nachmittagslicht.

Ella Silberthal schob ihren Sack Kartoffeln von einer Hand in die andere und eilte ihrer Freundin Katharina hinterher, die trotz der Last von zehn Pfund unter dem Arm zielstrebig an den gleichbleibenden Häusern vorbeijagte.

Die frei gewordene Rechte schmerzte, aber Ella schüttelte sie unwirsch aus. Ein paar Blasen an den Fingern waren nichts gegen knurrende Kindermägen und klappernde Zähne.

Zwei Fenster, zwei Türen, zwei Fenster und vor jedem Häuschen eine Laterne und ein kahler Baum. In der jungen Stadt, die sich im letzten Jahrhundert um den Marinehafen herum gebildet hatte, waren die Straßenzüge mit Lineal in den Stadtplan gezogen worden. Wie preußische Soldaten bei einer Militärparade reckten die monotonen Familienbaracken ihre Schornsteine in die Höhe.

Die Werftarbeitersiedlung aus den typisch norddeutschen roten Ziegeln des Stadtteils Bant machte im Gegensatz zu den Berliner Mietskasernen, die Ella gewohnt war, einen friedlichen und geordneten Eindruck. Aber im Inneren waren die Verhältnisse genauso chaotisch, wie sie es aus der Reichshauptstadt kannte, das hatte sie in den letzten beiden Stunden feststellen dürfen.

Katharina blieb vor einem der Doppelhäuschen stehen und zog einen weißen Mundschutz aus der Tasche, den sie aus einer alten Schürze genäht hatte. Sie reichte Ella ebenfalls einen.

„Ich habe gehört, dass das helfen soll, sich nicht anzustecken. Versuche, nur das Nötigste anzufassen", wies die vierundzwanzigjährige Blondine sie an, die nicht die geringsten Anzeichen für Erschöpfung zeigte. Im selben Atemzug ließ sie ihre Faust auf die dunkelbraune Holztür fallen.

Ella starrte auf das Stück Stoff, durch das sie ihre Finger sehen konnte. War das alles, was sie vom Tod trennen sollte?

Eine leise, helle Stimme antwortete im plattdeutschen Dialekt: „Et is open."

Kathi schob die Tür auf und die beiden Frauen betraten das Häuschen. Die Vorhänge waren zugezogen und nur ein kläglich glimmendes Feuer im Herd erleuchtete die kleine Wohnung. Mit vielleicht sechzig Quadratmetern schätzte Ella sie deutlich größer als die Berliner Arbeiterwohnungen in den Mietskasernen, aber auch hier hatte die Wohnungsnot mindestens zwei Familien zusammengepfercht. Die vier Kinder, die Ella mit großen Augen entgegenblickten, teilten sich in zwei rothaarige und zwei schwarzhaarige auf, die nicht die geringste Ähnlichkeit zueinander hatten. Die Älteste mit roten Haaren, die vielleicht sieben Jahre alt war, hockte vor dem Herd und blies in das Feuer, das nur aus gesammelten Ästen zu bestehen schien.

„Wo ist denn eure Mutter?", fragte Kathi die Große.

„Boven. Se is de hele Dag am slopen."

Ella sah ihre Freundin fragend an, bis diese für sie übersetzte. „,Oben. Sie ist den ganzen Tag am Schlafen.' Schauen wir zuerst nach ihr." Katharina kletterte die schmale Stiege hinauf, wo man unter das Dach noch ein Bett gestellt hatte. Ella folgte ihr zögernd. Die Spanische Grippe grassierte in diesen Tagen mehr als heftig. Besonders die Mütter, die in der Kälte draußen anstanden, um Milch zu besorgen, traf es, aber auch vor jungen Frontsoldaten, Werftarbeitern und Matrosen machte sie nicht halt.

Katharina beugte sich über das Bett der Kranken und lauschte auf den Atem der Patientin. Ella trat näher und schrak zurück. Das Gesicht der Frau war komplett bläulich verfärbt. Hätte ihr rasselnder Atem nicht verraten, dass sie noch am Leben war, hätte sie sie glatt für tot gehalten. Leblos, wie … Sie schluckte den Gedanken herunter. *Denk nicht daran*, ermahnte sie sich. *Heute nicht.*

„Spätestens morgen ist sie tot", flüsterte Kathi leise und griff nach Ellas Hand. „In diesem Stadium kann ihnen keiner mehr helfen."

„Es hilft doch sowieso nichts gegen dieses Ungeheuer von Krankheit", murmelte Ella und drehte sich zurück zur Treppe, um durch die Maske nach Luft zu ringen. „Was wird mit den Kindern geschehen?" Einsam und zurückgelassen, ohne Familie. Der Krieg hatte ihnen den Vater geraubt, Hunger und Grippe die Mutter. Heiße Tränen schossen Ella in die Augen, aber sie wischte sie ärgerlich beiseite. Sie steigerte sich zu sehr hinein. Mitgefühl und Hilfe waren angebracht und es half niemandem etwas, wenn sie sich von der Anteilnahme überwältigen ließ.

„Ich werde morgen früh noch einmal herkommen und mit der anderen Mutter sprechen, die gerade auf der Arbeit bei der Werft ist. Aber wahrscheinlich werde ich sie gleich mitnehmen zum Werftspeisehaus. Dort können wir zumindest tagsüber in der Kleinkinderschule auf sie aufpassen."

Ella nickte. Als Katharina damals mit ihr begonnen hatte, Nationalökonomie und Jura zu studieren, war ihrer Freundin schon klar gewesen, dass sie sechs Semester später nach Wilhelmshaven zurückkehren würde, um sich dort der Armenwohlfahrt zu widmen. Während des Krieges waren im Werftspeisehaus aus Mangel an Männern auch leitende Positionen an Frauen vergeben worden, die Katharina mit Bravour ausfüllte. Zumindest so lange, bis die Soldaten von der Front zurückkehrten und ihre alten Arbeitsplätze zurückverlangten.

Sie gingen nach unten, gaben den Kindern einige der Kartoffeln und Kohlen aus ihren Säcken und machten sich auf zum nächsten Haus.

„Die heilige Katharina, immer unterwegs für die Wohlfahrt", lächelte Ella, als ihre Freundin sich nun doch kurz die schmerzende Schulter rieb.

„Es tut mir leid, Ella, ich hätte dir bei deinem Besuch lieber den Hafen, den Exerzierplatz und die Kaiser-Wilhelm-Brücke gezeigt. Aber gerade jetzt bei dieser schlimmen Grippewelle können sich so viele Familien nicht allein versorgen und –"

„Ich weiß", unterbrach Ella sie. „Du kannst das Leid nicht tatenlos mit anschauen." *Und ich auch nicht*, fügte sie still hinzu.

Katharina seufzte. Die blonden Haarsträhnen, die sie sich heute Morgen in Wasserwellen an ihre Stirn frisiert hatte, lösten sich im feuchten Nebel auf und hingen nun trostlos unter ihrem Hütchen herab. „Leider ist das alles nur ein Tropfen auf den heißen Stein. Wir kommen gar nicht mehr hinterher, so viel Not ist überall um uns herum. Allein genug Kohlen und Kartoffeln zu besorgen, wird jede Woche schwieriger. Sie verschwinden vom Markt, bevor sie überhaupt angekommen sind. Die Reicheren nehmen sich vom Schwarzmarkt, was sie kriegen können, aber die normale Arbeiterfamilie …"

„Ja", Ella nickte. „Es ist himmelschreiend ungerecht. Und statt dass der Kaiser und die Oberste Heeresleitung etwas dagegen tun, werfen sie nur noch mehr Bauern der Kriegsmaschinerie zum Fraß vor." Sie trat mit dem Fuß gegen einen Stein, der klackernd über die Pflastersteine kullerte.

„Hat dich das eben sehr mitgenommen? Beim ersten Mal kann es wirklich bedrückend sein." Kathi blieb einen Augenblick stehen und musterte ihre Freundin mit besorgtem Blick.

„Ach was. Es war nicht mein erstes Mal in einem verwahrlosten Arbeiterviertel." Ella winkte ab und rang sich zu einem Lächeln durch.

„Ja, aber das erste Mal seit …" Katharina hielt kurz inne. „Seit einer ganzen Weile."

„Ich habe mich ins Studium gestürzt, nichts weiter. Es war schön, in Berlin mit dir durch die Wohnblocks zu ziehen und den Familien zu helfen, aber es war auch so sinnlos. Hat man der Mutter Geld gegeben, hat es der Vater gefunden und versoffen. Hat man einem Jungen einen Ausbildungsplatz besorgt, wurde er morgen eingezogen. Ich wollte mich einfach lieber wieder der Wurzel des Problems widmen."

„Der Politik, meinst du."

„Genau. Die Gewalt kann man nur beenden, wenn man Wohlstand, Bildung und Gesundheit steigert – und das schafft man mit ein paar Extra-Kohlen nicht."

Katharina nickte. „Das verstehe ich."

Ella musste lächeln. Ihre Freundin verstand sowieso immer alles. Sie stieß ihr in die Seite. „Ich helfe dir wirklich gerne, keine Sorge. Aber ein bisschen was von Wilhelmshaven musst du mir schon zeigen, hörst du?"

„Einverstanden", lachte Katharina. „Wir besuchen noch die drei Familien auf meiner Liste und dann hauen wir unsere Lebensmittelmarken auf den Kopf und gehen in ein echtes Restaurant! Wir müssen doch feiern, dass wir uns endlich wiedersehen."

„Gerne! Dann musst du mir auch ganz ausführlich erzählen, wie es dir im letzten Jahr ergangen ist und ob du einen flotten Matrosen kennengelernt hat. Aber wie ich dich kenne, hast du sicher viel zu viel gearbeitet."

„Und dein Kopf war sicher zu voll mit Studium und Revolutionsflausen, um an die netten Kommilitonen zu denken, oder?"

„Die haben uns alle verlassen. Man hat sogar das Semester abgebrochen, weil auch die letzten männlichen Studenten nun Gewehre halten. Und für uns wenige Frauen lohnt es sich kaum noch, die Vorlesungen aufrechtzuerhalten." Ella stieß Kathi in die Rippen. „Also, wo gibt es hier günstiges Essen?"

Homfeld's Restaurant an der Ecke Bismarckstraße / Gökerstraße war im Erdgeschoss eines vierstöckigen, stuckverzierten Stadthauses untergebracht. Es wimmelte von Matrosen, die die Kajütenkost leid waren, und Werftarbeitern, die sich auf dem Heimweg ein Feierabendbier gönnten. Auch einige jüngere Arbeiterinnen ließen sich den kühlen Genuss nicht entgehen.

Vor dem Krieg hätte Ella sich nicht denken können, ohne männliche Begleitung jemals abends in ein Restaurant zu gehen. Die letzten vier Jahre hatten Spuren in der Gesellschaft hinterlassen, auch bei ihr. Ob es bald alles hinter ihnen liegen würde? Die Briefe, die man mit dem amerikanischen Präsidenten austauschte, ließen darauf hoffen.

Ella sah sich suchend um, aber sie konnte keinen freien Tisch mehr entdecken. Sie drehte sich zu Katharina um, die schulterzuckend auf zwei Stühle an einem Vierertisch wies. Ein bulliger Matrose mit breitem Kinn stierte in sein Bierglas. Daneben hockte ein schmächtiger Bursche mit einer dünnen Brille und trank Milch. Sein dichtes rotblondes Haar war leicht verwuschelt.

Ella zog die Augenbrauen hoch. Die hängenden Köpfe luden nicht gerade zu einem vergnügten Abend nach dem trostlosen Nachmittag ein. „Wollen wir nicht lieber schauen, ob es in einem anderen Restaurant noch freie Tische gibt?", schlug sie vor.

Katharina schüttelte den Kopf. „Das Homfeld's ist das Beste – günstig und gut." Sie lächelte den breiteren der Matrosen an und erkundigte sich, ob sie die beiden Plätze haben durften.

Die bittere Miene des Breitschultrigen verschwand und er strahlte Katharina an. Trotz ausgefranster Frisur sah Ellas Freundin hinreißend aus. Ihr einfaches, dunkelblaues Hauskleid, das mit dem Kragen und der langen Knopfleiste dem Stil eines Mantels nachempfunden war, umspielte ihre schlanke Figur und betonte zart ihre schmale Taille. Unter dem nur leicht ausgestellten Tellerrock lugten die Knöchel hervor, wie es während des Krieges in Mode gekommen war. Mit ihrer zierlichen Nase und den hohen Wangenknochen hätte sie auch als Fotomodell bei einer Illustrierten arbeiten können.

Es war also nicht verwunderlich, dass der Matrose kaum einen Blick auf Ella verschwendete, obwohl sie mit ihrer zu breiten Nase, den großen Zähnen und der dunklen Zottelmähne besser zu seinem Aussehen gepasst hätte. Bis auf die Größe: Wenn er aufstand, müsste sie den Kopf in den Nacken legen, um seinen Exerzierkragen zu sehen.

„Aber natürlich! Setzt euch doch! Ich bin Wiltzi und das da ist Nathanael." Als wären sie alte Kameraden, benutzte der Matrose gleich das „Du".

„Katharina", lächelte Kathi und setzte sich anmutig auf den freien Stuhl neben Wiltzi.

„Ella", presste Ella zwischen den Zähnen hervor und ließ sich auf den Hocker daneben fallen. Ihr Tischnachbar auf der rechten Seite machte immer noch ein Gesicht wie sieben Tage Regenwetter. Ella wünschte sich Aufmunterung und ihre beste Freundin – keine griesgrämige Gesellschaft.

„Auf welchem Schiff seid ihr?", fragte Kathi und stützte den Kopf in ihre Hände.

„Steht auf der Mütze", stellte Nathanael sachlich fest und wies auf die goldenen Lettern, die in Großbuchstaben den Namen des Schiffes auf der Tellermütze verrieten.

Ella musste grinsen.

„SMS König." Wiltzi nickte eifrig. „Um 22 Uhr müssen wir wieder zurück sein."

Der schmächtigere Matrose sank in sich zusammen.

„Na, zu tief in die Milch geschaut, Nathanael?", fragte Ella ihn. Hatte das zu spöttisch geklungen? „Oder warum das lange Gesicht?", fügte sie etwas versöhnlicher hinzu.

Der rothaarige Brillenträger sah überrascht nach oben.

Wiltzi stieß ein lautes Lachen aus. „Ernst guckt er immer drein, aber ihm ist das Mittagessen vor zwei Tagen auf den Magen geschlagen, nicht wahr, Nattel?" Er wandte sich Katharina zu. „Es gab Grünkohl, bloß war der nicht grün, sondern kohlenschwarz. Jedenfalls sind wir aus Protest später nicht angetreten und jetzt kommt das Kriegsgericht an Bord, um zu ermitteln."

„Das Kriegsgericht? Nur weil ihr einmal nicht angetreten seid?" Ella lehnte sich vor und verschränkte die Arme auf dem Tisch.

„Ja klar. Ist immer so."

„Warum?"

Wiltzi sah zu Nathanael hinüber.

Der umklammerte mit beiden Händen sein Glas Milch. „Ähm ... sie wollen jede Meuterei im Keim ersticken. Befehlsverweigerung wird sofort bestraft."

Ella schüttelte den Kopf. „Die verbrennen euren Grünkohl und wundern sich dann, dass ihr euch beschwert. Das ist ungerecht. Ihr solltet euch dagegen wehren!"

Wiltzi lachte. „Na, haben wir doch, es ist eben nicht gut ausgegangen."

„Aber ... wenn ihr alle zusammenhalten würdet, könnten sie nichts gegen euch ausrichten, oder?"

Nathanael zuckte mit den Schultern. „Vielleicht ... ähm ...

würden sie dann andere Schiffe zu Hilfe rufen. Oder die Landmarine. Irgendetwas fällt den Offizieren immer ein und der Ärger wäre am Ende noch größer."

Der Kellner trat heran und die beiden Frauen bestellten mit ihren Lebensmittelmarken Kartoffeln mit Rindergulasch. Die zwei Mark fünfzig und die Fleischmarke waren es Ella wert – der Magen hing ihr nach der Lauferei in den Kniekehlen.

Dann wandten sie sich wieder den beiden Matrosen zu und kratzte mit dem Fingernagel über den Holztisch. „Die da oben spielen Krieg und wir müssen alle mitmachen. Inzwischen hat doch keiner mehr Lust auf dieses Gemetzel. Es wird Zeit, dass wir das dem Generalstab klarmachen, alle zusammen. Nur wie?"

„Ja, wie?" Wiltzi grinste Nathanael an und stieß ihn in die Rippen.

Wie er sich bei jeder schwierigeren Frage an seinen Freund wandte … Ella musste grinsen. Wiltzi war sicher ein beliebter Kamerad an Bord, auf den viele hörten, aber seine Meinung schien komplett von dem schmalen Nathanael abzuhängen.

Der schüttelte den Kopf. „Die USDP, also die Unabhängige SPD, würde sicher wieder … ähm … Generalstreik vorschlagen. Aber das hat im Januar schon nicht funktioniert. Außerdem, ähm … wollen die das Land von Grund auf umgraben und hier wüten wie die Bolschewiki in Russland."

„Genau! Wie die Bolschiki!", nickte Wiltzi zustimmend.

„Bolschewiki. Oder auch Bolschewisten. Der radikale kommunistische Flügel der Sozialdemokratischen Arbeiterpartei Russlands, angeführt von Lenin", verbesserte Nathanael seinen Freund.

Wiltzi rollte mit den Augen und knuffte ihm in die Seite. „Unser Besserwisser, der es auch wirklich immer besser weiß."

Ella grinste kurz und räusperte sich, um wieder zum Thema zurückzukommen. „Ist das denn sicher, dass die USPD wie die Russen vorgeht? Und hat das alte Kaiserreich nicht ein bisschen Gartenarbeit nötig?"

Katharina knetete ihre Hände unter der Tischplatte. „Das klingt ganz schön brutal. Und die Bolschewiki sollen viele Menschen umgebracht haben."

Ella stockte. Beim Wort umbringen drehte sich ihr der Magen um. Sie sah zur Seite. Nein, mehr Todesopfer durfte eine Revolution nicht kosten.

„Ähm, an der Westfront sterben täglich mehr Menschen, als Lenins Rote Armee während der ganzen Revolution getötet hat. Das wird nur bei uns so aufgebauscht." Nathanael rückte seine Brille zurecht.

Wiltzi sah seinen Freund an. „Tatsächlich?"

Auch Ella zog die Augenbrauen zusammen. Gerade eben hatte er sich doch noch gegen die Bolschewiki ausgesprochen.

Nathanael räusperte sich. „Ähm … die genauen Todeszahlen sind hierzulande meines Wissens nicht bekannt, aber unterschätzen sollte –"

„Na, wo gesägt wird, fallen Späne", lachte Wiltzi und klopfte Nathanael kräftig auf die Schulter. „Oder?"

Ella legte ein pflichtschuldiges Lächeln auf, doch der Witz drehte ihr den Magen um.

„Vielleicht will die USPD gar keine russischen Verhältnisse hier einführen, sondern nur den Krieg beenden." Katharina, die wie immer an das Gute in den Menschen glaubte. Aber es stimmte, die USPD hatte sich nur von der SPD abgespalten, weil sie dagegen waren, die Kriegskredite zu bewilligen und den Krieg weiter fortzuführen. Vielleicht waren sie am Ende doch die Rettung, die Ella sich sehnlichst herbeiwünschte. Die Befreiung von noch mehr Tod und Unheil, von Ungerechtigkeit und Armut.

Sie sollte unbedingt mehr über diese Partei und ihre Vorhaben herausfinden.

✳✳✳

Die karamellbraunen Augen, die beharrlich auf ihm ruhten, ließen Nathanael auf dem Stuhl hin und her rutschen. Das Warten auf den Ausschuss des Kriegsgerichts lag Nathanael schwer im Magen.

Es waren bereits zwei Tage seit dem Grünkohlvorfall vergangen und die Anwälte waren noch nicht an Bord erschienen. Die Milch, die er bestellt hatte, schmeckte säuerlich.

Doch dass eine kluge, intelligente und attraktive Dame wie Ella ihn beachtete, ließ seine „Ähms" noch langgedehnter werden, und er wagte kaum, seinen Blick bis zur Mitte des Tisches wandern zu lassen.

Als Kind hatte er von zwei Dingen geträumt: eine Familie zu gründen und den Nobelpreis zu gewinnen. Je älter er geworden war, desto mehr hielt er den Nobelpreis für wahrscheinlicher. Seit er sich zur Marine gemeldet hatte, hatte er mit keiner Frau mehr als zwanzig Worte am Stück gewechselt – und das beinhaltete seine Mutter.

Er mochte es, über Politik zu diskutieren, aber dass Wiltzi ihn heute immer wieder zum Sprechen aufforderte, brachte seine Finger zum Schwitzen.

Endlich kam sein Freund auf ein anderes Thema. „Seid ihr hier aus der Gegend?"

„Kathi schon, aber ich bin aus Kiel und studiere in Berlin."

Nathanael sah zu Ella auf. Ihr Augenpaar war erstaunlicherweise auf ihn gerichtet und nicht auf Wiltzi. Sein Blick schoss zurück auf die Tischplatte. Kiel, der Heimathafen der SMS König, und Berlin, wo auch er studierte. Er glaubte nicht an Schicksal, sondern an die harten Fakten der Physik. Aber der Zufall des Universums schien es an diesem Abend besonders gut mit ihm zu meinen.

„Ich studiere auch in Berlin", wagte er hervorzubringen und ließ seinen Blick wieder langsam nach oben gleiten. Was für eine schöne Frau. Ihr Gesicht war markant verglichen mit Kathis ebenmäßigen Zügen, aber die wachen Augen, der scharfe Blick und die Entschlossenheit, die mit jeder Regung mitschwang, raubten ihm den Atem.

Der letzten Frau, die ihn nur halb so fasziniert hatte, hatte er einen Heiratsantrag per Post geschickt. Einen Monat lang hatte er sich nicht mehr aus seiner Studentenbude herausgewagt, als ihn vor vier Jahren ihr Absagebrief erreicht hatte. Anna Kran, das Mädchen aus seiner Heimatstadt Blaubeuren, war äußerst verwirrt gewesen, wie er denn darauf gekommen sei und warum er ihr ausgerechnet per Brief einen Antrag gemacht habe.

Umso verbissener hatte er sich wieder in sein Studium gestürzt, um sich seinem utopischen Nobelpreis-Ziel zu widmen.

„Nattel, sie redet mit dir, ich studiere nicht." Wiltzi stieß ihn so fest in die Seite, dass Nathanael beinahe sein Gleichgewicht verlor. Hatte er in seinem Grübeln eine Frage verpasst?

„Was studierst du?" Ellas Blick nahm den seinen gefangen.

„Ähm … Physik. Im fünften Semester. Also … zumindest habe ich das, bevor ich … ähm … Matrose geworden bin." Jetzt konnte er nicht mehr aufhören, sie anzusehen. Die Lichtwellen schwangen zwischen ihnen – oder waren es Lichtteilchen, die zwischen ihnen tanzten? Oder beides, wie Albert Einstein es mit dem Welle-Teilchen-Dualismus postuliert hatte?

„Interessant! Ich studiere Nationalökonomie und Jura, aber manchmal habe ich das Gefühl, dass das alles nicht so logisch ist, wie es sein sollte."

„Wie … ähm … meinst du das?" Nathanael räusperte sich und sah wieder auf die Tischplatte.

„Man merkt, dass alle Regeln und Systeme, die wir lernen, von Menschen erdacht und fehlerhaft sind. Die Physik hingegen ist perfekt, weil sie von Gott erdacht ist."

Von Gott? Eine merkwürdige Idee, dass dieser die Physik erfunden haben sollte. „Ich glaube eher an … das Universum."

Sie runzelte die Stirn und lachte. Es war ein fröhliches, offenes Lachen, was ihm auch die Mundwinkel nach oben schob. „Dass alles Zufall ist? Das Sonnensystem, die funkelnden Sterne, der Flügelschlag eines Schmetterlings und die süßen kleinen Zehen von Neugeborenen?"

„Ähm …" Er musste lächeln und seine Wangen fühlten sich heiß an. „Ja?"

„Das ist unlogisch."

Meinte sie das ernst? Er konnte sich nicht erinnern, dass ihm schon einmal jemand vorgeworfen hatte, unlogisch zu sein. Er sah sie an. Ella lächelte herausfordernd.

„Wieso? Das Universum ist unendlich. Wenn es von einem Wesen gemacht wäre, hätte es ja einen Anfang haben müssen." Wie hatte er das vermisst, mit anderen Studenten über die Fragen der Welt zu diskutieren – und dann auch noch mit so einer schönen Frau!

„Stell dir vor, Wissenschaftler würden einen Anfang des Universums finden, würdest du dann an einen Schöpfer glauben?" Ihre Augen blitzten.

„Ähm", setzte er zu einer Erwiderung an, aber Wiltzi klopfte polternd auf den Tisch.

„Wir müssen los. Um zehn Uhr ist Zapfenstreich und wir müssen noch ganz raus zur Voslapp-Reede. Meine Damen, es war nett mit euch." Wiltzi stand auf, lüftete galant seine Matrosenmütze und lachte zu laut.

Nathanael erhob sich ebenfalls. Sie durften sich nicht erlauben, zu spät zu kommen, besonders nach dem Grünkohlvorfall. Ob er Ella eines Tages wiedersehen würde? Selbst wenn sie zur gleichen Zeit wie er in Berlin oder Kiel war: Die Städte waren groß. Nicht mehr lange und Berlin würde wieder die Zwei-Millionen-Einwohner-Marke knacken. Wie hoch war da die Wahrscheinlichkeit, sie wiederzutreffen? Bei einer wild über den Daumen gepeilten Annahme, dass er in einem Monat vielleicht tausend verschiedenen Berlinern über den Weg lief, lag sie bei verschwindend geringen 0,6 % pro Jahr. Wenn er nicht sowieso vorher in der Arrestanstalt landete. Konnte er es wagen, nach ihrer Adresse zu fragen? Nein, dafür kannten sie sich doch zu wenig. Für wie merkwürdig würde sie ihn halten?

Ella winkte ihm kurz zu und wandte sich an Katharina.

Nathanael lächelte, nahm seine Matrosenmütze ab, setzte sie wieder auf und folgte Wiltzi hinaus in die Nacht. Ihre Adresse hatte er nicht, aber sie hatte ihm gewunken.

Ihm, nicht Wiltzi.

Die nächsten Tage zogen sich hin in endlosen gleichbleibenden Übungen. Nichts, was Nathanael von seiner inneren Unruhe ablenken konnte. Eine halbe Stunde Künstlerfrühstück, dann Geschütz- und Waffenputzen, morgendliche Musterung, Exerzieren des Landungsmanövers, Zeugflicken, Abendmusterung, Ruderübungen auf kleinen Booten, Zapfenstreich.

Er musste seinen Gedanken immer wieder verbieten, um die Studentin aus *Homfeld's Restaurant* zu kreisen. Selbst wenn er auf die geringe Wahrscheinlichkeit hoffte, sie wiederzutreffen, – sie für sich zu gewinnen, war wie einen Stern vom Himmel zu holen.

Der Kriegsgerichtsrat ließ auf sich warten und Nathanael jede Nacht schlechter schlafen.

Am Freitag war die Zeugwäsche dran, bei dem sie ihre Matrosenkleidung wuschen. Am Abend dann „klar Schiff", die Übung des gefechtsbereiten Zustandes. Probe des Feuerlärms und Prüfen der Löschgeräte, Zapfenstreich. Er kannte die verschiedenen Routinen in- und auswendig. Die jahrelangen, gleichbleibenden Exerzitien konnte er im Tiefschlaf herbeten. Aber natürlich musste man alles stetig wiederholen, damit es auch „im Gedächtnis blieb". Nathanael könnte schwören, dass er als Achtzigjähriger noch jeden Handgriff wissen würde.

Erst nach dem samstäglichen Baden, Frühstück und der Musterung erschien der Untersuchungsausschuss. Mit wichtigen Gesichtern führten sie einen nach dem anderen unter Deck, während sich die restlichen Matrosen dem Schrubben des Schiffes, Zeugflicken und Malerarbeiten widmeten. Erst wurden die anderen Divisionen befragt. Wie eine Spinne von außen nach innen ihr engmaschiges Netz spann, umgingen sie alle Beteiligten der Befehlsverweigerung und suchten zunächst die auf, die am wenigsten mit der Kasematte III zu tun hatten.

Ob Nathanael in der klebrigen Mitte ins Maul der Spinne geraten würde?

Sie stachen in See. Minensucharbeiten, bei denen nach stacheligen Sprengkörpern gesucht wurde, die mit dicken Eisenketten befestigt unter der Wasseroberfläche auf ihre Opfer warteten.

Die kleinen Minensuchboote umgaben die SMS König, die ihnen Begleitschutz gab, wie ein Fischschwarm einen Blauwal. Nathanael stand im Vorderschiff im ersten Geschützturm mit einem gräulich-schwarzen Lappen, der schon älter schien als er selbst. Damit tupfte er Öl auf die beweglichen Teile des 30,5-cm-Geschützes und starrte an dem langen Rohr vorbei durch die Luke auf das schäumende Wasser.

Vorhin hatten sie Rupert zum Verhör mitgenommen. Die Spinne drang weiter ins Innere vor.

Er zog ein Stück zerknittertes Papier aus seiner Hosentasche, Hunderte Male geknickt und wieder auseinandergefaltet. Ein Foto seiner Familie, einige Jahre alt, zur Konfirmation seines Bruders aufgenommen.

Der Vater mit dem Rauschebart und dem ernsten Blick, dem Nathanael mit seiner langen Nase und den dünnen Lippen so ähnlich sah. Die Mutter, die eine Hand schwer auf seiner Schulter, die andere zärtlich auf den Rücken seines Bruders gelegt. Mit Aaron hatte er bis auf die rötlichblonden Haare wenig gemeinsam.

Nathanael musste lächeln, als er mit dem Zeigefinger über das trotzige Grinsen seines Bruders strich. Theresia Klingenstein hatte verzweifelt versucht, mit Puder das blaue Auge des Jungen zu überdecken, damit er auf dem Konfirmationsfoto brav aussah, aber es blitzte immer noch munter unter der Schminke hervor.

Aaron hatte es sich eingefangen, als er ihn verteidigt hatte. Nathanael war von seinen Mitschülern wegen seiner Brille, seinen guten Noten und seiner merkwürdigen Art schon immer gehänselt worden. Dieses eine Mal war er dem Rat des Bäckers in der Karlstraße gefolgt und hatte sich gegen die fiesen Jungen gewehrt. Das war gewaltig schiefgegangen. Aber der zwei Jahre jüngere Aaron hatte ihm zur Seite gestanden und einen großen Anteil der Prügel für ihn eingesteckt. Er war stolz darauf gewesen, während Mutter geschockt über das blaue Auge überlegt hatte, die Konfirmation ein Jahr zu verschieben.

Wie schön wäre es, Aaron jetzt bei sich zu haben. Die paar Offiziere hätten ihn nicht in Angst und Schrecken versetzt. Nicht so wie Nathanael, die Brillenschlange, der Langweiler, der Liebling aller Lehrer.

Wo Aaron jetzt wohl steckte? Immer noch in Schlammgruben irgendwo in Frankreich?

Die schwere Stahltür zum Geschützturm wurde aufgestoßen. Der erste Offizier stiefelte über die Schwelle, seinen Blick auf einen Zettel gerichtet.

„Klingenstein?", pfefferte er und sah ihn prüfend an.

Nathanael schlug die Hacken zusammen und riss die Hand zum Gruß an die Stirn.

„Sie sind dran."

Kapitel 3

Wie erwartet stolperte der Assessor auf der untersten Treppenstufe. Er fing sich mit einem Fluch an einer Stuhllehne ab und
stieß gegen die Gaslampe der fensterlosen Offizierskajüte. Schatten
huschten über die Wände des Verhörraums und den Tisch, der an
die Schlafkoje geschoben worden war.

Die Stufen waren zu schmal. In seiner ersten Woche auf See
hatte Nathanael sie nachgemessen. Neue Passagiere strauchelten
mehrmals am Tag an der knappen Laufbreite von neun Zenti-
metern. Dabei wusste doch jeder gute Baumeister, dass die Höhe
und Tiefe der Treppenstufe zusammenhingen und addiert einen
gewissen Wert ergeben mussten, um Bequemlichkeit und Stolper-
sicherheit zu gewährleisten. Aber auf Kriegsschiffen galten scheinbar andere Regeln.

Oberleutnant Wagner rieb sich die Stirn und wies auf das Bett.
„Setzen.“

Nathanael ließ sich auf der äußersten Kante der Schlafstätte nieder. In der Koje war vor Kurzem ein Leutnant zur See verstorben.
Die Grippe aus Spanien hatte ihn dahingerafft. Ob das Bettzeug
noch ansteckend war? Er schob sich weiter nach vorne, sodass die
Holzkante des Gestells in sein Gesäß drückte.

„Wo waren Sie am zweiundzwanzigsten Oktober um Viertel vor
zwei?“ Der Beamte setzte sich auf den Holzstuhl auf der anderen
Seite des Tisches, schlug ein Notizbuch auf und rückte seine Brille
mit zierlichen ovalen Gläsern zurecht.

Nathanael schluckte und ergriff den schmalen Rahmen seiner
eigenen Brille. Er zog sie ab und drehte sie zwischen seinen Fingern. Sie sah dem Nasenquetscher des Oberleutnants erstaunlich
ähnlich.

„Kasematte III.“ Eine unnötige Frage, man hatte seine Anwesenheit vor einer Woche genauestens dokumentiert.

Wie war er nur hier gelandet? Er, der immer darauf bedacht

war, alles richtig zu machen. Der sich seinen Vorgesetzten fügte, egal wie schwachsinnig ihre Befehle auch waren. Kriegsfreiwilliger, Akademiker, Musterschüler. Ein wenig ungerecht war das Universum ja.

„Was ist passiert, nachdem der Befehl ‚Pfeifen und Lunten aus‘ gegeben wurde?"

Eine weitere unnötige Frage. „Der Befehl wurde nicht befolgt. Die Zigaretten blieben an und die Bänke wurden nicht beiseite geräumt." Seine Stimme klang zittrig. Nathanael kniff sich in den Oberschenkel. *Nicht einschüchtern lassen!* Die schöne Ella aus dem *Homfeld's* würde bestimmt nicht klein beigeben. An ihr hing ein Hauch von Rebellentum, der ihm imponierte. Wie hatte sie es gesagt? Wenn sich alle wehrten, konnten die Offiziere dann noch etwas ausrichten? Ja – die saßen immer am längeren Hebel.

„Und dann?"

Er räusperte sich, fuhr sich durch seine Haare. „Das Licht … wurde gelöscht und … die Tür versperrt."

Der Assessor kritzelte in sein Notizbuch. „Warum?"

Die erste sinnvolle Frage. „Ähm …" Er sah zu Boden. Auf seinem Lederstiefel thronte ein Wasserfleck. Die weißen Salzränder fraßen das Schwarz auf. War es nicht ein bisschen naiv, daran zu glauben, dass man sich zur Wehr setzen konnte gegen die Mächtigen? Genauso wie ihr Glaube an Gott.

„Nun?" Der Beamte tippte mit der Rückseite des Bleistiftes auf den Tisch.

Breitete der Fleck sich aus? „Der Grünkohl war … nicht schmackhaft."

„Nicht schmackhaft also? Und darum wird ein Befehl verweigert?"

„Nun, ähm … ja." Weil keiner mehr Lust hatte auf diesen Krieg. Wenigstens hatte Ella jemanden zu beschuldigen in dieser ganzen Misere. Auf das Universum zu schimpfen, war wie ein hilfloser Schrei ins unendliche Nichts.

„Wer hat das entschieden?"

„Wir alle – zusammen." Die Worte kamen hastig hervor, sie überschlugen sich fast. Nathanael biss sich auf die Lippen. Er hielt nichts vom Lügen. Es stimmte ja irgendwie, es hatte sich keiner widersetzt.

„Klingenstein. Sie sind sechsundzwanzig Jahre alt. Was haben Sie nach dem Krieg vor?"

„Ähm … mein Studium beenden." Endlich die drei verlorenen Jahre auf dem Wasser aufholen.

„Sehen Sie her." Oberleutnant Heinrich beugte sich über den schmalen Tisch, bis seine Brille nur noch wenige Zentimeter von Nathanaels entfernt war. „Können Sie es sich erlauben, unehrenhaft aus der Marine entlassen zu werden? Oder gar in Haft zu geraten? Und wofür? Für diese Kohlköpfe aus Kasematte III?"

Er sah wieder auf seine Schuhe. Der Fleck auf der Stiefelspitze sprang ihm wie ein blinkendes Leuchtsignal ins Auge. In diesem Krieg waren schon Deserteure mit saubereren Stiefeln eingeloht worden.

Kreuze und Socke wollten wissen, wie weit sie gehen konnten. Sie wollten herausfinden, was passierte, wenn man Befehle verweigerte, wenn man sich widersetzte. Aber was hatte er damit zu schaffen? Warum sollte er für die beiden seinen Kopf hinhalten?

„Sie sind wie ich, Klingenstein", fuhr der Oberleutnant fort. „Wir machen uns nicht bei allen beliebt, nur um ein paar lausige Freunde zu bekommen. Wir setzen unser Köpfchen ein, das ist es, was uns weiterbringt." Er lehnte sich in seinem Stuhl zurück, seinen Mund zu einem entspannten Lächeln gekrümmt.

Vielleicht hatte der Beamte recht. Socke und Kreuze waren Wiltzis Freunde, nicht seine. Er sollte einfach berichten, was passiert war, wie es die anderen sicher auch machten.

„Nun? Wollen Sie mir nicht erzählen, wer vorgeschlagen hat, den Befehl zu verweigern?"

Konnte er das Wiltzi antun? Die Freunde seines Freundes verraten? Ein Kameradenschwein sein? Er würde sich nicht vergeben können, wenn man sie einbuchten würde.

Doch eines konnte er umso besser. Schweigen wie ein Grab. Nathanael sah dem Beamten in die Augen und presste seine Lippen aufeinander.

„Sie wollen nicht der Verräter sein, habe ich recht?" Der Assessor erwiderte den Blick. „Glauben Sie mir, einer wird Ihre Kameraden in die Pfanne hauen. Wenn Sie es nicht tun, wird ein anderer so schlau sein. Aber glauben Sie nicht, dass ich dann ein gutes Wort für Sie einlegen werde."

Er blinzelte. Die trockene Luft des Verhörraums brannte in Nathanaels Augen. Wann durfte er aus der Kajüte heraus? Er war bereits lange genug auf diesem elenden Schiff gefangen, in eine noch engere Zelle wollte er nicht gesperrt werden. Sein Studium und seine Bücher riefen ihn, würden sich Kreuze und Socke überhaupt an seinen Namen erinnern? Wahrscheinlich würde nicht einmal Wiltzi ihm eine Karte an Weihnachten schicken, sobald der Krieg herum war.

Doch falls er seine Kameraden verriet, würde er sich nie wieder im Spiegel ansehen können.

„Matrose Klingenstein? Was ist vorgefallen?" Die Stimme des Beamten klang sanft, als würde er zu einem fünfjährigen Knaben sprechen.

Nathanael sog die Luft ein. Was konnte er dem Oberleutnant gefahrlos sagen? „Der Grünkohl … schmeckte angebrannt. Es braucht nur wenige Moleküle, um einen ganzen Löffel zu verderben. Wenn der gesamte Topfboden bedeckt war, könnte man anhand des Durchmessers und der Höhe der verbrannten Schicht berechnen, wie viel –"

„Das interessiert mich nicht", stieß der Beamte aus. „Haben Sie den Grünkohl gegessen?"

„Ja."

„Und warum, wenn er doch so schlecht geschmeckt hat?"

„Besser verbrannter Grünkohl als Hunger." Nathanael zuckte mit den Schultern.

„Das erklärt nichts. Der erste Offizier hat die Beschwerde über den Grünkohl anerkannt und einen Zuschlag zum Abendessen gewährt." Die Stirn des Assessors legte sich in Falten.

„Das … wussten wir nicht."

„Klingenstein, warum riskieren Sie Gefängnis oder Todesstrafe für elendes Gemüse?" Der Beamte donnerte seine Faust auf die Tischplatte. „Ich verstehe das einfach nicht. Sie sind doch nicht auf den Kopf gefallen."

Wie sollte er das auch verstehen? Er war Offizier, kein Matrose. Er aß Fleisch und Obst. Nathanael sah den Oberleutnant ausdruckslos an.

„Ich verstehe schon. Sie werden mir nichts sagen, richtig?"

„Nein."

„Schade, ich hätte Sie für klüger gehalten. Hinaus mit Ihnen."

„Ich … soll gehen?"

„Sie sind kein Hetzer. Das sieht man Ihnen auf fünfzig Meter gegen den Nebel an." Der Assessor starrte in sein Notizbuch und wedelte mit der Hand in Richtung Tür.

Nathanael stieg die neun Zentimeter breiten Stufen hinauf und trat in den Gang. Man sah ihm an, dass er kein Hetzer war? Weil er nur 1,70 m maß? Eine Brille trug? Was schloss aus, dass er seine Kameraden hinter verschlossener Tür aufwiegelte?

Er stiefelte empor auf das Deck. Der Wind fegte ihm ins Gesicht und er schmeckte die salzige Luft auf den Lippen. Nathanael warf einen Blick über die Backbord-Reling in die blaugrauen Tiefen. Acht Knoten schätzte er, die Geschwindigkeit eines Radfahrers. Ein zu hohes Tempo für Minensucharbeiten.

Die Minensuchboote fuhren dem Großkriegsschiff hinterher wie Entenküken ihrer Mutter. Warum war die Arbeit abgebrochen worden? Wo war Wiltzi?

Er sah an den weißen Pfosten entlang, die das Schiff säumten. Dort lehnten andere Matrosen und verfolgten eifrig diskutierend den Wellenschlag. Warum arbeiteten sie nicht? Die Routine auf der SMS König war eisern, wer unnütz an der Reling stand, wurde von einem Deckoffizier angeblafft. Das letzte Mal, als der Kommandant das Tagwerk unterbrochen hatte …

Nathanael ließ das Geländer los und sprintete zu den Kameraden. „Habt ihr Wiltzi gesehen?"

„Steuerbord." Die Matrosen sahen nicht auf.

Er hastete weiter, drückte sich am 30,5-cm-Geschütz vorbei und kam keuchend an der anderen Reling an. Auch hier lehnten die Soldaten wie Sandsäcke über der Brüstung.

„Nattel, wie war's?", ertönte Wilhelm Starks Stimme und er glitt am Geländer entlang zu ihm herüber.

„Ich sehe nicht aus wie ein Hetzer", schnaubte Nathanael.

Wiltzi grinste. „Stimmt. Bist ja auch keiner."

„Was ist hier los? Warum stehen alle herum?"

„Die Minensuche wurde abgebrochen. Angeblich müssen wir für eine Übung Kohlen auffüllen." Wilhelms Miene verfinsterte sich.

„Kohlen auffüllen? Die Kammern sind noch fast voll. Und für ein bis zwei Übungstage braucht man die Kohlen nicht auffüllen."

„Genau."

Nathanael schlug mit der flachen Hand auf die Reling. „So ein Bockmist." Genauso hatte die letzte große Unternehmung im April angefangen. „Sie ziehen die Flotte zusammen."

„Die Friedensverhandlungen sind doch längst im Gange. Was haben die vor?"

„Ein Himmelfahrtskommando? Besser in Ehren untergehen als in die Hände der Feinde fallen?" Er sah zu seinem hochgewachsenen Freund hinauf.

„Nein, das wagen die nicht." Wiltzis Lachen donnerte über die wogenden Fluten unter ihnen. „Eher lasse ich mich einsperren als noch einmal bei einem Angriff dabei zu sein."

Die dunkelgrauen Wolken am Himmel färbten das Wasser pechschwarz. Die Wellen, die an das Schiff schlugen, klangen wie die Einschläge der Geschosse in der Skagerrakschlacht. Fünfundvierzig Mann hatten sie im Mai 1916 verloren. Die restlichen tausend Matrosen waren in dem klappernden Gerippe der SMS König davongekommen. Nathanael würde diesen Moment niemals vergessen. Als sie am Horizont eine Mauer aus englischen Schlachtkreuzern vor sich auftauchen sahen, die ihre volle Breitseite auf sie ausgerichtet hatten, war ihm das Blut in den Adern gefroren. Die SMS König, Flaggschiff des dritten Geschwaders, hatte zehn schwere und fünf oder sechs leichte Schüsse abbekommen. Und Rupert hatte eine Brandnarbe davongetragen beim Versuch, seinen besten Freund Marten aus den Flammen zu retten.

„Da sind Kreuze und Socke. Komm, wir fragen sie, was die davon halten." Wiltzi griff ihn an der Uniform und drängte ihn zu den beiden Matrosen hinüber, die neben den 15-cm-Geschützen mit Rupert und einem älteren Heizer diskutierten. Nathanael ließ sich zurückfallen und hielt sich hinter Wilhelm.

Otto Wotkes Segelohren waren tiefrot angelaufen. Von seinem treudoofen Charme zu Beginn seiner Matrosenzeit war nichts mehr übrig geblieben. Die Entschlossenheit stand dem Zwanzigjährigen ins Gesicht geschrieben. „Was auch immer sie sagen, wir tun es einfach nicht", zischte er.

Der rußgeschwärzte Heizer grunzte und zog seine wettergegerbte Nase kraus. Er sah aus wie ein siebzigjähriger Großvater, obwohl er höchstens fünfundvierzig sein konnte. „Wollt ihr, dass wir alle ins Gefängnis wandern?"

„Sie können uns nicht alle in Haft nehmen. Kein Zuchthaus fasst tausend Matrosen."

„Des Schiff do scho'", bemerkte Rupert.

Und Friedhöfe ebenfalls. Nathanael verkniff sich den bissigen Kommentar. Seiner Erfahrung nach gefiel es anderen nicht, wenn er ihre Aussagen korrigierte.

Wiltzi klopfte Socke auf die Schulter. „Wir stehen zu dir. Aber was geht hier vor? Was denkt ihr?"

Kreuze streckte seinen Kopf vor und flüsterte: „Wir wissen nichts Genaues. Höchstwahrscheinlich ziehen sie die Flotte zusammen. Irgendetwas führen sie im Schilde. Schaut euch den hinteren Schornstein an, den haben sie gestern rot streichen lassen, wie es bei offensiven Aktionen üblich ist."

„Wir müssen das auf jeden Fall stoppen. Sonst könnten das unsere letzten Tage auf dieser Erde werden", stimmte Socke ihm zu.

„Beim Klabautermann", entfuhr es Nathanael.

Die Gruppe Matrosen wandte sich ihm mit fragendem Blick zu. Sie hatten seine Anwesenheit bisher nicht bemerkt.

„Sieht übel aus", murmelte er und die Hitze stieg ihm ins Gesicht.

Sie drehten sich wieder einander zu. „Aber es könnte auch wirklich nur eine Übung sein. Ich habe die Offiziere über einen großen Übungstag reden hören." Der Heizer zog eine abgerauchte Zigarette hervor, steckte sie zwischen die Zähne und drehte sie mit zitternden Fingern hin und her.

„Warum werden dann die Kohlen aufgefüllt? Sie wollen weit hinaus!" Kreuze schob seine Hände in die Taschen seiner Matrosenjacke und lehnte sich an das Geschützrohr. Der fehlende Bartwuchs ließ ihn aussehen wie einen frechen Lausbuben, der seinem Lehrer gerne Streiche spielte.

Socke nickte. „Wenn sie über Helgoland hinausfahren, wissen wir Bescheid. Dann wollen sie uns in den Tod schicken."

„Das lassen wir nicht zu!" Kreuze zog die Hände wieder aus den Taschen und ballte sie zu Fäusten. „Wenn es so weit kommt, mache ich nicht mehr mit."

„Recht habt's halt scho'. Wenn wirkli' der Frieden verhandelt werden tut, kann i' mir net vorstellen, dass der Reichskanzler an Vorstoß gutheißen würd'."

„Ja! Wenn wir meutern, bewahren wir den Willen der Regierung!"

„In Wirklichkeit meutert die Admiralität!"

Der alte Heizer wandte sich ab. „Das wird mir jetzt zu bunt."

„Wo liegt deine Loyalität? Bei Deutschland oder den Offizieren?", rief Kreuze ihm hinterher.

Nathanael schluckte. Das war wirklich eine gute Frage. Wenn die Admiräle sich tatsächlich gegen den neuen **Reichskanzler Max von Baden** stellten – wie sollte man da noch mit gutem Gewissen die Befehle der Offiziere befolgen? War das Recht auf ihrer Seite? Schade, dass sie nicht mehr wussten und nur wild spekulieren konnten.

Kreuzes Augen wanderten über das Deck und blieben an etwas hängen.

Nathanael wandte seinen Kopf und folgte dem Blick des Zwanzigjährigen. Ein Seekadett stob in ihre Richtung.

„Was steht ihr hier herum? Die neuen Befehle wurden soeben

ausgegeben. Antreten zum Zeugflicken!", bellte der Offiziersanwärter.

Widerwillig trollten sie sich die Treppen hinunter in einen Lagerraum, zogen ihre Habseligkeiten aus den Regalen und setzten sich im Schneidersitz oder an eine Wand gelehnt an Deck.

Nathanaels Hängematte musste an einer Stelle ausgebessert werden. Die geflochtenen Hanfstränge, an denen das fünfundvierzig Zentimeter breite Leder hing, waren rissig geworden. Wenn er in der Nacht nicht auf Wiltzi und Rupert plumpsen wollte, die stets direkt unter ihm ihre Hängematte aufhängten, kümmerte er sich besser darum.

In den Anfangstagen in Kasematte III waren sie öfter wach geworden, weil einer der vierzig Seemänner krachend zu Boden gefallen war. Einmal falsch gedreht und RUMS, einen der unteren auch noch mitgerissen.

Deswegen hatte sich Nathanael den obersten Platz in seiner Reihe ausgesucht. Die Fallhöhe war zwar größer, aber man wurde wenigstens nicht im Schlaf erschlagen.

Auf der SMS König nannten sie die Hängematten Rumsbeutel, auf anderen Schiffen hatten sie den schönen Namen Krepierbeutel gefunden.

Wie schön wäre es, das alles hinter sich lassen zu können. Am liebsten hätte er sich bei Kriegsende mit sauberen Papieren und Entlassungsschein zurück nach Berlin begeben, aber so wie die Dinge lagen, konnte das ganz schön eng werden. Er war nicht naiv, ein Gefecht mit den Engländern war ein Todesurteil für die Flotte – und sie würde viele Tausend Matrosen mit ins Grab nehmen. Wie konnte er davon ausgehen, das zu überleben?

Sein Wiedersehen mit Ella rückte plötzlich in unendliche Ferne. Wenn es vorher noch unwahrscheinlich gewesen war, war es nun unmöglich. Entweder er endete am Grund des Meeres oder für eine Ewigkeit in der Arrestzelle.

Als Nathanael gerade mit der Todesfalle fertig geworden war und sich dem Fleck auf seinem Stiefel widmen wollte, brach ein Gemurmel unter den Matrosen aus. Seit dem Grünkohleklat vor sieben Tagen unterbanden die Offiziere, wo immer möglich, die Unterhaltungen, deswegen wandte er sich um.

Der erste Offizier war mit zwei Leutnants an Deck aufgetaucht und marschierte auf die Matrosen zu.

„Otto Wotke und Carl Xaver Aseph bitte antreten."

Socke und Kreuze. Der Stiefel rutschte Nathanael aus der Hand und landete mit dumpfem Geräusch auf dem stählernen Boden.

„Sie sind verhaftet wegen Aufhetzung und Anzettelung eines Aufstandes."

Die Leutnants griffen die beiden Männer an den Schultern und bugsierten sie zu den Treppen. Dort unten, fünf Stockwerke tiefer, weit unter der Wasseroberfläche, lagen die Arrestzellen.

„Aber … was …", entfuhr es Nathanael.

Die beiden Männer verschwanden im Bauch des Schiffes – der Wal hatte sie auf unbekannte Zeit verschluckt.

„Jemand muss sie verpetzt haben." Wiltzi zog die Augenbrauen zusammen. „Und jetzt sind sie dran."

Kapitel 4

Eine Sprungfeder ragte neben Ella aus dem zerschlissenen Leder wie ein Bajonett aus einem Schützengraben. Aus der Sitzbank gegenüber hatte sich jemand ein fein säuberliches Rechteck ausgeschnitten, wahrscheinlich um sich daraus ein paar Schuhe fertigen zu lassen. Die Fenster konnten nicht geöffnet werden, da die Lederriemen zum Aufziehen und Niederziehen abgeschnitten waren und nun jemandem als Gürtel dienten.

Ella bereute, mehr Geld für die zweite Klasse ausgegeben zu haben. Die Holzbänke der dritten Klasse im Wagen weiter hinten wären bequemer gewesen als dieses Schlachtfeld.

Wie kam man überhaupt dazu, Leute sogar in Zügen in mehrere Klassen einzuteilen? Warum hatten Reiche es verdient, besser zu sitzen als Arme? Die meisten wurden in der sozialen Schicht beerdigt, in der sie geboren waren, die wenigsten schafften es, sich hochzuarbeiten. Hatte Gott nicht alle Menschen mit demselben Wert erschaffen? Wieso hatte Geld die Macht, diese Ordnung zu zerstören?

Ella musste an die Kinder in dem Werftarbeiterhaus denken. Niemand würde ihnen Hörgelder und Kollegiengelder für die Universität bezahlen. Egal, wie intelligent sie sein mochten, sie würden ihr Leben in irgendeiner Fabrik mit Zwölf-Stunden-Schichten zubringen, es sei denn, der nächste Krieg bedurfte sie als Kanonenfutter.

Die Ungerechtigkeit krampfte ihren Bauch zusammen. Mit jedem Tag, den dieser Krieg nun schon dauerte, wurde ihr bewusster: Er musste endlich aufhören. Doch was konnte sie dafür tun?

Der Zug ruckelte und kam zischend zum Stehen. Nach mehreren Stunden Fahrt war sie am Kieler Bahnhof am Handelshafen angelangt. Das vertraute Möwengeschrei und die salzige Hafenluft vertrieben für einen Moment die trüben Gedanken aus ihrem Kopf.

Trotz des gewichtigen Lederkoffers, mit dem sie gereist war, beschloss sie, den Weg nach Hause zu Fuß zu gehen, statt die Elektrische zu nehmen. Sie schlenderte die Kaistraße zwischen den Eisenbahn- und Straßenbahnschienen entlang, wich erst einem knatternden Automobil, dann einer Pferdekutsche aus und ließ den Blick über das Wasser streifen. Die Masten der majestätischen Segelschiffe ragten in den Himmel, als hätten sie noch nicht mitbekommen, dass sie längst durch stählerne, kohlenschluckende Riesen ersetzt worden waren.

Hinter ihnen reckten sich die Kräne der Germaniawerft in die Höhe und ließen ihre Schatten auf die Segler fallen. Ella seufzte und wandte sich nach vorne. Hier wurden die U-Boote gebaut, die sich leise lauernd Handelsschiffen näherten, sie dann mit Torpedos oder Geschützen über Wasser versenkten und sich knapp unter der Wasseroberfläche aus dem Staub machten. Um die Schiffbrüchigen an Bord zu nehmen, hatte man nicht genug Platz. Was für grausame Menschen hatten diese Todesfallen entworfen?

Rasch bog sie in die Holsteinbrücke ab, die seit fünfzehn Jahren keine Brücke mehr war, sondern eine Straße, unter der das Wasser in Kanälen floss. Hier hatten sie als Kinder gestanden und der Baustelle zugesehen. Der damals dreijährige Daniel hatte sich so weit über das Geländer gebeugt, dass er beinahe in die Baugrube gesegelt wäre, hätte der zwölfjährige Samuel ihn nicht im letzten Moment noch gehalten.

Ella strich sich die Haare aus dem Gesicht, die der peitschende Ostseewind aus ihrer Frisur gelöst hatte. Dabei ertasteten ihre Finger die Feuchtigkeit an ihren Schläfen. Würde das nun immer so sein, wenn sie hier langlief? Der Schmerz in der Brust, der sie so schnell wie möglich zurück nach Berlin trieb, aber andererseits auch an der Heimat festklammern ließ wie eine Ertrinkende.

Die Sicht über den blau schimmernden Kleinen Kiel auf das Rathaus und das Stadttheater entspannte Ella wieder. Durch die Bergstraße kam sie zur Triangel, einer Kreuzung von mehreren Hauptstraßen, bis sie in der Brunswiker Straße vor dem Stadthaus stand, in dem ihre Eltern ein Apartment in der Beletage besaßen.

Die stuckverzierte Fassade mit Dreiecksgiebeln über den Fenstern, geschwungenen Konsolen und gemusterten Gesimse war im Sinne des Klassizismus völlig überladen. Die Ringe, Ketten und Diamanten, die im Schaufenster des Juweliers blitzten, taten ihr Übriges dazu, dass Ella sich peinlich reich fühlte. Womit hatte sie es verdient, in so einem schönen Haus aufgewachsen zu sein? Nichts unterschied sie von den Kindern im Werftarbeiterviertel.

Sie schlurfte die Stufen hinauf in den ersten Stock, glitt mit den Fingern über die Mesusa im Türrahmen und betete leise um Schutz. Die Form des hebräischen Buchstabens Schin fühlte sich so vertraut an wie ihre eigene Nase. Einen Augenblick lang schloss sie die Augen, dann drückte sie die elektrische Türklingel.

Die Tür wurde aufgerissen und Naomi Silberthal zog Ella in die Arme. „Schön, dass du wieder da bist, Kind!"

„Ich war doch nur ein paar Tage weg." Ella lächelte und drückte sich an ihrer Mutter vorbei in das Apartment.

„Am liebsten würde ich dich gar nicht mehr vor die Tür lassen, aber ich weiß genau, du lässt dich nicht einsperren."

Ella trug ihre Koffer in ihr altes Kinderzimmer, in dem immer noch Puppen auf dem Fensterbrett beim Kaffeekränzchen saßen, als wäre sie erst gestern ausgezogen.

Mutter eilte ihr hinterher. „Das Essen ist in ein paar Minuten fertig, Schefele. Setz dich doch schon einmal, Papa müsste auch gleich von der Bank heimkommen."

„Ich weiß, Mama, es ist kurz vor sechs Uhr." Die Silberthals aßen seit eh und je pünktlich zu Abend. Früher hatte Naomi niemanden daran erinnert und ständig Ellas Brüder gescholten, wenn diese mal wieder nicht auf die Uhr gesehen hatten. Damals, vor dem Krieg, wäre sie auch nicht ihrer Tochter auf der Türschwelle um den Hals gefallen, sie hätte ihr höchstens aus der Küche ein beschäftigtes „Hallo" zugerufen, während sie die Handgriffe der Köchin wie ein Falke überwachte. Stattdessen wäre Daniel Silberthal wie ein Hündchen um Ella herumscharwenzelt, in der Hoffnung, sie hätte ihm etwas aus Berlin mitgebracht.

Ella ließ sich am Esstisch auf einen Stuhl fallen. Der Tisch war über und über bedeckt mit Butter, Brot, Käse und Milch. Ella lief das Wasser im Mund zusammen, aber gleichzeitig verknotete sich ihr Magen.

„Mama, wo hast du denn das ganze Essen her? Dafür braucht man doch Marken!"

Naomi Silberthal kam mit einem Glas Gewürzgurken aus der Küche, die Wangen rot angelaufen und ein verlegenes Lächeln auf den Lippen. „Die Nachbarin war gestern draußen bei ihrem Schwager auf dem Land und hat uns ein wenig weiterverkauft. Gut, nicht wahr?"

„Ein wenig?" Ellas Magen knurrte lautstark. Seit zwei Jahren hatte sie kein solches Festmahl mehr gesehen.

„Vier Pfund Butter, drei Laibe Brot und zwei Pfund Käse."

„Mama! Das ist Schwarzhandel! Und Hamstern obendrein, weißt du, wie viele Arbeiterfamilien man damit satt bekommen könnte?" Entrüstet schob Ella ihren Teller von sich.

„Ach Schefele, das ist doch von Freunden."

„Trotzdem ist es schwarz!"

„Ja, aber von den Lebensmittelmarken wird man nicht satt. Sieh dich an, du bist nur noch Haut und Knochen."

„So wie alle! Außer die Reichen, die sich die horrenden Preise auf dem Schwarzmarkt leisten können. Die fressen sich dick und rund."

„Ach nun!" Mutter strich sich verlegen über die kleinen mütterlichen Speckrollen am Bauch. „Wo ist denn das Problem, ein bisschen Essen von Freunden zu kaufen?"

„Wo das Problem ist? Der Schwarzhandel greift alle Lebensmittel vom Markt ab, bevor sie offiziell gezählt werden. Weil die Bauern allesamt im Krieg sind, haben wir ohnehin wenig, aber wenn dann noch alles Essbare hintendrein an die Reichen verhökert wird, wird der Teller der Armen jeden Tag leerer!"

„Ist ja gut, ich gehe morgen hinüber zum Hausmeister und gebe ihnen etwas ab." Mutter kaute auf ihrer Lippe und kratzte sich an der Schläfe.

„Steht in der Heiligen Schrift nicht, dass man seinen Nächsten nicht ausbeuten und um das Seine bringen soll? Sonst nimmst du es damit doch immer sehr genau."

„Du hast recht. *Hatati* – ich habe gesündigt."

Mutters Gesicht war so zerknirscht, dass Ella jetzt doch grinsen musste. „Und was machst du jetzt?"

„Ich bringe morgen dem Hausmeister und der Witwe in der Bergstraße etwas. Und ich spende in der Synagoge für die Armenfürsorge."

„Und?"

„Und ich kaufe ab sofort nichts mehr von unserer Nachbarin. Aber nur, wenn du dich heute Abend einmal richtig satt isst. Zufrieden?" Naomi Silberthal schlug bittend die Augen auf.

„Zufrieden." Ella lächelte, stand auf und schloss ihre Mutter in die Arme.

„Ach Kind, wie froh bin ich, dass ich dich noch habe."

Sie biss sich auf die Lippen und drückte ihre Mama ein wenig fester. „Weißt du, es ist deprimierend. Auch wenn du ab sofort nicht mehr schwarz einkaufst, das Problem wird weiterhin bestehen und den Armen das Leben schwer machen. Es ist so … ungerecht."

„Ja …"

„In Russland macht man es richtig. Da verteilt man die Güter um. Die Reichen werden nie bereit sein, auf ihren Luxus zu verzichten, damit die Welt gerechter wird. Man muss sie dazu zwingen."

Naomi Silberthal lächelte müde. „Ich weiß nicht. Die Bolschewiki in Russland sind mir zu brutal, aber … ach, irgendetwas muss sich schon ändern."

Die Wohnungstür krachte ins Schloss und Hesekiel Silberthal kam mit schweren Schritten durch den Flur gestapft. Er streckte seinen Kopf in das Esszimmer, den Hut in den Händen und die Brille tief auf der Nase.

„Rieche ich da Käse?"

Beim Abendessen waren die Stühle merkwürdig leer und die Aufmerksamkeit der Eltern ununterbrochen auf Ella gerichtet.

Kein Daniel, der feixende Kommentare einwarf, und kein Samuel, der seine Medizin-Vorlesungen rezitierte und sämtliche Krankheiten der Nachbarn kategorisierte.

Vater fragte, was Wilhelmshaven für eine Stadt war, und Mutter wollte wissen, wie es Katharina ging.

Also erzählte Ella von Kathis Arbeit und wie exzellent sie sich im Werftspeisehaus engagierte. „Aber das wäre nichts für mich dort. Tagtäglich Symptome zu behandeln, ohne die Ursache zu bekämpfen."

„Ich verstehe." Hesekiel Silberthal nickte. „Genau aus diesem Grund versuche ich, auch Ärmeren einen Kredit zu ermöglichen. Soweit es eben geht und ich nicht befürchte, dass sie sich dadurch in eine noch schlimmere Situation stürzen. Aber so können sie sich aus der Armut herausarbeiten."

„Weißt du", Ella stützte den Kopf in die Handflächen, „warum müssen sie sich denn herausarbeiten? Ich musste das auch nicht, mir wurde das Geld in die Wiege gelegt. Wäre es nicht gerechter, alles von vornherein gleich zu verteilen?"

„Interessante Gedanken, die du hast. Aber ich glaube nicht, dass man Gerechtigkeit erzwingen kann." Vater fuhr sich durch seinen grauen Rauschebart. „Weißt du, uns Juden hat man so oft alles weggenommen, so oft wurden wir vertrieben und trotzdem haben wir uns doch wieder aufgerafft. Mit einer Gleichverteilung des Geldes ist langfristig niemandem geholfen, man müsste die Bildung besser verteilen."

Ella lächelte. Ihr Vater hatte schon von klein auf sein Möglichstes getan, um ihnen die beste Bildung zu ermöglichen. Es kam nicht von ungefähr, dass sie als eine der wenigen Frauen studierte. Sie scherten sich als Familie nicht um die herablassenden Kommentare, in der ihre Fähigkeit, als Frau zu studieren, belächelt wurde.

Wie hatte Vater es früher immer so schön gesagt, wenn sie keine Lust zum Lernen gehabt hatte? *Selbst wenn dir jemand die Kleider vom Leib wegnimmt, drei Dinge kann dir niemand nehmen: deine Ehre, deinen Glauben und deine Bildung.*

„Dieser Vorsatz in allen Ehren, Vater, aber haben nicht auch

Menschen, die eine einfache Arbeit ausführen, das Recht auf Geld? *‚Du sollst dem Dürftigen und Armen seinen Lohn nicht vorenthalten, sondern sollst ihm seinen Tageslohn geben. Denn er ist dürftig und erhält seine Seele damit.'"*

„Schefele, ich denke, du solltest das tun, was dir auf dem Herzen liegt. Wenn man sich von Mitgefühl leiten lässt, kommt immer etwas Gutes dabei heraus." Mutter schob Ella die Platte mit dem Emmentaler hinüber.

„Ist das so?", brummte Hesekiel.

Ella schnitt sich eine hauchdünne Scheibe des Käses ab und legte sie auf ihr Brot. Wenn sie der permanenten Unzufriedenheit entrinnen wollte, musste sie etwas verändern. Was lag ihr denn auf dem Herzen? Immer wieder musste sie an die USPD denken, die schon seit vier Jahren gegen den Krieg war und zudem für soziale Gerechtigkeit eintrat. Vielleicht sollte sie sich ihnen anschließen – aber ob das helfen würde? Wie konnte sie als kleines Rad überhaupt etwas in der großen Maschine der Gesellschaft bewegen?

***

Das Steckrübengemüse blieb Nathanael beim Abendessen im Halse stecken. Wiltzi schob es unermüdlich in sich hinein, war dabei aber auffällig still.

Rupert strich sich gedankenverloren über seine Narbe und erinnerte Nathanael an Marten Lütje, den sie bei der Skagerrakschlacht verloren hatten. Der Berchtesgadener und der Rendsburger aus dem hohen Norden hatten sich ähnlich gesehen wie Brüder und zusammengehangen wie Zwillinge. Aber wenn sie den Mund aufgemacht hatten, war dieser Eindruck rasch verflogen. Der eine hatte tiefstes Bayrisch und der andere breitestes Plattdeutsch gesprochen. Die gesamte Besatzung hatte sich über die zwei gewundert und sich gefragt, wie die beiden sich verständigten. Wiltzi hatte gescherzt, dass man die Freunde zwar fragen könnte, aber die Antwort würde man sowieso nicht verstehen.

Würden sie noch mehr Kameraden verlieren?

Stiefeltritte und lautes Keuchen hallten vor der Kasematte III auf dem Flur. Ein Matrose stürzte zur Tür herein.

„Sie wollen sie von Bord bringen!", japste er mit rotem Kopf. „Den Carl Xaver und den Otto!"

„Was?" Wiltzi sprang von seiner Bank auf. „Woher weißt du das?"

„Hab die … Offiziere … reden hören." Der Matrose schnappte nach Luft. „Heute noch soll ein Depeschenboot kommen."

„Heute noch?" Wiltzi klappte die Kinnlade herunter.

„Zefix!", fluchte Rupert.

Das konnte nur eines bedeuten: Zuchthaus oder Todesurteil. Keine Untersuchungen mehr, nicht nur dreißig Tage Arrestzelle. Das Kriegsgericht würde über ihr Urteil entscheiden – und zwar nicht zu milde.

Das hatten Socke und Kreuze nicht verdient. Sie waren kaum erwachsen, jugendlicher Leichtsinn floss durch ihre Knochen. Nathanael biss sich so fest auf die Lippen, dass sie weiß wurden.

„Das können wir nicht zulassen!", brüllte Wiltzi durch die Kasematte. Die Kameraden grummelten und grölten zustimmend.

Ein paar Männer aus der Nachbar-Kasematte schielten in den Raum. „Was ist hier los?"

„Sie wollen Kreuze und Socke von Bord schaffen. Aber wir werden sie aufhalten!" Wiltzi ballte seine Fäuste und stürmte aus dem Essens- und Schlafraum.

Nathanael eilte ihm hinterher, bemüht, mit seinem großen Freund Schritt zu halten. Hintendrein marschierten rund achtzig Matrosen aus zwei Kasematten. Wütende und nervöse Gesichter.

„Was hast du vor, Wiltzi?"

„Wir gehen dahin, wo die Depeschenboote andocken."

„Aufs Achterdeck? Bist du verrückt?" Das lange, spitz zulaufende Deck durfte nur zu dienstlichen Zwecken betreten werden – zum Putzen oder für Übungen. Sonst war es den Offizieren vorbehalten.

„Die sind verrückt! Nicht wir! Was haben Kreuze und Socke denn angerichtet, dass sie Zuchthaus verdienen? Was, hm?" Seine schweren Stiefel knallten auf die schmalen Stufen. Der Schall prallte von den Stahlwänden ab und hallte hundertfach wider wie die Donnerschläge von Gewehrkugeln.

Der lang aufgestaute Zorn der Matrosen würde sich wie ein Gewitter entladen.

Nathanaels Professor für experimentale Physik hatte im ersten Semester seinen Spaß daran gehabt, Gegenstände elektrostatisch aufzuladen und kleine Blitze zu erzeugen. Wenn ein wenig Reibung schon solche Effekte auslöste, wie viel größer würde dieses Gewitter werden, welches die Reibung zwischen Offizieren und Matrosen seit Kriegsbeginn heraufbeschwor?

Sollte er wieder umdrehen? Noch hatte er Zeit, sich in die Kasematte zu verkriechen. Sich Anordnungen zu widersetzen – das war nicht sein Metier. Sie würden höchstens erneut den Kriegsgerichtsrat herausfordern. Dass ihre Kameraden von Bord gebracht wurden, konnten sie doch sowieso nicht verhindern. Nathanael haderte für einen Moment mit sich selbst. Wiltzi hier allein vorpreschen zu lassen, kam auch nicht infrage. Je mehr sie waren, desto größer ihre Chance und desto kleiner die Strafe für den Einzelnen – hoffentlich.

Auf dem Achterdeck herrschte Dunkelheit und eine gespenstische Stille. Es war bereits nach sieben Uhr und die Sonne war hinter dem Horizont verschwunden.

Die Matrosen murmelten leise miteinander. Ein Depeschenschiff war nicht zu sehen, Kreuze und Socke ebenfalls nicht.

„Was nun?", flüsterte Nathanael seinem Freund zu.

Wiltzi formte mit seinen Händen einen Trichter vor dem Mund. „Gebt unsere Kameraden heraus!", brüllte er über das nachtschwarze Deck.

„Jawohl!", rief ein anderer mutiger Seemann.

„Wir sind doch keine Sklaven!"

Die schweren Stahltüren zu den Offiziersquartieren schwangen auf. „Ruhe!", brüllte eine Stimme.

Im Dunkeln konnte man nicht erkennen, wer da rief. Hoffentlich sah man von ihnen genauso wenig. Nathanael senkte sein Kinn tief in den Matrosenkragen.

„Nein! Wir protestieren!", schrie Wiltzi zurück.

Erschrocken kniff Nathanael seinen Freund in den Arm. Woher nahm er bloß den Mut?

„Ruhe!" War das die Stimme des Kapitäns höchstpersönlich?

„Geben Sie unsere Freunde heraus!", brüllte einer der Matrosen zurück.

„Ruhe! Und divisionsweise antreten!" Ja, es musste der Kapitän sein.

Nun wagte keiner mehr, Protest einzulegen. Unschlüssig warfen sich die Männer Blicke zu. Was taten die anderen? Die Unsicherheit, die sich breitmachte, war förmlich zu greifen.

„Hört ihr schlecht? DIVISIONSWEISE ANTRETEN!"

Die Musterungsdivisionen fanden sich still zusammen, in Reih und Glied, wie sie es seit Jahren taten. Wie eine gut geölte Maschine kannte jeder seinen Platz und wie selbstverständlich nahmen sie ihn ein. Nathanael bohrte seine Fingernägel in die Leinenhose, als er die Hände leicht abgespreizt an die Beine legte. Die militärische Grundhaltung war ihm so in Fleisch und Blut übergegangen, dass er sie sogar manchmal abends in der Hängematte noch instinktiv einnahm.

Wie leicht jeder in seine gehorsame Matrosenrolle gefunden hatte. Sie waren so darauf trainiert, dass sie kaum anders konnten. Wie feige sie doch alle waren. Der Kapitän sprach ein Wort und alle sprangen sie wieder zurück in die alten Routinen. Sie hatten ihre Freunde retten wollen, aber schon beim leichtesten Gegenwind drehten sie um. Und er – Nathanael – war am allerschlimmsten. Er war nur widerwillig mitgelaufen, hatte sich noch nicht einmal getraut, einen Ruf auszustoßen, hatte beinahe beim Verhör die Kameraden verraten.

Aber genauso sehr, wie er sich schämte, wusste er, dass er es niemals anders machen könnte. Er hatte schon immer klein beigegeben, er war kein Revolutionär.

In der Dunkelheit war es nicht möglich, den Kapitän zwischen den Offizieren auszumachen, die sich neben den gelb glimmenden Lampen in eine Reihe gestellt hatten. Das Rauschen der Wellen verschlang die Worte, die sie miteinander flüsterten. Schwarze Gestalten huschten hin und her, wilde Tiere, die mit blitzenden Augen ihrer Beute auflauerten.

Nathanael schluckte. Gut, dass die Offiziere keine Nachtsicht besaßen. Doch wie die Maus in der Falle fühlte er sich trotzdem.

Plötzlich blitzte es auf und ein gleißendes Licht blendete ihn. Er blinzelte, Wiltzi schreckte aus seiner strammen Haltung und hielt sich die Hand über die Augen. Die Suchscheinwerfer waren auf das Achterdeck gerichtet.

Mit den mannshohen Lichtern auf gerüstartigen Scheinwerferplattformen vor dem Schornstein des Schiffes konnte man das Meer in der schwärzesten Nacht taghell erleuchten und weiße Linien in den Himmel malen. Er kannte die Lampen gut, beim „Klar Schiff zum Gefecht" und bei Scheinwerferübungen war es seine Aufgabe, eines dieser Geräte zu bedienen.

Trotz der düsteren Wolken wurde es warm im Licht der Kohlenbogenlampen. Langsam – Millimeter für Millimeter – öffnete Nathanael seine Augen. Der Kapitän zur See stand von hinten angeleuchtet vor ihnen, aufziehende Nebelschwaden waberten um seine Gestalt, als wäre er gerade der Hölle entstiegen.

„Matrosen! Augen geradeaus!", brüllte er und die Männer sprangen zurück in die stramme Position. Auch die Letzten öffneten nun ihre Augen wieder.

„Ich dulde auf diesem Schiff nur drei Dinge: Pünktlichkeit, Disziplin und Ordnung. Aufstände, Befehlsverweigerung und Hetzerei haben kein Platz, weder an Deck noch unter Deck." **Carl Wilhelm Weniger** ließ seinen Blick über die Männer gleiten, an jedem Einzelnen hing er einen Moment fest.

Auch Nathanael nahm er ins Visier. Wusste der Kapitän, dass er dem Aufstand in Kasematte III beigewohnt hatte? War er der Nächste, der von Bord gebracht wurde?

„Die Gefangenen werden demnächst mit einem Depeschenboot abgeholt und in Wilhelmshaven interniert. Und jeder, der sich an ihnen ein Beispiel nimmt, darf ihnen gerne folgen."

Das lichter werdende, graue Haar des Offiziers wurde durch

eine Windböe nach Backbord gerissen, aber er selbst stand unbeweglich wie eine Statue vor der Mannschaft.

„Wie ich gehört habe, sind einige unter Ihnen misstrauisch aufgrund der abgebrochenen Minensucharbeiten. Lassen Sie sich versichert sein, dass es sich hierbei" – er warf einen Blick nach rechts und links – „lediglich um eine Übung handelt. Die Flotte wird zu einer gemeinschaftlichen … Übung zusammengezogen." Er räusperte sich. „Abtreten zur Hängemattenausgabe."

In Nathanaels Magen rumorte es. Kapitän Weniger war für seine Strenge bekannt, aber er war ein aufrichtiger und korrekter Mann. Warum hatte er so gestottert?

Wiltzi zog ihn am Arm mit sich. Als sie das Achterdeck verlassen hatten, legte er los: „Glaubst du den Mist, den der gerade von sich gegeben hat?"

Nathanael schüttelte den Kopf. „Er sah so aus, als müsste er sich überwinden, uns diese Lüge aufzutischen."

„Wahrscheinlich wurde ihm die Geheimhaltung befohlen. Potzblitz, Kreuze und Socke hatten recht. Da ist was im Busch!"

„Aber was? Und was willst du dagegen tun? Auch ins … Zuchthaus gehen?"

„Besser Gefängnis als ein zweites Skagerrak."

Nathanael ließ die Worte auf sich wirken. Eine Entscheidungsschlacht mit den Engländern würden sie nicht überleben. Nicht umsonst hatten die spottenden Soldaten im Schützengraben den Refrain aus „Die Nacht am Rhein" umgedichtet. Statt „Lieb' Vaterland, magst ruhig sein, fest steht und treu die Wacht, die Wacht am Rhein" sang man „Lieb' Vaterland, magst ruhig sein, die Flotte schläft im Hafen ein".

Wenn es auch nur irgendeine realistische Chance gegeben hätte, die Macht der kaiserlichen Flotte zu beweisen und die überlegenen Engländer zu besiegen, hätte man sie im Laufe des Krieges genutzt. Die einzige Daseinsberechtigung war die Abschreckung des Feindes, den deutschen Küsten zu nahe zu kommen. Aus den pompösen Seeschlachten, von denen der Kaiser geträumt hatte, war aus gutem Grund nichts geworden.

Nein, Nathanael wollte nicht in den sicheren Tod fahren. Aber war Zuchthaus die bessere Möglichkeit? Ausgerechnet die härteste Form der vier Arten von Freiheitsstrafen im Deutschen Reich. Festungshaft, Gefängnis und Haft waren milder – doch die Kameraden von Max Reichpietsch und Albin Köbis waren auch zu fünfzehn Jahren Zuchthaus verurteilt worden. Bei der Entlassung wäre er einundvierzig! Dann noch zu heiraten oder weiter Forschung zu betreiben – nach eineinhalb Jahrzehnten harter körperlicher Arbeit in irgendeinem Steinbruch bei magerer Kost? Vielleicht würde man auch strengere Konsequenzen ziehen.

„Denk daran, was mit Reichpietsch und Köbis passiert ist. Das Gefängnis kann genauso dein Todesurteil sein."

„Wenn ich die Wahl habe zwischen sicherer Tod und möglicher Tod, dann ..."

„Dann?"

Wiltzi schüttelte den Kopf. „Ich will es wenigstens wissen. Früher hat man uns auch viel mehr über die Pläne gesagt, doch jetzt ist alles ein großes Geheimnis. Haben wir nicht ein Recht darauf, von unserem Schicksal zu erfahren?"

„Was hast du vor?"

„Ich habe keine Ahnung. Aber glücklicherweise habe ich einen schlauen Freund wie dich. Also, was tun wir?"

Sie verstummten, als sie ihre Hängematte von Obertrottel Steede entgegennahmen. Nathanaels Hände waren weißer als sonst und er zog sie schnell zurück. Das Leder fest an seine Brust gedrückt, kehrte er dem Unteroffizier rasch den Rücken zu.

Während sie unter dem Blick des Obermaats die Hängematten an ihre gewohnten Positionen knüpften, reifte in Nathanael ein Plan.

Als der Unteroffizier endlich verschwand, beugte er sich aus seinem Rumsbeutel hinunter zu Wiltzi. „Die Offiziere sind doch alle im Kasino. Und der Kapitän lässt sich das fast nie entgehen. Sein Büro müsste auf jeden Fall leer und unbeobachtet sein. Und wenn wir irgendwo einen Befehl oder so etwas finden, dann dort."

„Ist das Büro nicht abgeschlossen?"

„Am Putztag ist es das nie. Es könnte offen sein."

„Also – nach unserem Zapfenstreich hinschleichen und herumschnüffeln?"

Nathanael holte tief Luft. „Ich weiß nicht. Es steht viel auf dem Spiel und … ähm …"

„Hör auf zu stottern und sag Ja."

Hatte er nicht vorhin erst darüber nachgedacht, wie feige er immer war? Er konnte seinen Freund unmöglich allein losschicken, zumal er sich den Plan ausgedacht hatte. Wenn er scheiterte, konnte er Wiltzi das nicht ausbaden lassen. Er bewegte seinen Kopf wenige Millimeter nach oben und unten.

„Sehr gut, Nattel. Weck mich dann." Mit einem zufriedenen Grunzen drehte sich Wiltzi in seiner Hängematte auf die Schulter.

Nathanael stieß einen Seufzer aus. Warum war es für seinen Freund immer so einfach, sich zu entscheiden? Sollten sie es wirklich wagen? Ihren Hals riskieren? Es ging um das Leben vieler Matrosen, aber in erster Linie brachten sie sich selbst in Gefahr.

Wie gerne hätte er jetzt jemanden um Rat gefragt. Seinen Professor, seinen Bruder oder sogar Ella. Die würde bestimmt ihren Gott um Rat fragen. Wie praktisch wäre es, wenn man sich von einer höheren Macht leiten lassen könnte, die die Zukunft kannte. Aber hier so einsam in seiner Hängematte musste er sich mit seinem eigenen Verstand begnügen. Hoffentlich, *hoffentlich* ging alles gut.

Kapitel 5

Der Nebel hatte sich verdichtet, als sie das kühle Deck betraten. Natürlich hatte Wiltzi tief und fest geschlafen, während Nathanael sich unruhig hin und her gewälzt hatte, bis er die Zeit für gekommen hielt.

Leise setzten sie einen Schritt vor den anderen, drückten sich in die Schatten der Schornsteine und in die Nischen zwischen den Geschützen. Die Suite des Kapitäns lag achtern, im ruhigeren Teil des Schiffes. Bei einer Schiffslänge von 175 m keine weite Strecke, aber zu Beginn ihrer Matrosenlaufbahn hatten sie sich häufig in den labyrinthartigen Gängen unter Deck verirrt. Inzwischen kannten sie das Schiff wie ihre ausgeleierten Hosentaschen, doch nicht, wo die Matrosen der Wache gerade unterwegs waren.

Bei jedem Geräusch, das ihre Schuhe auf dem metallenen Boden auslösten, zuckte Nathanael zusammen. Sein Blick fiel immer wieder auf die Suchscheinwerfer. Obwohl er gegen den grauen Nachthimmel niemand neben ihnen ausmachen konnte, fürchtete er trotzdem, dass die mannshohen Lampen jeden Moment ihr gleißendes Licht auf sie werfen könnten. Wiltzi hätte ihn paranoid genannt, wenn er von seinen Gedanken gewusst hätte.

„Nattel!", zischte Wiltzi, streckte seinen Arm aus und hielt ihn fest.

Nathanaels Herz setzte einen Schlag aus. Wilhelm Starks breiter Rücken versperrte ihm die Sicht. Hatte man sie entdeckt?

Sein Freund drehte sich zu ihm um, einen ernsten Ausdruck im Gesicht.

„Was?", formte Nathanael lautlos mit den Lippen.

„Nichts." Wiltzi grinste. „Es macht mir nur Spaß, dein zu Tode erschrockenes Gesicht zu sehen." Er riss die Augen dramatisch auf und zog den Mund zu einem langen „Oh".

„Du …" Nathanael ballte die Fäuste und widerstand dem

Drang, seinem Freund kräftig auf den Fuß zu treten. Denn dann hätte Wiltzi sicher aufgeschrien und sie verraten.

„Nun mach dir nicht ins Hemd. Wir spazieren da rein und wieder raus wie zwei Mäuse."

Sein Kamerad wollte eine Maus sein? Eher ein Elefant im Porzellanladen!

Hinter den Rettungsbooten standen drei Offiziere, Glimmstängel im Mund, den Blick auf das Meer gerichtet.

„Die haben noch Zigaretten", murmelte Wiltzi und wollte seinen Freund hinüber zur Steuerbordseite ziehen.

„Warte!" Nathanael schüttelte die Hand ab und duckte sich hinter das hölzerne Rettungsboot.

Der Wind trug über das Rauschen der Wellen die Worte der Männer zu ihnen hinüber.

„Wo warst du denn vorhin?"

„Für kleine Offiziere."

„So lange? Hast du etwa vom Mannschaftsfraß genascht?"

„Haha. Nun sag schon, wann geht es los?"

„Morgen früh."

„Ich finde ja, man sollte der Mannschaft sagen, was wir vorhaben. Ich glaube nicht, dass es einen Aufstand geben wird."

„Der Kapitän hat es aber so angeordnet."

„Hast du deiner Frau noch einen netten Brief geschrieben?"

„Geht dich nichts an."

Dann begann der Erste darüber zu lamentieren, dass die Frauen in den Hafenstädten nicht so schön waren wie die in den Großstädten und dass er es gar nicht abwarten konnte, wieder nach Hamburg zurückzukehren.

Nathanael erhob sich langsam aus der Nische und gemeinsam mit Wiltzi huschten sie nach Steuerbord.

„Wir hatten recht, Nattel."

„Dann lass uns zurück, wir wissen genug."

„Nein. Jetzt will ich alles wissen." Wilhelm Stark schob sich weiter am Schornstein entlang. Widerwillig folgte Nathanael ihm.

Es war erstaunlich leicht, in das Büro des Kapitäns zu gelangen.

Anscheinend hatte Carl Weniger keine Angst vor neugierigen Matrosen.

Sobald sie über die Schwelle traten, versanken ihre Füße in einem Perserteppich und die waldgrünen Vorhänge flatterten durch einen Windstoß aufgehetzt.

„Die Brandschutzverordnung wird ja sehr genau eingehalten", murmelte Wiltzi.

Aus den Kasematten der Matrosen hatte man zu Kriegsbeginn sämtliches Mobiliar aus Platz- und Brandschutzgründen herausgerissen, sogar manchen Wandanstrich hatte man abgekratzt. Dem Schiff war jede letzte Gemütlichkeit geraubt worden – doch nur dort, wo die Mannschaft hauste.

Hinter dem schweren Eichenholzschreibtisch stand ein Ledersessel, kunstvolle Buchrücken zierten ein Regal und ein in geschnitztem Kirschbaumholz eingefasster Globus unterstrich die Gelehrsamkeit des Kapitäns.

An den Wänden hingen Urkunden, eingerahmte Seemannsknoten und Fotoaufnahmen der SMS König. So viele persönliche Gegenstände, während die Matrosen sich mit einer Holzschatulle begnügen mussten, in das sie ihr gesamtes privates Leben quetschten.

Auf einem Kartentisch lagen ausgebreitete Seekarten, in die jemand mit Stecknadeln, die geformt waren wie kleine Fähnchen, Orte markiert hatte. Diese Nadeln waren durch dünne Wollfäden verbunden und zogen Linien durch die Nordsee.

Ein blauer Faden spannte sich von Wilhelmshaven hinunter in den Ärmelkanal und spaltete sich dort auf – in Richtung Flandern und zur Themsemündung. Ein roter Faden markierte die Strecke von der Firth of Forth – der Meeresbucht nördlich von Edinburgh – bis hin zur blauen Linie. Vor der lang gestreckten niederländischen Insel Terschelling trafen die beiden Wollfäden in einer extragroßen Pinnnadel aufeinander.

„Das nächste Skagerrak wartet also in Terschelling auf uns." Nathanael tippte die Stecknadel an. Dort würden die englische und die deutsche Flotte nach dem Plan der Admiralität zusammentreffen. Bald würde man diesen Ort in den Geschichtsbüchern mit einem Totenkopf markieren. Er wandte sich Wiltzi zu, der ein aufgeschlagenes Aktenbuch in der Hand hielt.

Wilhelms Stirn war in tiefe Furchen gelegt.

„Was ist?" Nathanael trat zu seinem Freund und warf einen Blick über seine Schulter.

In säuberlich geschwungener Schrift war die Doppelseite mit „Matrose Wilhelm Stark" überschrieben. Verschiedene Einträge mit Daten reihten sich darunter auf, zuletzt das Datum von vor zwei Tagen.

„Steht unter weiterer Beobachtung bezüglich Hetzerei, Meuterei und allgemeiner Vaterlandslosigkeit", las Wiltzi den letzten Satz vor. „Das soll doch ein Witz sein. Was habe ich denn verbrochen?"

„Sie sind zum Beispiel unerlaubt in das Büro des Kapitäns eingebrochen", donnerte eine Stimme.

Eine Seitentür des Raumes stand offen, die vermutlich zur Schlafkajüte des Kapitäns führte. Carl Wilhelm Weniger postierte sich darin, mit zerzausten, grauen Haaren und im Altherrenpyjama. Er beugte sich vor und las den Eintrag im Aktenbuch.

„Wie gut, dass ich mich heute wegen Kopfschmerzen etwas früher hingelegt habe. Sonst wäre mir Ihr kleines Stelldichein hier glatt entgangen, Matrose Wilhelm Stark."

Nathanael hielt die Luft an. So viel zu seinem guten Plan. Oh weh, in was hatte er sie hier hineingeritten?

Der Kapitän zog an einem Band und eine Glocke läutete. Dann wandte er sich an ihn. „Und wer sind Sie?"

„Matrose Nathanael Klingenstein."

„Ah ja." Carl Weniger nahm Wiltzi das Aktenbuch aus der Hand und blätterte darin zum Buchstaben K.

Der erste Offizier spähte durch die Tür, erfasste mit einem Blick in die Runde die Lage und kam wenige Momente mit ein paar Unteroffizieren wieder. Ein breiter Fähnrich zur See packte Wiltzi am Arm, Obertrottel Steede griff nach Nathanael.

„Nun denn, noch einer für die Arrestanstalt." Carl Weniger winkte die Offiziere hinaus.

Steede blieb unschlüssig stehen, seine Finger um Nathanaels Arme gekrallt. „Was ist mit Klingenstein hier?"

Kapitän Weniger winkte ab. „Die Brillenschlange wurde sicher nur von Wilhelm Stark drangsaliert mitzumachen. Wenn ich mir seine Akte so anschaue, ist er lammfromm. Niemand, der eine Revolution anzettelt."

„Also?" Steedes Finger bohrten sich fester in seine Uniform.

„In die Hängematte schicken."

Nathanael fiel die Kinnlade herunter. Das war doch nicht gerecht! Sein Freund sollte für seinen Plan ins Gefängnis wandern und er durfte schlafen gehen? Weil er … eine Brille trug und seine Akte leer war?

Steede riss ihn herum und bugsierte ihn unsanft zurück zur Kasematte III, während Wiltzi in die entgegengesetzte Richtung abgeführt wurde. Nathanael drehte sich nach seinem Freund um. Der Fähnrich und der erste Offizier hatten ihn fest in der Mangel und stießen ihre Stiefel in seine Kniekehlen.

„Was soll das hier, hm? Steckt wohl mit der USPD unter einer Decke und wollt die große sozialistische Revolution, hm? Aber nicht mit uns!" Der Obertrottel schrie die Worte in Nathanaels Ohr, dass ihm die Sinneshärchen fiepten.

„Und denkt nicht einmal daran, eure Kameraden zu befreien. Wir werden aufpassen wie die Schießhunde", bellte Steede. Er öffnete die Tür zur Kasematte III und schmiss Nathanael hinein, bevor er sie krachend zuzog. Müde Gesichter blickten ihm entgegen.

„Was is'?", murmelte Rupert verschlafen.

Nathanael schlich zu ihm hinüber. „Sie haben Wiltzi."

„Was habt ihr Jungs schon wieder Dummes gemacht?", beugte sich ein zweiter Matrose aus seiner Hängematte herüber.

„Ihr versteht nicht: Morgen laufen wir aus. Und dann blüht uns ein zweites Skagerrak."

✳✳✳

Das Apartment der Silberthals in der Brunswiker Straße lag nicht weit entfernt vom Gewerkschaftshaus in der Fährstraße. Dort würde sie sicher auf USPD-Mitglieder treffen. Ella straffte ihre Schultern, als sie das Gebäude erblickte. In die Backstein-Fassade waren weiße Stuckelemente eingelassen, die das moderne Haus imposanter wirken ließen, als sie es erwartet hätte.

Vor den Treppenstufen lungerten ein paar dünne Männer in Baskenmützen und zerschlissener Kleidung herum und rauchten. Einer hockte auf den mit Frost überzogenen Gehwegplatten und zwei standen daneben. Erst als Ella näher kam, wurde ihr klar, dass es sich um Kriegsinvaliden handelte. Dem am Boden fehlten beide Beine unterhalb der Knie und einem der Stehenden der Unterarm. Beim Anblick des Dritten stockte ihr der Atem. An der Stelle, wo seine Nase und seine Wange sein sollten, klafften Löcher, die das Innere seines Mundes freilegten.

Die Wunden waren schon lange verheilt, wahrscheinlich hatte er die meiste Zeit des Krieges im Lazarett verbracht, wie all die anderen Gesichtsversehrten.

Der Geruch von desinfizierendem Karbol stieg ihr instinktiv in die Nase und mit ihm Bilder, an die sie nie wieder denken wollte. Krankheit, Läuse, Blut, Tod.

Die Gesichtsverletzten hatte man unzähligen Operationen ausgesetzt und solch ein grauenhaftes Ergebnis war das Beste, was man herausholen konnte. Ella hatte einige von ihnen gesehen, damals noch mit Verbänden quer um den Kopf.

Was für ein grausamer Krieg, der Menschen so zermalmte!

Wenn sie durch die Tür gehen wollte, musste sie unmittelbar an den dreien vorbeigehen. Es graute ihr davor, obwohl die Männer für ihr Aussehen nichts konnten. Ihre Hände zitterten und es war ihr, als schmeckte sie den Tod auf ihren Lippen, die kalte Erde des Schützengrabens, wenngleich sie nie in einem gewesen war. Sie atmete einmal tief durch und wollte sich an den Männern vorbeidrücken, als der mit dem fehlenden Unterarm sie ansprach.

„Wen suchen Sie?"

Ella stockte, räusperte sich. Sie musste ihren Mut zusammennehmen und die Männer anschauen, als würde sie die Wunden nicht sehen.

Sie sah dem mit dem fehlenden Arm ins Gesicht. „Ich wollte schauen, ob ich hier Mitglieder der USPD finde."

„Allerdings." Der am Boden Sitzende grinste. „Hier sind gleich die ersten drei."

Sollte sie fragen, ob sie mit jemand anderem sprechen konnte? Nein, sie verwarf den Gedanken wieder. Wenn sie glaubte, dass alle Menschen gleich viel wert waren, musste sie sich daran halten, egal was es in ihr auslöste.

„Ich … wollte … wissen, wofür die USPD steht und warum man sie unterstützen sollte", stotterte sie.

„Für die USPD zu sein heißt, gegen diesen Krieg zu sein", erklärte der Gesichtsversehrte. Seine Worte klangen verwaschen, er lispelte und brachte einige Laute gar nicht mehr zustande.

Ella sah zu ihm hin und bemühte sich, ihm offen in die Augen zu sehen. Er blickte zu Boden und zog sich den Mantelkragen über das Gesicht.

„Ich bin auch gegen den Krieg. Und … dafür, dass Arbeiter angemessen bezahlt werden und sich nicht mehr zu Tode schuften müssen."

„Dann sind Sie hier richtig. Mindestlohn und Acht-Stunden-Tag. Dafür werden wir kämpfen. Und für nichts anderes mehr, schon gar nicht für den lumpigen Kaiser."

Ella schluckte. Wenn ein Schutzmann das gehört hätte, hätte er den Mann ohne Beine direkt für Majestätsbeleidigung eingebuchtet, Kriegsinvalide hin oder her.

Aber sie hielt genauso wenig vom Kaiser – und von der obersten Heeresleitung erst recht nichts. Hier dachte man wie sie, hier war sie richtig.

Sie stopfte ihre Erinnerungen in die unterste Schublade ihres Denkens und brachte das Zittern ihrer Hände unter Kontrolle. „Ich gebe euch in allen Punkten recht. Mein Name ist Ella Silberthal."

„Ludwig Holzer." Der Gesichtsversehrte streckte ihr seine Hand entgegen, jedoch ohne sie direkt anzusehen. Die anderen beiden nannten ebenfalls ihre Namen.

„Seid ihr Arbeiter in einer Fabrik?"

Holzer schnaubte. „Waren wir bis vorgestern, aber der Fabrik sind die Kohlen ausgegangen."

„Und deswegen werdet ihr einfach gekündigt? Ich dachte, es gibt Kündigungsschutz."

„Für Angestellte vielleicht. Bei uns Arbeitern steht im Arbeitsvertrag, dass die gesetzliche Kündigungsfrist von vierzehn Tagen nicht gilt. Ein weiterer Grund, USPD zu wählen."

„Wählen." Ella lachte bitter auf. Die letzten preußischen Landtagswahlen hatten ein Jahr vor Kriegsbeginn stattgefunden. Damals hatte sie das Wahlalter von fünfundzwanzig noch nicht erreicht, doch als Frau durfte sie sowieso nicht wählen. Außerdem wurden im preußischen Wahlsystem sowieso die Reichen bevorzugt, da waren auch die meisten Männerstimmen nicht viel wert.

„Gibt es einen anderen Weg, euch zu unterstützen?"

Ludwig Holzer fingerte eine abgerauchte Zigarette aus seiner Manteltasche und steckte sie sich in den gesunden Mundwinkel. „Möglich." Er musterte sie von oben bis unten. „Komm mit, Genossin."

Ella zog anerkennend die Augenbrauen nach oben. Es gefiel ihr, dass sie die Förmlichkeit und das Standesdenken so weit hinter sich gelassen hatten, dass sie einander direkt duzten.

Er führte sie in das Innere des Gewerkschaftshauses, vorbei an einer Bibliothek, Büros und Wohnungen für Wanderarbeiter, bis sie in einem Versammlungsraum ankamen. Auf einem Podium stand ein Mann mit schwarzen Locken und war in ein Blatt Papier vertieft.

Ludwig Holzer klopfte an den Holzrahmen der Tür. „Genosse Orlow? Besuch!"

Der Schwarzhaarige sah auf und musterte Ella aus dunklen, tiefliegenden Augen. Sein Gesicht war von einem Bart eingerahmt, seine Statur muskulös. Die ganze Körperhaltung, gespannt wie ein Bogen von Kopf bis Fuß, strahlte eine charismatische Anziehungskraft aus. Er legte das Blatt Papier ab und trat mit zackigen, schnellen Schritten vor Ella. Dabei überragte er sie um eineinhalb Köpfe. „Genosse Alexander Orlow. Was kann ich für das gnädige Fräulein tun?" Seine Aussprache hatte einen russischen Einschlag, aber er war kaum wahrnehmbar. Er nickte ihr zu und lächelte.

„Die Frage ist eher ...", Ella sah zu ihm hoch und zog schmunzelnd die Augenbrauen nach oben, „... was kann ich für dich tun, Genosse?"

Seine tiefliegenden Augen blitzten. „Mehr, als du dir vorstellen kannst ... Genossin."

✳✳✳

Nathanels Hände, die das Tau umklammerten, waren trotz der Oktoberkälte schwitzig. Er löste die Trosse vom Anlegepoller und gab seinen Kameraden ein Handzeichen, dass sie den Motor des Spills einschalten konnten, um das armdicke Tau an Bord zu ziehen.

Dann folgte er den anderen Matrosen über den schaukelnden Landgang zurück auf die SMS König. Nathanael sah an dem stählernen Schiffsbauch hinab auf die schäumenden Wellen, die wie fortwährende Warnungen gegen die Bordwand schlugen. *Geh nicht, bleib hier.*

Sie legten ab. Weg von Wilhelmshaven. Weg von der schönen Ella, die nachts durch seine Träume schwirrte.

Zur Themsemündung? Würden sie in Terschelling zerschellen, wie es auf der Karte eingezeichnet gewesen war?

Wen würde es diesmal treffen? Er dachte an Wiltzi, der immer noch im Bauch des Schiffes im Arrest saß. Würde er entkommen können, wenn der Rumpf Feuer fing? Oder sank? Die gierigen Wellen spritzten wässrige Pfeile in die Luft und auf seine Matrosenkleidung, die klamm auf seiner Haut klebten.

Er keuchte, hielt sich an der Reling fest und zog sich von der Landebrücke an Bord.

Beim Spill beobachtete er, wie sich das Tau ordentlich um die

Seilwinde dahinter wickelte, als er eine schwere Hand auf seiner Schulter spürte.

„Wir brauchan di." Rupert lehnte sich herunter an sein Ohr und flüsterte weiter: „Konsd du des Morsealphabet?"

Nathanael wagte nicht, sich umzudrehen. Beobachtet sie kein Offizier? Zweimal war er glimpflich davongekommen. Auf ein drittes Mal konnte er nicht hoffen.

„Ich muss meine Aufgaben erfüllen", zischte er zurück.

„Wenn du koa zwoads Skagerrak willst, dann hilfst uns iads bessa!", schimpfte Rupert leise und drückte ihm einen Zettel in die Hand. „Was stäht do?"

Nathanael schob das Stück Papier an seinem Körper nach oben und riskierte einen kurzen Blick. Jemand hatte eilig mit Bleistift Striche und Punkte darauf gekritzelt.

„Was ist das?"

„Hat einer auf der Kommandobrücke zufällig aufgefangen und mitnotiert. Wir gehen davon aus, dass es von der SMS Thüringen ist, aber mehr können wir nicht lesen. Du?"

Nathanael hatte sich irgendwann aus Langeweile und ungestilltem Wissensdurst an Bord das Morsealphabet angeeignet und – wenn er einmal auf der Brücke Dienst hatte – den Funkern zugesehen, wie sie die Texte von der Großfunkstelle Nauen mitschrieben.

„ *Wir Matrosen der SMS Thüringen meutern und sabotieren. Hunderte gefangen genommen. Versuchen weiter, Widerstand zu leisten, und erbitten Hilfe. Offiziere planen Himmelfahrtskommando = SMS Thüringen +* ", las er die Zeichen langsam vor.

„Du hosd wiaklich recht ghobd." Rupert fasste sich an die Stirn.

Nathanael steckte den Zettel eilig in seine Hosentasche und drehte sich zu dem Bayer um. „Und jetzt? Wenn wir meutern, werden sie uns ebenfalls gefangen nehmen!"

„Na ja … na, mia müssen doch wos macha!"

Nathanael ließ seinen Blick über das Deck schweifen. Noch hatte sie kein Offizier bemerkt, aber das würde nicht mehr lange auf sich warten lassen. „Wir landen nur bei Wiltzi im Arrest", murmelte er.

„Bessa wia verrecken!" Rupert strich sich über die Brandnarbe in seinem Gesicht.

„Wir sind so oder so tot." Nathanael sah hinaus auf die sprudelnde Gischt. Wie viel Zeit blieb ihnen noch, bevor sie auf dem Meeresgrund landeten?

∗∗∗

Alexander Orlow setzte sich nicht an seinen Schreibtisch, sondern marschierte dahinter wie ein Tiger im Käfig.

Ella hatte er in einem Sessel platziert und ihr ein Wasserglas in die Hand gedrückt, wo sie nun verharrte und das Raubtier beobachtete. Er trug einen langen schwarzen Tweedmantel und ein dunkler Schal verdeckte den weißen Stehkragen seines Hemdes. Der edle Stoff der Kleidung und der Vollbart ließen ihn aussehen wie ein wilder Mix aus Arbeiter und Aristokrat, der Ella faszinierte. Dies war ein Mann, der entschlossen handelte und etwas bewegen konnte, das spürte sie.

Sie zog das Glas Wasser an die Lippen und lauschte gebannt seinen Worten. Der Seidenmusselin, der sich im Ausschnitt ihres marineblauen Kittelkleides kreuzte, bekam auch ein paar Tropfen ab.

„Der erste Schritt muss sein, diesen Krieg zu beenden. Dafür müssen die Arbeiter so lange streiken, bis es der obersten Heeresleitung richtig wehtut. Ohne Patronen können sie schlecht schießen."

„Und dann?"

„Revolution! Die Arbeiter und Soldaten müssen an die Macht kommen. Man bildet Räte – Arbeiter- und Soldatenräte –, die wiederum Vertreter wählen für zentrale Räte, bis hin zu einem zentralen Arbeiter- und Soldatenrat. Und dieser wird das Land führen. So können die bestimmen, die auch dafür arbeiten und nicht nur hinter ihren dicken Schreibtischen ihr Geld zählen. Frauen natürlich ebenfalls, das Frauenwahlrecht finden wir essenziell." Orlow sah ihr in die Augen.

„Das klingt fair." Ella erwiderte den Blick und beugte sich nach vorne. „Aber wie kann ich dabei helfen?"

„Hast du viel Zeit? Dann hilf uns, Flugblätter aufzuhängen, mit Arbeitern und Matrosen zu reden. Zieh mit uns im Streik. Oder … kannst du gut schreiben? Du könntest Texte für unsere Plakate formulieren. In der Druckerei mithelfen …" Er hielt inne und musterte sie. Dann lief er um den Schreibtisch herum und trat vor ihren Sessel. „Erzähl mir mehr über dich. Woher kommst du? Was kannst du gut, Ella Silberthal?"

Wie er ihren Namen aussprach, dabei das „L" rollte und sie intensiv musterte. „Ich stamme hier aus Kiel aus einer Bankiersfamilie. Eigentlich studiere ich in Berlin Nationalökonomie und Jura, aber dieses Semester sind die Vorlesungen pausiert."

Ein Lächeln umspielte seine Lippen. „Ein schlaues Köpfchen. Dann bist du hier genau richtig, Genossin."

„Hier?" Sie sah sich in dem schlichten Büro um. Es erinnerte sie an das eines Bankangestellten in Vaters Bank. Funktional und einfach. Nur die Plakate, die an den Wänden klebten, unterbrachen das Bild. *Alle Macht dem Proletariat!*", „*Arbeiterklasse, wehrt euch!*" und „*Brot und Freiheit!*" prangten dort in roter Tinte, die eigentlich der Polizei und ihren Anschlägen vorbehalten war.

„Wenn endlich diese blöde Zensur abgeschafft wird, hängen wir diese Entwürfe überall auf", erklärte Orlow. „Aber ich meine nicht dieses Büro und diese Plakate. Du kannst hier an meiner Seite wertvoll sein. Beim Planen der Aktionen, Koordinieren der Mitglieder und Ziehen der Revolutionsfäden. Wenn wir eines in Russland gelernt haben, ist es, dass man den Zorn der Massen in Bahnen leiten muss."

„Du warst in Russland?"

Er lächelte. „Ja, ich habe mit Lenin höchstpersönlich die Revolution der Sowjets, der Arbeiterräte, vorangebracht. Aber Lenin hat mich zurückgesandt, um hier die sozialistische Weltrevolution zu starten." Orlow sah aus dem schmalen Fenster zum Horizont.

Ella lächelte und folgte seinem Blick. Schwalben zogen über den Herbsthimmel und rote Blätter wirbelten vom Wind getragen durch die Luft. Ja, an der Seite von Orlow konnte sie etwas bewegen.

Es klopfte kurz an die Tür und Ludwig Holzer stürmte mit einer Dame durch die Tür, die in den Vierzigern sein musste.

„Hör dir das an, Genosse Orlow." Holzer vergaß komplett, sein Gesicht in seinem Kragen zu verstecken, und schob aufgeregt die Frau vor sich.

„Was? Was ist?" Alexander Orlow drehte sich von Ella weg und war in wenigen Schritten an der Tür. Er nahm die Dame am Arm und führte sie zum zweiten Sessel.

„Mein Mann ist gefangen genommen!"

„Wie, wie meinen Sie das?"

„Er und mein Bruder sind Heizer auf der SMS Thüringen. Mein Bruder hat es mir am Telefon aus Wilhelmshaven erzählt, er hat extra Geld im Telefonhäuschen ausgegeben, um mich anzurufen. Ich arbeite beim Amt und verbinde Telefonate, wissen Sie." Aufgelöst beugte sich die Dame zu Ella hinüber.

„Was ist mit Ihrem Mann?" Sie griff tröstend die Hand der Frau.

„Mein Bruder hat mir erzählt, dass die Flotte nach England fahren und eine Entscheidungsschlacht führen sollte. Und das trotz der laufenden Friedensverhandlungen. Gegen den Willen der Regierung!"

„Und dann?"

„Das konnten sie natürlich nicht hinnehmen! Ein Himmelfahrtskommando! Die Besatzung der SMS Thüringen hat gestreikt, die Heizer haben die Kohlenfeuer aus den Kesseln gerissen, die Lichter gelöscht, sabotiert und sich geweigert, zur Arbeit zurückzukehren. Aber dann wurde ihnen gedroht, das Schiff mit Torpedobooten und einem U-Boot zu versenken, sie hatten sogar schon die Geschütze ausgerichtet. Die SMS Helgoland kam zur Hilfe und bedrohte wiederum die Torpedoboote, aber sie mussten sich trotzdem ergeben. Und nun haben sie alle verhaftet, dreihundert Matrosen und über hundert Heizer haben sie von der Thüringen und der Helgoland eingebuchtet! Und meinen Mann …"

„Wie furchtbar!" Ella zog ein Stofftaschentuch aus ihrer kleinen Lederhandtasche und reichte es der Dame.

„Ich habe solche Angst, dass sie sie alle erschießen lassen. Deswegen bin ich gleich hergekommen, mein Mann war doch bei der Gewerkschaft und ich dachte, hier kann man mir bestimmt weiterhelfen."

Orlow nickte. „Direkt können wir ihm nicht helfen, aber indirekt. Genosse Holzer, wir berufen morgen eine Versammlung im Saal ein. Wir haben einen Generalstreik vorzubereiten!"

Kapitel 6

Langsam ließen sie die Meerenge um Bremerhaven hinter sich. Der geradlinige Priel führte genug Fahrwasser, während sich das sandige, nasse Wattenmeer bis zum Horizont erstreckte.

Fast wünschte er sich, auszusteigen und nach Hause zu laufen, doch ihm fehlte die Erfahrung eines Wattwanderers, er würde sich verirren und in der aufkommenden Flut ertrinken. Nein, erfrieren, denn dank der „Klar Schiff"-Übung musste er eine Rettungsweste mit kratzigen Nähten tragen.

Nathanael war auf seinem Posten an den Kohlenbogenlampen und wartete darauf, dass das Exerzitium beendet war. Gerade hatte er den einen Meter fünfzig großen Spiegel auf der Rückseite abgenommen und die dünnen Kohlenstäbe ersetzt, die beim Brennvorgang alle drei Minuten einen Zentimeter an Länge verloren.

Schon als achtjähriger Junge hatte ihn die Technik dahinter fasziniert, als er bei einer Filmvorführung des Deutschen Flottenvereins zum ersten Mal so eine Lampe gesehen hatte. Die Kohlenbogenlampe hatte die bewegten Bilder von hinten beleuchtet und magisch tanzende Fotografien hervorgebracht. Mit seinem Bruder Aaron hatte er sich Schulter an Schulter weit über die Absperrungen gebeugt, um alles in sich aufzusaugen.

Die gezeigten Kriegsschiffe hatten ihn in den Bann gezogen. Das schaukelnde Wasser, der rollende Pulverdampf, der den Schloten entquellende schwarze Qualm.

Jetzt füllten ihn diese Bilder nur noch mit Schaudern und Abscheu. Morgen früh würden am Horizont englische Kreuzer auftauchen. Unzählige Haie, die die deutsche Flotte wie ein Schwarm Enten aussehen lassen würde.

Seit dem Beginn des Krieges fühlte sich die Welt an, als wäre sie aus dem Takt gekommen. Aber aus welchem Rhythmus? Hatte es je einen gegeben?

Sie ließen das Wattenmeer hinter sich. Backbord tränkte die

untergehende Sonne die Nordsee blutrot. Unheilverkündend und trotzdem atemraubend, im Kontrast zur zyanblauen Troposphäre darüber. Wie klein und unbedeutend die SMS König trotz ihres stolzen Namens im unendlichen Universum war. Eine Blattlaus im Dschungel, nein, ein einzelnes Atom im Sonnensystem. Ob alles wohl wirklich von jemandem geschaffen worden war, wie Ella und so viele andere es glaubten? Ob es einen Taktgeber gab, aus dessen Rhythmus die Welt entsprungen war?

Isaac Newton und Gottfried Wilhelm Leibniz hatten an einen Schöpfer geglaubt, auch wenn ihre religiösen Ansichten sonst eher als unorthodox galten. Aber hatte Charles Darwin mit seiner Evolutionstheorie nicht widerlegt, dass es ein schlaues Wesen hinter allem brauchte? War der Mensch nicht über die Phase der Religionen hinausgewachsen?

Nathanael schnaubte. Eben hatte er noch darüber nachgedacht, wie klein und unbedeutend die Menschheit war. Dann aber sprach sie sich selbst die Macht zu, Gott abzuschaffen. Es ergab alles keinen Sinn. Er fühlte sich, als hätte noch nie jemand die Welt so richtig durchdacht, jeder dachte nur so weit, bis er den Punkt erreicht hatte, an dem er sich in seiner Meinung bestätigt wusste. Gab es einen Gott oder nicht? Das musste sich doch objektiv beantworten lassen.

Ein altes Gedankenexperiment von Blaise Pascal kam ihm in den Sinn, was er einmal in der Zeitung gelesen hatte. In dem Experiment sagte Pascal aus, dass jeder Mensch sein Leben verwettete und es eigentlich nur zwei Möglichkeiten gab, wie die Wette endete:

Setzte man auf Gott, hatte man nichts zu verlieren, sollte es ihn nicht geben. Wenn es ihn aber doch gab, gewann man die Ewigkeit.

Setzte man aber gegen ihn oder enthielt sich der Wette, würde man nichts gewinnen, sofern es ihn nicht gäbe, aber tausendfach verlieren, wenn er doch real wäre.

So oder so war es also laut Pascal nur gut und logisch, an ihn zu glauben.

Damals hatte Nathanael gelacht, denn seiner Meinung nach hatten die, die gegen einen Schöpfer wetteten, einfach nur recht. Sich auf Gott zu verlassen, fand er damals so sinnvoll, wie an den Osterhasen zu glauben. Jetzt war er sich nicht mehr so sicher.

Ob dieser Gott, falls es ihn gab, ihn aus seiner Lage retten konnte? Wenn er nicht existierte, waren alle auf der SMS König verloren. Er stützte sein Kinn in die Handflächen und beobachtete, wie die Sonne langsam hinter dem Horizont verschwand. *Ade, liebes Leben, ade.*

Warum stand die Sonne eigentlich so weit achtern? Sie waren doch auf dem Weg in Richtung Süden zum Ärmelkanal. Der Himmelskörper hätte viel näher am Bug untergehen sollen.

Die ersten Sterne waren bereits mit bloßem Auge zu erkennen. Nathanael suchte den Himmel nach dem Großen Wagen ab, verlängerte die hintere Wagenwand um das Fünffache und fand den gesuchten Polarstern, der immer im Norden stand. Definitiv, sie bewegten sich in Richtung Nordosten.

Eine erneute Planänderung? Das sah der Marine nicht ähnlich. Sein Herz klopfte laut und er schluckte schwer. Was bedeutete das? War es ein gutes oder ein schlechtes Zeichen?

Unter ihm kletterte Obertrottel Steede die steilen Stufen zur Lichtplattform einen Stock tiefer hinauf und kontrollierte den Kameraden. Nachdem sie diese Rollenverteilung schon seit Monaten mindestens einmal die Woche übten, kam der alte Kontrolleur immer noch, um nach den Kohlenstäben zu schauen. Normalerweise nickte Nathanael stumm und senkte die Augen, um den Obermaat loszuwerden.

Aber heute kam Steede ihm gerade recht. Er beugte sich zur Stiege vor, wo der Obertrottel zu ihm nach oben gekrochen kam.

„Mit Verlaub, ähm … wo fahren wir denn hin, Obermaat Steede?"

„Heimathafen. Kiel. Durch den Kaiser-Wilhelm-Kanal."

„Wirklich?" Ein Stein in Größe der gesamten englischen Flotte plumpste von Nathanaels Herzen. War das Universum doch gnädig mit ihm? Oder wer auch immer da draußen sein Unwesen trieb …

„Ja, wirklich!", äffte Steede und klang dabei, als hätte es zum Abendessen verbrannten Grünkohl gegeben. „Ihr werdet für eure Meuterei belohnt und bekommt auch noch Urlaub obendrauf. Und wir werden nie erfahren, wie sich die kaiserliche Flotte gegen die Zitronensafttrinker geschlagen hätte."

„Die was?"

„Bei den feinen Engländern gibt es einen eigenen Inspektor, der überprüft, ob Zitronensaft oder Limettensaft gegen Skorbut mitgeführt wird – kann man sich das vorstellen?" Kopfschüttelnd kletterte Steede die Leiter wieder nach unten.

„Warum bekommen wir Urlaub?", rief Nathanael ihm hinterher.

„Damit ihr Matrosen euch beruhigt, zum Himmel noch mal!" Der Obermaat stieß ein paar Flüche aus, die Nathanael vermuten ließen, dass er sich tatsächlich auf das Gefecht mit den Engländern gefreut hatte.

Als sie von der Elbmündung bei Brunsbüttel in den Kanal einbogen, der Schleswig-Holstein von Westen nach Osten durchschnitt, überkam ihn ein Gefühl von Erleichterung und Freiheit. Er schaltete nach der Übung die Lampe aus und beschloss, seinen freien Abend hier oben zu verbringen.

Die grünen Wiesen schimmerten unter der hauchdünnen Mondsichel und aus den reetgedeckten Dächern auf den roten Backsteinhäuschen stieg der Rauch von Kaminfeuern auf. Schade, dass der Zapfenstreich ihn einholen würde, bevor sie die Rendsburger Hochbrücke passierten. Er liebte es, unter dem Ingenieurskunstwerk hindurchzufahren. Längste Eisenbahnbrücke Deutschlands, größte Stahlkonstruktion der Welt. Es ließ ihn wieder ein kleiner Junge werden, der sich nicht entscheiden konnte, ob er lieber Physiker oder Architekt werden wollte.

Bei der morgendlichen Musterung hatte Steede immer noch schlechte Laune. Beim Putzen des Schiffes schaute er ihnen anschließend scharf auf die Finger.

Nathanaels Lappen zerfiel beim Geschützreinigen in zwei Hälften, aber Ersatz gab es nicht. Als das Kanonenrohr und die Zahnräder blitzten, trat er hinaus in den kühlen Seewind. Er lehnte sich einen Moment über die Reling. Sie waren in der Holtenauer Schleuse kurz vor Kiel, in welcher der Wasserpegel zwischen Ostsee und Kanal ausgeglichen wurde.

Er wollte sich gerade wieder zurück an die Arbeit begeben, als er bemerkte, wie aus dem Rumpf des Schiffes der Landgang ausgefahren wurde und zwei Offiziere heraustraten. In ihrer Mitte führten sie einen Gefangenen.

„Wiltzi!", entfuhr es Nathanael.

Der Hüne drehte den Kopf nach ihm und lächelte ihn schief an, aber trotz der Entfernung konnte Nathanael sehen, wie es seinem Freund graute vor dem, was ihm bevorstand. Drohte ihm die Todesstrafe?

„He, hast du nicht gehört? Klarmachen zum Anlegen! Es geht ins Schwimmdock." Steede packte Nathanael grob am Arm und schubste ihn von der Reling weg.

Er nickte eilig und stürmte auf den Platz, den er beim Anlegen immer einnahm.

Es dauerte eine Weile, die SMS König in das Dock der kaiserlichen Werft zu verfrachten. Normalerweise liebten die Matrosen diesen Vorgang, weil es in den meisten Fällen einen ausgiebigen Landurlaub bedeutete. Nur die, die dableiben mussten, um auf mit Seilen gehaltenen Brettern den Rumpf des Schiffes anzupinseln, waren wenig begeistert.

Doch diesmal war die Stimmung gedrückt. Fröhlicher Landurlaub bei der Familie, wenn man die Kameraden im Zuchthaus wusste?

Als Steede Nathanael im Dock den Urlaubsbescheid und die Lebensmittelmarken für den Urlaub in die Hand drückte, nahm er ihn nicht jubelnd entgegen, sondern blickte nachdenklich auf die blaue Tinte.

Wo brachten sie Wiltzi hin? Wahrscheinlich in die Arrestanstalt der Marine in der Feldstraße. Aber er konnte schlecht dorthin spazieren und seinen Freund herausholen. Der Boden unter seinen

Füßen schwankte, wie immer, wenn er das Schiff verließ. Doch diesmal schien sich die ganze Welt um ihn herum zu drehen.

Ziellos lief er durch die Werftstraße an der kaiserlichen Werft und an der Germaniawerft vorbei. Die Matrosen verliefen sich in alle Richtungen, die meisten zum Bahnhof. Nathanael sah sich nach Rupert um, aber der Bayer war nirgendwo zu sehen.

Eine Gruppe ausgemergelter Werftarbeiter trug Holzbretter über die Straße. Gegenüber lud man Farbeimer aus einem Lastkraftwagen aus.

Wie sinnlos, die kostbaren Ressourcen weiter für den verlorenen Krieg zu verschwenden!

Zehn Tage hatte Nathanael Urlaub bekommen, sein ganzer Jahresurlaub. Der erste seit zwei Jahren. Er könnte nach Blaubeuren fahren, mit dem Vater abends Schach spielen und über seine Patienten sprechen. Muttis Rindergulasch essen – falls sie genug Essensmarken hatte.

Doch dafür müsste er Wiltzi seinem Schicksal überlassen. Aber konnte er überhaupt etwas tun?

Ein Mann mit Schramme an der Stirn, tiefen Falten unter den Augen und schiefen Mundwinkeln rempelte ihn an. „He, Plaaatz daaa", lallte er.

„Entschuldigung", murmelte Nathanael und sprang dem Betrunkenen aus dem Weg.

„Bruggst di ni tou entschulligen. Mine Meenung no mut sick nuuuur de Kaiser entschulligen, düsse Fischkopp. För düssen dösigen Kriech! De schul mi mol an' Moors lecken. Veer Johrn plack ik mi nu, un dat gifft noch ni eenmal goden Rum."

Nathanael sah den Mann irritiert an. Plattdeutsch hatte nicht im Marine-Handbuch gestanden. „Was tun sie vier Jahre?"

„Placken, knojen, arbeeiden! Büst en Klougschieter, wat? Ni lang schnacken, Kopp in Nacken, sach ick da nur."

Bevor Nathanael etwas erwidern konnte, brüllte der Betrunkene schon den nächsten Passanten an. Er erzählte lautstark, dass er seinen Lohn ungerecht fand, der Alkohol nicht mehr schmeckte und dass das Brot heutzutage nur noch aus Pappe sei. Er wisse nicht

76

mehr, wie er seine Familie durchbringen solle, deshalb könne er das Geld gleich versaufen – zu kaufen gäbe es sowieso nichts.

Nathanael erschauderte. Der Mann war so in seiner Sinnlosigkeit gefangen, dass er lieber trank, als sich um seine Angelegenheiten zu kümmern. War es bei ihm nicht ähnlich? Ob er sich zu Hause bei seiner Mutter durchfraß, in einer Bar am Bier nippte oder vor der Arrestanstalt herumlungerte – was machte es für einen Unterschied? Er konnte an Wiltzis Schicksal nichts ändern.

Er trottete in Richtung Bahnhof. Ein paar Möwen pickten im Kopfsteinpflaster nach Essensresten, aber die Menschen hüteten ihre Mahlzeiten sorgfältiger als sonst.

Die Werftkräne ragten über ihm in die Höhe. Mächtig, bedrohlich und einschüchternd. Wenn er doch nur mit Wiltzi reden könnte. Der wüsste, was zu tun wäre!

Oder vielleicht mit der entschlossenen Ella aus Wilhelmshaven. Ob sie gerade in Kiel war? Bestimmt nicht.

Er zog den Kragen seines Matrosenmantels nach oben. Nein, er durfte sich nicht unterkriegen lassen wie der Betrunkene. Wenigstens versuchen musste er es. Nathanael beschleunigte seine Schritte und marschierte am Bahnhof vorbei, die Kaistraße entlang.

Hinter ihm hörte er eine Gruppe wild diskutierender Männer, die zügig näher kam. Er drehte sich um und erkannte den Namen „SMS Markgraf" auf ihren Mützen, ein anderes Großlinienschiff des III. Geschwaders.

„Geben die uns Landurlaub und hoffen, dass wir uns beruhigen! Unverschämtheit!" Ein Matrose spuckte auf den Boden.

„Einen Dreck werden wir uns! So springt man mit uns nicht um!"

Der ausgespuckt hatte, nickte Nathanael zu. „SMS König, hm? Sind die Offiziere da auch solche Schietbüddel?"

Er musste grinsen. „Durchaus. Meinen Freund haben sie eingebuchtet."

„Deinen auch? Bei uns haben sie heute Morgen fast fünfzig Mann verhaftet und von der Schleuse direkt zur Marine-Arrestanstalt abgeführt."

„Und nun denken sie, wir würden uns das gefallen lassen! Wir waren alle dabei – jetzt die Einzelnen zu bestrafen, ist hochgradig ungerecht", ergänze ein rothaariger Matrose.

„Jawohl, wir liegen im Recht! Das Himmelfahrtskommando war Admiralsrebellion! Die sind die Verräter, nicht wir!"

Nathanael nickte. „Und was macht ihr nun?"

„Wir gehen zum Gewerkschaftshaus und suchen Verbündete. Und dann stürmen wir das Ding!"

Gewerkschaft? Die Leute dort unterstützten meist sozialistische Bestrebungen, wollten alte Ordnungen niederreißen und den Besitz umverteilen. Aber wo sollte man sonst Unterstützung suchen gegen diese Ungerechtigkeit? An welches Gericht sollte man sich wenden? Das Kriegsgericht würde sie eher einsperren, als die Kameraden freizulassen.

Nathanael reihte sich hinter den Matrosen ein und folgte ihnen zum Gewerkschaftshaus. Etwas Besseres fiel ihm nicht ein.

Der Saal des Gewerkschaftshauses in der Fährstraße war gut gefüllt. Man hatte die Matrosen am Mittag freundlich begrüßt, sie sogar karg bewirtet und zur Versammlung am Abend eingeladen.

Nun drängten sich etwa zweihundertfünfzig Arbeiter, Soldaten und einige Arbeiterinnen und Hausfrauen in den Saal. Zu seinem Erstaunen konnte Nathanael sogar Unteroffiziere entdecken.

Die Stimmung war am Kochen. Die Gesichter waren zornig, die Luft stickig und die Stimmen laut.

Ein Matrose, dem die Schneidezähne fehlten, stellte sich auf die schmale Bühne und verkündete, dass man die Kameraden auf jeden Fall befreien müsse. Er schlug vor, eine Delegation zu den Offizieren zu schicken und die Freilassung zu verhandeln.

Nathanael schob sich durch die Menschenmenge. Ob Rupert auch gekommen war?

Plötzlich entdeckte er ein vertrautes Gesicht. Neben einem bärtigen Hünen, der wie die menschgewordene Revolution in Person aussah, stand eine zierliche Frau mit schwarzen Haaren und blauem Kittelkleid. Ella! Er konnte sein Glück kaum fassen und schob sich weiter in ihre Richtung. Doch kurz bevor er sie erreicht hatte, hielt er inne.

Was würde sie zu ihm sagen, einer flüchtigen Bekanntschaft aus einem Gasthaus? Würde sie sich freuen oder ihn mit zusammengebissenen Zähnen begrüßen? Oder gar ignorieren? Sie hatte bestimmt nicht die letzten acht Tage damit verbracht, von ihm zu tagträumen.

Er musterte sie. Ella lächelte nicht, aber ihre Augen funkelten vor Erregung. Ihre Aufmerksamkeit lag bei dem Hünen, der mit einem Matrosen diskutierte. Dann wanderte ihr Blick durch den Raum und blieb an ihm hängen.

Ertappt senke Nathanael schnell die Augen, bevor ihm bewusst wurde, dass das noch merkwürdiger war, als sie zu begrüßen. Er sah wieder auf, lächelte und winkte.

Warum winkte er? Wie ein Schuljunge.

Er stolperte vorwärts, streckte ihr die Hand hin, zog sie zurück und schob sie erneut vor.

„Hallo", murmelte er mit zittriger Stimme.

„Der Freund von Wiltzi, hallo", stellte sie fest.

„Nathanael Klingenstein. Richtig." Er lächelte und wagte einen kurzen Blick in ihre Augen. Ein leichtes Lächeln ruhte dort, was er nicht recht deuten konnte. Er sah auf ihre Schuhe. Gutbürgerliche braune Lederschuhe, geschnürt bis über die Knöchel und mit knappem Absatz. Vermutlich teuer, aber ungepflegt und in die Jahre gekommen. Seine Matrosenstiefel blitzten, er polierte sie vor jeder Musterung. Obertrottel Steede hasste Flecken auf den Schuhen.

„Nathanael, ach ja. Wo ist denn dein Freund?"

Er hätte es sich denken können, dass Wilhelm Stark einen Eindruck bei Ella hinterlassen hatte, während er lediglich den Stuhl dekoriert hatte.

„Ähm … Marine-Arrestanstalt. Vermute ich zumindest. Sie haben … ihn festgenommen."

„Wirklich? Wie furchtbar!" Ella trat einen Schritt auf ihn zu. „Wir müssen ihn befreien, hörst du? Sie werden ihn umbringen."

Sie hätte ihm die Faust in den Magen rammen können, der Effekt wäre derselbe gewesen. „Ich … hoffe nicht."

„Ich auch nicht, aber wenn man bedenkt, was sie mit Reichpietsch und Köbis gemacht haben ...“

Nathanael schluckte und krallte seine Finger ineinander. Der Lärm der anderen Matrosen dröhnte in seinen Ohren und die Stimmen vermischten sich zu einer wummernden Kakofonie.

„He.“

Er fühlte eine Hand auf seiner Schulter und wagte einen Blick nach oben. Ella war noch einen Schritt nähergetreten und er spürte für einen Moment ihren warmen Atem an seiner Wange.

„Deswegen sind wir hier. Wir werden ihn da herausholen.“ Ihre sanfte Stimme kribbelte in seinem Bauch.

Sie lächelte und wandte sich dann von ihm ab. Ihre Aufmerksamkeit galt nun wieder dem Hünen.

Nathanael atmete tief durch. Bei seinem Glück mit Frauen war das mit der Wahrscheinlichkeit, dass in einem Glas Kirschen ein Kern vorkam, die vertrauteste Berührung von Ella gewesen, die sie ihm je schenken würde. In den eingemachten Schattenmorellen seiner Studentenbude in Berlin hatten ihn die vergessenen Steine in den Wahnsinn getrieben. Was würde er dafür geben, wenn das gerade seine größte Sorge wäre.

Auf der Bühne wurden weiter Reden geschwungen, aber Nathanael hörte gar nicht mehr richtig zu. Wie es Wiltzi wohl ging in seiner kalten, nassen Gefängniszelle?

„Die Delegation!“, verkündete nun jemand in der Nähe der Eingangstüre. Der Redner auf der Bühne verstummte und wenige Momente später standen die ausgesandten Matrosen und Heizer auf der Bühne.

Gespannt richteten sich zweihundertfünfzig Augenpaare auf sie und die Gespräche verstummten. Dass die Abgesandten ohne freigelassene Gefangene zurückgekehrt waren, war ein schlechtes Zeichen. Aber hatte wirklich jemand damit gerechnet, dass die Männer erfolgreich sein würden?

Ein Unteroffizier räusperte sich. „Die Kommandanten haben uns abgewiesen. Sie waren nicht zu Verhandlungen bereit.“

Ein Raunen drang durch den Saal.

Der Hüne, mit dem Ella gesprochen hatte, trat neben die Delegierten.

„Mein Name ist Alexander Orlow, ich bin Mitglied der USPD und setze mich mit Leidenschaft für die Rechte von Arbeitern, Benachteiligten und einfachen Soldaten ein." Er legte eine Kunstpause ein. Seine Stimme war fest und klar, die eines geübten Redners. Mit seinem Blick zog er die Matrosen Mann für Mann in seinen Bann. „Wie gerne würde ich mit euch heute Abend losziehen und eure Kameraden befreien, die unrechtmäßig gefangen wurden. Aber wir sind noch nicht genug. Doch wir haben viele Verbündete. In dieser Stadt gibt es siebzigtausend Arbeiter. Selbst wenn uns nur jeder Zehnte davon unterstützt – und es werden weit mehr sein –, können wir die Offiziere überwältigen."

Es wurde Beifall gejohlt.

„Wir werden nicht aufgeben, ehe wir eure Freunde befreit haben. Deswegen packt jeden Matrosen, jeden Arbeiter auf der Straße am Kragen und schleift ihn morgen hierher. Keiner ist zu gering, bringt jeden mit, den ihr finden könnt." Orlow deutete eine Verbeugung an und die Matrosen klatschten und pfiffen.

Nathanael zog hingegen die Stirn in Falten. Irgendwas gefiel ihm an dem Mann nicht. Abgesehen davon, dass Ella an ihm hing wie eine Klette, lag ein gefährliches Funkeln in seinen dunklen Augen. Sein ganzer Auftritt und sein Aussehen schrien „verwegener Revolutionär ohne Gewissen". Oder auch „ich versaue dir das allerletzte bisschen Chance bei Ella Silberthal, ohne mich dabei schlecht zu fühlen".

Genau vor solchen Leuten fürchtete sich das halbe Bürgertum des Deutschen Reiches. Nathanael eingeschlossen. Das Sozialistengesetz von Bismarck, das alles verboten hatte, was einen sozialistischen Anschein hatte, war schon fast dreißig Jahre passé. Aber die „Wir gegen die"-Mentalität steckte immer noch in den Köpfen wie der Grießbrei vom letzten Abendessen in den großen Töpfen der Schiffskombüse.

Sie schmückten sich mit „Klassenbewusstsein", was nichts als verhüllter Neid und Hass auf die Oberklasse war. Wann immer irgendwo Streik, Aufstand oder Gewalt herrschte, waren die Sozialisten nicht weit. Dieser Orlow schien da keine Ausnahme zu sein.

Als er von der Bühne kam, war Ella gleich wieder bei ihm und gratulierte zur gelungenen Rede. Damit sie sich in dem Lärm verstehen konnten, standen sie nah beieinander.

Nathanael drehte sich weg. Ja, sein letzter Chancenzug war gerade abgefahren, mit einem gut aussehenden Revolutionär als Lokführer.

Morgen Abend würde er wieder herkommen. Bis dahin musste er einen Schlafplatz finden. Zurück an Bord der SMS König brachten ihn keine zehn Physikprofessoren.

Kapitel 7

Zum Glück fragten ihre Eltern nicht, wo sich Ella den letzten Tag bis in die späten Abendstunden herumgetrieben hatte. Als sie beim heutigen Abendessen erwähnt hatte, dass sie noch einmal weggehen würde, hatte sich Mutter damit zufriedengegeben, dass sie ins Gewerkschaftshaus ging.

„Politisch engagiert wie eh und je. Und so erwachsen, unsere Ella", hatte sie gesagt.

Vater hatte gebrummt, dass er gar nicht wissen wolle, was sie als Berliner Studentin so trieb, aber Ella hatte ihm lachend erklärt, dass sie nicht vorhatte zu sündigen.

Beim Hinausgehen verharrte sie jedoch trotzdem eine Weile an der Mesusa. Ihr Vater hatte die kleine Schriftkapsel damals nach ihrem Einzug an den Türpfosten genagelt. Fein säuberlich reihten sich auf dem kleinen Pergament darin die hebräischen Schriftzeichen aus dem fünften Buch Mose aneinander, wie es seit vielen Jahrhunderten jüdischer Brauch war. „Höre Israel", murmelte sie die ersten Worte und bat leise den ewigen Gott um Schutz.

Sie wusste nicht, wie der Abend verlaufen würde. Es stand nur fest: Die Versammlung würde keine harmlose Partie am Kai werden!

Es war kurz nach achtzehn Uhr, als Ella am Gewerkschaftshaus eintraf. Zu ihrem Erstaunen befand sich davor eine große Traube Matrosen.

„Warum geht ihr nicht hinein?", fragte sie einen am Rand Stehenden von der SMS Markgraf.

„Man lässt uns nicht. Anordnung vom Vizeadmiral."

Ella stellte sich auf die Zehenspitzen, doch sie war zu klein, um über die Köpfe der Männer hinwegzusehen.

„Da vorne stehen bewaffnete Posten und schicken alle weg", erklärte der Matrose ihr bereitwillig. „Aber ich habe auch eine Waffe." Er grinste und zog eine Pistole aus seiner Uniform hervor, die sonst nur Offiziere trugen.

Ella zog scharf die Luft ein und rückte ein Stück ab. So ein Todbringer sollte nicht in ihre Nähe kommen. „Wo hast du die her?"

„Na, von dem ich auch die hier habe." Er beförderte ein paar Stofffetzen aus seiner Hosentasche. Offiziersabzeichen, die jemand mit einem Messer von einer Uniform abgetrennt hatte. Die Pistole verschwand wieder in seiner ausgebeulten Hose. Ella wagte sich nicht auszumalen, was geschehen würde, falls er das Ding nicht gesichert hatte.

„Du willst die Waffe doch nicht verwenden, oder?" Ihr Bruder Daniel war von einer Gewehrkugel getroffen worden. So hatte es im Brief gestanden, den sie von seinem Regiment bekommen hatten.

„Nur, wenn ich muss." Der Matrose zuckte mit den Schultern. „Einbuchten lasse ich mich nicht."

Plötzlich packte jemand Ella am Arm und drehte sie herum. Erschrocken hielt sie die Luft an, bis sie den Mann erkannte. Orlow! Ihr Blick wanderte von seinen Mantelknöpfen hinauf zu seinen Augen, die glänzten wie Obsidian.

„Genossin Silberthal, sag allen, dass wir uns am Exerzierplatz hinter der *Waldwiese* treffen, auf verschiedenen Wegen in kleineren Gruppen."

„Mache ich." Ein warmes Gefühl strömte durch ihre Brust und sie richtete sich auf. Sie wurde gebraucht, sie war wichtig!

Flink stob sie durch die Menge und raunte die Anweisung den Matrosen zu. Mit einem kleinen Grüppchen machte sie sich schließlich selbst auf den Weg. Der Matrose mit der Pistole war ebenfalls in ihrer Gruppe, stellte sich ihr als Peter vor und erzählte ihr vom Matrosenleben.

Sie brauchten über eine halbe Stunde zum Lokal *Waldwiese*, das fast drei Kilometer entfernt lag. Für Droschken hatten die Matrosen und Arbeiter um Ella herum alle kein Geld.

Das prächtige Gebäude mit den Kuppeln am Waldwiesenteich an der Von-der-Goltz-Allee erinnerte sie an eine Zeit lange vor dem Krieg, als ihr Großonkel dort ein rauschendes Geburtstagsfest gegeben hatte. Aus Langeweile war sie mit ihren Brüdern ins angrenzende Waldstück gerannt und sie hatten sich dort einen löchrigen Unterstand aus alten Ästen gebaut. Es kam ihr vor wie die Erinnerung an ein fremdes Leben.

Hinter der *Waldwiese* schien die Versammlung tatsächlich stattzufinden. Allerdings waren kaum mehr als doppelt so viele wie gestern da. Zu wenige.

Immerhin sah Ella einige an Land stationierte Marineeinheiten. Das bedeutete, dass sich ihr Protest weiter ausbreitete. Sie sah sich nach Orlow um, konnte ihn aber nicht entdecken.

Stattdessen sah sie Nathanael, den schüchternen Matrosen von der SMS König, der ein paar Schritte auf sie zukam, stehen blieb und seine Hand zum Gruß hob.

Wie er da stand, verloren in der Menschenmenge. Sie winkte ihn heran. Sein Haar war zerzaust und seine Uniform zerknittert.

„Heute Morgen keine Musterung gehabt?", fragte sie ihn.

Er fuhr sich durch seine rotblonde Frisur und zupfte seinen Matrosenanzug zurecht. „Keine zehn Pferde bringen mich während meines Urlaubs an Bord der König. Im Gasthaus gab es bloß keinen Kamm und keinen Schlafanzug."

Sie grinste und sah sich um. „Wer leitet die Versammlung?", fragte sie Nathanael.

„Keinen blassen Schimmer. Ich bin schon seit einer halben Stunde da und bisher hat sich noch niemand geregt."

Ella trat von einem Fuß auf den anderen. Keiner der Anwesenden schien sich einer leitenden Rolle bewusst zu sein. Hatte Orlow sie nicht zu einer Art rechten Hand von ihm erklärt? War es vielleicht ihre Aufgabe, die Versammlung zu leiten? Hoffentlich erwartete er das nicht von ihr. Sie war nicht gerade darauf erpicht, als eine der wenigen Frauen hier die Führungsrolle zu übernehmen.

Da kam ihr eine Idee. „Peter, du bist doch nicht auf den Mund gefallen, halte du eine Rede!" Er war kaum älter als zwanzig, war schlaksig und kein Unteroffizier. Aber immerhin mutig genug, einen Offizier zu entwaffnen. Da konnte er auch ein bisschen die Stimmung einheizen.

„Ich?" Der Matrose von der Markgraf sah sie verwundert an.

„Ja, begrüße alle zusammen und sage, dass wir die Kameraden befreien müssen."

Er schlug sich gegen die Brust. „Nun denn, wie könnte ich mich dieser ehrenhaften Aufgabe entziehen. Und wenn es sonst keiner macht …" Peter winkte mit den Armen und versuchte, die Aufmerksamkeit der Meute auf sich zu ziehen. „RUHE, RUHE!"

Eine Bühne gab es hier nicht, deswegen platzierte er sich kurzerhand auf einem Holzstoß. Hinter ihm erhoben sich die mächtigen Eichen und Buchen des Vieburger Gehölzes mit roten, gelben und braunen Blättern. Nun – einen Kopf größer als die Menge – schaffte Peter es, sich Gehör zu verschaffen.

„Wie schade, dass so wenig Kameraden den Weg hierher gefunden haben. Dies muss bei der nächsten Versammlung anders werden! Ihr alle, jeder Einzelne von euch, muss seine Kameraden von unserer Sache hier überzeugen."

Ella nickte anerkennend. Da war wohl ein Redner an dem Matrosen verloren gegangen.

Ein Wind pfiff durch den Wald, Blätter raschelten und Peter musste lauter sprechen.

„Ihr wisst alle, wie lange uns die Offiziere schon belügen. Könnt ihr euch noch an die Skagerrak-Schlacht erinnern, nach der die Zeitungen schrieben, dass nur sieben Schiffe versenkt wurden und die restliche Marine wohlbehalten zu Hause angekommen war?"

Zustimmendes Gelächter.

„Ihr Werftarbeiter wusstet gar nicht, dass so zerlöcherte Schiffe überhaupt noch fahren können! Es wird Zeit, dass wir uns nicht länger belügen lassen! Unsere Kameraden sind unschuldig, ihr wisst das genauso wie ich! Ich will also Matrosen-Division, Werft-Division, U-Bootsmannschaften und Werftarbeiter hier sehen! Die Hauptsache ist, dass wir die Freilassung unserer Kameraden erlangen!"

Peter sprang vom Stoß herunter, der sogleich von Männern der Werft-Division und der kaiserlichen Werft in Beschlag genommen wurde, die mitteilten, dass ihre Truppenteile sehr wohl bei der Sache dabei wären.

Es folgten ein paar weitere Reden von Matrosen und Heizern, bis Ella Alexander Orlow in der Dunkelheit auf dem Holzstoß ausmachen konnte.

Seine zackige Stimme mit der russischen Färbung hallte über den Platz und übertönte mit Leichtigkeit das Rascheln der Bäume.

„Vor einem Jahr", begann er pathetisch, „fand genau an diesem Ort eine Versammlung der USPD statt. Gegen den Krieg, gegen das Morden. Ich war damals nicht hier, ich half unseren russischen Arbeiter-Brüdern, den Sowjets. Aber ein Freund von mir war dabei."

Bei den anderen Reden hatten die Versammelten leise miteinander getuschelt, doch nun hörte man nur noch das Knacksen und Flüstern des Waldes. Sogar der Wind hatte sich gelegt.

„Dieser Freund wurde verhaftet und kurz darauf an die Front verbannt. Flandern. Sand, ewig nasse Stellungen und hagelnde Granaten."

In Ella zog sich etwas zusammen. „Entschuldigt mich", murmelte sie und stieß sich durch die Menge nach draußen an den Waldrand. Sie hörte Orlows Worte trotzdem noch.

„Kaum zwei Wochen später hat es ihn erwischt. Ein Jahr Lazarett, aber seine Narben wird er für immer tragen. Doch – im Gegensatz zu vielen deutschen Männern – lebt er und kann uns seine Geschichte erzählen. Sein Name ist Ludwig Holzer."

Ella fuhr herum. Der Gesichtsversehrte, den sie vor dem Gewerkschaftshaus getroffen hatte, stand neben Orlow auf dem Holz, sein Gesicht tief in seinem Mantelkragen verborgen.

„Genosse Holzer, zeig dich der Welt! Wir alle sind deine Brüder und stehen an deiner Seite."

Holzer schob seinen Kopf für einen Moment nach oben und ein entsetztes Raunen ging durch die Menge. Ella drehte sich weg, sah in die Dunkelheit des Waldes. Das Blut in ihren Ohren rauschte und sie presste ihre Hände darauf. Wie konnte Orlow den armen Holzer nur so entblößen vor der ganzen Meute? War es nicht offensichtlich, dass es dem jungen Mann unangenehm war, sich zu zeigen? Sie musste an ein anderes entstelltes Gesicht denken, das ihr einst so lieb und vertraut gewesen war.

Orlows Stimme wurde noch lauter: „Wir brauchen Frieden. Nicht morgen, nicht in einem Monat, nicht in einem Jahr, sondern heute! Wenn das Blutvergießen nicht sofort aufhört, wird jeden Tag mehr Proletarierblut fließen."

Die Nachtschwärze vermischte sich mit der Schwärze vor Ellas Augen. Ja, es war wirklich genug Blut vergossen.

„Stoppt das Leiden! Verweigert den Dienst, bockt dem blinden Gehorsam, die Schiffe dürfen nicht mehr in See stechen. Die Mannschaften müssen einfach von Bord gehen. Wenn die Leute der besitzenden Klasse ihren Krieg führen wollen, dann sollen sie das ohne uns tun! Sie können sich gerne für uns in die Stellungen setzen, weiterkämpfen und sich erschießen lassen!"

Die Versammlung brach in Jubel aus.

„Jaaa!", brüllte Ella aus sich heraus, aber der zustimmende Ruf erstarb ihr im Hals. Es war drastisch, Holzer so herumzuzeigen, doch offensichtlich wirkungsvoll gewesen. Hoffentlich hatte er wenigstens vorher Bescheid gewusst.

Längst vergrabene Gefühle wollten sich in ihr Bahn brechen. Mühsam kämpfte sie sie nieder. Nicht jetzt. Nein.

„Unsere Ziele sind: die Bekämpfung des Militarismus. Die Beseitigung des Klassensystems und der herrschenden Klasse. Wir werden versuchen, dies mit Ruhe zu erreichen. Aber wenn das nicht funktioniert, sind wir gezwungen, Gewalt anzuwenden!"

Die Menge tobte. Ella nickte still in sich hinein. Sie gab Orlow recht. Sofern es friedlich nicht ging, musste man sich wehren! Es durften nicht noch mehr Menschen in den Fleischwolf des Krieges geworfen werden. Ihre Arme bebten und sie schlang sie um ihren Körper. Zu viele waren schon getötet worden. Zu viele.

Eine Berührung an der Schulter ließ sie zusammenzucken.

„Ella?" Es war Nathanael. „Geht es dir … Ihnen … ähm … geht es dir gut?"

Sie drehte sich zu ihm um. „Ja … ja, alles bestens."

„Bist du dir sicher? War dir der Vortrag … zu … ähm … anschaulich?"

„Unsinn." Ella winkte ab. Der Matrose sollte nicht denken, dass sie nichts aushielt. „Es ist nur … meine Brüder sind im Krieg gefallen, daran musste ich denken. Mehr nicht."

„Ah." Er biss sich auf die Lippen, hielt ihr den Arm zum Unterhaken hin und zog ihn dann wieder weg.

Es war ihr lieber so. Sie brauchte niemanden, auf den sie sich stützen konnte. Sie gingen nebeneinanderher zurück zur Versammlung und traten neben Peter.

Auf der improvisierten Bühne beschloss man, sich morgen erneut zu treffen und die Versammlung zu beenden.

„Ein Hoch auf unsere Matrosen, die ihre unrechtmäßige Gefangennahme tapfer ertragen!"

„Hoch!", hallte es von allen Männern zurück.

„Ein Hoch auf die internationale Sozialdemokratie!"

„Hoch!"

„Ein Hoch auf die USPD!"

„Hoch, hoch, hoch!"

Ella rief die Worte aus vollem Herzen mit. Dann legte sie je eine Hand auf Peters und Nathanaels Rücken und schob sie vorwärts. „Kommt mit, ihr beiden, ich muss euch Alexander Orlow vorstellen."

***

Der Hüne mit dem bärtigen Gesicht, das in der Dunkelheit noch düsterer wirkte, klopfte Peter kräftig auf die Schulter.

„Gute Ansprache, Kamerad!"

Nathanael warf er nur einen flüchtigen Blick zu. Er war froh darum, nicht mit Orlow reden zu müssen. Wie er vorhin den Gesichtsversehrten vorgeführt hatte, dem es offensichtlich unangenehm gewesen war, sich vor der Meute zu zeigen. Grausam und opportunistisch!

Er wandte sich an Ella, die ihren olivgrünen Mantel eng um ihr schwarzes Wollkleid geschlungen hatte. Sie zitterte, ob vor Kälte oder Aufregung konnte Nathanael nicht sagen. Ihre kaffeebraunen Haare hatte sie zu einer simplen Frisur hochgesteckt. Sie hatte niedergeschlagen gewirkt vorhin am Waldrand, fast zerbrechlich. Als gäbe es noch eine andere Seite von ihr als die der kühnen Revolutionärin. Eine trauernde, verletzte Seele. Doch jetzt lächelte sie wieder und strahlte eine Kraft aus, die er nur bewundern konnte.

„Kommt ihr mit in das USPD-Parteibüro? Es gibt noch einiges zu planen", fragte Orlow, aber sein Blick ruhte auf Ella.

Diese nickte eifrig. Peter lehnte ab, er wollte den Abend lieber bei einem Bier im Gasthaus ausklingen lassen.

„Und du?", wandte sich Ella an ihn.

Hätte nur Orlow ihn gefragt, hätte Nathanael siebenmal abgelehnt. Mit der USPD hatte er nichts zu schaffen, mit Bolschewismus wollte er auf keinen Fall etwas zu tun haben. Er war lediglich hier, um seinen Freund Wiltzi zu befreien. Doch der hoffnungsvolle Blick dieser Frau ließ ihn schmelzen wie eine Tafel Schokolade bei fünfzig Grad Celsius. Zeit mit ihr zu verbringen, schien ihm wesentlich besser, als mit fremden Matrosen in einem Gasthaus alkoholische Getränke zu sich zu nehmen. Außerdem half es ja vielleicht doch dabei, Wiltzi heil wiederzusehen.

Er nickte Ella zu. Sie grinste, hakte sich dann aber bei Orlow ein, der ihr seinen Arm bot. Obwohl Nathanael wusste, dass er keine Chance bei ihr hatte, versetzte es ihm einen Stich in die Brust.

Sie folgten den anderen Matrosen zurück in Richtung Stadt. Doch kurz hinter der als Kaserne genutzten *Waldwiese* endete der Zug abrupt. Es ging nicht mehr vorwärts, alle hatten angehalten. Dann ertönten Rufe – oder waren es Schreie? Ein Schuss zerriss die Nacht und Lichtkegel von Taschenlampen sausten über ihre Köpfe hinweg.

Plötzlich packte jemand Nathanael am Arm und riss ihn von dem Zug fort. Zwei Seesoldaten hielten ihn umklammert.

„Haben einen, Herr Leutnant", murmelte einer von ihnen unmotiviert.

Was war das? Nathanaels Arme schmerzten, aber trotzdem versuchte er, sich ein Bild von dem Chaos zu machen. Zwei Trupps der Marineinfanterie waren aufgetaucht, die Offiziere fuchtelten wild herum und gaben Befehle zu verhaften und auseinanderzutreiben.

Nun war es endgültig vorbei mit der Gnade des Universums. Mit seiner Akte konnte er nicht mehr damit rechnen davonzukommen. Wo sie ihn wohl hinbringen würden? Wiltzi zu befreien, konnte er sich aus dem Kopf schlagen, wenn er Glück hatte, würden sie sich noch auf dem Hof der Arrestanstalt begegnen.

„Es tut mir leid, Wilhelm. Ich habe es versucht", flüsterte er leise.

„Spar dir dein Geständnis fürs Verhör auf", gähnte einer der beiden Soldaten.

Er sollte verhört werden? Da hatte er bereits Erfahrung. Möglichst aussehen wie ein harmloser Physikstudent.

Aber die würden sicher seine Akte anfordern und sehen, dass er sich definitiv zu viel mit den falschen Leuten umgab. Am Ende hielt man ihn noch für einen verrückten Wissenschaftler, der neue Waffen für die Revolutionäre entwickelte oder so etwas.

Nein, unschuldig aussehen würde nichts bringen. Er schloss die Augen. Konnte nichts mehr sein Schicksal abwenden? Keine Sonne, die in der falschen Himmelsrichtung stand und ihm Freiheit verkündigte? Kein Schicksalsgott, der ihn retten konnte? Nein. Er war ganz und gar allein.

„Was macht ihr denn da? Ihr könnt doch nicht einfach eure Kameraden verhaften!" Ellas wütende Stimme ließ ihn seine Augen aufschlagen. Mit in den Hüften gestemmten Händen funkelte sie die beiden Soldaten an. Trotz ihrer eher kleinen Körpergröße wirkte sie ziemlich respekteinflößend, in etwa so wie eine zornige Ehefrau mit Nudelholz.

Der Rechte zuckte mit den Schultern. „Na ja, Befehl ist Befehl."

„Und wenn man dir befiehlt, auf deine eigene Mutter zu schießen? Machst du das dann auch? Wann wacht ihr endlich auf?! Ihr seid für eure Offiziere wie willenlose Sklaven."

„Wenn wir Befehle verweigern, endet es immer böse", wandte der Linke verunsichert ein. Nathanael gab ihm recht, aber er hielt es für unvorteilhaft, das in diesem Moment laut auszusprechen.

„Ja, solange es Schafe gibt, die eurem Leutnant noch folgen. Wir tun etwas dagegen, wir versammeln uns aus Protest, wir wollen zu

Unrecht gefangene Kameraden befreien – und was tut ihr? Redet etwas von ‚Befehl ist Befehl'!"

Nathanael bewunderte den Feuereifer, mit dem Ella die Männer ansprach. Das Karamellbraun in ihren Augen war zu einem lodernden Inferno geworden und ihre Stimme klang tief und befehlend.

„Du hast gut reden. Wie stellst du dir das vor? Was sollen wir denn tun?"

„Lasst ihn los und trollt euch! Und besser noch, kommt morgen Abend um halb sechs zur Versammlung! Dann zeigen wir es den Offizieren und dass sie euch nicht länger herumkommandieren können!"

Die beiden Seesoldaten sahen einander hilflos an, ließen Nathanael zögerlich los und traten einen Schritt zurück. Schnell schob er sich hinüber zu Ella. Sie griff ihn am Arm. „Weg hier, bevor uns jemand anderes erwischt, der nicht so einfach zu überzeugen ist."

Sie stoben durch die Meute. Geschickt wie ein Hase schlug Ella Haken um die Soldaten herum und Nathanael keuchte ihr mit so viel Adrenalin in den Adern hinterher, dass er seine Schläfen pochen spürte. Bloß weg von hier!

Hatte er es tatsächlich erneut geschafft zu entkommen? Er wagte es gar nicht zu glauben. Aber die fliegenden Röcke vor ihm waren ein eindeutiges Indiz für seine Freiheit.

Sie rannten so schnell sie konnten und blieben erst im Stadtteil Südfriedhof stehen. Atemlos stützte er die Arme in seine Seite.

„Vielen Dank", keuchte er und lachte so befreit auf, dass es fast ein wenig irre klang. Schnell fiel er wieder in einen ernsten Tonfall. „Wo ist der Hüne hin?"

„Wer?"

„Dieser Revoluzzer ohne Gewissen. Orlow."

„Ohne Gewissen?"

Er zuckte mit den Schultern. Wie sollte er ihr sein Misstrauen auch erklären?

Sie sah sich um. „Weiß ich nicht. Habe ihn im Gewühl verloren. Aber das Parteibüro finde ich, das liegt in der Preußerstraße, nördlich der Triangel. Ich wohne dort in der Nähe."

„Das sind über drei Kilometer. Und hier draußen finden wir bestimmt keine Droschke."

„Dann beeilen wir uns besser. Und ich laufe sowieso gerne."

Ella hakte sich bei ihm unter. Eine Gänsehaut zog sich von seinen Fingerspitzen bis zur Schulter hinauf. Es erfüllte ihn mit Stolz, sie durch die Straßen im Laternenschein zu führen, ihre Hand auf seinem Arm. Obwohl eher sie ihn führte, aber das war nebensächlich.

Sie leitete ihn durch die Straße Sophienblatt, benannt nach der Hopfenart, die früher vor der Stadtgrenze angebaut worden war. Als sie ein Gebäude passierten, das mit seiner historischen Fassade an die italienische Renaissance erinnerte, räusperte Nathanael sich: „Ein interessanter Baustil." Er biss sich auf die Zunge. Was für ein ungeschickter Versuch, ein anregendes Gespräch zu beginnen.

„Das Thaulow-Museum. Mein Vater hat meine beiden Brüder und mich ab und zu dort hineingeschleppt. Holzschnitzereien, alte Möbel, ein paar Truhen und hübsche Türen." Ellas Augen glitten an der stuckverzierten Fassade entlang. Obwohl ihre Worte abfällig geklungen hatten, lag in ihrem Blick ein Hauch von Sehnsucht.

„Es war wohl nicht gerade euer Lieblingsausflugsziel."

„Nein." Sie lachte leise. „Meine Brüder haben allerlei Unsinn angestellt, weil ihnen so langweilig war. Einmal haben sie sich hinter die Absperrungen geschlichen und so getan, als würden sie an dem zweihundert Jahre alten Schreibtisch schlafen wie in der Schule." Ein versonnenes Lächeln glitt über ihre Lippen, dann wurde sie wieder ernst. „Doch man muss die Vergangenheit ruhen lassen, nicht wahr?"

„Ich wünsche mir Wiltzi zurück. Aber keinen einzigen unserer gemeinsamen Momente. Die waren alle auf der SMS König."

„Wie war es dort?"

„Man wird den ganzen Tag herumgescheucht und drangsaliert, weiß aber genau, dass jeder Schritt sinnlos ist. Wir malochen uns seit Jahren für Übungen die Finger krumm, während es kein Geheimnis ist, dass wir mit der großen Flotte nicht die geringste Chance gegen die Engländer haben."

„Ist das nicht besser, als durch den Schlamm zu kriechen und zu sterben?" Ellas Stimme nahm einen seltsamen Klang an.

„Ähm ... ja. Das Leben an der Front muss viel ... schlimmer sein", stotterte Nathanael.

Sie schwieg einen Moment in Gedanken versunken. Ihre Hand auf seinem Arm fühlte sich plötzlich kraftlos an.

Doch dann straffte sie sich und sah ihm ins Gesicht: „Was würdest du tun, wenn du alles machen könntest? Wenn dir jede Tür der Welt offenstehen würde?" Mit einem Schwung sprang sie seitlich auf eine Bank, die am kleinen Kiel zum Verweilen einlud. Auf der mittleren Planke balancierte sie und blieb am Ende der Sitzgelegenheit stehen, ihren Blick auf ihn gerichtet. Strähnen hatten sich aus ihrer Frisur gelöst und standen zerzaust ab. Hinter ihr erhob sich das Kieler Opernhaus aus Backstein mit einem Türmchen auf der Kuppel empor.

„Mit Albert Einstein, Max Planck und Niels Bohr an der Quantenphysik forschen."

„Was für eine Physik?"

„Quantenphysik! Sagt dir Einsteins Relativitätstheorie etwas?" Er stand unterhalb von Ella, die von oben auf ihn herabgrinste.

„Nein?"

„Sie besagt, dass Zeit immer relativ ist. Zum Beispiel können wir niemals wissen, ob an zwei Orten dieselbe Uhrzeit herrscht." Er breitete seine Arme aus und wackelte mit den Fingerspitzen.

„Das ist doch Unsinn."

„Nein! Warte ..." Übermütig sprang Nathanael auf die nächste Parkbank ein paar Meter weiter. „Stelle dir vor, ich bin die USA und du bist Deutschland."

Ella lachte und wies auf den Kiesboden zwischen ihnen. „Und das ist der Ozean."

„Stell dir vor, wir haben zwei Riefler Präzisionspendeluhren – die genauesten Uhren der Welt. Wenn wir uns in der Mitte treffen, unsere Uhren synchronisieren, dann nach Hause gehen und uns danach wieder begegnen, werden die Zeitmesser nicht die gleiche Zeit anzeigen. Weil wir sie bewegt haben. Und es gibt keine Möglichkeit, unsere Uhren in der Entfernung synchron zu halten."

„Aber ich kann dir doch einfach mitteilen, wie spät es ist. Telegrafieren, funken, mit Radiowellen senden." Sie balancierte auf ihrer Bank hin und her.

„Ja, doch das braucht immer Zeit. Sogar Licht ist nicht unendlich schnell." Er wies auf die Straßenlaterne, deren Gasflamme flimmernde Schatten auf den Boden malte.

„Dann schicke ich eben die Absendezeit mit."

„Aber woher soll ich wissen, ob deine Absendezeit laut meiner Uhr gleich war? Wir wollen ja unsere Uhren synchronisieren." Nathanael beugte sich zu ihr hinüber und verlor fast das Gleichgewicht.

„Aber wir wissen doch, wie lange es dauert, bis eine Nachricht von dir zu mir und wieder zurück geschickt wird. Das kannst du messen und dann nehmen wir davon die Hälfte."

„Aber was, wenn die Nachricht in eine Richtung länger dauert als in die andere? Ein Flugzeug ist zum Beispiel in Windrichtung schneller als gegen den Wind. Was, wenn es mit Radiowellen und Licht dasselbe ist, nur statt Wind etwas anderes?"

„Hm, da ist was dran." Ella sprang von der Bank und lachte. „Das ist wirklich verrückt."

„Deswegen ist es so spannend. Es entzieht sich unserer Lebensrealität." Er hüpfte hinab und bot ihr seinen Arm. Wenn er von Physik sprach, war er wie ein Fisch im Wasser. Und Ellas Nachfragen und ihr Mitdenken verliehen ihm Flügel. Am liebsten hätte er die ganze Nacht weitergeredet, ihr den Sternenhimmel gezeigt und über Einstein geredet.

Ihre Karamell-Augen glühten, als sie sich ihm zuwandte. „Das ist genauso wie bei Gott. Wir denken, wir könnten ihn mit unserem menschlichen Gehirn erfassen, doch er entzieht sich unserer Lebensrealität."

Er stockte. In der Religion fühlte er sich eher wie ein Fisch in der Wüste. „Ich … ähm … bin zwar evangelisch aufgewachsen, aber ich glaube nicht an einen Gott", stotterte er.

„Warum nicht? Ein Herr der Quanten, der schon lange weiß, was die besten Physiker gerade erst herausfinden. Der die Welt zusammengebaut hat. *Im Anfang war das Wort, und das Wort war bei Gott, und Gott war das Wort. Das Wort war im Anfang bei Gott. Alle Dinge sind durch das Wort gemacht.*"

„Er ist nicht erwiesen und hat keine Auswirkungen auf diese Welt, also …" Nathanael zog die Schultern nach oben. Müsste ein allumfassender Gott nicht messbar, spürbar, wahrnehmbar sein?

„Also entzieht es sich deiner Schulweisheit, na und? Viele sagen, er hat Auswirkungen auf ihr Leben. Und erwiesen hat er sich unzählige Male. Wusstest du, dass der Prophet Daniel vierhundert Jahre Geschichte prophezeit hat? Er schreibt unglaublich genaues Detailwissen aus dem Persischen Reich, muss also dort gelebt haben, sagt aber dann die Zukunft bis Antiochos IV. voraus."

„Das könnte doch gefälscht sein."

„Jaja, wann immer etwas auf Gott hindeutet, ist es automatisch gefälscht, egal wie gut die Beweislage ist."

„Wissenschaftler sind sich aber einig, dass …" Nathanael unterbrach sich selbst und schüttelte den Kopf. Er wusste gut, dass es genauso wie Atheisten auch Gläubige unter den Akademikern gab.

„Wie hat es Isaac Newton so schön gesagt? *Wer nur halb nachdenkt, der glaubt an keinen Gott, wer aber richtig nachdenkt, der muss an Gott glauben.*" Sie grinste.

Nathanael sah auf sie hinab. Es wäre schön, daran glauben zu können, dass jemand sie in diesem Leben begleitete und ans Ziel brachte. Doch er war Rationalist, kein Träumer. Wenn es diesen Gott gab, musste er bewiesen werden.

Instinktiv trat er einen Schritt näher auf Ella zu. Sie wich nicht zurück. Obwohl er nicht sonderlich groß war, reichte sie ihm trotzdem nur bis zur Nasenspitze. Für einen so kurz geratenen Menschen hatte sie ganz schön Pfeffer. Sie diskutierte ihn mal eben an die Wand und brachte sogar Seesoldaten dazu, auf sie zu hören statt auf ihre Offiziere.

Neben ihr schillerte das Wasser des kleinen Kiels in der Dunkelheit. Sein Herz klopfte fast so laut wie die Kirchturmglocke, die in der Ferne neunmal schlug.

Ella griff nach seinem Arm und schob ihn vorwärts. „Wir sollten uns beeilen, sonst ist der Abend herum, bevor wir im Parteibüro sind."

Bei diesem fürchterlichen Orlow. Wegen ihm konnten sie ewig hier stehen bleiben. Er seufzte und hielt mit ihr Schritt.

Sie eilten an den hohen Schaufenstern des *Jacobsen Kaufhaus* vorbei. Früher waren hinter dem Glas goldene Federhalter, Bernsteinketten, Hüte mit vierzig Zentimeter langen Federn und perlenbesetzte Kleider zu sehen gewesen, aber nach vier Jahren Krieg schien die Rohstoffknappheit selbst hier angekommen zu sein.

Ella ließ seinen Arm los und eilte die Treppe zum USPD-Büro im Stadthaus vor ihm hinauf. Ihre Röcke tanzten auf den Stufen.

Orlow war schon da. Er hatte Ludwig Holzer dabei und diskutierte mit zwei Männern, die sich knapp als **Lothar Popp** und **Karl Artelt** vorstellten. Artelt trug die Uniform eines Heizers, er war einer der Redner auf dem Exerzierplatz gewesen. Popp war ein Vertreter der USPD.

Sie erörterten, ob man es bis morgen noch schaffte, eine Druckerei aufzutreiben, die bereit wäre, Flugblätter für die morgige Versammlung zu setzen und über Nacht drucken zu lassen.

„Ella, kennst du vielleicht einen Drucker?", fragte Orlow sie.

„Nein, aber wenn es hilft, könnte ich handschriftlich einige Zettel aufsetzen."

„Das wirkt nicht seriös genug", warf Popp ein.

Artelt hob seinen Zeigefinger. „Ich habe eine Schreibmaschine."

„Aber so viele Zettel, wie wir brauchen, kannst du nicht tippen", wandte Ella ein.

„Gibt es hier keinen Vervielfältigungsapparat?", murmelte Nathanael verwundert.

Die Blicke richteten sich auf ihn.

„Natürlich, den gibt es doch in jedem Büro. Du hast völlig recht, Kamerad!" Popp begann direkt, die Regale und Schränke nach dem gewünschten Gerät abzusuchen.

Kurzerhand verfasste Artelt an der klackernden Maschine einen Text. Bis dahin war Popp mit dem Apparat zurückgekehrt und Artelt tippte die Parolen achtmal auf eine Wachsmatrize.

Schnell errichteten sie eine Arbeitskette. Artelt reichte Orlow neues Papier, dieser drehte die Walze des Vervielfältigungsapparates, der mittels einer Spirituslösung eine violette Farbe auf die einzelnen Blätter abgab. Ella und Nathanael schnitten die Zettel fein säuberlich auseinander, sodass aus jedem Papier acht Flugblätter entstanden, die sie auf Stapel schichteten. Popp bereitete währenddessen die nächste Wachsmatrize vor, da eine nur für zweihundert Kopien reichte.

Kameraden, schießt nicht auf eure Brüder!

Arbeiter, demonstriert in Massen,

lasst die Soldaten nicht im Stich!

So lautete die Botschaft, die sie immer und immer wieder durch die Maschine drehten.

Als der Stundenzeiger sich in Richtung Mitternacht neigte, hatten sie einige Tausend Flugblätter erstellt.

Nathanael bot an, Ella nach Hause zu bringen, doch Orlow lenkte sofort ein. „Ich habe sie hierher bestellt, selbstverständlich bringe ich sie auch nach Hause."

„Ich kann allein nach Hause laufen, es ist direkt um die Ecke." Ella rollte mit den Augen.

„Ich komme mit", erklärte Orlow resolut.

Ella nickte. „Na gut, wir sehen uns morgen allesamt."

„Wo?", warf Nathanael schnell ein.

Orlow lachte. „An der Spitze des Demonstrationszugs natürlich, wo denn sonst. Gute Nacht zusammen!"

Mit vor Müdigkeit glasigem Blick musste Nathanael beobach-

ten, wie sie sich an den Arm des Hünen hängte und im Treppenhaus verschwanden. Er folgte ihnen bis zur Straßenecke mit po-
chenden Druckstellen von der Schere, die Schultern hängend wie
ein Sack Kartoffeln.

Ob die Demonstration morgen einen Befreiungsschlag für
Wiltzi bringen würde, wie sich das alle im USPD-Büro vorstellten?
Er konnte es nur hoffen.

Kapitel 8

Naomi Silberthal erzählte beim Frühstück ohne Punkt und Komma, wie sehr sich die Nachbarn über die Lebensmittelliebesgaben gefreut hatten.

„Du hattest recht, Ella, es war eine wundervolle Idee, sie nicht für uns zu behalten, sondern weiterzugeben. *Wer sich des Armen erbarmt, der leihet dem HERRN; der wird ihm wieder Gutes vergelten*", zitierte sie aus Mischle Schlomos oder den Sprüchen Salomos, wie es die Christen nannten. „Ich habe uns übrigens heute freiwillig gemeldet, beim israelitischen Frauenverein auszuhelfen. Wir sammeln Altkleider für die jüdische Armenhilfe und Kriegsvorsorge, jetzt, wo Stoffe so knapp sind. Zudem kommt eine Abgesandte des jüdischen Frauenbunds von Bertha Pappenheim und wird uns über den Mädchenhandel und das Heim für schwangere Frauen und ledige Mütter in Frankfurt erzählen."

„Was meinst du mit *uns*?", fragte Ella und hoffte, dass sie von sich selbst im majestätischen Plural gesprochen hatte.

„Es wäre schön, wenn du mitkommst, du interessierst dich doch für Sozialprojekte. Oder hast du etwas anderes vor?"

„Heute Abend ist eine Demonstration, wo ich gerne hingehen würde, und dafür verteilen wir am Nachmittag Flugblätter. Im Gewerkschaftshaus wird man sicher meine Hilfe benötigen."

Hesekiel Silberthal räusperte sich. „Das wird doch von der USPD unterstützt, oder nicht?"

„Ja ..." Ella biss sich auf die Lippen.

„Dann gibt es genug Arbeiter, die sich darum kümmern können. Außerdem solltest du mit den Kommunisten vorsichtig sein, Ella. Sie schwingen schöne Reden, aber ihre Ideologie ist gefährlich."

Sie rührte gedankenverloren in ihrem Grießbrei. Orlow würde Helfer finden, da war sie sich sicher. Wollte sie nicht nur dabei sein, um das Abenteuer mitzuerleben? Auf die Demonstration heute Abend konnte sie ja immer noch gehen.

Ella seufzte und sagte ihrer Mutter zu, dass sie mitkommen würde. Mehr über Bertha Pappenheim zu erfahren, wäre durchaus interessant.

Überhaupt war sie schon lange nicht mehr in der Synagoge gewesen. Sie erinnerte sich noch lebhaft an das Einweihungsfest 1910. Ihre Brüder hatten vor den Baldachinen getanzt, unter denen man die Tora-Rollen getragen hatte. Damals als Sechzehnjährige war Ella überzeugte Jüdin gewesen, die daran geglaubt hatte, dass der Messias noch nicht gekommen war.

Erst als man ihr bei einem Ausflug in Hamburg ein Neues Testament und ein Büchlein in die Hand gedrückt hatte, in dem Juden von ihrer Bekehrung zu Jesus Christus berichteten, hatte ihre Glaubensreise Fahrt aufgenommen. Bald hatte sie mit ihren Brüdern und ihren Eltern lebhafte Diskussionen über den Messias geführt, bis sie und Daniel zu dem Schluss gekommen waren, dass Jesus alle Erwartungen an einen Messias mehr als erfüllte. Ein Retter, ein Befreier, der Gesalbte.

Allerdings waren sie Mitglieder in der Synagoge geblieben, manchmal komisch beäugt. Ihre Eltern hatten den Sinneswandel hingenommen und waren froh, dass das Christentum so tief im Judentum wurzelte und die Kinder die Traditionen nicht aufgaben.

Aber trotzdem erfüllte Ella der Synagogenbesuch nicht mehr so mit Freude wie vorher, immer wieder widersprach sie dem Rabbi in Gedanken und wünschte sich, es gäbe noch andere messianische Juden in Kiel.

Doch sie war nicht gut darin, Menschen zu überzeugen. Selbst wenn sie die eloquentesten Argumente vortrug, schien sie niemanden zu erreichen. So wie sie auch gestern Nathanael eher verschreckt hatte, statt ihn Gott näher zu bringen. Manchmal stand sie sich einfach selbst mit ihrer rechthaberischen Art im Weg.

Mutter lächelte sie über den Tisch hinweg an und griff nach ihrer Hand. „Schefele, geht es dir gut?"

Ella drückte stumm die Hand ihrer Mutter und löffelte ihren Grießbrei leer.

Der kräftige, salzige Nordsee-Wind pustete die letzten Blätter von den Bäumen, als sie in der Backstein-Synagoge gegenüber dem Hohenzollernpark ankamen. Über zwei sich schneidenden Tonnengewölben erhob sich eine mächtige Kuppel. Aus flimmerndem Blau blickte ein goldener Davidsstern herab, bewacht von einem Kranz stilisierter Adler. Sie traten durch eine der drei Eingangstüren, über denen „Wisse, vor dem du stehst" stand. Die runden, geschwungenen hebräischen Schriftzeichen ließen das Gebäude jedem Deutschen fremd wirken, Ella aber alt und vertraut.

Naomi Silberthal wurde herzlich begrüßt und schnell in den beheizten Gemeindesaal gezogen, in dem bereits ein Dutzend Frauen dabei war, riesige Haufen an getragener Kleidung zu sortieren und zu beschriften.

Als sie Ella hinter ihrer Mutter entdeckten, kamen sie gleich herbeigelaufen und von allen Seiten hagelte es freudige Ausrufe, Fragen und Umarmungen.

„Wie geht es dir?"

„So lange nicht mehr gesehen!"

„Wie ist es so in Berlin? Gibt es dort eine gute Synagoge?"

„Und das Studium? Hast du viele schlaue Professoren?"

Ella begrüßte zuerst die siebzigjährige Hannah, die Frau des Rabbiners, dann Sarah, mit der sie als Fünfjährige früher auf der Frauengalerie herumgerannt war, und zuletzt Elisabeth, die offensichtlich ihr sechstes Kind erwartete. So viele Frauen, die sie von klein auf kannte. Eine eigene Welt, abgeschottet von allen Feindseligkeiten der Außenwelt.

Ella wusste genau, wer wen geheiratet hatte, welche Söhne und Ehemänner im Krieg gefallen waren und wie viele Kinder geboren worden waren, obwohl sie schon so lange nicht mehr hier gewesen war. So war es in den jüdischen Gemeinden – man heiratete untereinander, teilte das Leben und kehrte immer wieder zurück, selbst wenn man zwischendurch für das Studium woanders hingezogen war.

Sie würde nicht zurückkehren, das wusste sie jetzt schon.

Sarahs tiefe Augenringe zeugten von vielen verweinten Nächten, in denen sie um ihren Mann trauerte. Und dort Judith Silberthal, Samuels Witwe, ihre Schwägerin.

Das Lächeln auf Ellas Lippen schmerzte, als sie die dünne brünette Frau herzlich umarmte.

„Wie geht es dir?", wisperte Ella ihr zu.

„Gut, ja", erwiderte Judith, doch in ihren Augen lag dieselbe tief vergrabene Traurigkeit, die Ella selbst so gut kannte. Sie fragte nicht weiter und umschiffte auch die Fragen an sie mit einem freundlichen Lächeln.

Mit einem Stapel Kleider in der Hand gesellte sie sich zu der Frau des Rabbiners und sortierte die Spenden nach Größe und Art, während Hannah kleine Zettel an den Krägen und Gürtelschnallen befestigte.

„Du bist erwachsen geworden", stellte die alte Jüdin nach einer Weile mit einem gütigen Ausdruck um die faltigen Augen fest.

„Hm." Ella ließ die Worte einen Moment sacken. „So ist das Leben, oder?"

„Mit dir war es nicht gerade zimperlich." Es war keine Frage, sondern eine einfache Feststellung.

„Nein", murmelte Ella. „Nein, war es nicht."

„Rabbi Johanan sagt im Talmud, dass das jüdische Volk wie ein Olivenbaum ist. Es bringt sein teures Öl nur hervor, wenn man seine Frucht zerstößt."

Sie wagte nicht zu fragen, was das genau bedeutete. Aber eine zerquetschte Olive – ja, das beschrieb ihre Gefühle der letzten Jahre gut. Verstohlen fuhr Ella sich über die Augen. Warum war sie nur hierhergekommen? Sie hätte wissen müssen, was es in ihr auslöste. Es brachte doch nichts, in der Vergangenheit zu leben, sie hätte lieber die Flugblätter verteilen sollen.

Hannah fuhr fort: „Wir Juden sind das Leiden gewohnt. Seit Tausenden von Jahren gönnt man unserem Volk keinen Frieden. Wie oft man uns im Mittelalter vertrieben hat, uns bestimmte Berufe verboten hat, wie wir Judenhüte und gelbe Zeichen auf unserer Kleidung tragen mussten. Sogar die Anzahl und den Wert der Ringe, die Frauen tragen durften, hat man limitiert. Und trotzdem", nun klang etwas Stolz in ihrer Stimme mit, „gibt es uns immer noch! Zäh und stoisch wie ein alter Olivenbaum."

Ihre grauen Haare kringelten sich unter dem Tuch, was sie um ihren Kopf geschlungen hatte. *Eine Krone der Ehre, die auf dem Weg der Gerechtigkeit gefunden wird,* so stand es in Schlomos Weisheitssprüchen.

„Wie? Wie haben wir das alles überwunden?", fragte Ella mit matter Stimme.

„Lass dich nicht durch das Böse überwinden, sondern überwinde das Böse mit Gutem."

„Das ist aber aus dem Neuen Testament! Ich dachte, daran glaubst du nicht!", warf Ella ein und musste lächeln.

Hannah zuckte mit den Schultern und grinste so spitzbübisch, wie es nur eine Frau in ihrem Alter konnte.

In einer anderen Ecke des Gemeindesaals war eine lebhafte Diskussion entstanden.

„So viel Unruhe abends auf der Straße! Man wagt gar nicht mehr, aus dem Haus zu gehen."

„Man hört, die Matrosen meutern gegen ihre Offiziere."

„Also wenn das überall so wäre …"

„Sollte es!", warf Ella scharf ein. Die Frauen fuhren herum. Sie lächelte etwas versöhnlicher. „Die Kameraden der Matrosen werden zu Unrecht gefangen gehalten. Wegen winziger kleiner Protestaktionen gegen verbrannten Grünkohl werden sie eingesperrt. Nette, bodenständige Männer wie unsere Brüder und Ehemänner."

Mutter legte eine Hose beiseite, kam zu ihr herüber und strich ihr über den Arm. „Ja wirklich? Was ist denn da los auf der Straße, weißt du mehr, Schefele?"

Ella nickte. „Sie protestieren gegen die ungerechte Behandlung, die schon seit Jahren herrscht. Die Admiräle sollen gegen den Willen der Regierung ein Himmelfahrtskommando vorgehabt haben. Und die sich dagegen gewehrt haben, wurden massenweise verhaftet. Ich war gestern dabei, als sie noch mehr friedliche Demonstranten gefangen genommen haben."

„Wirklich? Ella!" Sorgenvolle Falten legten sich auf Mutters Gesicht. Auch die anderen Frauen rissen erschrocken die Münder auf.

„Mir ist nichts passiert", lächelte Ella.

„Geht es nur um die Gefangenen? Ich dachte, die USPD protestiert ebenfalls?", wandte Judith ein.

Ella nickte. „Der Krieg muss endlich beendet werden. Und wir brauchen Gerechtigkeit zwischen den Ständen, kein Dreiklassenwahlrecht mehr, keinen Kaiser mehr, der uns in Kriege stürzt. Wahlrecht für Frauen!"

„Für Frauen? Für uns?" Sarah, die in ihrem Alter war, trat einen Schritt näher.

„Ja, für uns alle!"

Eine kleine Diskussion entstand, ob man sich damit nicht hochmütig über die eigene Stellung erheben würde.

„Ist nicht unsere Rolle, die Verantwortung im Haus zu tragen? Stellt euch vor, plötzlich würden die Männer die Sabbatkerzen anzünden! Genauso sollten wir uns auch aus der Politik heraushalten."

„Aber war nicht Debora eine Richterin und zog sie nicht mit in den Krieg?"

„Und was ist mit der tüchtigen Frau, die in Sprüche 31 beschrieben wird, war sie nicht auch Händlerin, Bäuerin, Näherin und dabei Kaufmannsschiffen gleich?"

„Aber ihr Mann saß bei den Ältesten des Landes!"

„Hat der Ewige nicht bei der Schöpfung gesagt, dass er Adam eine *Eser*, eine Helferin, schafft?"

„Ihr Lieben", warf die alte Hannah ein und die Gespräche verstummten, um die Dame anzuhören. „Eure Demut in allen Ehren. Und es ist gut, die Schriften zu prüfen. Vergesst nicht, Elohim hat auch einmal zu Abraham gesagt, er solle auf die Worte seiner Sarah hören. Wenn uns die Männer tatsächlich das Wahlrecht geben sollten, dann brauchen sie wohl unsere Hilfe, oder?" Sie zwinkerte in die Runde.

Ella grinste. Die gute Hannah.

Am Nachmittag schallten Trommellärm und scheppernde Trompetensignale durch die Straße. Verwundert traten die Jüdinnen hinaus. Ein Sprecher der Marine forderte Matrosen dazu auf, dass alle auf ihre Schiffe zurück kehren sollten.

Ella wurde gefragt, was das bedeutete, und sie erklärte, dass heute eine große Demonstration gegen die zu Unrecht verhafteten Matrosen geplant war.

„Aber ob die Leute den Befehlen wohl Folge leisten werden? Es wäre ein Jammer!" Sie seufzte.

Doch Naomi Silberthal grinste verschwörerisch: „Nun wird auch der letzte Seemann Bescheid wissen, dass etwas im Busch ist. Ihr hättet euch keine bessere Werbung wünschen können."

Kurz nach halb sieben waren die Kleider alle fein säuberlich sortiert und beschriftet, sie hatten dem Vortrag gelauscht und Ella verabschiedete sich mit zwiegespaltenem Herzen von den Frauen.

Es war ihre Heimat, ihre Herkunft. Aber es schmerzte. Sie spazierte langsam am Hohenzollernpark entlang und atmete noch einmal tief die Abendluft ein. Sie war beißend kalt, der Winter schickte schon seine ersten Vorboten.

Über ihr funkelten zwischen zwei Nebelschwaden die Sterne hindurch. Abraham, der Erzvater der Juden, hatte mit Blick in den Himmel die Verheißung erhalten, dass er als alter, bis dahin kinderloser Mann einmal eine zahllose Nachkommenschar haben würde. Und es hatte sich erfüllt – noch heute gab es das zähe, stoische Volk, wie Hannah es genannt hatte. Doch Ella fühlte sich nicht danach, ein Zwiegespräch mit ihrem Schöpfer zu führen.

„Warum? Warum meinst du es nicht besser mit mir? Warum zerquetschst du mich wie eine Olive?", zischte sie lediglich. Dann blickte sie wieder nach vorn. Auf in die Altstadt zur Demonstration! Keine Zeit mehr mit der Vergangenheit verschwenden, die sie sowieso nicht ändern konnte.

Bereits auf der Holstenbrücke kam ihr ein kaum überschaubarer Demonstrationszug entgegen. Ja, mit so einer Menge konnte man etwas bewegen! Freudig reihte sie sich ein.

Doch wie sollte sie an die Spitze des Zuges kommen, an der sie sich verabredet hatten? Sie tauchte in die Masse ein und ließ sich mitziehen. Lauter unbekannte Männer, Matrosenhüte mit fremden Schiffsnamen und Werftarbeiter.

Da! Ein bekanntes Gesicht, Ludwig Holzer!

Sie nickte ihm zu und schob sich durch die Menge.

„Es sind richtig viele unterwegs!"

„Und ob! Fünf- oder sechstausend Mann waren wir am Exerzierplatz. Morgen ist Generalstreik!", sagte er mit seiner verwaschenen Stimme.

Sie lächelte. Langsam hatte sie sich an seinen Anblick gewöhnt. Wenn sie nicht darüber nachdachte, was mit ihm passiert war, vertrug sie es und konnte ihm in die Augen schauen. „Das klingt sehr gut!"

„Sogar ein SPD-Reichstagsabgeordneter war da. Hat den Völkischen vorgeworfen, dass sie den Krieg bis zu unserer völligen Vernichtung weiterführen wollen."

„Recht hat er. Was bringt es, sich zu ‚verteidigen', wenn alle dabei sterben? Die Oberste Heeresleitung will sich doch nur nicht ihre Niederlage eingestehen! Was ist sonst noch passiert?"

„Wir haben die Kameraden aus der *Waldwiese* befreit. Die, die man gestern festgesetzt hat. Einfach die Kaserne gestürmt und die Offiziere vertrieben. Es war ein rechtes Spektakel."

Ella war froh, das verpasst zu haben. Es war bestimmt nicht zimperlich zugegangen.

Inmitten von Arbeitern, Matrosen und Seesoldaten marschierten sie in Richtung Marineanstalt in der Feldstraße. Auch viele Frauen hatten sich der Gruppe angeschlossen, wie Ella mit Stolz bemerkte. Und immer mehr stießen zu ihnen.

Sie würden die Freilassung der Gefangenen dort erwirken, da war sie sich sicher. Wer traute sich schon, einer so großen Menschenmasse entgegenzutreten? Heute sahen die Offiziere, dass sie nicht ewig die Macht in der Hand behalten konnten, heute wehrte sich das Volk. Gerechtigkeit, Freiheit für Wiltzi, kein Tod für unschuldige Männer!

Wenn man jemanden mit einer einzelnen Erbse bewarf, tat das

nicht weh, doch wenn man mit Hülsenfrüchten überschüttet und darunter begraben wurde – das konnte man nicht mehr ignorieren. Und man konnte sie auch nicht alle einsperren, das würde die ganze Wirtschaft in der Kieler Umgebung lahmlegen.

Eine Euphorie erfüllte sie, die sie den Tag über schmerzlich vermisst hatte. Ja, hier konnte sie etwas bewegen, hier versank keiner in seiner Trauer!

Sie durften sich jetzt bloß nicht einschüchtern lassen – von nichts und niemandem. Wie konnte man den Menschen Mut zusprechen? Alexander würde es wissen.

„Hast du Orlow irgendwo gesehen?", fragte sie Holzer.

Der schüttelte den Kopf. „Nein, man kann den Zug aber auch kaum überschauen."

„Er ist bestimmt an der Spitze. Ich gehe ihn suchen." Ella schob sich durch die Meute und drängte sich weiter nach vorne. Alle redeten lautstark miteinander, aber keiner wagte es, zu singen oder Parolen anzustimmen. Dazu war die Sache zu ernst und die Anspannung zu groß. Das musste sich ändern.

Es dauerte eine Weile, aber sie schaffte es, sich bis an den Anfang des Zuges vorzuarbeiten. Orlow konnte sie nicht entdecken, doch Nathanael Klingenstein schien schon etwas länger dort auf sie gewartet zu haben.

„Ella!" Er klang erleichtert, sie zu sehen.

„Wir befreien deinen Wiltzi!", rief sie ihm zu. „Heute noch!" Sie warf den Kopf in den Nacken und lachte ihm zu.

Er quetschte sich zwischen zwei muskulösen Heizern hindurch zu ihr. „Es sind alle so nervös. Am Hauptbahnhof ist im Gedränge eine Frau unter eine Straßenbahn geraten. Hier tragen viele Waffen; wenn jemand falsch zuckt, gibt es im Nu ein Chaos."

„Mach dir nicht so viele Sorgen, wir müssen jetzt vor allem eins: zusammenhalten und uns nicht verjagen lassen. Dann können wir Wiltzi holen." Genau solchen wie ihm sollte Mut zugesprochen werden. Sie wollte auch kein Blutbad, nein. Das durfte nicht passieren. Deswegen mussten alle ruhig bleiben und sich unverwundbar fühlen in der Masse der Leute. Dann zückten sie vielleicht nicht gleich ihre Waffen. Ob Alexander das den Leuten sagen konnte? „Hast du Orlow gesehen?"

Er zog eine Grimasse, als hätte ihm jemand vors Schienbein getreten. „Den Gewissenlosen? Seit dem Exerzierplatz nicht mehr. Aber er hat den Zug angeführt."

„Nenn ihn nicht so. Ich muss zu ihm."

„Warte, ich komme mit." Nathanael klemmte sich hinter sie, während sie sich in der Menge auch noch an den Allerersten vorbei nach vorne drängte.

Peter lief vorneweg, Artelt und Popp waren ebenfalls dort. Aber kein Orlow.

„Wo ist er bloß? Er sollte dem Zug Mut zusprechen, Lieder singen, irgendetwas."

Sie waren fast am Ende der Muhliusstraße angekommen. Nach links und rechts ging die Brunswiker Straße ab – Ella konnte ihr Elternhaus von hier sehen. Geradeaus gabelte sich die Straße in Langersegen und Karlstraße um die Matrosenkaserne herum. Fast am Ziel, die Marinearrestanstalt in der Feldstraße lag in greifbarer Nähe. Bald würde sich das Schicksal der Gefangenen wenden!

Ein Pfiff gellte durch die Luft. Vor ihnen stürmte ein Trupp Schutzmänner hervor und formierte sich zu einer Kette. Angeschlagene Gewehre zeigten in ihre Richtung.

„Vor denen haben wir keine Angst!", brüllte Peter.

„Sie haben aber Waffen", wandte Nathanael ein.

„Die werden doch wohl nicht auf eine Frau schießen, oder?" Ella sprang vor Popp und Artelt, den Polizisten entgegen. Die Menge um sie herum gab ihr das Gefühl, dass keiner es wagen würde, sein Gewehr wirklich zu benutzen. Außerdem – vielleicht gab es den Männern Mut?

Sie sah dem, der offensichtlich das Kommando hatte, fest in die Augen. Hinter ihr drückte die Menschenmasse sie weiter nach vorne, bis sie kaum mehr als drei Gewehrlängen vor den Männern stand.

Peter trat noch näher und hob einem drohend seine Faust ins Gesicht. Sein Blick wirkte wild und entschlossen. Der Schutzmann wich zurück und riss ein Loch in die Kette. Irritiert sprang der Rest der Polizisten zur Seite und floh in die abzweigende Straße Langersegen.

„Das war einfach", kommentierte Popp.

Ella lachte und hob johlend ihre Fäuste in die Luft. Die Matrosen um sie herum taten es ihr gleich.

Doch kaum zwanzig Schritte weiter waren Pistolen auf sie ausgerichtet. Dreißig Mann der Torpedo-Division. Ihre Gesichter wurden von einem Kandelaber mit vier Gaslaternen von der Kreuzung her beschienen, sonst umfing sie die Dunkelheit des Abends. Das Johlen in Ellas Ohren gellte, aber etwas hier war anders. Ein Hauch von Schießpulver stieg in ihre Nase und ein bitterer Geschmack lag ihr auf der Zunge.

Ein Hauptmann, einige Unteroffiziere und – Knabengesichter. Rekruten der Ausbildungskompanie, vielleicht siebzehn Jahre alt.

Der Hauptmann schien wild entschlossen, die Meute aufzuhalten. Er trat auf die Hälfte zwischen seinen Leuten und den Demonstranten, streckte die rechte Hand nach vorne.

Hinter Ella wurde es auf einmal still. Und mit dem Lärm sank ihre Kühnheit. Sie spürte, wie ihre Ausgelassenheit sich wie Dampf verflüchtigte und sich eine klamme Hand um ihr Herz legte. Hier stand sie in Todesgefahr, in die sie sich hineinbegeben hatte wie eine dumme Henne. War sie zu mutig gewesen? Zu weit gegangen? War es am Ende töricht zu denken, dass man etwas bewegen konnte? Plötzlich wünschte sie, sie hätte ihr Zwiegespräch mit dem Herrn ausführlicher gehalten.

„Ich habe den Befehl, von der Waffe Gebrauch zu machen", brüllte der Hauptmann mit schriller Stimme.

Peter johlte. „Wir haben auch Waffen, du Wichtigtuer."

„Ich habe den Befehl, von der Waffe Gebrauch zu machen." Diesmal noch schriller.

Ella spürte im Rücken den Druck des Demonstrationszuges, der weiter vorwärtsmarschierte, ohne zu wissen, was sich vorne abspielte.

„Ich habe den Befehl, von der Waffe Gebrauch zu machen! Seien Sie ruhig und besonnen. Ersparen Sie mir, dass ich meinen Leuten den Schießbefehl erteilen muss!"

Sie konnte an den Augen des Hauptmanns sehen, dass er durchaus bereit war, diesen Befehl zu geben. Es fehlte nicht mehr viel. Panik stieg in ihr auf. Hatten sich so die Soldaten auf dem Schlachtfeld gefühlt? Schutzlos mit einer lächerlichen Deckung? Dem Feind ausgeliefert?

Doch der Druck von hinten wurde immer unerträglicher. Sie stolperte vorwärts, neben ihr wurden auch Peter, Popp und Artelt weitergeschoben.

„Legt an und Feuer!", brüllte der Hauptmann und seine Stimme überschlug sich.

Neben sich sah Ella, wie Peter ebenfalls seine Waffe zog.

Die Rekruten wechselten panische Blicke, dann hoben sie die Arme in die Luft und feuerten in Richtung des Sternenhimmels. Hatte Peter auch geschossen? Ella war sich nicht sicher.

Ein junger Werftarbeiter schrie auf. „Mein Arm! Arg, mein Arm!" Ob er von einem Projektil getroffen worden war, dass wieder zu Boden gesaust war? Oder von Peter?

„Nicht in die Luft, ihr Dummköpfe!", pfefferte der Hauptmann.

Von den Schüssen aufgeschreckt, wichen die Demonstranten zurück, Ella spürte, wie der Druck nachließ. Plötzlich fühlte sie sich, als stünde sie ganz allein vor den Rekruten. Ihre Beine waren unfähig, sich zu bewegen. Jemand war verletzt, getroffen von einer Kugel. Er blutete sicher. Hatte nun auch ihr letztes Stündlein geschlagen? Der Lärm rückte in die Ferne, das Laternenlicht war mit einem Schlag gleißend hell.

Irgendjemand packte ihre Hand.

„Ella, zurück!", schrie Nathanael ihr ins Ohr und sie wurde mit einem Ruck in die Menge gezogen, hinter die schützenden Rücken von anderen.

War das Blut am Boden? „Sterben wir jetzt?" Sie war außerstande, diese Frage selbst zu beantworten. Sämtliches Blut aus ihrem Kopf musste in ihre Beine gesackt sein.

„Nein, zum Glück noch nicht. Es ist nur ein Matrose am Arm

getroffen worden, sie führen ihn schon in Richtung Triangel weg."

Sie zitterte, schnappte nach Luft. „Meine Brüder dachten auch, sie würden überleben, aber sie sind alle tot."

„Beruhige dich, du hast Panik. Konzentriere dich aufs Atmen: einatmen, ausatmen. Es wird alles gut. Einatmen, ausatmen." Sie folgte der ruhigen Stimme Nathanaels, versuchte ihr wild pochendes Herz unter Kontrolle zu bringen. Doch es galoppierte wie ein ausgerissenes Pferd.

Plötzlich brach Gelächter aus. Waren denn alle verrückt geworden?

„Sieh hin, ein Unteroffizier hat dem Hauptmann eins mit dem Gewehrkolben übergezogen!" Nathanael schob ihr Kinn nach oben. Zwischen den breiten Rücken der anderen konnte sie nichts erkennen, aber die Leute drängten vorwärts.

Sie wollte ihnen folgen und sehen, was passiert war, doch Nathanael hielt ihren Arm gepackt.

„Bleib hier hinten, stürze dich nicht wieder ins Chaos."

„Wer war das? Schießt, ihr Narren!", gellte plötzlich erneut die schrille Stimme des Hauptmanns an ihr Ohr, anscheinend ganz und gar nicht bewusstlos von dem Schlag.

Ella hörte Schüsse und Schreie. Sie presste sich die Hände auf die Ohren. Vor ihren Augen verschwamm die Umgebung. Ihre Beine drohten unter ihr zu versagen.

„Was ist passiert?" Kraftlos lehnte sie sich gegen Nathanael, der ihr den Arm um die Taille gelegt hatte.

„Die Rekruten haben wild in die Menge gefeuert und rennen nun davon. Oh weh, Ella, wir müssen helfen!"

Sie wollte protestieren. Kein Blut, nein, nie wieder wollte sie Blut sehen!

„Ich glaube, die ärgste Gefahr ist vorbei, sie haben den Hauptmann. Komm, Ella!"

Irgendwo in sich spürte sie die Stimme der Vernunft, die sie ermahnte, die Zähne zusammenzubeißen. Sie hob den Kopf. Auf dem Boden lagen Menschen, die Leute krümmten sich.

Noch ein Schuss fiel. Der Hauptmann kippte vornüber und wütende Demonstranten traten nach ihm. War das Peter, der da auf den Offizier eintrat?

„Was tut ihr da?", japste sie.

Irgendjemand schien dem Hauptmann zu Hilfe zu kommen, vielleicht einer von der Polizei. Doch Peter riss auch ihn zu Boden.

„Sie werden sie umbringen!", rief Ella entsetzt über die entfesselte Wut der Arbeiter und Matrosen.

„Ich glaube, das haben sie schon", ergänzte Nathanael und beugte sich über einen neben ihnen, dem Blut aus der Brust lief und der röchelte.

Eine Frau in Krankenschwesteruniform schob sich zwischen die Angreifer und die Opfer und schrie die Matrosen an: „Jetzt ist es genug! Die Männer brauchen Ärzte, keine Schläge. Verschwindet!"

„Pack mit an!", rief Nathanael. Ella versuchte, der sich drehenden Landschaft Herr zu werden, und ließ sich von Nathanael den Arm eines Mannes um die Schultern legen. Sie schleppte sich und den Verwundeten vorwärts, Nathanael auf der anderen Seite. Ihre Beine trugen sie wieder, immerhin, aber sie konnte keinen klaren Gedanken fassen.

„Da vorne, ins Café mit ihm."

Ella folgte Nathanaels Fingerzeig. Sie zogen den Bewusstlosen auf eine Bank, mehrere sprangen zu Hilfe und nahmen ihn ab.

Schwer atmend ließ sie sich auf einen Stuhl fallen, der ihr von jemandem hingeschoben wurde.

„Bist du in Ordnung?" Nathanael streckte die Hand nach ihrem Gesicht aus, zog sie aber kurz vorher zurück.

Sie nickte matt.

Wieder Schüsse. Bei jedem einzelnen zuckte sie zusammen. Dann eine Sirene. Rufende Demonstranten.

„Dein Mantel ist voller Blut. Komm, ich bringe dich nach Hause."

Ella sah nicht hinab auf ihre Kleidung, sie fixierte die Ausgangstür des Cafés. Ihr war speiübel.

Draußen preschte eine motorisierte Feuerspritze vorbei. Schreiend wichen die Leute auseinander.

„Wo wohnst du?", fragte Nathanael.

„Gleich hier um die Ecke", stammelte sie. Jetzt sah sie sich doch um.

„Ich bringe dich hin."

Sie protestierte nicht, als er sie an ihrem Arm nahm und sie nach draußen führte. „Dort, die Seitentür am Juwelierladen."

Er stützte sie bis zur Tür des Mehrfamilienhauses und presste den Zeigefinger auf die elektrische Türklingel.

Es rumpelte und jemand kam die Treppen hinuntergestürzt. Es wurde ruhig, vermutlich linste derjenige durch den Türspäher. Dann sprang die Tür auf und die Arme ihrer Mutter umfingen sie.

„Ella, Kind! Was hab ich mir für Sorgen um dich gemacht. Ist das Blut? Bist du verletzt?"

„Ich glaube, es ist nicht ihr eigenes Blut, aber Sie sollten sie sicherheitshalber untersuchen."

„Und Sie sind?" Vaters Stimme.

„Nathanael Klingenstein, Matrose der SMS König. Ich habe Ihre Tochter vor Kurzem in Wilhelmshaven kennengelernt. Aber ich will nicht stören, ich … ähm …"

„Unsinn, kommen Sie mit herauf. Diese Tür wird heute nicht mehr aufgemacht."

Ella hörte Riegel klicken. Dann wurde sie rechts und links gegriffen und die Treppe in den ersten Stock hinaufbugsiert.

Mutter legte sie auf die Chaiselongue und streifte ihr Mantel und Schuhe ab.

„Was machst du nur für Sachen, Kind. Das Blut ist bloß auf dem Mantel. Tut dir etwas weh?"

„Ich glaube nicht. Nathanael hat mich rechtzeitig aus dem Chaos herausgefischt." Sie sah sich suchend im Raum um. Der Matrose hockte auf der äußersten Kante eines Sessels und bog seine Brille zurecht, die Nase krausgezogen.

„Dann müssen wir Ihnen wohl danken, Herr Klingenstein." Vater klopfte Nathanael fest auf die Schulter und der Matrose sank tiefer in den Sessel.

Er räusperte sich umständlich. „Ähm, danke, aber ich habe nicht viel ausgerichtet da draußen. Es gab noch … ähm … mehr Verletzte und …" Er hielt inne und biss sich auf die Lippen.

„Es tut mir leid, dass wir Wiltzi nicht befreit haben." Ella richtete sich auf. „Sein Freund ist immer noch in der Arrestanstalt. Zu Unrecht", erklärte sie ihren Eltern.

Nathanael nickte und sah auf den Boden.

Naomi Silberthal stand auf. „Ich mache Ihnen das Gästebett zurecht, Herr Klingenstein. Und dann schlafen wir und reden morgen in Ruhe weiter. Sie sind sicher auch erschöpft."

Ein Schuss zerriss die Nacht und alle zuckten zusammen.

„Wenn wir überhaupt schlafen können", murmelte Ella.

Kapitel 9

Das Schiffshorn stieß einen ohrenbetäubenden Laut aus und Nathanael fiel aus seinem Rumsbeutel hinab auf Wiltzi. Der brummte nur und drehte sich auf die andere Seite. Schwankend fand Nathanael auf die Füße, rollte seine Hängematte auf und ging zur Essensausgabe. Dort wartete Ella, lächelte ihn strahlend an und legte ihm eine Portion duftende Pfannkuchen mit Erdbeermarmelade, Puderzucker und Apfelmus auf den Teller.

Misstrauisch beäugte er das Festmahl. So viel? Und nicht verbrannt?

„Für dich!" Ella beugte sich über den Tresen und hauchte ihm einen zarten Kuss auf die Wange.

Dann ertönte das Schiffshorn erneut – oder war es kein Horn? War es vielleicht ein … Teekessel?

Mühsam kämpfte sich Nathanael aus dem Schlaf und erkannte das fröhliche Pfeifen. Wie schön, von so einem heimeligen Geräusch geweckt zu werden. Wenn sich jetzt noch die Ella aus seinem Traum verwirklichen würde …

Wann hatte er das letzte Mal in einem so weichen Bett geschlafen? Kuschelige Federkissen umarmten seinen Körper wie eine schwerelose Wolke. Ein Sonnenstrahl stahl sich durch die Vorhänge und kitzelte Nathanaels Nase. Er streckte sich, stand auf und quälte sich zurück in seine Uniform, die zu lange keine Zeugwäsche mehr gesehen hatte. Die Stiefel sah er vorsichtshalber gar nicht erst genauer an, sonst würde Obertrottel Steede noch in seinen Träumen auftauchen und ihm persönlich die Treter polieren.

Das Gästezimmer war schön hergerichtet, wie bei seiner Mutter zu Hause. Ein Eichenschrank mit Schnitzereien am Rahmen, ein Schreibtisch im gleichen Holz, ein elektrischer Kandelaber an der Decke und ein Regal, in dem selbstgetöpferte Igelchen, blumenverzierte Holzschälchen, ein getrockneter Blumenstrauß und eine Fingerhutsammlung aus Porzellan standen.

Lediglich der siebenarmige goldene Leuchter in der Mitte und die Mesusa am Türrahmen verrieten, dass es nicht das Haus seiner streng evangelischen Mutter sein könnte. Es war ihm gar nicht bewusst gewesen, dass Ella Jüdin war. Seine letzten Hoffnungen, dass er eine Chance bei ihr hatte, zerplatzten wie Seifenblasen. Bei seinen Eltern in der Kleinstadt wurde sich sogar über Hochzeiten zwischen Katholiken und Protestanten die Mäuler zerrissen und man fand keinen Pfarrer – wie wäre das erst bei einer christlich-jüdischen Verbindung? Nicht, dass ihn das Gerede der Leute interessierte – aber er konnte sich gut vorstellen, dass für Ella kein Christ – oder eher protestantischer Atheist – infrage kam.

Hier glaubte man an das Übernatürliche, ein höheres Wesen. Ob es wohl Ella gestern beschützt hatte, während sie sich so mutig zwischen die Fronten gestellt hatte? Er war hingegen vorsichtig und bedacht und geriet trotzdem in eine Schwierigkeit nach der anderen.

Auf dem Flur klapperte jemand mit Geschirr.

Er öffnete seine Zimmertür, an der gerade Ella vorbeirauschte. Sie trug eine weiße Bluse mit spitzenbesetztem Matrosenkragen und einen flatternden blauen Wollrock mit handgroßen aufgenähten Taschen.

„Oh, guten Morgen!" Sie hielt an. „Möchtest du frühstücken?"

Nathanael nickte. Sein Magen knurrte seit etwa einem Jahr permanent.

Ella biss sich auf die Lippen und trat einen Schritt auf ihn zu. „Es tut mir leid, dass ich gestern zusammengeklappt bin wie ein dürrer Ast im Sturm. Wer weiß, wenn ich nicht so feige gewesen wäre … wenn ich mit dem Hauptmann geredet hätte …"

„Nein. Es war großartig, wie du den Schutzmännern entgegengetreten bist. Mutig!"

„Aber dann habe ich kaum einen klaren Gedanken fassen können." Sie fasste sich an die Stirn und schlug die Augen nieder. „Ohne dich hätte ich nicht einmal nach den Verletzten gesehen."

„Es war … ähm … wie eine Feuertaufe auf dem Schlachtfeld

für dich. Bei dem ersten Angriff auf der SMS König war ich ein einziges Nervenbündel."

Sie lächelte matt. „Ich hätte mich für abgebrühter gehalten."

Am liebsten hätte er ihre Hand gedrückt und ihr gesagt, wie unglaublich er sie fand. Doch er brachte seinen Mund nicht auf. Vielleicht war es auch besser so, schließlich war er mit Worten ungefähr so geschickt ... wie die SMS König darin, Fischerbooten auszuweichen.

Ella zeigte ihm den Weg ins Esszimmer. Frau Silberthal stellte gerade einen dampfenden Topf auf den Tisch.

„Ich konnte leider nur Eier auftreiben, ansonsten müsst ihr mit Haferbrei vorlieb nehmen." Ihr schien die schmale Mahlzeit äußerst unangenehm zu sein. Dabei gab sie ihm Essen, ohne Marken von ihm zu verlangen.

„Wenn er nicht angebrannt ist, ist das mein bestes Frühstück seit Langem." Vor allem sah die Menge im Topf nach Sattwerden aus.

Frau Silberthal lachte und stellte noch geschnittene Äpfel dazu. „Danke. Und dabei haben wir schon seit Beginn des Krieges keine Köchin mehr."

Ella nickte Nathanael zu und bedeutete ihm, ihr in die Küche zu folgen. Dort nahm sie am Waschbecken einen seltsam geformten Krug mit zwei Henkeln erst in die rechte und dann in die linke Hand. Sie übergoss sich die Rechte bis zum Handgelenk mit Wasser und wiederholte es mit der Linken.

Sie trat beiseite. „Na los, Händewaschen."

„Ähm ..." Er trat an das Waschbecken und starrte verwirrt auf den Eimer.

„Du kannst dir auch den Wasserhahn aufdrehen", lachte sie.

„Ihr seid Juden?", fragte er, während er sich Wasser über die Hände laufen ließ.

„Warum überrascht dich das? Hast du dir das nicht denken können bei dem Nachnamen Silberthal?"

Er zuckte mit den Schultern und folgte ihr an den Esstisch.

„Baruch atta adonai elohenu, melech ha-olam, bore mine mesonot", sagte sie und schöpfte sich eine Kelle Haferbrei auf ihren Teller.

„Was heißt das?"

„Gepriesen seist du, Ewiger, unser Gott; du regierst die Welt. Du hast verschiedene Arten von Speisen geschaffen."

Nicht nur der Schöpfer der Erde, sondern auch von jeder einzelnen Mahlzeit. „Klingt schön", murmelte er. Ob sie wirklich in aller Tiefe daran glaubte? Er könnte das nicht – nicht ohne Gewissheit. Und die hatte man bei Glaubensfragen nie, oder?

„Ja." Ella zog die Stirn in Falten. „Doch während wir hier schlemmen, hocken Matrosen in dunklen Arrestanstalten, frieren Waisenkinder in winzigen Arbeiterwohnungen und sterben Soldaten an der Front."

Hastig schob Nathanael sich einige Löffel Brei in den Mund, bevor Ella auf den Gedanken kam, das Frühstück auf der Straße zu verteilen.

„Wir müssen schauen, was als Nächstes geplant ist. Verloren ist noch nichts, heute wollen die Werftarbeiter streiken. Sollen wir ins Parteibüro oder ins Gewerkschaftshaus gehen, Nathanael?" Ella gab nicht so leicht auf.

Frau Silberthals Gesicht erschien in der Tür. „Du willst schon wieder raus, Schefele? Ich weiß, ich weiß, du bist erwachsen, aber ich habe die ganze Nacht immer wieder Schüsse gehört, von nahe und von fern. Mir ist gar nicht wohl dabei, dich außerhalb unserer vier Wände zu wissen. Papa ist heute auch nicht zur Bank gegangen."

Wie freundlich und respektvoll Frau Silberthal mit ihrer Tochter umging! Bei ihnen zu Hause war der Ton oft rauer gewesen und sicher hätte seine Mutter versucht, ihm das Vorhaben zu verbieten. Die Warmherzigkeit hier umarmte einen genauso wie das weiche Federbett.

„Mama, es gibt wichtigere Dinge! Da draußen geht gerade eine Revolution vonstatten, wie man sie seit 1848 nicht mehr gesehen hat. Da müssen wir unterstützen! Bei Massenprotesten kommt es auf jeden Einzelnen an, denn wenn alle zu Hause im Bett bleiben, passiert gar nichts!"

Nathanael schlürfte seinen Haferbrei noch zügiger. Raus auf die Straße, wo einem jederzeit Kugeln um die Ohren fliegen konnten? Selbst wenn die Schüsse nur in die Luft gefeuert wurden, die Projektile fielen parabellförmig wieder vom Himmel.

Warum war Ella nur so mutig? Was brachte sie aus diesem wohlbehüteten Elternhaus dazu, sich so gegen den Krieg zu stemmen? Er selbst war nur wegen Wiltzi dabei – oder vielleicht auch wegen ihr?

Aber sie? Was trieb sie so an? War es der Wunsch nach Gerechtigkeit? So edelmütig waren bestimmt nur wenige Teilnehmer der Demonstrationen.

Am liebsten würde er sich nicht mehr auf die Straße wagen. Doch er konnte – nein, er wollte – Ella nicht allein gehen lassen. Und gerade jetzt musste er für seinen Kameraden Wiltzi einstehen und durfte sich nicht verkriechen.

„Als ich noch jung war, wollte ich auch die Welt retten. Pass bloß gut auf dich auf, Schefele!"

***

Ella vermutete, dass sie im Gewerkschaftshaus auf mehr Leute treffen würden als im Parteibüro. Die Straßen waren gespenstisch leer, die Straßenbahn fuhr nicht und die Arbeiter schienen sich irgendwo zum Streik versammelt zu haben. Die Gutbürgerlichen blieben von den Schüssen aufgeschreckt zu Hause. Ella bekam eine Gänsehaut unter ihrem Mantel. Das war nicht das Kiel, das sie kannte.

Sie steckte ihr Kinn tief in ihren Schal. Hoffentlich waren heute beim Generalstreik keine Waffen im Spiel. Der gestrige Abend war von mehr als genügend Schüssen durchlöchert worden.

Doch die Proteste mussten weitergehen. Wiltzi war immer noch gefangen, der Krieg nicht beendet, der Kaiser nicht gestürzt. Wenn sie die himmelschreiende Ungerechtigkeit nun hinnahmen, würde sich das nicht ändern. Nein, sie durfte sich nicht einschüchtern lassen.

„Herr im Himmel, beschütze uns", murmelte sie in die Wolle ihres Schals hinein.

Nathanael sah sie von der Seite an. „Bist du dir sicher, dass wir uns wieder in das Getümmel stürzen sollten? Die anderen werden auch ohne uns klarkommen."

„Möchtest du nicht deinen Freund retten?"

„Doch …", murmelte Nathanael. „Aber wenn der Preis zu hoch ist …"

„Das Leben eines Freundes sollte jeden Preis wert sein."

„Ja, aber er ist *mein* Freund, nicht deiner."

„Das spielt für mich keine Rolle. Wie sagen die Franzosen so schön? Freiheit, Gleichheit und Brüderlichkeit. Wenn ich nicht für ihn einstehe wie für einen Bruder, verrate ich meine Ideale."

„Das bewundere ich."

„Was?"

„Du kämpfst um deine Träume. Und nichts hält dich ab."

Sie lächelte ihn an. Wie er sich gestern fürsorglich um sie gekümmert hatte, als sie sich von Panik hatte überwältigen lassen! Er war ruhig und besonnen geblieben. Auch wenn er ein wenig eigen war, seine Art machte ihn zu einem Freund, auf den man sich in der Not verlassen konnte. Orlow hatte sie hingegen vergeblich gesucht.

In der Fährstraße angekommen, wuselten Matrosen, Seesoldaten, Heizer und Werftarbeiter vor dem Gewerkschaftshaus durcheinander. Es wurde diskutiert, die Arme in die Luft geworfen und wild gestikuliert.

Ella drängte sich an ihnen vorbei, von Orlow würden sie sicher den besten Lagebericht erhalten.

Er saß in seinem Büro in einem der beiden Sessel, bei ihm Peter und Ludwig. Letzterer zitterte vor Aufregung und hatte sogar vergessen, sein Gesicht im Mantel zu verstecken.

„Was gibt es, wie ist die Lage?" Ella ließ sich zielstrebig auf den zweiten Sessel fallen. Nathanael folgte ihr mit Abstand ins Büro und lehnte sich an die rot triefenden Plakate. „Sind gestern viele gestorben?", fügte sie flüsternd hinzu.

„Sieben Tote und neunzehn Verletzte haben wir gezählt." Orlow steckte sich eine Zigarette an und blies eine Rauchschwade an die Decke.

Peter rollte wie ein wichtigtuerischer Offizier eine Karte auf dem Schreibtisch aus. „Die ganze Nacht haben unsere Männer weiter protestiert, mal hier, mal dort. Die kompletten Belegschaften der Germaniawerft und der Torpedowerkstatt streiken seit zehn Uhr morgens. Auch in den Kasernen im Kieler Norden brennt das Feuer der Revolution." Er fuhr mit dem kleinen Finger über die Orte, aber Ella hörte ihm nicht richtig zu. Ihr Blick hing auf seinen Stiefeln, mit denen er gestern den Offizier getreten hatte. Brutal, rücksichtslos. Geschossen hatte er auch. Ob er wohl immer noch die Pistole in der ausgebeulten Uniformtasche trug?

„Wir werden Soldaten- und Arbeiterräte bilden, echte *Sowjets*." Alexander Orlow hob seine Faust mit der glimmenden Zigarette zwischen Mittel- und Zeigefinger. Räte wie in Russland. Das war gut, es würde den Offizieren die Macht nehmen und sie nicht auf einzelne Ersatz-Offiziere umverteilen, sondern auf die Schultern der gesamten Arbeiter und Soldaten.

„Und wir diskutieren bereits über die Forderungen, die wir stellen wollen. Bald ist es soweit, bald haben wir gewonnen." Peter zeigte Ella ein Klemmbrett mit gekritzelten Notizen. Widerwillig nahm sie es ihm aus der Hand und überflog die Punkte. Sie verlangten die Abdankung des Kaisers und die Freilassung sämtlicher politischer Gefangenen.

„Das ist noch nicht ausgereift." Orlow schüttelte den Kopf und griff nach dem Brett. „Wir müssen mehr erreichen und mehr sozialistische Ziele einbauen."

Peter zog ihm den Zettel weg. „Das müssen die Soldatenräte entscheiden, nicht du."

„Wir sollten aber einen guten Vorschlag machen – einen vollständigen und nicht so etwas Dahergerotztes."

„Was heißt hier dahergerotzt?", echauffierte sich Peter.

„Genauso wie deine Provokation bei den Offizieren gestern. Das hättest du dir sparen können!"

Ella nickte zustimmend. Vor allem seine Waffe zu ziehen hätte er bleiben lassen können – und solche Gewalt anzuwenden!

„Wenigstens war ich überhaupt da, wo warst denn du?"

Nun sah Ella zu Orlow hin. Ja – wo war er gewesen? Das würde sie auch brennend interessieren.

„Ich hatte Wichtiges zu tun."

„Wichtiges zu tun", äffte Peter nach, das Gesicht puterrot, „am Ende warst du dir nur zu schade für die Drecksarbeit."

„Ich, zu schade?", brauste Orlow auf.

„Genug!", zischte Ella, ärgerlich, dass Alexander ihnen nicht verraten hatte, was er so „Wichtiges" zu tun gehabt hatte. Aber von Peter hatte sie ebenfalls genug gehört. „Ihr habt das Wahlrecht vergessen!" Sie pochte auf das Papier.

Peter atmete tief ein, während sein Gesicht wieder seine normale Farbe annahm. Er nahm ihr den Zettel aus der Hand. „Wir werden uns noch mehr Punkte überlegen, aber erst einmal müssen wir zu den Garnisonen im Norden. Wenn sie dort Soldatenräte bilden, dürfen wir das nicht verpassen! Ich werde ihnen unsere Liste vorstellen."

„*Deine* Liste wohl eher. Ich werde meine eigene mitbringen." Orlow trat zur Tür, die Augenbrauen zu einem steilen V gezogen.

Ella sprang auf die Füße. „Ich komme mit!"

Orlow winkte ab. „Hier sollte auch jemand die Stellung halten und dafür sorgen, dass keiner den Kopf verliert. Du hast den richtigen Riecher, Ella. Wir sehen uns später." Er lächelte ihr geheimnisvoll zu.

Vielleicht war es gar nicht schlecht zu bleiben, statt sich wieder auf die Straße hinauszuwagen. „Gut, bis später!" Sie lächelte zurück. Es gefiel ihr, dass er ihr so vertraute.

Peter und Orlow verließen das Büro.

„Und was tun wir nun?", fragte Nathanael, der die ganze Zeit reglos an der Wand gelehnt hatte.

Ludwig Holzer schob sein Gesicht in seinen Mantelkragen. „Abwarten."

„Ihr könnt ja abwarten, ich rede mit den anderen Matrosen. Vielleicht bekommen wir noch mehr Forderungen zusammen. Wenn wir es wirklich schaffen sollten, dass man auf uns hört, müssen wir vorbereitet sein." Ob sie wohl der Verantwortung gewachsen war, die Orlow ihr übertragen hatte?

***

Ohne Unterlass diskutierte Ella mit Arbeitern und Seeleuten, gab hier Ratschläge, tröstete dort, motivierte und gratulierte.

Es war bezaubernd, ihr zuzusehen, wie sie durch die Menge glitt und jedem ein Lächeln ins Gesicht zauberte.

Fast kam es Nathanael vor, als würde sie im Berliner Stadtschloss durch den weißen Saal schlendern, Champagner in der Hand und das schönste Kleid im Raum. Dabei trug sie immer noch den Wollrock mit den großen Taschen.

Ihn ermüdeten die Gespräche bald und er setzte sich zu Holzer in eine stille Ecke, wo sie schweigend nebeneinandersaßen, das Treiben beobachteten und an ihren Wassergläsern nippten.

Dieser Peter war ihm zu brutal – aber recht hatte er schon, man konnte nicht einfach den Sozialismus als das Ziel der Bewegung erklären. Nathanael wollte Wiltzi befreien, seinetwegen sollten auch die Offiziere entmachtet und das allgemeine Wahlrecht eingeführt werden – aber überall *Sowjets* einrichten? Am Ende noch Landsitze anzünden und die Herrenhäuser plündern, so wie in Russland? Kiel könnte in wildes Chaos ausbrechen und er wäre mittendrin unter den Übeltätern.

Gegen vierzehn Uhr kam ein Matrose in den Saal des Gewerkschaftshauses gestürmt und sorgte energisch für Ruhe, bevor er euphorisch verkündete: „Der Vizeadmiral verhandelt! Mit unseren Männern!"

Ein Jubeln erschütterte den Saal und schon flogen einige Matrosenmützen durch die Luft.

„Die Rendsburger Infanterie kam zu spät, wir haben oben alles unter Kontrolle. Die Offiziere sind so klein mit Hut und merken endlich, dass sie verloren haben!"

Ein zweiter Matrose stürmte plötzlich neben den ersten, rot angelaufen und mit Schweißperlen auf der Stirn. „Das III. Geschwader legt ab." Er schnaufte heftig.

Nathanael sog erschrocken die Luft ein. *Sein* Geschwader! Würde man ihn trotz Urlaub zurück an Deck beordern? Bloß nicht, *bloß nicht!* Er wollte nie wieder auf dieses grausame Schiff! Und ohne Wiltzi gleich tausendmal nicht.

„Alle bis auf die SMS König, die im Dock liegt. Und man soll unverzüglich an Bord kommen, sonst riskiert man –"

„Nichts!", fiel Ella ihm ins Wort. „Absolut nichts. Ihr vergesst, wir haben nun die Macht in der Hand. Die Gefangenen werden bald freigelassen. Glaubt ihr, hiernach lassen wir uns noch einmal einsperren? Doch wenn ihr mitfahrt, riskiert ihr erst recht euer Leben. Euers und das eurer Kameraden im Arrest." Ihre Wangen waren gerötet, ihre Hochsteckfrisur zerzaust. Wie sie dastand, die Faust in der Luft und die entschlossene Stimme. Nathanael krallte sich in die Sitzpolster. Wie konnte sie bloß so mutig sein? Er selbst machte sich fast ins Hemd, wenn er darüber nachdachte, dass sie ihn einbuchten könnten.

Orlow hatte Ella vorhin so lüstern angesehen, dass ihm schlecht geworden war. Und sie hatte kokett zurückgelächelt. Egal, wie sehr sie ihn faszinierte, er durfte sie nicht für die Seine halten.

Auch jetzt sah sie nicht zu ihm hinüber, sondern schloss sich einer Diskussion von Seeleuten an, die ihre Schiffe davonschwimmen sahen.

Gegen fünf Uhr nachmittags traf die Information ein, dass man mit **Gouverneur Souchon** erfolgreich verhandelt hatte. „Man lässt die Gefangenen frei!", jubelte der Überbringer der Botschaft.

Nathanael konnte es kaum fassen. „Wiltzi? Wirklich?", murmelte er und sein Wasserglas rutschte ihm aus der Hand auf den Tisch neben ihm, wo es taumelnd zum Stehen kam. Ella lachte ihm über den Raum hinweg zu und klatschte triumphierend in die Hände. Er schüttelte nur ungläubig den Kopf – hatten sie wirklich gewonnen? Endgültig daran glauben würde er erst, wenn er Wiltzi heil und frei wiedersah.

Einige Matrosen pfefferten ihre Mützen in die Luft und bald war der Raum von einem Lied erfüllt.

Brüder, zur Sonne, zur Freiheit,
Brüder zum Licht empor!
Hell aus dem dunklen Vergangnen
Leuchtet die Zukunft hervor.

Seht, wie der Zug von Millionen
Endlos aus Nächtigem quillt,
bis eurer Sehnsucht Verlangen
Himmel und Nacht überschwillt!

Brüder, in eins nun die Hände,
Brüder, das Sterben verlacht!
Ewig, der Sklav'rei ein Ende,
heilig die letzte Schlacht!

Sie legten die Arme umeinander und schaukelten im Takt der Melodie, die durch den Raum tanzte.

Nathanael ertappte sich dabei, wir er lächelnd summte. Wiltzi sollte freigelassen werden! Er hatte nicht umsonst so viel riskiert.

„Kommt, wir ziehen zur Arrestanstalt und sind bei der Freilassung dabei!", brüllte ein bärtiger Matrose durch den Raum und erntete jubelnden Beifall.

Ella trat auf Nathanael zu und hakte sich mit einem triumphierenden Lächeln unter. „Komm, jetzt gehen wir deinen Wiltzi holen!"

Er nickte, einen dicken Kloß im Hals. Gemeinsam folgten sie der Meute, die den Saal verließ. Sein Herz pochte auf dem ganzen Weg zur Feldstraße, während um ihn herum ein Lied nach dem anderen angestimmt wurde.

Die Arrestanstalt war ein kahler Bau mit winzigen vergitterten Fenstern. Der Hof war von einer unüberwindbaren Mauer umgeben und dunkle Rauchschwaden stiegen aus den Schornsteinen.

Aus dem Norden kamen ihnen die aufständischen Matrosen entgegen, die in ihren Kasernenanlagen die Überhand gewonnen hatten. Sie schwenkten rote Fahnen und lärmten mit Trommeln und Trompeten, die sie der Militärkapelle entwendet hatten.

Kurz darauf öffnete sich das Tor der Arrestanstalt und weiß gekleidete Gefangene stürmten heraus. Unter den ersten von ihnen marschierten Kreuze und Socke, lauthals jubelnd und strahlend wie zwei Kinder in der Badeanstalt.

Nathanael reckte den Hals. Wo war bloß Wiltzi?

Da sah er den braunhaarigen Bären mit den breiten Schultern, der so laut lachte, dass Nathanael es über all den Lärm hinweg hören konnte.

„Wiltzi!", rief er, aber seine Stimme ging im Jubel unter.

Doch der stämmige Mann entdeckte ihn, drückte ein paar Matrosen beiseite und raufte sich durch zu ihm. „Nattel, alter Freund! Ist das schön, dich zu sehen! Und diese frische Luft hier draußen kann man gar nicht beschreiben." Er lachte und seine bullige Nase zog sich in tausend kleine Falten.

Nathanael nickte, lächelte und er spürte, wie seine Augen feucht wurden. Seinen Freund hier leibhaftig und überhaupt nicht tot zu sehen, rollte ihm einen Felsbrocken in Größe der SMS König von der Seele.

„Ich wusste nicht, dass das Essen noch schlechter sein kann als der Fraß auf der König. Doch ich habe gelernt: Es kann!" Wiltzi breitete seine kräftigen Arme um Nathanael aus, quetschte ihm die Luft aus den Lungen und klopfte ihm dann so heftig auf die Schulter, dass Nathanael ins Taumeln geriet.

Es sah seinem Freund ähnlich, dass er sich über das Essen beschwerte. Es tat gut, ihn zu sehen.

„Nathanael, hast du deinen Wiltzi wieder?" Eine lächelnde Ella kam auf ihn zu. Doch sie hing an Orlows Arm, der selbstgefällig links und rechts Schulterklopfer verteilte.

„Ja, es hat sich alles gelohnt."

„Na, na!", warf Orlow ein. „Wir sind erst am Anfang! Die Befreiung der politischen Gefangenen war ein erster Schritt, um zu beweisen, dass der Pöbel Macht hat. Aber nun müssen wir die Revolution weitertragen und ausbreiten."

Natürlich sagte er das. Es war nicht anders zu erwarten gewesen. Dass Ella jedoch nickend danebenstand, versetzte ihm einen Stich.

„Wir reisen morgen ab, nach Berlin. Dort müssen sie aus erster Hand erfahren, was wir erreicht haben und wie. Dann werden wir den Kaiser los und beenden umgehend diesen furchtbaren Krieg!"

Nathanael nickte und schüttelte dann den Kopf. „Ja, aber … ähm …" – den Krieg wollte er durchaus auch beendet sehen, doch Orlow und seine Revolution konnten ihm gestohlen bleiben.

„Kommst du mit, Genosse? Wir können jeden gebrauchen, auch solche wie dich." Orlow ließ seine Hand auf Nathanaels Schulter fallen.

Nach Berlin? Wie sehr hatte er sich danach gesehnt, dort endlich zu seinen Büchern und seinem Studium zurückkehren zu können. Aber die Revolution vorantreiben? Ja, eine sozialdemokratische Republik wäre gar nicht schlecht, doch die Sozialisten hier waren ihm zu radikal. Die ad hoc per Handheben gewählten Arbeiter- und Soldatenräte zu den Herrschern dieses Landes erklären? Bloß nicht!

„Ich muss … ähm … Mein Urlaub ist bald zu Ende."

Wiltzi lachte dröhnend. „Urlaub? Ach Nattel! Nach dem, was du heute erlebt hast, denkst du wirklich daran, auf die SMS König zurückzugehen? Das ist schlimmer als ein Hund, der zu seinem Erbrochenen zurückkehrt."

„Da hat dein Freund recht." Orlow verschränkte die Arme vor der Brust, wobei Ellas Hand von seinem Oberarm rutschte.

Sie trat einen Schritt auf ihn zu und ihre karamellfarbenen Augen blitzten ihn herausfordernd an. „Wir brauchen dich, Nathanael."

Kapitel 10

Natürlich hatte ihn Ellas Blick überredet, sich am nächsten Morgen in aller Früh auf dem Weg zum Gewerkschaftshaus zu machen. Oder waren es Wiltzis Worte gewesen, der ihn beschworen hatte, sich diese Gelegenheit nicht entgehen zu lassen? Später hatte er ihn dazu angehalten, sich Ella zu schnappen, auch wenn er nicht das Ausmaß dieser Utopie vermessen mochte. Außerdem würde Wiltzi ihn natürlich höchstpersönlich begleiten. „Berlin wartet auf uns!"

Orlows finsterer Blick war es sicher nicht gewesen, der nun vor ihm das Steuer in der Hand hielt.

Der Dessauer war randvoll. Ella und Orlow saßen in der ersten Reihe, dahinter quetschten sich Nathanael, Ludwig Holzer und ein Dritter, der sich als Tit Sergejew vorgestellt hatte, auf einen Zweiersitz. Letzterer beschrieb seit geschlagenen zehn Minuten, wie malerisch die Möwen heute Morgen auf den Wellen geschaukelt hatten.

Auf den Kotflügeln neben dem Motor vor ihnen hockten Wiltzi und Socke, auf dem Dach vier weitere Matrosen. Diese schwenkten jubelnd ihre Gewehre.

Der Bahnhof in Kiel war nicht mehr in Betrieb, die Bahnbeamten trauten sich nicht aus ihren Häusern. Deswegen hatte Orlow ein Automobil aufgetrieben und steuerte nun den kleinen Rendsburger Bahnhof an, der knapp einen Kilometer hinter der Hochbrücke über dem Kaiser-Wilhelm-Kanal lag. Von dort aus würden sie den Zug nach Berlin nehmen.

Vor ihm erzählte Orlow etwas, was von dem Knattern des Dessauers übertönt wurde, und Ella lachte ihn an.

Warum fühlte sich das an, als ob jemand einen schmalen Pfeil auf Nathanaels Brust geschossen hätte? Langsam sollte er sich doch mit dem Gedanken angefreundet haben, dass Ella im allerbesten Fall einen Freund in ihm sehen würde. Er war Realist. Ganz im Gegensatz zu Tit Sergejew, der gerade die Romantik beschrieb, mit der Arbeiter Seite an Seite in Russland über die Zukunft entschieden.

Seine Heldenerzählungen von der Befreiung von den Kapitalisten wichen weit ab von dem, was Nathanael in seinen sozialdemokratisch orientierten Zeitungen gelesen hatte.

Sämtliche politische und wirtschaftliche Eliten waren enteignet worden und teilweise über Nacht von Großgrundbesitzern, Adeligen und Industriellen zu mittellosen Nichtsen degradiert worden, wenn sie denn mit ihrem Leben davongekommen waren.

Auf dem Land waren Gutshäuser in Flammen aufgegangen, in der Stadt Villen mit Arbeitern überflutet worden – denn privates Eigentum gehörte der Vergangenheit an. Was Tit als wahr gewordenes Märchen beschrieb, hörte sich für Nathanael eher wie ein Albtraum an.

Als Sergejew nach Atem schöpfte, wagte Nathanael einzuwenden, dass die Revolution in Russland bereits vielen Tausenden das Leben gekostet hatte.

Doch Tit winkte ab. „Ja, ja, wenn im imperialistischen Krieg zehn Millionen sterben, ist das unterstützenswert. Aber wehe, für den gerechten Bürgerkrieg gegen Gutsbesitzer und Kapitalisten sterben eine Handvoll, da seufzen alle und werden hysterisch."

„Was ich von Verhaftungen, Folter und Erschießungen gelesen habe, klingt aber nach mehr als einer Handvoll."

„Mag sein, doch wir haben nur die Unterjochten befreit. Wenn die Rote Garde dabei brutal gewesen sein sollte, liegt das nicht an den kommunistischen Idealen, sondern am Krieg. Wo haben denn die Männer das blinde Töten gelernt? Wo sind ihre Sitten verroht?"

Nathanael zog eine Grimasse. Ob es ohne den Krieg die Revolution in Russland gegeben hätte? Ob der Zar und seine hübschen Töchter noch leben würden, hätte er das Abschlachten früher beendet?

Doch die Schuld an der Brutalität der Roten Garde einfach auf den Krieg abzuwälzen, schien ihm nur ein Drücken vor der Verantwortung zu sein. Als er vorgestern mitbekommen hatte, wie man den Offizier misshandelt hatte … Solche Grausamkeit hatte selbst der schlimmste Tyrann nicht verdient.

Ella hatte es auch gesehen, aber so, wie sie Orlow anlächelte, hatte sie es schon wieder vergessen. Oder sie glaubte an das Gute in Alexander Orlow und dass er die Gewalt nie gutgeheißen hätte. Doch Nathanael zweifelte an dieser Version des bärtigen Hünen. Ob er sie in den Sieg fuhr, wie er es versprochen hatte, oder geradewegs in den Abgrund?

***

Ella hatte nie die Geduld, sich perfekte Wellen in ihre Haare zu drapieren. Aber heute steckte sie die Strähnen besonders flüchtig zusammen. Sie hatte sich gestern Abend am Bahnhof von den anderen verabschiedet, um die Elektrische zu ihrem Zuhause zu nehmen. Müde und erschöpft von der langen Reise hatte sie ihren Koffer in eine Ecke ihres kleinen Studentenzimmers geworfen, sich ins Bett gelegt und war sofort eingeschlafen.

Nun stand sie vor ihrem Waschtisch unter dem winzigen Spiegel, den sie aus Platzmangel an die hölzerne Dachschräge geschraubt hatte.

In ihrer Wohnung war es gespenstisch einsam. Sie konnte es gar nicht erwarten, sich zurück in den Trubel zu stürzen. Früher hatte sie die Ruhe ihres kleinen Dachzimmers genossen, aber nun fiel ihr die Decke auf den Kopf.

Aus einem Krug goss sie sich Wasser in das weiße, mit bunten Blumen verzierte Becken und wusch sich Gesicht und Arme. Die eiskalte Flüssigkeit stach wie kleine Nadeln in ihre Haut. Wenn die Temperatur noch ein wenig sank, würde sie morgens eine Eisschicht vom Wasser kratzen müssen. Schnell verbarg sie ihr Gesicht im Handtuch, das an einem am Waschtisch befestigten Metallständer hing. Der Rest ihrer spärlich rationierten Kohlen im glimmenden Kohlebecken vermochten das ausgekühlte Zimmer nicht zu erwärmen, genauso wenig wie ihre erfrorene Seele. Bloß zurück unter Menschen, die sie ablenkten.

Ella stellte den leeren Krug unter das Waschbecken in das Unterschränkchen und zog an einer Metallkette den Stöpsel. Plätschernd tröpfelte das Wasser zurück in das Gefäß.

Sie zog sich eine Wollmütze über die Haare, hüllte sich in ihren gefütterten Mantel und stopfte ihre Hände in einen Muff. Dann spurtete sie die sieben Stockwerke hinab. Als sie zu Beginn ihres Studiums hergezogen war, war Berlin mit über zwei Millionen Einwohnern aus allen Nähten geplatzt. Wenn man bedachte, dass sie zur Reichsgründung 1871 noch nicht einmal neunhunderttausend beherbergt hatte, war sofort klar, warum sich ihre Wohnungssuche so schwierig gestaltet hatte. Ihr schmales Studentenbudget, das Vater ihr sponsorte, reichte da nicht weit. Am Anfang hatte sie geflucht über die vielen Treppen und das winzige Zimmer, aber mit der Zeit hatte sie die Freiheit einer eigenen Wohnung zu schätzen gelernt. Was würde sie nun darum geben, eine Mitbewohnerin zu haben!

Inzwischen lebten zwar etwas weniger Einwohner in Berlin – der Krieg hatte seinen Tribut gefordert –, doch es gab kaum weniger Haushalte.

Fast die Hälfte der Berliner lebte in einem einzigen Zimmer, das als Küche, Stube und Schlafzimmer diente. In manchen Hinterhöfen wurde die Gemeinschaftstoilette von vierzig Personen benutzt, Licht und Luft kamen allein über Lichtschächte in die eng aneinanderstehenden Häuser, wenn man nicht gerade im Keller hauste. In den Höfen hielten sich Kinder und Kranke auf, zwischendrin viel zu schnell gealterte Frauen, die als Heimarbeiterin kaum etwas dazuverdienten. Für sieben Pfennig die Stunde, selten mehr, hatten sie vor dem Krieg für einen Zwischenhändler Kindermäntel mit Pelerinen oder Malerkittel genäht. Bis zur Erschöpfung wurden die auf Raten gekauften Nähmaschinen getreten. Oder sie fabrizierten Hüte, Kunstblumen, Knallbonbons. Jetzt, nach dem Krieg, waren die meisten von ihnen in Fabriken untergekommen, aber die Arbeitsbedingungen waren noch schlimmer – dazu kam, dass sie die Kinder nicht mehr zu Hause betreuen konnten.

Wenn Ella an all das Elend und die Armut dachte, die sie ringsherum umgab, fand sie ihre Wohnung und ihr Studentenleben schon fast luxuriös.

Bei der Bäckerei Hermann, die ihre Auslagen im Erdgeschoss hatten, gönnte sie sich ein schmales Frühstück.

Dieser 6. November war besonders, das spürte sie in ihren kribbelnden Fingern. Sie hatte sich mit Orlow in der USPD-Zentrale am Schiffbauerdamm 21 neben den Elektrizitätswerken an der Spree unweit der Charité verabredet.

Von der Falckensteinstraße in Berlin Kreuzberg lief sie zum Hochbahnhof am Schlesischen Tor. Der prachtvolle rote Bau mit weißen Säulen erhob sich einige Meter über das Straßenniveau und die Hochbahnen schwebten auf Backsteinbögen durch die Stadt. Am Umsteigebahnhof Gleisdreieck wechselte sie in die andere Linie und stieg an der Friedrichstraße aus. Die gewaltige Kuppel aus Stahl und Glas auf roten hohen Mauern ließ die geschäftig treibende Menschenmasse in der Bahnhofshalle winzig erscheinen. Von der Friedrichstraße war es nur noch ein kurzer Spaziergang über die Spree auf einer schmalen Fußgängerbrücke mit ineinander verschlungenem Stahlgeländer. Zum Glück musste sie nicht an der massiven Baustelle der Unterpflasterbahn vorbei, die von der Leipziger Straße bis hinauf zum Oranienburger Tor die Straße entzweiriss und den kompletten Verkehr aufhielt.

Orlow wartete vor der Eingangstür des Schiffbauerdamm 21 auf sie, lächelnd auf einer Zigarette kauend an die Wand gelehnt.

Daneben trat Nathanael von einem Fuß auf den anderen, etwas blass um die Nase. Seine rotblonden Haare standen ihm wirr in alle Richtungen vom Kopf ab.

„Die bezaubernde Ella." Orlow schwang die Tür auf und wies ihr galant den Weg hinein. „Wir haben auf dich gewartet."

„Auf mich?" Ella lachte. „Ihr seid doch sicher genug ohne meine Anwesenheit."

„Man ist nie genug. Außerdem …" Seine Augen blitzten sie an, „… ist es ohne dich nur halb so schön, Genossin."

Ellas Wangen wurden trotz des beißenden Windes heiß und sie schlüpfte rasch durch die geöffnete Tür.

Alexander Orlow, der geheimnisvolle Revolutionär. Was sah er in ihr? Eine Verbündete im Kampf gegen das marode System oder … mehr? Der Gedanke brachte ihren Magen in Aufruhr.

„Es gibt gute Neuigkeiten, es wurde eine Kommission ernannt, die den Waffenstillstand aushandeln soll. Gerüchten zufolge reisen sie heute schon in Richtung Westen ab." Orlows schwere Schritte halten hinter ihr die Treppenstufen hinauf.

Nathanael keuchte hintendrein. „Dann ist dieser neue Reichspräsident Prinz Max von Baden wohl doch ganz patent."

Ella schnaubte. „Ein Liberaler, der nur seinen Thron in Baden retten will. Der denkt, wenn er den Krieg beendet und ein paar Reformen einführt, gibt das Volk wieder Ruhe. Doch dafür ist es zu spät. Wir lassen uns nicht mehr zum Schweigen bringen, dazu haben sie uns viel zu lange hängen lassen."

Orlow warf ihr einen bewundernden Blick zu und stieß die Tür zum Parteibüro auf.

Nathanael dagegen zog grübelnd die Stirn in Falten und rückte seine Brille zurecht.

Das USPD-Büro war voll mit Matrosen, Arbeitern, Abgeordneten und Gewerkschaftlern. Sie drängten sich um Schreibtische und vor Berliner Stadtpläne oder hockten auf dem Boden im Kreis und rauchten.

Peter und Tit Sergejew saßen auf dem Boden, die dreckigen Stiefel von sich gestreckt und die aktuellste Ausgabe des *Vorwärts* in der Hand. *Die Beziehungen zu Russland unterbrochen* titelte die Zeitung. Sie schmunzelte. Da fürchtete jemand Orlow und seine Genossen.

Der Russe bat sie, ihr zu folgen, und stellte ihr ein paar Männer vor, die sich „Revolutionäre Obleute" nannten, Vertrauensleute von Industriearbeitern.

„Sie arbeiten schon seit Wochen auf eine Revolution hin. Durch die Ereignisse in Kiel wollen sie es vorverlegen auf den 11. November, doch ich frage mich, ob sie sich da nicht zu viel Zeit lassen. Wir müssen das Feuer des Umschwungs nutzen, solange es lodert."

Ella nickte, schüttelte dann aber den Kopf. „Können wir nicht noch mehr Matrosen aus Kiel zur Unterstützung herbeiholen? Den Kielern können wir vertrauen." Wie plante man denn eine Revolution? Wie gewann man die Gunst der Massen und bewegte sie in eine Richtung? Sie kämpften ja für das Gute, aber wussten die Arbeiter das?

Ein Grauhaariger mit Knubbelnase und Schnauzer, der sich als **Ernst Däumig** vorgestellt hatte, fuhr sich mit der Hand durch seinen Bart. „Man lässt schon Zugstrecken sperren, um zu verhindern, dass Berlin von revolutionären Matrosen überrannt wird. Aber das hält uns nicht auf."

Bald wurde Ella in den Strudel der Planungen gerissen. Hier zeigte man ihr einen Stadtplan mit wichtigen strategischen Punkten, dort wollte man ihre Meinung hören und plötzlich fand sie sich in einem Flugblätter-Formulierungs-Gremium wieder, das aber zehn Minuten später wieder aufgelöst wurde. Es war chaotisch und wundervoll, denn alle arbeiteten am gleichen Ziel, auch wenn sie keine geübten Parlamentarier waren, die sich mit Politik auskannten. Hoffentlich würden ihre spontanen Einfälle und ihr lodernder Enthusiasmus ausreichen, um die alten kriegstreiberischen Strukturen aufzubrechen.

✳✳✳

Was tat er bloß hier? Nathanael hätte lieber mit Wiltzi um die Berliner Häuser ziehen sollen, statt sich mit diesen wild gewordenen Revolutionären auseinanderzusetzen.

Die Nacht hatten sie in einem billigen Gasthof zugebracht. Er hatte sich mit Peter und Tit Sergejew ein Zimmer geteilt, die miteinander bis spät nach Mitternacht ihre gegensätzlichen Vorstellungen der perfekten Staatsform diskutiert hatten. Sie hatten sich als „Du Reaktionär!" und „Du bolschewistischer Träumer!" beschimpft. Doch jetzt saßen sie friedlich beieinander und rauchten, als wäre nichts gewesen, während ihm der Schädel brummte.

Es wurde Zeit, dass er wieder eine Wohnung fand. Gleich, wenn dieser Spuk von Revolution sich gelegt hatte, würde er nach Zeitungsinseraten suchen. Wiltzi hatte sich bei ihm mit dem Vorhaben verabschiedet, sich bei „irgendwelchen Matrosen" einzuquartieren, die er plante, noch kennenzulernen. Das war Nathanael auch zu verrückt gewesen und jetzt fand er sich hier wieder.

Alle schienen so verbissen, dass sie kaum auf vernünftige Argumente hörten. Statt sich mit dem Für und Wider verschiedener Ansichten auseinanderzusetzen, warf man mit kämpferischen Parolen um sich und schwang leere Reden. Man verkaufte die eigene Meinung als Gold auf einem Silbertablett, obwohl sie höchstens eine Mistgabel voll Stroh wert war.

Alles hier war extrem: extrem chaotisch, extrem polemisch, extrem unausgegoren. Man stellte sich das so nett und einfach vor mit einer Räterepublik, aber bot es die Sicherheit und Stabilität, die ein Land brauchte? Konnte wirklich das ungebildete Volk direkt regieren? Würde es gute Entscheidungen treffen? Gab es keine Möglichkeit des Missbrauchs in irgendeiner Form? Nathanael bezweifelte, dass jeder dieselbe Vorstellung von einer Räterepublik hatte.

Sein Blick suchte nach Ella. Sie fand sich wunderbar zurecht in der Menschenmenge und schwamm darin wie Königin Cleopatra in ihrem Bad aus Eselsmilch und Honig.

Ihn bemerkte sie nicht mehr.

Doch – als sie mit den Augen durch den Raum schweifte, blieb ihr Blick an seinem hängen und ihre Mundwinkel zogen sich nach oben. Doch mit einem Wimpernschlag war der Moment wieder vorbei.

Nathanael verwarf den Gedanken, so schnell wie möglich von hier zu verschwinden. Allein ihre flüchtigen Blicke waren es wert, dieses Chaos durchzustehen. Waren sie in der letzten Zeit so etwas wie Freunde geworden?

Nun durchquerte sie den Raum und kam auf ihn zu. Es war lächerlich, wie ihm allein deswegen die Knie weich wurden. Schnell stützte er sich auf einem Tisch ab, möglichst gelassen, wie er hoffte. Elende, verräterische Pudding-Knie.

Ella lehnte sich neben ihn und seufzte. „Gerade sind die Männer zu nichts mehr zu gebrauchen. Die Konzentration lässt nach und die Vorschläge werden immer wilder. Woran liegt das bloß? Waren sie gestern zu lange wach?"

„Hunger." Nathanael zuckte mit den Schultern.

„Hunger? Das ist doch ein Dauerzustand seit mindestens 1916." Der Kohlrübenwinter saß allen noch im Nacken, besonders weil es seitdem nicht besser geworden war. Oder zumindest allen, die sich den Schleichhandel nicht leisten konnten.

„Das Gehirn braucht wenigstens ein paar Kalorien, um arbeiten zu können."

„Vor allem das männliche", grinste Ella. „Genosse Orlow, Mittagspause?", rief sie dem Hünen zu.

Doch bevor der überhaupt nicken konnte, sprangen die Männer auf, kramten Vorräte aus ihren Seesäcken oder verließen das Büro.

„Hab ich 'nen Hunger!", murmelte Peter und war zur Tür hinaus.

Nathanael grinste Ella an.

„Du hattest wohl recht!", lachte sie. „Hast du etwas zu essen dabei?"

Er schüttelte den Kopf.

„Ich auch nicht. Komm, wir suchen uns irgendetwas."

Unverhofft zogen Ella und er allein los. Die anderen Hungrigen waren bereits außer Reichweite. Nathanael kam sich vor, als wäre er im Sportunterricht bei der Mannschaftswahl als Erster aufgerufen worden und nicht als Letzter, wie während seiner Schulzeit immer. Ein schwindelerregend leichtes Gefühl durchflutete ihn.

Sie schlenderten nebeneinander an der Spree entlang, über der der trübe Novembernebel hing, und bogen in eine Straße mit einigen kleinen Läden ein. Den *Knochenladen*, in dem die Knochen von den Überbleibseln der Frontkonserven verkauft wurden, ließen sie links liegen. Die Berliner Hausfrauen standen selbst hierfür Schlange. Sie nahmen alles, was sie für ein bisschen Fett in der Suppe bekommen konnten. Der Gemüseladen sah verdächtig leer aus, also gab es wohl nur noch Steckrüben und mit viel Glück etwas Rote Bete.

Bei einem Bäcker reihten sie sich schließlich in die Schlange ein, die vielversprechend verhieß, dass es hier etwas zu kaufen gab, obwohl es bereits Mittag war.

„Hast du noch Brotmarken?", fragte Ella ihn.

Nathanael fischte seine Urlaubsmarken aus der Tasche, die er für die zehn Tage genehmigten Heimaturlaub erhalten hatte. Sie gingen langsam zur Neige; wenn nicht bald eine Revolution kam, musste er sich durchbetteln.

„Noch", murmelte er und suchte die Marken für Brot heraus.

Sie schwiegen einen Moment.

„Warum nennst du Genosse Orlow eigentlich gewissenlos?", fragte sie ihn plötzlich.

O nein, nicht dieses Thema! Selbstverständlich nicht, weil er eifersüchtig war und Ella von seinen eigenen Qualitäten überzeugen wollte, wie zum Beispiel seinem vorhandenen Gewissen.

„Er macht auf mich einen so … gefühlskalten Eindruck", murmelte er und zog eine Grimasse. Hoffentlich ließ sie das durchgehen.

„Aber er ist nicht derjenige, der Waffen mit sich herumträgt und sich bestimmt auch nicht scheut, damit auf Menschen zu schießen."

„Ich bin kein Freund von Peter. Doch bei ihm wirkt es … mehr aus dem Affekt heraus oder zur Selbstverteidigung. Orlow ist so … berechnend." Er holte tief Luft. „Was hältst du denn von ihm?" Bloß von sich ablenken. Außerdem interessierte ihn das tatsächlich brennend.

„Hm … Er ist der geborene Anführer. Mit seinem Charisma kann er viele überzeugen."

Sie mag ihn. Mist.

„Aber ich bin mir auch nicht sicher, wie es um seine Moral bestellt ist. Er wirkt manchmal … gottlos."

Einen Moment triumphierte Nathanael, dass Orlow nicht perfekt war in Ellas Augen. Doch dann fiel ihm auf, dass auch er genau das war: gottlos.

„Dass man an keinen Gott glaubt, macht einen nicht gewissenlos", wandte er ein.

„Gewissenlos nicht", sie grinste ihn an. „Aber die Frage ist, an was misst sich dein Gewissen? An welcher Moral?"

Er überlegte einen Moment. Ja, woran orientierte er sich eigentlich? Was kam ihm „falsch" vor?

„Das, was anderen Menschen schadet, ist falsch", erklärte er.

„Und warum? Und bezieht sich das auf alle Menschen? Oder sind manche besser als andere, sind Deutsche zum Beispiel besser als Franzosen und Russen? Oder Juden?"

„Nein, nein, die Menschen sind gleich viel wert."

„Und was gibt den Menschen diesen Wert? Die Bibel gibt darauf eine Antwort: *Und Gott schuf den Menschen ihm zum Bilde – einen Mann und eine Frau.* Daher sind alle Menschen wertvoll, weil sie in Gottes Ebenbild erschaffen sind. Was gibt ihnen in deiner Welt Wert? Ihre Arbeitskraft?"

Nathanael schüttelte den Kopf. Dann wären alte Menschen ja nicht mehr wertvoll. Vielleicht ihr Verstand? Was war dann mit Menschen mit geistiger Behinderung? Ihre Gefühle? Waren Gefühle wertschaffend in einem evolutionären Weltbild? „Ist es nicht auch evolutionär wichtig, dass die Menschen aufeinander achtgeben? Um das Überleben der Menschheit zu sichern, passt man aufeinander auf?"

„Auf seinen Stamm, seine Sippe, sein Volk. Aber wenn du auf die Franzosen aufpasst, hast du ja keinen Vorteil. Aus dem Gedanken der Evolution nährt sich doch nur Nationalismus. Für ein objektives Gut und Böse braucht es einen objektiven Gesetzgeber. Einen Gott, der über allem steht."

„Du meinst also, wenn es keinen Gott gibt, kann jeder selbst entscheiden, was er für Gut und Böse hält und danach handeln."

„Richtig. Und was für ein beängstigender Gedanke das ist."

Er schüttelte den Kopf. Ihm fiel keine Erwiderung mehr ein, das war tatsächlich ein gutes Argument für einen Gott. Wenn jeder seine eigenen Moralvorstellungen als Maßstab nehmen konnte, konnte man ja alles irgendwie rechtfertigen, selbst die schlimmsten Gewalttaten könnte man als evolutionäres Ausmisten verkleiden.

Oh, er liebte es, mit ihr über die Welt zu diskutieren. „An dir ist wirklich eine Philosophin verloren gegangen", er lächelte sie bewundernd an.

„Ach was, das meiste habe ich von …" Sie stockte.

Er wartete geduldig, doch sie wechselte abrupt das Thema. „Wusstest du, dass Berlin eigentlich aus zwei Städten besteht? Berlin und Kölln?"

„Was?" Natürlich wusste er das, er hatte immerhin hier studiert. Wovon wollte sie ablenken?

„Ja, die Spreeinsel, auf der das Schloss steht, war früher eine eigene Stadt, Kölln."

„Aha", irritiert nickte er. Wollte sie vermeiden, von der Person zu sprechen, die ihr die Philosophie vermittelt hatte? Vielleicht ihrem Vater? Aber warum?

Sie lächelte ihn an und ihm wurde warm im stechend kalten Nebel. Es war schön, mit ihr über etwas anderes zu reden als Politik. Es bestätigte ihn darin, dass sie Freunde waren. Ob sie jemals mehr als das werden könnten? Wenn sie ihm ihr Lächeln schenkte, mochte er es fast glauben. Ein kühner Gedanke stieg in ihm hoch, den er kaum wagte, durch seinen Kopf streifen zu lassen.

Kapitel 11

Berlin bebte. Die ganze Stadt war auf den Beinen. Doch keine Trambahn rollte über den Alexanderplatz und keine Droschke zwängte sich durch die dicht an dicht stehenden Menschen. Frauen in Wollblusen, Kinder in abgewetzten Mänteln, Arbeiter, die ihre Jacken um ihre verschmierten Hemden geschlungen hatten, dazwischen Matrosen, von deren Schultern achtlos Gewehre baumelten, als seien sie leere Seesäcke.

Das Fotografiegeschäft, vor dem Nathanael seine Hände in die Matrosenuniform stemmte und seinen Blick über die Menge schweifen ließ, hatte die Gitter heruntergefahren. Zwischen den schwarzen Stäben lugten zwei Kinder hervor, bevor sie von ihren Eltern von den Fenstern fortgezogen wurden.

Auf den sechs Meter hohen Sockel der Berolina, die ihre Hand über den Platz ausstreckte und in Kettenhemd an eine kriegslustige Germanin erinnerte, waren Arbeiter geklettert. Sie hielten sich an den nackten Zehen der Statue fest und schwangen Plakate.

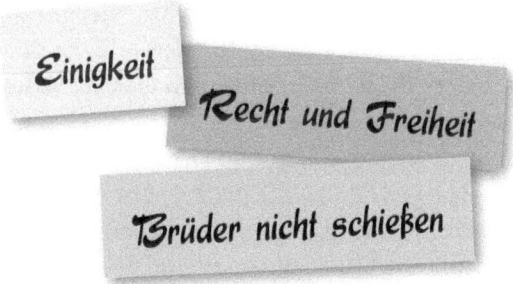

Einigkeit

Recht und Freiheit

Brüder nicht schießen

So lauteten ihre Parolen, die einen fein säuberlich vom Schildermacher beschriftet, die anderen improvisierte Pappschilder, mit Bindfaden an einer Besenstange befestigt.

Über den Köpfen der Menge flatterten rote Fahnen und Spruchbänder im Wind. Um die Arme hatten die meisten sich rote Stofffetzen gebunden.

Sechsundzwanzig Versammlungen hatte die USPD am gestrigen Abend abgehalten, überall die gleiche Botschaft: Generalstreik und Massendemonstrationen an diesem Samstag, dem 9. November 1918.

Aber nicht nur eingefleischte Anhänger der unabhängigen Sozialisten zogen zu Hunderttausenden durch die Straßen, auch SPDler und alle anderen Kriegsmüden hatten sich dazugesellt.

Im *Vorwärts* hatte es heute Morgen gestanden: Die Forderungen der SPD nach gleichem Wahlrecht waren erfüllt worden. Nur der Rücktritt des Kaisers und der Waffenstillstand standen noch aus, da die deutsche Delegation es bisher nicht geschafft hatte, im feindlichen Hauptquartier einzutreffen.

Dass Wilhelm II. wegmusste und so schnell wie möglich Frieden geschlossen werden musste, da waren sich nicht nur viele Berliner einig, sondern auch USPD und SPD. So hatte die Extraausgabe des *Vorwärts* heute Morgen im Namen beider Parteien den Generalstreik ausgerufen, den der Berliner Arbeiter- und Soldatenrat beschlossen hatte. Wobei die Mehrheitssozialisten sicher mit den Zähnen geknirscht hatten – Massenproteste waren nicht ihr Metier.

Neben Nathanael tippelte Ella unruhig von einem Fuß auf den anderen. Peter, Tit und Ludwig, mit denen sie heute Morgen losgezogen waren, hatten sie irgendwo im Gewühl verloren, worum Nathanael nicht traurig war.

„Hast du gelesen, dass Bayern und Braunschweig sich schon zu Volksrepubliken erklärt haben? Im Süden ist seit gestern Kurt Eisner von der USPD Ministerpräsident – kannst du dir das vorstellen?" Ella legte ihre Hand auf seinen Arm.

Ein warmes Kribbeln breitete sich von ihrer Berührung aus, obwohl sie sie sicher nur freundschaftlich meinte. Oder?

„Ja, habe ich gelesen."

„In Württemberg ebenfalls!"

„Das könnten aber Gerüchte sein. Die lieben doch ihren König Karl."

„Wie auch immer. In Berlin wird **Karl Liebknecht** heute die sozialistische Republik ausrufen. Das ist für den Nachmittag geplant, habe ich gehört." Sie schlug ihre Hände aufgeregt zusammen. Die Stelle, an der sie Nathanaels Ärmel berührt hatte, fühlte sich angenehm warm an.

Er musterte sie von der Seite. Ihre Wangen glühten vor Aufregung, der Wind flatterte durch ihren grünen Herbstmantel und legte das rot karierte Innenfutter frei.

Seit drei Tagen konnte er an nichts anderes denken als daran, ob er sie nach einer Verabredung fragen sollte. Es war vermessen, dumm, riskant. Doch falls er schwieg, wie er es damals mit dem Mädchen aus Blaubeuren getan hatte, gehörte sie bald einem anderen. Peter und Tit machten ihr auch schöne Augen, aber der breitschultrige Orlow mit den dunklen Haaren brauchte sicher nur einmal zu zwinkern und sie würde ihn heiraten. So aussichtslos es war – wenn er es nicht versuchte, hatte er nie eine Chance. Mehr als Nein sagen konnte sie schließlich nicht, oder? Aber sein Herz pochte nur bei dem Gedanken, ihr in die Augen zu schauen.

Er räusperte sich. Sie waren allein, Ella strahlte selig – würde es je eine bessere Gelegenheit geben?

„Ella, ich würde dir gerne etwas sagen." *Nein, nein, nein!* Er wollte sie etwas fragen, nicht ihr etwas sagen! Er biss seine Zähne so fest aufeinander, dass sie schmerzten.

„Was denn?" Sie winkte fröhlich einem Arbeiter auf der Berolina zu.

„Ähm", stotterte er. *Sag etwas, irgendetwas!* „Ja, also …" *Nicht so etwas!*

„Extrablatt, Extrablatt! Der Kaiser hat abgedankt!", rief da einer von der Berolina herunter und wies auf einen Buben, der sich durch die Menge zwängte und mit Papier in der Hand wedelte.

„Was? Das müssen wir lesen!" Ella stellte sich auf die Zehenspitzen. „Wo ist denn der Verkäufer? Ich sehe nur den Schreihals auf der Statue."

„Bleib hier, ich besorge uns eins." Froh, der Situation zu entkommen, arbeitete er sich zu dem Jungen durch, der bereits von einer Menschentraube umgeben war. Er schnippte dem Bub zwei

Pfennige in den Karton in seiner Hand und schnappte sich die Extraausgabe des *Vorwärts*, die nur aus einem einseitig bedruckten Blatt bestand.

Er überflog die Meldung, die der Reichskanzler Prinz Max von Baden verfasst hatte. Wie man es wohl angestellt hatte, den sturen Kaiser zur Abdankung zu bringen? Oder war dies über seinen Kopf hinweg geschehen?

Zudem stand noch eine Nachricht darauf, dass der Prinz angeordnet hatte, dass seitens des Militärs von der Waffe kein Gebrauch gemacht werden sollte. Zum Glück, nicht auszudenken, welch rasender Drache entfesselt würde, wenn jemand in die aufgewühlte Menge feuerte. Es würde noch viel mehr Tote geben als in Kiel …

Ella riss ihm das Blatt direkt aus den Händen, als er den Weg zu ihr zurückgefunden hatte.

„*Er beabsichtigt, dem Regenten die Ernennung des Abgeordneten* **Ebert** *zum Reichskanzler und die Vorlage eines Gesetzesentwurfs wegen der Ausschreibung allgemeiner Wahlen für eine verfassungsgebende deutsche Nationalversammlung vorzuschlagen, der es obliegen würde, die künftige Staatsform des deutschen Volks endgültig festzustellen*", las sie einen Satz davon vor und schüttelte den Kopf. „Man will einfach weitermachen wie bisher, nur einen Hauch demokratischer. Was für ein Witz!"

„Es würde die Ordnung wiederherstellen."

„Ordnung, pah!", stieß Ella aus. „Das ist etwas für reiche Bürgerliche, die sich ihr beschauliches Leben vor dem Krieg zurückwünschen. Das Proletariat will Veränderungen!"

Nathanael ließ seinen Blick zur *Roten Burg* schweifen, dem Polizeipräsidium zwei Häuser weiter. Die grünen Kuppeldächer, die auf der Backsteinfestung türmten, hingen im wabernden Novembernebel.

Aus den Fenstern lugten die Läufe von Maschinengewehren. Vor den geschlossenen Toren gruppierten sich Trauben von Menschen mit entschlossenen Gesichtern. Am liebsten schienen sie das Gebäude stürmen und die verhasste Abteilung VII in Stücke reißen zu wollen. Die politische Polizei, die während des Krieges so viele von den Guten verhaftet hatte.

Eines der Spruchbänder war so groß geschrieben, dass Nathanael es von hier lesen konnte:

Befreit die politischen Gefangenen!

Nieder mit der Verbrecherpolizei!

Wenn nur einer die Nerven verlor und sich ein Schuss löste, würde es in einem Blutbad enden wie in Kiel – oder schlimmer. Für ihn klang ein Zurückkehren zur Ordnung, eine Weiterführung der Monarchie auf demokratische Art durchaus verlockend. Die Dinge würden sich langsam aber stetig verbessern, man bräuchte Geduld, doch es würde vorangehen.

Der Umsturz, der Ella erstrebenswert schien, machte ihm Angst. Wer sagte, dass das, was die USPD wollte, langfristig besser war für das Volk? Dass die Enteignung von alten Eliten nicht einfach nur zu neuen Eliten führen würde, die sich auf Kosten anderer bereicherten? Waren die Menschen nicht durch und durch verdorben, egoistisch und gar nicht dazu fähig, ein zu hundert Prozent gerechtes System zu erschaffen?

Dann lieber das alte Bestehende reformieren und sich das Chaos sparen. Doch dafür war es schon zu spät, fürchtete Nathanael. Keiner der Demonstranten sah so aus, als würde er nach der verkündeten Abdankung des Kaisers nach Hause gehen wollen. Hätte Wilhelm II. gestern seinen Rücktritt bekannt gegeben, vielleicht wären heute viele in den warmen Betten geblieben. Doch nun wollte die Menge handfeste Ergebnisse sehen!

Plötzlich öffnete sich eines der Tore zum Polizeipräsidium – Nathanael hielt die Luft an. Uniformierte Schutzmänner traten heraus, neugierig beäugt von der umstehenden Menge.

„Schau dir das an", murmelte er.

„Was? Was ist los, ich bin doch zu klein!" Ella zupfte an seinem Ärmel und sprang ein Stück in die Luft.

„Die Polizisten verlassen das Präsidium. Und sie sehen unbewaffnet aus."

„Wirklich? Komm, wir gehen näher hin!" Sie krallte sich an seinen Ärmel und zog ihn mit sich, tiefer in die Menge und näher an die *Rote Burg* heran. Das Volk strömte hinein ins Präsidium und schon bald sah Nathanael die ersten Zivilisten wieder herauskommen, johlend und mit Gewehren und Pistolen in der Hand. Ob die Arbeiter ohne Fronterfahrung überhaupt wussten, wie man so ein Teil sicherte oder mit Patronen belud?

Doch der Triumphzug an jubelnden Berlinern mit Waffen in der Hand wollte gar nicht aufhören. Und Ella schien sich zielsicher mitten in das Getümmel stürzen zu wollen.

„Moment!" Er griff nach ihrer Hand und hielt sie fest.

„Was?" Unwillig drehte sie sich zu ihm um und entzog ihm ihre Finger.

„Willst du dir auch Waffen besorgen oder was planst du?"

„Natürlich nicht, ich will nur schauen!"

„Aber ..." Er stockte. Ihm war nicht wohl dabei, sich vor die Läufe der Maschinengewehre zu begeben.

„Extrablatt! Extrablatt! Eine Aufforderung der neuen Regierung!"

„Noch ein Extrablatt. Lass uns das erst lesen."

Ella zuckte mit den Schultern und sie zwängten sich hindurch zum Ausrufer, der dieses Mal keine zwei Pfennige für das Blatt Papier verlangte.

Es handelte sich schon um die vierte Extraausgabe – eine in der Mitte mussten sie verpasst haben. Doch bevor Nathanael weiterlesen konnte, hatte ihm Ella den Zettel aus der Hand gerissen. Ihre Miene wurde düster.

„Die neue Regierung schreibt an die Soldaten, sie sollen ruhig in ihre Kasernen zurückkehren, da Ordnung die Ernährung des Volkes sichere. Was meinen die mit ‚ruhig'? Sollen wir einfach entspannt nach Hause gehen, als wäre nichts gewesen, oder verlangen sie einen gesitteten Rückzug?"

„Für die Brotversorgung wäre sicher beides nicht schlecht."

„Das Volk will Brot *und* Freiheit. Sie werden nicht Halt machen, jetzt, wo sich das Polizeipräsidium ihrem Willen beugt."

„Meinst du, der Reichstag ist unter dem Kommando der SPD?"

„Lass uns hingehen und es herausfinden!" Ella klatschte in die Hände.

Erleichtert, dass sie ihr Vorhaben mit dem Polizeipräsidium aufgegeben hatte, folgte er ihr durch die Kaiser-Wilhelm-Straße in Richtung der Spreeinsel.

Zwischen Königsschloss und Lustgarten schoben sie sich an den drängelnden und skandierenden Menschen vorbei. Sie mussten dicht beieinanderbleiben, um sich nicht auch noch zu verlieren. Nathanael genoss jede Berührung von Ella, wie sie nach seinem Handgelenk griff und ihn zwischen einer Meute Arbeiter hindurchzog, wie sie sich kurz an seine Schulter hängte, um dicht hinter ihm bleiben zu können. Sollte er sie wirklich nach einer Verabredung fragen? Riskierte er damit nicht die freundschaftliche Unbefangenheit miteinander?

Das Schloss lag still im Nebel, die jahrhundertealte Würde in sich tragend wie ein stummer Beobachter. Die Portale waren fest verschlossen, doch keine Wachposten standen davor. Hatten sie sich von ihrem König verlassen zurückgezogen?

„Ob das Schloss auch noch in die Hände der Revolution fallen wird?", fragte Ella.

Nathanael zuckte mit den Schultern. Sicher würde sie nachher zurückkehren wollen, um es herauszufinden.

Die Sonne stand hoch am Horizont und sein Magen grummelte, als sie die Straße Unter den Linden hinter sich gelassen hatten und auf dem Königsplatz vor dem Reichstagsgebäude in der Menschenmenge warteten.

Die Gerüchte, die laut durch die Gegend gebrüllt wurden, berichteten, dass die meisten Regimenter und Kasernen sich der Revolution angeschlossen hatten und es kaum noch Soldaten gebe, die auf die Befehle ihrer Offiziere hörten. Doch sei es mit ein paar königstreuen Truppen zu „Reibereien" gekommen.

Das Wort klang in Nathanaels Ohren freundlich, aber sicher waren Blut und Tod Teil davon gewesen. Vor dem Brandenburger Tor hatten sie einen Lastwagen gesehen, bemannt mit Matrosen, Maschinengewehren und siegessicheren Gesichtern.

Ella stand dicht bei ihm, die umstehenden Menschen drückten sie eng aneinander. Nathanael stieg ein Duft aus Lavendelseife, verbrannten Kohlen und einem Hauch blumigem Parfüms in die Nase.

Sie waren so unterschiedlich. Die junge Frau war voller Leidenschaft und Energie, sie brannte für die Revolution und die Gerechtigkeit. Er sehnte sich nach Ruhe und Ordnung, vielleicht auch nach Gerechtigkeit, aber nicht um jeden Preis. Passte seine stille Art zu ihr? Konnten sie über ihre politischen Meinungen hinwegsehen?

„Ella, ich würde dir gerne etwas sagen", hatte er vorhin zu ihr gesagt. Wie ein fünfzehnjähriger Schuljunge! Warum nannte er die Dinge nicht einfach beim Namen? Wenn man für so etwas nur auch Universitätsvorlesungen besuchen könnte!

Frauen um eine Verabredung bitten
Erstes Semester: Wie man nicht wie ein Idiot wirkt

Sie sah ihn an, freudige Erwartung lag in ihrem Blick. „Hier passiert bestimmt gleich etwas Bedeutendes, ich spüre es."

Etwas Bedeutendes. Ob seine Frage das auch für sie sein konnte? In seinem Kopf versuchte er, sich die richtigen Worte zurechtzulegen, ordentlich sortiert und ohne Stottern wollte er sie vorbringen. Doch immer, wenn er den Mund aufklappte, kam nichts heraus. Er biss sich wütend auf die Lippen.

Noch während er die Worte durchging, öffnete sich eine Tür auf dem Balkon des Reichstags und ein Mann mit Glatze, seitlich abstehenden Haaren, einer kleinen Brille und spitzem Bart  trat heraus. War das **Philipp Scheidemann** von der SPD? Auf die Entfernung war es schwierig zu erkennen.

Die Menge wurde still, man zischte und kniff sich in die Arme, um zur Ruhe zu kommen. „Das ist Scheidemann!", murmelte man. Also tatsächlich!

Die Stimme des Dreiundfünfzigjährigen schallte nur wenige Meter über den Platz und verebbte dann.

„Was sagt er?“, flüsterte Ella dicht neben seinem Ohr.

Er sah zu ihr hinab und zuckte mit den Schultern.

Sie stemmte sich auf ihre Zehenspitzen und hielt sich an seinem Arm fest, um nicht das Gleichgewicht zu verlieren. Dann wandte sie sich an die Leute vor ihnen. „Versteht ihr etwas?“

Scheidemann benutzte kein Sprachrohr, das durch die hyperbolische Form den Schall hätte verstärken können. Auch wenn er sich kurz aus Papier eines geformt hätte, wäre das effektiver gewesen, als über den Platz zu schreien.

Die Menge wisperte sich gegenseitig von vorne bis hinten die Worte einander zu, von Mund zu Mund trug sich die Flüsterpost in die hinteren Reihen.

„Der Kaiser hat abgedankt – Prinz Max von Baden hat das Reichskanzleramt an Ebert übergeben – man soll die neue Regierung nicht stören, damit sie sich um Arbeit und Brot kümmern können – alles für das Volk – die alte, morsche Monarchie ist zusammengebrochen, es lebe das Neue! Es lebe die deutsche Republik!“

Der Mann reckte die Hände in die Höhe und die Menschenmenge brach in Jubel aus.

Ella verschränkte die Arme vor der Brust. „Das hat er sicher nur gesagt, um Liebknecht zuvorzukommen. Eigentlich wollen sie doch so weitermachen wie bisher, aber weil das Volk mehr will, tun sie jetzt so, als wäre die Revolution ihre Idee gewesen!“

„Das ist klug, oder nicht? Sich auf die Seite des Volkes zu stellen und es dann gut zu führen?“

„Klug? Hinterlistig und feige.“ Ella schnaubte. Langsam ließen sich die beiden mit der auseinandergehenden Volksmenge mittragen in Richtung Alexanderplatz. „Pflicht und Ordnung ist ihnen wichtiger als Menschlichkeit. Wie die Pharisäer.“

„Pharisäer? Ich dachte, das waren Juden wie du?“

„Ja und?“ Lauernd zog sie ihre Augen zu schmalen Schlitzen. Wie eine Löwin, die ihre Jungen beschützte, funkelte sie ihn an.

„Ich dachte nur …“ Nathanael zog die Schultern hoch zu den Ohren.

„Was? Jesus hat sie zu Recht kritisiert.“

„Ich dachte, an den glaubst du nicht."

„Wieso?"

„Weil du Jüdin bist?"

„Jesus war auch Jude. Wenn du es genau wissen willst, ich bin eine Jüdin, die an den Messias Jeschua glaubt."

Jetzt war Nathanael verwirrt. „Aber dann bist du doch Christin, wenn du an Jesus glaubst?"

„Nein!", schoss sie zurück. „Warum müssen immer alle gleich annehmen, dass ich konvertiert bin? Ich kann doch auch jüdischen Bräuchen folgen *und* an Jeschua glauben." Ihre Augen verengten sich noch mehr.

„Ich wollte ..." Nathanael fuhr sich mit der Hand über die Stirn. Manchmal glichen Unterhaltungen mit Ella einem Minenfeld. „Ich dachte ... ähm ..."

Zweites Semester: Wie man eine Unterhaltung mit einer Frau führt, ohne sie aus Versehen zu beleidigen

„Lass das mit dem Denken. Viele halten Juden für Kommunisten oder gierige Geldsäcke. Meistens beides gleichzeitig, wie auch immer sie sich das vorstellen."

„Entschuldige, das ... ähm ... meine ich wirklich nicht."

„Sei ehrlich, was hast du gedacht, als du erfahren hast, dass mein Vater bei einer Bank arbeitet?"

„Ähm ..." Nathanael zögerte. Es war schon ein bestätigtes Klischee: Bankier und Jude.

„Weißt du übrigens, warum so viele Juden im Geldgeschäft oder Händler sind? Weil sie früher weder einer Handwerksgilde beitreten durften noch Bauer werden konnten. Ganz nebenbei wurden sie ständig aus ihren Städten vertrieben. Die sogenannten ‚Ostjuden', die in den letzten Jahrzehnten nach Deutschland migriert sind, haben teilweise früher auch schon hier gewohnt, bevor sie wie Vieh aus den Städten verjagt wurden."

Nathanael schluckte. „Warum erzählst du mir das alles? Ich meine, es ist interessant, aber ..."

Ella seufzte. „Heute Morgen sind mir Gegendemonstranten begegnet, die Juden mit Ringelschwänzchen auf ihre Plakate gemalt hatten. Ausgerechnet mit den Tieren vergleichen sie uns, die wir als unrein betrachten und nicht essen dürfen. Wie im Mittelalter. Und dann irgendwelche Sprüche, von wegen, dass man dem Kommunisten keine Chance geben solle, weil er doch nur eine versteckte Jud… Ach, lassen wir das." Sie fuhr sich mit der Hand durch ihre hochgesteckten Haare.

Nathanael legte ihr vorsichtig seine Finger auf den Arm. Sie standen nun fast direkt unter dem Brandenburger Tor, auf dem sich Victoria auf ihren vier Pferden in die Höhe reckte, Berlin siegreich den Frieden bringend. Ob sie jemals ankommen würde? Solange Menschen existierten, die sich gegenseitig so hassten, konnte es dann Einigkeit geben?

Ella schob sich unter seiner Hand hinweg, wischte sich die düstere Miene aus dem Gesicht und lächelte ihn an. „Noch ist nichts vorbei. Liebknecht kann immer noch die sozialistische Republik ausrufen."

Nathanael war sich da nicht so sicher. Das mit der Gerechtigkeit schien ihm ein ziemlich unerreichbares Ziel. Als ob man versuchte, Strom durch trockenes Holz zu leiten.

Die Menschen strömten durch die mittlere Durchfahrt des Brandenburger Tors, die eigentlich der kaiserlichen Familie vorbehalten war. Wenigstens das schienen sie erreicht zu haben – einen Hauch mehr Freiheit.

Ella war bereits selbstbewusst durchmarschiert, er selbst zögerte. Wenn der Kaiser abgedankt hatte – gehörte die mittlere Durchfahrt dann dem Volk? Ihm fiel kein Grund ein, warum das nicht so sein sollte, und so folgte er Ella. Schon wieder eine Regel gebrochen. Langsam wurde er doch noch zum Revoluzzer.

Das Tor war mit fünfeinhalb Metern deutlich breiter als die anderen vier. Ehrfürchtig lauschte er dem widerhallenden Schall des Gemäuers. Wie majestätisch es sich anfühlen musste, hier mit einer offenen Kutsche durchzufahren.

„Ist das nicht dein Freund dort?" Ella wies zu einem Militärlaster auf der anderen Seite des Tores, in und auf dem ein Pack bunt gemischter Matrosen und Soldaten saß.

Der breite Wiltzi hockte im Schneidersitz auf dem Dach, lässig eine Waffe über der Schulter und mit dem Mann am Maschinengewehr plaudernd.

Jetzt drehte er den Kopf zu ihnen und brach in wieherndes Gelächter aus. „Der Nattel, ja so was! Habe ein paar neue Freunde gefunden. Wir haben schon das Reichsmarineamt, das Kriegsministerium und die Reichskanzlei besetzt. Einiges los heute."

Nathanael stieß die Luft aus. *Besetzt? Wie das?*

Der Matrose mit der breiten Nase sprang in einem Satz vom Laster, kam ihnen entgegen und klopfte seinem Freund kräftig auf die Schulter. „Hatte Glück, dass ich nicht zur Bewachung der Gebäude eingeteilt wurde. Du weißt ja, das ist viel zu langweilig für mich."

„Komm zurück, Wiltzi, wir müssen los!", brüllte da einer der Matrosen, der den Motor des Lasters vorne an der Stoßstange ankurbelte.

„Was gibt's denn?" Ohne Eile schlenderte Wiltzi zurück.

„Ein paar uneinsichtige Offiziere führen eine Patrouille zum Schloss."

„Das klingt spaßig. Kommt ihr mit?"

Nathanael wollte den Kopf schütteln, doch Ella war bereits in die offene Seitentür des Lasters gesprungen. Kannte sie denn gar keine Angst? Allein wollte er auch nicht hier stehen bleiben. Widerwillig folgte er ihr und quetschte sich zu einem Haufen Matrosen, die müffelten, als hätten sie das letzte Bad bei der Skagerrak-Schlacht genommen. Es erinnerte ihn an den beißenden nächtlichen Geruch in der stickigen Kasematte III.

Der Laster düste los, während sich die Soldaten Maschinengewehrgurte bereitlegten und Handgranaten umschnallten, als seien es Lutschbonbons für Kinder. Unwillkürlich versuchte er, ein wenig davon abzurücken, auch wenn ihm bewusst war, dass, falls eines der Bonbons hochgehen würde, der gesamte Laster samt Inhalt einem gegrillten Hühnchen gleichen würde.

An der offenen Tür flog die Straße Unter den Linden an ihnen vorbei. Fußgänger sprangen erschrocken zur Seite und mit ein paar scharfen Kurven umfuhr der Fahrer zackig ein paar Passanten, parkende Automobile, einen Omnibus mit offener oberer Etage und eine ältere Dame, die verloren auf ihren Stock gestützt versuchte, die Straße zu überqueren. Die Geschäfte und Hotels mit den historistischen Fassaden, gestreiften Markisen und großen Schaufenstern sausten an der offenen Tür vorbei. An den Fenstern in den oberen Stockwerken drückten sich ein paar Kinder die Nase platt, um das Revolutionsgeschehen zu beobachten.

Auch auf den Fußweg, der von Bäumen und Bänken gesäumt in der Mitte der Prachtstraße prangte, wich der Fahrer aus und umrundete Bäume, Litfaßsäulen und Straßenlaternen. Zum Glück war das Reiterstandbild Friedrichs des Großen umzäunt, sonst hätte dem Sockel am Ende noch ein Eckchen gefehlt bei diesem halsbrecherischen Tempo.

Am Schloss hatte inzwischen jemand eine rote Fahne befestigt, wobei es nur ein Stuhlüberzug an einem Regenschirm war. Von der Brüstung des Balkons baumelte zudem eine rote Wollbettdecke, die eher aus irgendeiner Dienerstube zu stammen schien statt aus den königlichen Gemächern.

„War schon jemand drin im Schloss?", fragte Nathanael Wiltzi.

„Wir nicht. Vielleicht wollen die kaiserlichen Diener uns mit ihren ‚Fahnen' besänftigen." Er lachte schallend.

„Feuerbereitschaft!", brüllte jemand auf dem Dach.

Nathanael spähte hinaus. Vor ihnen am Kastanienwäldchen an der neuen Wache stand eine Ansammlung Soldaten mit zwei Offizieren. In der trüben Novemberluft strahlten die Scheinwerfer des Lasters sie gespenstisch an.

Wiltzi flüsterte. „Wenn Paul oben den Feuerbefehl gibt, dann feuern wir eine Salve in die Luft. Soll ja keiner von unseren Soldatenbrüdern zu Schaden kommen, wenn es nicht sein muss."

„Und stürmen!", tönte besagter Paul vom Dach.

Wiltzi und etwa neun andere Matrosen sprangen vom Laster, zwei Handgranaten knallten und die Patrouille stob in alle Richtungen auseinander. Ihre Gewehre und Granaten schwenkend jagten die Revolutionäre ihnen johlend nach, trieben sie in die Ecke und entwaffneten die Soldaten. Einige schmissen freiwillig ihre Schusswaffen von sich, anderen und besonders den Offizieren, wurden sie nicht gerade zimperlich aus der Hand geschlagen. Einer wurde mit einem Gewehrkolben zu Boden gestoßen.

Nathanael schluckte. War diese Gewalt gerechtfertigt? Oder waren die Matrosen immer noch wütend auf die Offiziere?

Er drehte sich zu Ella, die gebannt in Richtung Schloss sah. Auf den Balkon trat gerade ein Mann mit schwarzem Schnauzer und einer zwischen Augenbrauen und Nase eingezwickten Brille ohne Bügel. Das Kinn war entschlossen in die Höhe gereckt.

„Karl Liebknecht! Er ruft sicher die sozialistische Republik aus!" Euphorisch griff Ella nach Nathanaels Arm und drückte ihn. Dann sprang sie aus dem Wagen. Bildete er sich das nur ein oder berührte sie ihn heute besonders oft? Er sollte den heutigen Tag auf keinen Fall verstreichen lassen, ohne sie nach der Verabredung zu fragen. Wenn er eine Chance hatte, dann an einem Tag wie heute – dem 9. November 1918.

Wiltzi schlurfte zurück zum Laster. „Wir sollen weiter, das Polizeipräsidium bewachen und am Alexanderplatz die Leute vom Plündern abhalten. Du unterstützt uns doch, oder?"

Nathanael schüttelte den Kopf. „Ähm ... ich meide lieber Kugeln und Handgranaten. Wir sehen uns!" Dann hechtete er Ella hinterher. Sie drängten sich nah genug an das Schloss, diesmal konnten sie die zackigen Worte des USPD-Abgeordneten verstehen.

„Parteigenossen, ich proklamiere die freie sozialistische Republik Deutschland, die alle Stämme umfassen soll. In der es keine Knechte mehr geben wird, in der jeder ehrliche Arbeiter den ehrlichen Lohn seiner Arbeit finden wird. Die Herrschaft des Kapitalismus, der Europa in ein Leichenfeld verwandelt hat, ist gebrochen."

Jubel schlug über den Platz. Einige rissen die Arme in die Luft, andere fielen sich um den Hals. Nathanael blieb reglos.

Ella strahlte ihn an. „Siehst du? Habe ich doch gesagt!"

Er räusperte sich. „Ja, in der Tat."

„Ich könnte die ganze Welt umarmen." Übermütig schlang sie ihre Arme um ihn.

Erschrocken versteifte er sich, doch da hatte sie ihn schon wieder losgelassen und juchzend die Hände in die Luft geworfen.

Oh.

Zurückumarmen, das hatte er vergessen.

Er war wie vom Donner gerührt zu einer Salzsäule erstarrt, statt wie ein normaler Mensch einfach ebenfalls die Arme auszubreiten. Zum Glück schien sie es nicht bemerkt zu haben, aber er könnte sich ohrfeigen, dass er diese Gelegenheit verpasst hatte.

Seine Beine begannen zu zittern. Das durfte ihm nicht noch einmal passieren. Er musste seine Frage stellen, jetzt oder nie.

„Wir könnten das heute Abend feiern. Auf die Freiheit vom Kaiser, wie auch immer diese aussehen wird."

„Klingt toll, wo?"

„Vielleicht … ähm … in einem Tanzlokal?" Was sagte er da, er konnte gar nicht tanzen. Aber es schien ein schöner Ort, um zu feiern. „Ich meine, ähm … wir beide?"

Das Lächeln in ihrem Gesicht erstarb wie ein Luftballon, in den jemand ein Loch geschnitten hatte. „Nur wir beide? Nathanael … es tut mir leid, aber … nein." Sie biss sich auf die Lippen.

Er hatte es geahnt. Warum hatte er überhaupt die Hoffnung zugelassen, dass sie Ja sagte? Es hatte von vornherein eine kleinere Wahrscheinlichkeit gehabt, als beim Baden in der Spree über einen Goldklumpen zu stolpern.

Sie öffnete ihren Mund und schloss ihn dann wieder. Nach einem weiteren Atemzug, der Nathanael länger als die Entstehung eines Sternes vorkam, setzte sie erneut an. „Mach's gut, Nathanael." Damit drehte sie sich weg und flüchtete durch die jubelnde Menge.

Zum ersten Mal an diesem Tag lief er ihr nicht hinterher. Er kniff die Augen zusammen und bohrte seine Fingernägel in seine Handflächen. Kein Wort der Begründung, kein „wir sollten gute Freunde bleiben", kein tröstliches Schulterklopfen. Sie hatte ihn einfach stehen gelassen – was bedeuten musste, dass sie ihn noch viel weniger leiden konnte, als er bisher angenommen hatte. Vielleicht war sie längst mit jemand anderem verbandelt und er hatte es nicht gemerkt? Das würde ihm ähnlich sehen.

Mit hängenden Schultern trottete er an den perfekt parallelen Bäumen des Lustgartens entlang und ließ sich auf die Stufen unter der riesigen Granitschale gegenüber des Reiterstandbilds von Friedrich Wilhelm III. fallen. Die beiden Fontänen spien fröhlich ihre Wasserfontänen, als wüssten sie noch nichts davon, dass ihr Herr heute seinen Thron abgegeben hatte. Wiltzi mit seinem Laster war bestimmt längst abgefahren – er würde es sowieso nicht wagen, dem breiten Matrosen seine Gefühle für Ella zu gestehen. Nathanael stützte seinen Kopf in seine Hände. War das Universum wieder gegen ihn? Kalt, zufällig, eine chaotische Unendlichkeit?

Schüsse knallten durch die Luft. Nathanael zuckte zusammen, als hätte es ihn getroffen. Nein, er war unverletzt, zumindest äußerlich. Die roten Fahnen waren vom Schloss heruntergerissen, die Menge lief in allen Richtungen auseinander. Offiziere mit Truppen tauchten auf, Schüsse hagelten auf das Schloss und dann den Marstall. Kugeln sprengten Brocken von der kunstvollen Fassade ab – zerschmettert wie die Hoffnung in seinem Herzen.

Ob es auch Menschen getroffen hatte? Bei dem Kugelhagel wahrscheinlich.

Die Schüsse hallten durch den Marstall, dann durch das Schloss. Nach einer Weile wehte wieder eine rote Fahne.

Das Blut pochte Nathanael durch die Adern. Er war weit genug weg, doch er konnte weder Wiltzi noch Ella unter den herumrennenden Matrosen ausmachen.

Kapitel 12

„Wer beim Plündern und Rauben erwischt wird, wird sofort erschossen", las Ella ein Plakat an einer Litfaßsäule murmelnd vor. Es war eilig mit einer Schreibmaschine verfasst und vervielfältigt worden. Unterschrieben hatte es **Emil Eichhorn**, USPD-Reichstagsabgeordneter und laut dem Anschlag seit gestern Polizeipräsident. Einer von ihnen der Kopf der Polizei! Sie klatschte in die Hände. Ein weiteres Ziel errungen, damit gehörte die politische Polizei der Vergangenheit an.

Die Straßen waren an diesem Sonntagvormittag leerer als gestern. Man hatte Versammlungen in allen Arbeiter- und Soldatenräten einberufen und wer noch keinen Rat hatte, sollte einen gründen. Doch die Siegesgewissheit und Freude hatten sie im Stich gelassen.

Es tat ihr leid, dass sie Nathanael stehen gelassen hatte. Er konnte nichts dafür. Vielleicht wäre es sogar ganz nett gewesen, mit ihm tanzen zu gehen, aber … nein, sie war nicht bereit dazu. Nicht nach Abram Baumgartens Tod. Sie schluckte. Natürlich waren alle vergrabenen Gefühle in ihr mit einer mächtigen Flutwelle nach oben gespült worden. Wie bei der Sturmflut an Silvester 1904, als sie zusammengekauert mit ihren Eltern und Brüdern den Wassermassen auf den Kieler Straßen zugesehen hatten. Zitternd vor Kälte, weil die moderne Warmwasserheizung ausgefallen war. Genauso ausgeliefert und hilflos fühlte sie sich jetzt wieder.

Mit seiner unschuldigen Frage hatte er sie ganz schön durcheinandergebracht. Die halbe Nacht hatte sie in ihrem Bett gelegen und geweint – nicht wegen des netten Matrosen, auch nicht wegen Orlow. Nein. Abram. War nicht ihr ganzes Handeln von den Gedanken an ihn bestimmt? Oder besser, von den Gedanken, die sie loswerden wollte?

Nathanael musste sich fühlen wie ein begossener Pudel, einfach stehen gelassen hatte sie ihn. Konnte sie es ihm irgendwie erklären? Aber wie, ohne dass der mühsam zurückgehaltene Damm an Gefühlen über ihr zusammenbrach? Ein Schluchzer bahnte sich ihre Kehle hinauf. Sie schluckte heftig.

Konzentriere dich. Wie kannst du die Revolution unterstützen? Orlow, sie musste Orlow finden.

Vor dem königlichen Schloss saßen Matrosen, lehnten sich an das mächtige Portal V an der Lustgartenfassade. Die Uniformen waren unordentlich zugeknöpft, die Mützen hingen schief und die Stiefel strotzten vor Dreck. Was für ein Gegensatz zu den blank geputzten Soldaten, die vorgestern zwischen den akkurat geschnittenen Hecken ihr Gewehr in die Höhe gestreckt hatten.

Als Friedrich I. von Preußen in seinem Hermelinpelz die Erweiterung des Schlosses in Auftrag gegeben hatte, hatte er sicher nicht damit gerechnet, dass eines Tages ungewaschene, rauchende Matrosen über den reich geschmückten Balustraden hängen würden. Bevor sie auf das Eingangsportal zutrat, wanderte ihr Blick hinauf zur goldenen Kuppel. Leise murmelte sie auswendig die Worte der Inschrift, die sie von hier unten nur zur Hälfte sehen konnte. *„Es ist kein ander Heil, es ist auch kein anderer Name den Menschen gegeben, denn der Name Jesu, zu Ehren des Vaters, dass im Namen Jesu sich beugen sollen aller derer Knie, die im Himmel und auf Erden und unter der Erde sind."*

Wie wahr – ob sich die Kaiser und Könige im Schloss wohl daran gehalten hatten? Sie bezweifelte es.

Beim Eintreten in Portal V wurde sie freundlich gegrüßt. „Genossin! Wohin des Weges?"

„Ich suche Alexander Orlow."

Der Soldat, der sich anscheinend für die Bewachung des Schlosses verantwortlich fühlte, zuckte mit den Schultern. „Auf wessen Seite stehst du?"

„Auf der aller Arbeiter und aller Soldaten, die so lange ausgebeutet wurden."

„Na, dann mal rein in die gute Stube. Wenn du da die Treppen hochgehst in den zweiten Stock, kommste in den Rittersaal."

Ella schritt bedächtig die Stufen hinauf. Entgegen kam ihr ein Mann mit teurem Anzug und schmaler Brille, begleitet von einem

Trupp Matrosen. Der Brillenträger sah so aus, als wäre er vor ein paar Tagen noch täglich im Schloss ein- und ausgegangen, jetzt wurde er schwer bewacht, während sie hier frei herumspazieren konnte.

Früher hatte man einige Prunkzimmer auf der Lustgartenseite im zweiten und dritten Stock mit dem Kastellan besichtigen können, wenn man das nötige Kleingeld dafür besaß. Ihr Studentenbudget hatte das nicht hergegeben. Über wie viele Jahrhunderte war es für die einfachen Menschen unerreichbar wie ein Adelstitel gewesen, einmal das Stadtschloss zu betreten, das auf der Spreeinsel prangte? Und jetzt spazierte sie ohne Führung hinein, als besuche sie ihre Tante.

Sie trat über die Schwelle in den Rittersaal und einen Moment lang blieb ihr die Luft weg. Der ganze Raum schien in warmem Gold zu leuchten, sodass selbst der Berliner Dom trist daneben aussah. Kronleuchter aus Bergkristall, die so schwer aussahen wie Pferdewagen, protzten vom bemalten Himmel, die Kassettentüren waren mit Schnitzereien versehen und von Ziersäulen umrahmt. An der Wand hingen goldene Teller, von denen vermutlich noch nie jemand gespeist hatte. Darunter türmte sich ein Berg voller goldener und silberner Geschirre, die mit – ebenfalls goldenen – Muschelschalen, Löwentatzen, Adlern, Kronen, Engeln und Ketten verziert waren.

An der Hauptwand stand unter rotsamtenem, mit Kronen und Adlern gesticktem Thron-Himmel ein silberner Sessel. Jeder, der auf ihm vor der roten Leinwand saß, würde klein erscheinen.

Kein Wunder, dass dem Kaiser ein einzelnes Leben so unwichtig erschienen war. Den Krieg hatte er um jeden Preis fortgesetzt. Für den Preis von zwei Millionen deutschen Männern. Wilhelm II. hatte seine Söhne nicht verloren, während ihr Stück für Stück das Herz herausgerissen worden war in den letzten vier Jahren. Wenn sie heute lachte, gab es immer eine Ecke ihrer vernarbten Seele, die schmerzte.

In dem überwältigenden Prunk fiel Ella erst nach einigen Momenten auf, dass auf dem mit Edelhölzern gemusterten Parkett braune Stiefelabdrücke wie die Fährte einer Wildschweinherde prangten. Zwischen den Humpen, Kannen und Bechern klafften große Lücken. In der Samttischdecke konnte man noch die Abdrücke der fehlenden Gegenstände ausmachen. Ob sie ihrer Mama die Suppenschale mit den Löwentatzen-Füßen und den geschwungenen Eichenblättern mitbringen sollte?

Nein, das wäre nicht recht. Und was sollte Mutter mit Prunk? Den Gästen präsentieren, die es sofort als Diebesgut erkennen würden? Bei einem Hehler verkaufen?

Auf den Lederstühlen mit goldenen Armlehnen neben dem Kamin streckten zwei Uniformierte ihre nackten Zehen an das Feuer, über dem achtlos beiseitegeschobenen verschnörkelten Kamingitter dampften ihre Socken.

„Wo finde ich Orlow?", fragte Ella sie zielstrebig.

Der eine zuckte mit den Schultern. „Wer soll das sein?"

„Groß, schwarze Kleidung, USPD, russischer Akzent." Im USPD-Büro hatte man ihr gesagt, dass Orlow hier im Schloss nach dem Rechten sah. Vor allem das Vorratsmagazin musste vor Plünderern geschützt werden, die sich die Bäuche mit den achtzig Pfund Butter vollschlagen wollten. Das gesamte große Hauptquartier in Belgien war direkt mit Zügen aus Berlin versorgt worden, den feinen Generälen durfte es ja nicht an deutschen Eiern mangeln.

„Nie gesehen." Der Größere von beiden zuckte mit den Schultern. „Aber schau dich ruhig um. Ist nett hier."

„Verirr dich nicht", feixte sein Kumpel. „Das Häuschen hier hat mehr Zimmer als eine Berliner Mietskaserne."

„Stellt euch vor, hier würden auch so viele wohnen!" Ella lachte. „Allein hier im Rittersaal könnte man drei Großfamilien unterbringen."

Wie wohl eine Anzeige in der Zeitung aussehen würde? Neunhundert-Zimmer-Wohnung zu vermieten, Wasseranschluss vorhanden, luxuriöse Ausstattung.

Sie irrte durch verschiedene Säle, einer prachtvoller als der andere. Die Schwarze-Adler-Kammer und die Rote-Samt-Kammer, deren Bezeichnung als Kammer maßlos untertrieben waren. Dann durch einen Dienstbotenbereich, in denen Soldaten auf den Pritschen schnarchten und andere die silbernen Knöpfe von den Bediensteten-Uniformen herunterpulten.

Vom Elisabeth-Saal nahm sie wahllos eine Treppe nach unten in den Stern-Saal. Von dem Kronleuchter in der Mitte zogen sich kreisförmig blaue Sterne nach außen, der Boden war mit einem riesigen orientalischen Teppich bedeckt, an einer Stelle lag ein Eisbärfell darüber.

Interessanter waren aber die Vitrinen, in denen Segelschiffe und silberne Schlachtschiffe ausgestellt waren. Überdimensionierte Marinefotos füllten jeden Wandabschnitt, der keine reich verzierte braune Kassettentür und kein raumhohes Fenster war.

Als sie durch das Nachbarzimmer irrte, fiel Ella auf einmal auf, dass sie sich in der kaiserlichen Wohnung befinden musste. Auf einer stoffüberzogenen Sitzbank standen Bilderrahmen mit Fotos von Kaiser Wilhelm II. und seiner Familie. Dass die Wohnung hier einfach so offen war, für jeden betretbar? Die Matrosen hatten wohl kurzen Prozess gemacht und sich Schlüssel für alle Räume besorgt.

Fast kam sie sich vor wie ein Eindringling, als sie im nächsten Zimmer vor dem persönlichen Schreibtisch des Kaisers stand. Dahinter waren die Bücher aufgereiht, die er gelesen hatte. Hier hatte er 1914 die Mobilmachung unterschrieben.

Die Neugier trieb sie weiter, bis sie im kleinen Ankleidezimmer in denselben Spiegel schaute, in dem sich der Kaiser jeden Morgen angesehen hatte.

Unwillkürlich strich sie sich durch ihre zerzauste Frisur. Ihr Rock und ihre Bluse waren zerknittert unter dem offenen Mantel, die schwarzen Haare widerspenstig wie eh und je. Wen sah sie da vor sich?

Ella Baumgarten, nicht Ella Silberthal, sollte sie heute heißen. Es kam ihr falsch vor. Ärgerlich wischte sie sich eine lästige Träne aus dem Augenwinkel. War es nicht schon lange genug her, als dass sie bei jedem Gedanken an ihn weinen musste?

Neben ihr rumpelte es im Kleiderschrank. Jemand durchwühlte anscheinend die Regalbretter.

„Was tust du da? Suchst du nach dem kaiserlichen Morgenmantel?", fragte sie den Gefreiten. Ihre Tränen überspielte sie mit einem breiten Grinsen.

„Den hat sich schon der Fritz unter den Nagel gerissen. Aus dem Stoff lässt er seiner Tochter ein Kleid nähen, was ihr nicht zehn Zentimeter zu kurz ist. Nein, ich bin auf der Suche nach etwas Besserem. Irgendwo muss der Kaiser doch einen Notgroschen versteckt haben. Eine Truhe voller Goldmark oder so was."

„Warum sollte er? Der Kaiser von Deutschland, der in einem riesigen Schloss wohnt und morgens die Haare von einem Kammerdiener frisiert bekommt, versteckt einen Notgroschen in seiner Sockenschublade?"

„Na, er wird doch einen Plan gehabt haben, falls er den Krieg verliert."

„Sicher hat er nicht geplant, dass sein Heim gekapert wird. Und selbst wenn, dann wäre er klug genug, sein Geld nicht gerade im Schloss zu verstecken."

„Ihr werdet es schon alle sehen, Fritz, du und die anderen. Wenn ich erst mal reich bin, schaut ihr alle dumm aus der Wäsche."

Um reich zu werden, sollte er lieber das Silber aus dem Rittersaal verscherbeln, so wie seine Kameraden. Oder die Gemälde, Möbel und Kunstschätze. Aber diesen Kommentar verkniff sie sich besser, bevor der Gefreite das noch in die Tat umsetzte.

Stattdessen sah sie sich weiter um. „Wohin führt diese Tür?"

„Das goldene Scheißhaus des Kaisers."

„Das was?"

„Verzeihung, ich meinte natürlich Toilettenzimmer", fügte der Soldat mit näselnder Stimme hinzu.

Neugierig schob Ella die Tür auf. Ein riesiger Spiegel, ein Waschtisch mit verschiedenen Porzellanschüsseln, ein Edelstahlwaschbecken mit fließendem Wasser, eine eingebaute Toilette in einem aus dunklem Holz geschnitzten Schrank. Es roch nach Rasierwasser. Dem Rasierwasser des Kaisers. Wie surreal.

Ob er in diesen prunkvollen Räumen glücklich gewesen war? Sie war es gewesen – vor dem Krieg, auch in ihrer spärlichen Studentenbude in Berlin, ohne Hausmädchen und Köchin. Mit Abram an ihrer Seite und ihren Brüdern zu Hause.

Was hatte der Krieg nur angerichtet? Er hatte ihr sogar die Lust am Glauben genommen. Natürlich glaubte sie weiterhin, aber die Lust, mit dem Gott zu reden, der so schwere Prüfungen für sie bereitgehalten hatte, war ihr geraubt worden. Oder waren es der Kaiser und die kriegslustigen Offiziere gewesen, die ihr ihre Liebsten gestohlen hatten?

Mit einem leisen Aufschrei ließ sie ihre Faust auf das Holz des Schrankes knallen. Hier hatte er jeden Morgen gewissenlos gehaust und sich gemütlich das Gesicht gewaschen, während so viele unter ihm litten.

War Gott nicht der einzige Trost in diesem Schlamassel? Der Einzige, von dem sie wusste, dass er all ihre Schmerzen verstand – hatte er doch seinen Sohn am Kreuz leiden sehen. Und trotzdem fühlte sie sich so fern von ihm. Als würde sie den Weg nicht mehr zurückfinden.

Sie seufzte, trat zurück und strich entschuldigend über den Schrank, der doch auch nichts dafür konnte. Warum kamen ihr heute all diese trübseligen Gedanken? Sie musste sich dringend ablenken, auf etwas konzentrieren, was sie ändern und verbessern konnte.

Sie trat aus dem Toilettenzimmer. „Kennst du Orlow?", fragte sie den Gefreiten.

„Der Russe? Ja, der ist bei den Telefonen."

„Wo?"

Der Soldat erklärte ihr, welche Räume sie durchqueren, welche Treppen hinuntersteigen und welchen Innenhof sie kreuzen musste, um zu den Büros des Generalkommandos zu kommen.

„Diensträume der Marschälle, da musst du hin. Da haben Postbeamte vor Kurzem Fernsprechverbindungen verlegt, sagt der Schlossdiener. Aber dem würde ich nichts glauben, der sagt auch, es sind keine königstreuen Offiziere im Schloss versteckt und es gibt keine Geheimgänge. Wer's glaubt."

Ella schüttelte den Kopf. Sie bedankte sie sich bei dem Soldaten und folgte der Wegbeschreibung.

Als sie den zweiten Innenhof durchquerte, konnte sie schon das Klingeln von Telefonen und Stimmengewirr hören. Im Eingang der Marschalldiensträume stand ein Spiegel umgedreht an die Wand gelehnt.

„Sonst schleicht sich noch jemand an und schießt uns in den Rücken", brummte ein Matrose, als Ella das Ungetüm inspizierte.

„Aha." Sie verwarf den Einwand, dass man über den Spiegel ja auch den Schleichenden sehen könnte, und drückte sich an dem Mann vorbei in die Büroräume hinein.

Alexander Orlows dunkle Haare standen zu allen Seiten ab. Die Ringe unter seinen Augen verrieten, dass er in der letzten Nacht keinen Schlaf abbekommen hatte. Mit rundem Rücken beugte er sich über eine Karte von Berlin und steckte kleine rote Fähnchen in die Gebäude. Eine Strähne fiel ihm ins Gesicht und er sah erst auf, als Ella direkt neben ihm stand.

Ein Lächeln erhellte seine Miene. „Genossin! Schau dir an, was wir gestern alles erreicht haben. Großartig, oder?"

Die Begeisterung in seinem Blick wärmte ihr tiefgefrorenes Herz, was sie bei der Winterkälte heute Morgen nicht zum Auftauen gebracht hatte.

Die Nadeln markierten mehrere Kasernen, politische Gebäude und Verwaltungsgebäude. Sogar auf dem Reichstag wehte die rote Fahne.

„Wann ist das passiert?" Ella wies auf das Bauwerk mit der Kuppel und dem Säulenportal.

„Gestern um acht Uhr abends hat eine Gruppe von hundert revolutionären Obleuten den Reichstag gestürmt. Sie haben Wahlen ausgerufen, jeder Berliner Betrieb und jedes Regiment soll heute Arbeiter- und Soldatenräte bestimmen, die dann eine Revolutionsregierung wählen sollen. Einen Rat der Volksbeauftragten statt einen einzelnen Reichskanzler."

Ella nickte. „So wird Friedrich Ebert gleich sein Zepter aus der Hand gerissen. Gut so!"

„Wir haben noch viel vor uns, doch gestern war ein Sieg, Genossin Ella. Aber jetzt musst du mich entschuldigen, ich gehe gerade die Gebäude durch, für die wir Wachen einrichten müssen."

„Was kann ich tun? Kann ich helfen?" Sie trat von einem Fuß auf den anderen. Wenn man ihr ein Gewehr in die Hand drückte, würde sie sich auch vor ein Gebäude stellen und Wache stehen. Obwohl dafür wahrscheinlich jeder besser geeignet war, der wusste, wo man bei einem Gewehr überhaupt die Patronen hineinsteckte.

Hauptsache, sie konnte ihren Teil zur Revolution beitragen. Tatenlos in ihrer Studentenwohnung zu hocken und auf bessere Zeiten zu warten, kam für sie nicht infrage.

Orlow grinste. „Ich habe tatsächlich eine Aufgabe für dich. Man versteht die Männer am Telefon oft so schlecht, wir brauchen eine Frau."

Nathanael hätte jetzt bestimmt erklärt, dass der Frequenzbereich von weiblichen Stimmen besser übertragen wurde als der von männlichen. Wahrscheinlich hätte er ihr die genauen Frequenzen eines Fernsprechkanals nennen können.

Ob er ihr böse war, weil sie ihm einen Korb gegeben hatte?

„Was sagst du, Genossin? Es wäre eine sehr verantwortungsvolle Aufgabe, du würdest mithilfe des Telefons Nachrichten in die Welt schicken und empfangen, du wärest einer der Knotenpunkte der Revolution!"

„Du hattest mich schon bei ‚ich habe eine Aufgabe für dich'", lachte Ella und nahm einen Hörer mit Holzgriff. Das Messing der Hörmuschel fühlte sich kalt an ihrem Ohr an. Doch sie würde hier die Leitungen heiß telefonieren.

✳✳✳

Die Nächte in der Pension fraßen sich in sein Studentenbudget und den angesparten Sold. Gestern hatte ihm der Wirt einen „Matrosenaufschlag" berechnet, da die „Matrosen nur Ärger brachten". Zu Beginn des Krieges hatte man den Kindern Kleidung mit Matrosenkrägen gekauft, jetzt mussten die Kindheitshelden Aufpreise zahlen.

Wie gerne würde er wieder seine privaten Hosen tragen, aber die standen im Keller von Professor Bauer, fein säuberlich in Kisten verpackt. Alles nach Blaubeuren zu seinen Eltern zu schicken, wäre zu teuer gewesen und der Professor hatte einen Narren an seinem schlauen Studenten gefressen.

Nathanael würde seine Sachen erst holen, wenn er eine permanente Bleibe gefunden hatte – nur für ein Hemd machte er keinen Höflichkeitsbesuch, wo er mit Menschen reden musste.

Immerhin, so wurde seine Kleidung noch geschont, bei den aktuellen Stoffpreisen musste er sie in Ehren halten.

Nathanael saß vor der Universität auf einer Bank auf dem Opernplatz, dessen grüne Wiesen von zwei Wegen durchschnitten waren, die sich x-förmig kreuzten. Vor ihm trotteten Droschken die Straße Unter den Linden entlang und die Sonne tauchte den Ostflügel neben den sechs Säulen der Universitätsfassade in ein fahles Dämmerlicht.

Er sehnte sich nach einem eigenen Zimmer und Ruhe. Dann könnte er sich in *Die Zeitmaschine* von H. G. Wells vertiefen und davon träumen, den vorgestrigen Tag rückgängig zu machen. Er würde Ella nicht danach fragen, tanzen zu gehen, sondern jede Minute mit ihr genießen. Einfach als Freunde. Warum war er nur so naiv gewesen und hatte ihre Freundschaft aufs Spiel gesetzt? Er hatte doch gewusst, dass er bei ihr keine Chance hatte. Sie waren wie Wasser und Öl, die sich aufgrund ihrer unterschiedlichen Polaritäten nur kurzzeitig mischen konnten.

Aber nun war es geschehen, daran konnte auch sein Lieblingsautor nichts mehr ändern. Nathanael hatte keine Lust, sich wieder in das Revolutionsgetümmel zu stürzen.

Die USPD und SPD hatten sich gestern auf eine Übergangsregierung geeinigt, bestehend aus Ebert, Scheidemann und Landsberg von der SPD und Haase, Dittmann und Barth von der USPD. Hälfte-Hälfte, der sogenannte Rat der Volksbeauftragten. Eine Versammlung der Arbeiter- und Soldatenräte am Nachmittag hatte der Regierung zugestimmt. Ob das lange gut gehen würde? Waren die beiden Parteien nicht auch wie Wasser und Öl? Nathanael seufzte. Die USPD war doch viel zu radikal mit ihrer Herrschaft der Räte. Die SPD hatte sich sicher nur auf all das eingelassen, um der Revolution den Wind aus den Segeln zu nehmen, nicht, weil sie es für gut hielt.

Aber immerhin, sie hatten die Waffenstillstandsbedingungen angenommen. Räumung von den besetzten Gebieten, Elsass-Lothringen und des linken Rheinufers, Abgabe von einem Berg Kanonen, Gewehren, Flugzeugen, Lokomotiven und Kraftfahrzeugen, U-Booten und Kriegsschiffen sowie ein paar andere Details. Gültig für dreißig Tage. Ob die SMS König auch den Gegnern übergeben werden musste? Nathanael hoffte es inständig. Am besten samt Obertrottel Steede.

Der Waffenstillstand war heute Morgen an diesem 11. November morgens um elf Uhr in Kraft getreten. Noch kein Frieden, aber nahe dran. Es fühlte sich an, als ob ein schwerer Stein von seiner Schulter gerollt worden war. Nicht nur von seiner, von ganz Europa, von der ganzen Welt. So viele Menschen waren gestorben. Konnten sie nun endlich etwas aufatmen? Doch in anderen Ländern wurde man noch von der Spanischen Grippe in die Mangel genommen, die hierzulande neben den Weltkriegstoten verblasst war.

Vielleicht wäre er mehr in Feierlaune, wenn er nicht mit seinem Liebeskummer zu kämpfen hätte. Aber so schien die Zukunft immer noch düster.

Übermorgen war sein letzter Urlaubstag. Ob ein Soldatenrat die SMS König anführte? Ob ihn jemand von der Marine entlassen konnte, damit er im nächsten Semester sein Studium fortführen konnte? Wenigstens das?

Wessen Recht galt eigentlich gerade? Das der alten Regierung? Das der neuen? Das der Revolutionäre? Das des Stärkeren? Das des Lauteren? Am Ende wahrscheinlich das Gesetz von dem, der die Waffe in der Hand hatte. Aber was war für wen Unrecht? Würde ihn jemand ins Gefängnis sperren, wenn er aus seinem Urlaub nicht zurückkehrte?

Nathanael hätte sich dazu gerne mit Wiltzi beraten, den er zuletzt am Schloss gesehen hatte. Doch der Lustgarten und der

Schlossplatz bis zum Marstall waren von Soldatenketten abgesperrt und unzugänglich. Vielleicht hätte er mit seiner Uniform durchkommen können, aber es reizte ihn nicht, sich wieder unter die Revolutionäre zu begeben. Wer weiß, was er als Nächstes tun würde, nachdem er schon durch den Mittelgang des Brandenburger Tors gelaufen war. Am Ende ließ er sich noch in die Revolutionsregierung wählen und würde Reden schwingen. Vor Menschen!

Zwei zerlumpte Gestalten liefen an ihm vorbei, eine humpelte.

„Excuse-moi, pouvez-vous me dire où se trouve la gare?"

Französisch! Wie lange hatte er diese Sprache nicht mehr gehört. Mit Kriegsgefangenen zu reden hatte als landesverräterische Handlung gegolten. Aber heute? Mit Freigelassenen sprechen? War etwas dagegen einzuwenden? Sie fragten ja nur nach dem Bahnhof, wenn er sich nicht täuschte.

„Oui, par ici et ... ensuite ... la Siegesallee au nord." Mit seinem Schulfranzösisch war es nicht sehr weit her. Die Franzosen bedankten sich und trotteten in Richtung Lehrter Bahnhof, zu dem er sie geschickt hatte. Dann sprangen sie erschrocken zur Seite, als ein Schuss durch die Luft knallte. Doch einen Moment später setzten sie ihren Weg schon fort. Den ganzen Nachmittag über schien es irgendwo immer Schießereien zu geben.

Nathanael raffte sich ebenfalls auf. Mit Kriegsgefangenen gesprochen – schon wieder ein Regelbruch. Er sollte lieber auf Wohnungssuche gehen, bevor er noch begann, auf der Straße zu schlafen und Generalstreiks auszurufen.

Und er sollte sich etwas zu essen besorgen. Oder eine andere Pension, in der man keinen Matrosenaufschlag verlangte.

Vor einem Wirtshaus überpinselte der Wirt das Wappen „Königlicher Hoflieferant" mit weißer Farbe und seine Frau befestigte ein rotes Tuch über der Eingangstür. Die würden sicher keinen Aufpreis für Matrosen verlangen, oder?

Nathanael grüßte und trat ein. Während er noch das kondensierte Wasser von seiner Brille putzte, kam der Wirt von draußen herein. „Was wünschen Sie?"

„Etwas zu essen und ein Gästezimmer. Auf unbestimmte Zeit."

„Zu essen haben wir nur noch Erbsensuppe. Und die Gästezimmer sind alle voll. Aber hier, setzen Sie sich."

Seufzend ließ Nathanael sich an einen kleinen Tisch mit zwei Stühlen fallen. Wollte ihm diese Tage einfach nichts gelingen?

In diesem Moment drehte sich jemand vom Nachbartisch zu ihm um. Die Brille saß schief auf der Nase des jungen Mannes. Es war die dickste, die Nathanael je gesehen hatte.

„Du hast Glück im Unglück. Nein, eher Unglück im Glück im Unglück."

„Ähm … worin mein Unglück besteht, weiß ich, aber was soll mein Glück sein? Und dann wiederum das Unglück?", verwirrt wandte sich Nathanael dem Kurzsichtigen zu.

„Ich kenne ein freies Bett in einer Studentenbude, das ist dein Glück. Und dein Unglück ist, dass es in meinem Zimmer ist."

Nathanael musste lachen. „Wieso?"

„Gestatten: Paul Weber. Ich schnarche. Ziemlich laut. So laut, dass schon drei Mitbewohner das Zeitliche gesegnet haben. Also ihre Zeit in meiner Bude beendet haben."

„Glaube mir, ich habe die letzten Jahre mit vierzig Mann in einer Kasematte gepennt. Keiner schnarcht lauter als Wiltzi, und der hat direkt unter mir geschlafen."

„Dann hast du wohl nur Glück im Unglück! Sonst ist die Wohnung nämlich rattenfrei, bettläusefrei und ordentlich."

„Klingt sehr gut."

„Aber eines müssen wir noch klären, bevor ich dich einziehen lasse." Paul musterte Nathanaels Uniform durch seine dicke Brille. „Auf einer Skala von eins bis zehn, wie radikal bist du?"

„Ähm … in welche Richtung?"

„Alle."

„Alle? Ähm … politisch hatte ich durchaus Kontakt mit einigen Radikalen, aber ich selbst … eine Zwei."

„Und sonst?"

„Puh …" Nathanael überlegte. Konnte man ihn in noch irgendetwas als radikal bezeichnen? „Radikal rational vielleicht?"

„Damit kann ich leben. Ich bin Sozialdemokrat, aber kein

Sozialist. Mir einen Radikalen unter das Dach zu holen, hätte ich mir dreimal überlegt." Paul nickte.

„Wieso?" Nathanael dachte an Ella. Egal wie radikal sie war, mit ihr hätte er gerne unter einem Dach gelebt. Am liebsten mit Ehering und drei Kindern.

„Die Spartakisten nehmen sich, was sie wollen. Sie werden in Deutschland genauso viel Blut fließen lassen wie die Bolschewiken in Russland."

„Viele von ihnen sind aber recht friedlich." Natürlich hatte Nathanael einige mit ihren Gewehren herumschwenken sehen. Doch lag das nicht daran, dass im Krieg alle Sitten verroht waren und der Respekt vor dem Tod nachgelassen hatte? Sein Bruder hatte ihm von der Front oft geschrieben, dass sie sich Lebensmittel von den Franzosen „requiriert" hatten. Das hieß nichts anderes als „gestohlen", aber als Eroberer eines Landstückes hatten sie sich dazu berechtigt gefühlt. Wenn sein Bruder jetzt nach dem Waffenstillstand zurückkam – würde er sich nicht auch mal eben etwas requirieren? Von den Reichen, die Lebensmittel horteten? Als Kind hätte er das nie gemacht.

Und genauso der Tod. Man tötete niemanden einfach so, aber wenn man auf dem Schlachtfeld bereits Hunderte erschossen hatte, – was machte da ein Weiterer aus?

Paul schob seine Brille zurecht. „Sie haben sich nach Spartakus benannt. Weißt du, wer das war? Ein römischer Sklave und Gladiator, der den größten Sklavenaufstand der Antike angeführt hat. Dafür hat er ein Heer aus Soldaten um sich gescharrt. Glaub mir, vor Blutvergießen hat der sich nicht gescheut."

„Die Römer waren sich aber auch nicht zu schade, das Blut der Sklaven zu vergießen. Und der Kaiser hat das Blut der Arbeiter vergossen", wandte Nathanael ein. Er war sich nicht sicher, ob er diese Meinung wirklich vertrat, doch er war neugierig auf Pauls Reaktion.

„Die Spartakisten stellen sich dar als die Retter des Proletariats. Aber wenn sie einmal die Macht ergriffen haben und ihre Diktatur errichtet haben, warum sollten sie ihre Macht dann wieder aufgeben, zum Wohle und der Gerechtigkeit aller? Wer sagt, dass eine Diktatur der Armen besser ist als die Diktatur eines Kaisers?"

„Ich weiß es nicht." Nathanael zuckte mit den Schultern. „Man müsste eine Zeitmaschine haben, um zu schauen, was am Ende besser ist. Es scheint mir, als wäre wahre Gerechtigkeit nicht erreichbar."

„Da sprichst du ein wahres Wort. Ich glaube, Gerechtigkeit gibt es nur bei Gott."

Schweigen breitete sich zwischen den beiden Männern aus. War der Kaiser nicht auch Christ? Wie viele für den Sieg der Deutschen gebetet hatten, als wäre ihr Gott ein germanischer Arier, dem Franzosen, Engländer und Russen egal waren. Nathanael kratzte mit seinem Daumennagel einen Wachsfleck von der roten Tischdecke.

„Warum gibt es dann Ungerechtigkeit?", fragte er schließlich.

„Weil die Menschen ungerecht sind. Wir sind frei und nutzen die Freiheit zur Ungerechtigkeit. Kommunisten, die sich so für die Gerechtigkeit einsetzen, wünschen sich Enteignung der Reichen. Nun frage ich dich: Ist es gerecht, den Reichen wegzunehmen und den Armen zu geben? Oder wäre es nicht richtiger, jedem die gleichen Chancen zu geben?"

Nathanael zerstob das Wachs zwischen seinen Fingern. „Das ist eine schwierige Frage."

„Ich weiß es ehrlich gesagt auch nicht. Doch bei einem bin ich mir sicher. Mit Gewalt schafft man nur noch mehr Ungerechtigkeit. *Die Frucht aber der Gerechtigkeit wird gesät im Frieden denen, die den Frieden halten.*"

„War das aus der Bibel?"

„Ja, aus dem Jakobus-Brief."

„Hm", brummte Nathanael. „Bist du radikal Christ?" *Noch so einer*, dachte er. Ob dieser Gott wohl in letzter Zeit unterwegs war, um ihn zu konvertieren?

Der Gedanke hatte fast etwas Tröstliches, als ob sich der Herrscher des Alls – wenn es ihn denn gab – für ihn interessierte. Nicht mehr das kalte, nackte Universum, dem er egal war.

Paul nickte. „Schuldig im Sinne der Anklage."

„Warum? Ich meine, siehst du denn Gottes Auswirkungen auf dieser Welt? Etwas Messbares?"

Der Brillenträger lächelte. „Ich habe schon das ein oder andere Wunder erlebt. Dass ich in Berlin so eine schöne Studentenbude gefunden habe. Oder wie oft ich meinen verlorenen Haustürschlüssel wiedergefunden habe, grenzt an ein Wunder."

Nathanael musste grinsen. „Aber ich habe soeben dieselbe schöne Wohnung gefunden, ohne dafür zu beten", wandte er ein.

„Das nennst du nun ‚natürlich‘, es könnte jedoch auch göttliche Führung sein. Ich habe oft das Gefühl, dass Wissenschaftler für jedes Wunder eine ‚natürliche‘ Erklärung finden, ohne zu beachten, dass die Natur bereits von Gott geschaffen wurde."

„Wie meinst du das?"

„Nun, was müsste passieren, damit du an Gott glaubst? Müsste eine laute Stimme vom Himmel deinen Namen rufen? Würdest du dann nicht eher an eine Halluzination glauben? Eine mächtige Flutwelle – eine Naturkatastrophe? Er teilt das Meer von deinen Augen – ein unerklärliches Windphänomen? Jemand steht von den Toten wieder auf – ein Schwindel oder derjenige war gar nicht tot? Im Fall von Jesus haben seine Jünger selbstverständlich alles gefälscht – und das, obwohl sie ihre ganze Weltanschauung für diesen Jesus auf den Kopf stellten und sogar ihre Leben opferten? Ist die wahrscheinlichere Erklärung nicht eher, dass er *wirklich* auferstanden ist?"

Nathanael stützte den Kopf in seine Hand. Er hatte sich tatsächlich noch nie Gedanken darüber gemacht, wie Gott sich ihm beweisen müsste, falls er existierte. Und wie überheblich wäre das auch, eine spezielle Methode vom Schöpfer der Welt zu verlangen, sich ihm zu präsentieren. Aber allein die Möglichkeit war ja noch kein Gottesbeweis.

„Trotzdem, dass man ihn nicht beweisen kann, wurmt mich."

„Nicht alles kann wissenschaftlich erforscht werden, manches wird für immer unwissbar bleiben. Du kannst zum Beispiel nie zu hundert Prozent genau erforschen, was vor zweitausend Jahren geschehen ist, da du immer auf Zeugenaussagen vertrauen musst. Du weißt ja noch nicht einmal, was gerade jetzt eine Straße weiter passiert."

„Das ist wahr, die Wissenschaft hat ihre Grenzen. Wir können immer nur den Ist-Zustand erforschen, das ‚Warum' müssen die Philosophen sich überlegen." Nathanael nickte zustimmend.

Paul lachte. „Genug philosophiert. Möchtest du das Zimmer sehen?"

„Ich wollte noch etwas essen."

„Lass das lieber, die Erbsen haben schon bessere Zeiten gesehen. Ich habe zu Hause eine Ration Butter und Brot." Paul stand auf und griff nach seinem Mantel. Beim Umdrehen stolperte er über ein Stuhlbein und musste sich am Nachbartisch abfangen, wo er beinahe mit der Hand in die Suppe eines Pensionärs gelangt hätte.

Nathanael erhob sich ebenfalls. Die Aussicht auf ein eigenes Zimmer brachte ihn zum Lächeln. Er würde seine Möbel und seine Bücher abholen können, die er bei seinem Professor im Keller lagerte, und sich endlich wieder einem Ort zugehörig fühlen.

Draußen war es stockfinster. Die Gaswerke lieferten nicht genug, um die Straßenbeleuchtung intakt zu halten.

Die Kälte kroch Nathanael direkt in die Zehen. In der Ferne vom Alexanderplatz hallte Maschinengewehrfeuer.

„Wo ist dein Zimmer?"

„Georgenkirchstraße hinter dem Alexanderplatz."

Na großartig, genau in Richtung der Schüsse. Er vergrub seine Hände in den Manteltaschen und sein Gesicht im Kragen. Hoffentlich ließ man sie in Ruhe.

„Warst du an der Front?", fragte er Paul.

„Nein. Sie haben mich 1916 eingezogen, der Arzt hat bei der Musterung gar nicht hingesehen und mich direkt für tauglich erklärt. Aber nach zwei Wochen Grundausbildung wurde ich wieder entlassen. Mit meiner Kurzsichtigkeit sei ich eine Gefährdung für andere."

Nathanael lächelte. Er hatte sich auch so manchen Kommentar wegen seiner Brille anhören müssen, aber wenigstens fand er sich ohne sie halbwegs zurecht. Paul schien sich selbst mit Sehgestell kaum orientieren zu können, jedenfalls streckte er seine Hände ein wenig vor seinen Körper, um nicht gegen eine Laterne zu laufen.

Kurz vor dem Durchgang des Lehrervereinshauses knatterten

erneut Schüsse, diesmal ganz in der Nähe. Sie blieben abrupt stehen und lauschten. Plötzlich klirrte weiter oben eine Scheibe, ungefähr beim Bürohaus Jürgens.

„Weg hier", murmelte Paul und sie schlichen lautlos an den Häusern entlang. Eine zertrümmerte Schaufensterscheibe glitzerte im Mondlicht am Boden. Vor dem Bürohaus stand ein Mann an einen nachtschwarzen Laternenmast gelehnt.

Nathanael hielt Paul am Arm fest, der die Gestalt in der Dunkelheit vermutlich nicht sah.

„Die brechen da gerade ein!"

„Und was machen wir jetzt?", flüsterte Paul zurück.

„Ähm … ich weiß es nicht." Sein Herz pochte so laut, dass der am Laternenpfahl es gleich hören musste. Ob es hier irgendeine Wache gab, die sie rufen konnten? Oder sollten sie sich lieber nicht einmischen und abhauen?

„Parole?" Plötzlich tauchte eine Stablampe den Mann am Pfosten in gleißendes Licht. Der riss die Augen auf, stieß einen schrillen Pfiff aus und nahm die Beine in die Hand.

Dicht an Paul und Nathanael rannte ein Trupp Marinesoldaten vorbei, die Pistolen schussbereit und mit am Gürtel baumelnden Handgranaten. Einer feuerte einen Schuss ab.

Der Flüchtende blieb einen Moment stehen und drehte sich um, doch da hatte ihm einer der Wachleute bereits einen Kinnhaken versetzt. Er fiel auf die Straße wie ein nasser Sack.

Aus dem eingeschlagenen Schaufenster stürzten fünf Kerle, wurden aber gleich von der Wache zu Boden gerissen. Einer der Einbrecher richtete eine Waffe auf einen der Marinesoldaten, doch sie wurde ihm sofort aus der Hand geschlagen.

Plötzlich richtete sich eine der Stablampen direkt auf Paul und Nathanael. Sie zwinkerten, benommen von dem hellen Licht.

Einer der Wachmänner kam auf sie zu. „Gehört ihr auch zu denen?"

Kapitel 13

Langsam schüttelte Nathanael den Kopf und stützte sich an eine ausgeschaltete Laterne. Würde man sie gleich mitverhaften, weil sie zur falschen Zeit am falschen Ort gewesen waren?

„Seht auch nicht so aus wie dieses Diebesgesindel hier. Plündern aus Jux und Tollerei, denken, sie können sich alles erlauben wegen der Revolution. Abschaum." Der Marinesoldat spuckte auf die Straße. „Macht, dass ihr nach Hause kommt. Gute Nacht."

Die Wachmannschaft zog die Niedergeschlagenen vom Boden hoch und schubste die fünf Männer in eine Reihe. Ihre Pistolen auf die Rücken gerichtet, schoben sie sie so vor sich her in Richtung Arrestanstalt in der Lehrter Straße.

Paul atmete hörbar auf. „Das war knapp."

„Ich sehe einfach zu brav aus für diese Welt", murmelte Nathanael.

Schweigend eilten sie weiter durch die Nacht. Bald sahen sie den spitzen Turm der St. Georgenkirche, der sich über das Stadtbild erstreckte. Nach dem Berliner Dom war er das höchste Gebäude der Stadt. Die farbenfrohen Glasmosaiken glänzten schal im Mondlicht.

Pauls Zimmer lag im zweiten Stock. Kein Dachgeschoss und kein Keller – das allein machte es schon zu einer luxuriösen Studentenbude. Der möblierte Raum war durchaus geräumig und tatsächlich ordentlich. Ein kleiner Gasofen zum Kochen, ein Schränkchen mit Geschirr und ein Tisch für zwei Personen zwängten sich in eine Nische.

Nathanaels alte Bude war weniger gemütlich gewesen.

„Das Beste ist allerdings die Hauswirtin", erklärte Paul, nachdem er Nathanael sein Bett gezeigt hatte. „Sie macht jeden Morgen Frühstück für alle, wenn wir ihr unsere Essensmarken geben. Es wohnen noch vier andere Studenten hier."

„Bitte sag mir einfach, dass ich heute Nacht in diesem Bett dort schlafen darf."

Paul lachte. „Gerne. Die Wirtin wird sich wundern, aber keine Sorge, die stellt dir gleich zum Frühstück auch ein Gedeck hin."

Nathanael schmiss sich auf sein neues Bett und streckte die Beine aus. Dass es noch so viel Großherzigkeit auf der Welt gab ... Paul kannte ihn ja kaum.

Das Licht flackerte und erlosch.

„Oh nein", seufzte Paul. „Das war das letzte Petrol. Mehr habe ich nicht bekommen, alles weggekauft."

„Hm", grunzte Nathanael. Sein Magen knurrte.

Sein Kamerad tapste durch die Dunkelheit. Es klickte. „Gas ist auch abgestellt. Noch nicht mal heißes Wasser kann ich dir anbieten. Aber keine Sorge, eine Stulle finde ich blind."

„Darin hast du einiges an Übung, oder?" Nathanael wies grinsend auf Pauls Brille und zog dann seinen Arm zurück. In der Dunkelheit konnte man seine Geste nicht sehen.

„Allerdings!", lachte dieser. „Zum Kartenspielen oder Lesen ist es zu duster. Müssen wir wohl schlafen gehen."

Doch die neuen Zimmernachbarn hatten viel zu viel zu bereden, um ans Schlafen zu denken. Paul fragte Nathanael nach seiner Zeit bei der Marine und der Matrose war neugierig, wie es dem Studenten als einer der Letzten seiner Art ergangen war.

„Die Vorlesungssäle haben sich immer mehr geleert. Am Ende war schon jeder fünfte Student eine Frau!"

„Was für einen Frauenanteil haben wir sonst? Ein Prozent etwa?" Wie immer war Nathanael an der Statistik interessiert.

„Kommt hin. Aber es werden mehr werden. Ich habe heute gehört, dass die neue Regierung Frauen wählen lassen wird. Und wer wählen darf, geht vielleicht auch studieren. Wäre doch nett, ein bisschen mehr weibliche Gesellschaft."

„Hm." Nathanael musste an die weibliche Gesellschaft denken, die er am meisten vermisste. Es war ihm, als ob ein feiner Faden an seinem Herz zog und einen Schmerz wie brennende Pfeile hinterließ. Das Fädchen zog ihn zu ihr, wollte ihr nahe sein.

Er sollte es durchschneiden. Nicht mehr an sie denken. Sie wollte ihn nicht, welchen Illusionen gab er sich hin?

Bald holte ihn der Schlaf ein.

In den frühen Morgenstunden wurde er vom Klappern von Geschirr geweckt. Und kurz darauf stellte er fest, dass Paul nicht untertrieben hatte. Die Wirtin zauberte aus den wenigen Lebensmittelrationen etwas durchaus Leckeres, auch wenn die Kalorien bei Weitem nicht ausreichten. Aber sie begrüßte den neuen Bewohner so herzlich, als wäre er ihr aus dem Krieg heimgekehrter Sohn. Die Miete war schnell ausgehandelt.

Um den Frühstückstisch hingen überall gerahmte Bibelverse an der Wand.

Paul bemerkte Nathanaels musternden Blick. „Sie war früher bei der Berliner Mission", erklärte er. „Jetzt ist sie Witwe, aber das Herz einer Missionarin hat sie behalten."

Nach dem Frühstück beschloss Nathanael, erst einmal seine Angelegenheiten zu klären. Seine Entlassung aus dem Matrosendienst stand zuerst auf der Liste. Er fuhr zu den verschiedenen militärischen Niederlassungen und versuchte, sich durchzufragen, bis ihm ein selbst ernannter Soldatenrat schließlich einen Zettel mit einer Entlassung unterschrieb. Nun ja, besser als nichts – so wirklich wusste doch sowieso keiner mehr, wer eigentlich zuständig war.

Doch der Soldat schob ihm tatsächlich auch noch Essensmarken für den nächsten Monat zu. Das war die harte Währung, die Nathanael dringend gebrauchen konnte.

Dann brach er auf, um seinem alten Professor Bauer einen Besuch abstatten, der seine wenigen Möbel und Bücher für ihn verwahrt hatte.

Unterwegs sah er wieder Hausfrauen und Dienstmädchen in langen Schlangen vor den Lebensmittelgeschäften stehen, um noch ein paar Kartoffeln oder etwas Milch zu ergattern, hohlwangig und die Augen tief in den Höhlen – die Unterernährung war ihnen deutlich anzusehen. Sie waren bis über die Ohren eingehüllt in Schals und Mützen, wippten vor sich hin oder traten auf der Stelle, um sich warm zu halten. Wenn sie sich die Spanische Grippe irgendwo holten, dann hier.

Neben Nathanael in der Straßenbahn unterhielten sich zwei alte Dienstmägde.

„Rüben, Rüben, Rüben. Die wachsen einem schon zum Hals raus."

„Keen Fett und keen Fleisch, wer soll denn det uff de Dauer aushalten. Wenns ma wieder richtig was jibt, ess ich nie wieder Steckrüben."

„Noch nich mal inne Knochenläden jab's heute wat."

Nathanael wandte den Blick ab. Nach der Tour durch die Stadt knurrte ihm ebenfalls der Magen – doch immerhin hatte er ein Frühstück gehabt. Auch wenn das Essen auf der SMS König wirklich ein spärlicher Fraß gewesen war, die Zivilisten hatten noch weniger gehabt.

Professor Bauer wohnte in einer Villa im Stil des Klassizismus in Charlottenburg. Die weiße Fassade, Bögen, Säulen und kleinen Giebel erinnerten an einen römischen Palast. Allerdings hatte sich das Haus auch an die Berliner Verhältnisse anpassen müssen – trotz seiner Imposanz war es nicht sonderlich groß und besaß nur einen winzigen Vorgarten.

Nachdem Nathanael sich beim Hausmädchen angemeldet hatte, dauerte es nicht lange, bis der Professor ihm kräftig auf die Schulter klopfte und ihn ins Studierzimmer bat.

„Ich arbeite gerade an einem Konzept, um die tapferen Feldsoldaten wieder schnell in das Studieren einzuführen. Sie waren bei der Marine, habe ich gehört?"

„SMS König." Nathanael wies auf seine Matrosenmütze, auf dem der Schiffsname in goldenen Lettern prangte.

„Das muss bewegend gewesen sein, mit der kaiserlichen Flotte über die Meere zu schippern. Aber traurig, dass es nun ausgerechnet die Matrosen sind, die das Kaiserreich vom Sockel schlagen. Bei uns damals im Siebziger-Krieg mit den Franzosen, da kamen wir gar nicht auf die Idee, gegen unsere gottgegebenen Offiziere aufzubegehren."

Gottgegeben? Nathanael hätte beinahe laut aufgelacht. Die kaum achtzehnjährigen „Offiziere", die man ihnen teilweise vorgesetzt hatte, waren aufgeblasene Wichtigtuer gewesen. Göttliche Demut und Führungsstärke ließen sie schmerzlich vermissen. Da hatten Paul und die Hauswirtschafterin heute einen viel höheren Maßstab gesetzt.

„Dieses Aufbegehren gegen die Obrigkeit wird uns an den Abgrund bringen, das sage ich Ihnen. Kein Gramm Vaterland steckt in diesen Halunken, die sich nun Regierung schimpft. Waffenstillstand, um diesen Preis! Wir sollten weiterkämpfen und dann unsere Gegner um Gnade betteln lassen. Winseln sollen sie, wie die Russen letztes Jahr. Stattdessen zerfleischen wir uns selbst und die Regierung erdolcht die tapferen Soldaten von hinten!"

Nathanael räusperte sich, wusste aber nicht, wo er anfangen sollte einzuhaken. Wenn jede Nation nur das andere Land bluten sehen wollte, würde es nie zu Frieden kommen. Der große Generalstab hatte den Krieg schon lange verloren. Aber jetzt, wo man endlich eine Einigung beim Waffenstillstand erzielt hatte, jammerten die Generäle, dass man unter diesen Bedingungen besser hätte weiterkämpfen sollen. Weitersterben.

Über sechstausend Menschenleben hatte der Krieg jeden Tag gekostet. Konnte der Professor nicht einfach froh sein angesichts der Waffenruhe?

Das Hausmädchen kam mit Keksen, duftendem Kakao und mit Puderzucker bestreuten Fastnachtsküchlein – oder Pfannkuchen, wie sie hier hießen – herein. Wo der Professor wohl die Schokolade herhatte? Kolonialwaren hatte Nathanael seit 1914 nicht mehr gesehen.

Professor Bauer hielt sein Schweigen für stille Übereinstimmung.

„Diktatur des Proletariats! Frauenwahlrecht!" Er wartete einen Moment, bis das Hausmädchen wieder gegangen war, und deutete auf die Tür. „Sogar die Minna darf dann wählen. Sodom und Gomorra, sage ich Ihnen. Das haben wir den Juden zu verdanken."

Nathanael biss in seinen Keks. „Den Juden?", fragte er kauend und mit zusammengezogenen Augenbrauen.

„Ja, haben Sie es denn nicht gelesen?"

„Was?" Ein paar Krümel fielen aus Nathanaels Mund und er sammelte sie schnell wieder mit seiner Fingerkuppe auf.

„Geheime jüdische Organisationen haben unsere Armeen, Matrosen, Schulen, Parteien, ja einfach alles unterwandert und wollen Deutschland mürbe machen. So wie Borkenkäfer einen Baum zu Fall bringen. Liebknecht – ein Jude! Eisner – Jude! Haase – Jude! Sie sehen das Muster, oder?"

Wenn Nathanael überhaupt ein Muster sah, dann das, dass Juden besonders schlau und charismatisch sein mussten. Allen voran Ella Silberthal. Er sollte etwas sagen, sollte den Professor korrigieren, aber seine Zunge war von der Marmelade des Pfannkuchens verklebt.

Und Bauer fuhr schon fort: „Ebert, diese Witzfigur, wird jedenfalls niemals ein ordentlicher Reichspräsident werden. Ein Sattlermeister ist er, wussten Sie das? Früher hatten wir gebildete, eloquente Adelige an der Spitze, jetzt welche, die gut Leder bürsten können. Es wird ein Trauerspiel für die deutsche Bildung, das sage ich Ihnen gleich."

Ein Trauerspiel in der Tat, wenn dieser Mann ihn künftig weiter lehren würde. Wie viele der Professoren, Lehrer, Beamten und Richter wohl so dachten wie Bauer? Würden die alten kaisertreuen Eliten auf ihren Posten bleiben? Wenn ja, war dann überhaupt Veränderung möglich in diesem Land?

Nathanael seufzte. Da waren ihm die Ansichten der idealistischen Ella lieber als dieses Geschwafel.

„Geht es Ihnen gut, Herr Klingenstein? Es ist schon eine bedrückende Zeit, aber lassen Sie sich nicht unterkriegen. Mit Ihrem Intellekt bringen sie es weit – so oder so." Tröstlich klopfte Bauer ihm auf die Schulter.

„Danke", murmelte Nathanael. Er war ein lausiger Freund. Er sollte Ella in Schutz nehmen, er sollte seine Meinung vertreten und Rückgrat zeigen. Stattdessen katzbuckelte er durch sein Schweigen.

„Warten Sie es ab. Mein Kollege sucht einen Studenten, der ihn bei seinen Experimenten unterstützt. Ich werde Sie wärmstens empfehlen. Und die Minna wird Ihnen nachher noch etwas mitgeben, damit Sie wieder Speck auf die Rippen bekommen. Sie kehren doch zurück an die Universität, oder?"

„Aber ja!" Nathanael nickte kräftig. Nach nichts anderem hatte er sich in den letzten Jahren gesehnt.

Er verabschiedete sich bald. Der Professor ließ eine Droschke kommen und der Fahrer verlud Nathanaels Habseligkeiten, die im Keller gestanden hatten.

Unterwegs tuckerte die Kutsche wieder an den langen Schlangen vorbei. Beschämt sah der Student auf den Sack Kartoffeln, die dicke Rindersalami und den Laib Käse, die ihm Bauer hatte einpacken lassen. Feinste Schwarzmarktware, in Massen gehamstert, neben Nathanaels Bücherkisten.

Das Einzige, was sein ethisches Verantwortungsgefühl besänftigen konnte, war, dass wahrscheinlich keiner in den langen Einkaufsschlangen das Geschenk abgelehnt hätte. Nach inzwischen Jahren der Entbehrung lechzten die knurrenden Mägen nach essbaren Köstlichkeiten. Was Bauers egoistische Hamsterei noch schlimmer machte.

Hätte Ella die Schwarzware auch angenommen? Sie glaubte ja schließlich an einen Gott, der das Verborgene sah, während er sich dachte, dass niemand von seinem kleinen Geheimnis wusste. Aber genauso dachte der Professor sicher auch – dass das ja alle machen würden.

Heute Abend würde Nathanael sich ins Bett legen und in H. G.-Wells-Romanen schmökern. Für eine Weile vergessen. Kein Vorgesetzter, der ihn gängelte, kein Mädchen, was ihn nicht liebte, kein Professor, der ihn in Gewissensnöte brachte.

✳✳✳

Ella hielt den Telefonhörer fest umklammert.

„Das klingt gar nicht gut."

Alexander Orlow drängte sich näher an sie heran und versuchte, dem Gespräch von der anderen Seite der Ohrmuschel zu lauschen.

„Verstehe."

Sie spürte seinen Atem warm an ihrer Wange entlangstreifen.

„Vielen Dank. Ja, ich gebe die Informationen alle weiter. Auf Wiederhören." Sie hängte den Hörer zurück auf die Gabel.

„Was?"

„Schwerbewaffnete Fronttruppen sind in Berlin einmarschiert. An ihrer Spitze ein aufgeblasener **Hauptmann Pabst** mit seinem Eliteregiment. Sie sind gerade durch das Brandenburger Tor marschiert und Ebert hat sie freundlich begrüßt. Faselte irgendetwas von ihrem Opfermut und dass sie kein Feind überwunden hat. *‚Erst als die Übermacht der Gegner an Menschen und Material immer drückender wurde, haben wir den Kampf aufgegeben.'"*

„Damit sagt er genau das, was die Rechten hören wollen. Unsere Späher haben sich in den Lagern außerhalb Berlins umgehört, dort herrscht eine ausgesprochen konterrevolutionäre Stimmung. Die Offiziere machen den Soldaten weis, dass in Berlin Anarchie und Zügellosigkeit herrscht. Angeblich bereiten sie sich schon auf Straßenkämpfe vor."

Seit fast einem Monat nahm Ella Telefongespräche im Berliner Stadtschloss an. Ein Chaos jagte das nächste und ihr schwirrte schon der Kopf, wer nun eigentlich zu wem gehörte. Das Militär wollte Friedrich Ebert zum Reichspräsidenten erheben, der wollte aber lieber vom Volk gewählt werden. Trotzdem verbündete er sich mit den rechten Kräften, was Ella Angst machte. Warum war sie an Chanukka, dem jüdischen Fest der Lichter, nicht einfach nach Hause gefahren? Sie hatte den Matrosen hier zur Seite stehen wollen.

Orlow grübelte düster.

„Ebert hat sich mit dem Teufel verbrüdert."

„Karl Liebknecht möchte die aktuelle Regierung stürzen, hat er damit recht?", fragte Ella Orlow.

„Wenn wir echten Sozialismus wollen und keine halbgare Kapitalismus-Demokratie, dann ist das der richtige Weg, ja. Eberts Rede, von der du mir gerade erzählt hast, ist eine Huldigung ans Militär und lässt wenig auf Verbesserung hoffen. Von diesem Hauptmann Pabst ist mir zu Ohren gekommen, dass er eine Freiwilligenarmee im Straßenkampf trainieren möchte. Der bereitet sich schon auf den Bürgerkrieg vor. Gegen uns." Er legte seine Hand auf Ellas Arm. Die Stelle glühte. „Die SPD hat auch die Hamburger Punkte abgelehnt."

Ella seufzte und stützte ihren Kopf in die Hände. Die Matrosen im Schloss hatten ihr immer wieder erzählt, wie sehr sie unter der Willkür ihrer Offiziere gelitten hatten. Mit den Hamburger Punkten wollte man unter anderem militärische Rangabzeichen abschaffen, Offiziere sollten gewählt werden und das gesamte Heer sollte von einem zentralen Arbeiter- und Soldatenrat kontrolliert werden. Nicht von einer Heeresleitung, die nichts mit dem normalen Matrosen zu tun hatte.

Kein Buckeln vor den Offizieren mehr außerhalb der Dienstzeiten – das war doch nicht zu viel verlangt! Dass die SPD das ablehnte, konnte nicht im Sinne ihrer Anhänger sein. Was Nathanael wohl zu allem gesagt hätte?

„Komm, Ella, ich lade dich zum Mittagessen ein." Orlow hielt ihr galant seinen Arm hin.

Zögernd sah sie den großen Mann mit den schwarzen Augen und den dunklen Locken an. Er sah gut aus, ohne Zweifel. Sie bewunderte ihn für seine Tatkraft, sein Charisma und seine Vorgehensweisen. Aber wollte sie ihm mehr einräumen als Bewunderung und ihren Dienst für die gute Sache?

„Komm schon. Ich kenne ein gutes Restaurant. Und ich sehe doch, dass du frische Luft brauchst."

„Aber das Telefon …"

„Besetzt in der Zeit jemand anders." Er nahm ihre Hand und zog sie nach oben. „Du wirst viel zu wenig ausgeführt für so eine schöne Frau."

Ella lachte auf. „Du hast keine Augen im Kopf. Es gibt viel schönere Frauen als mich."

Orlow sah sie so ernst an, dass ihr ein warmer Schauer über den Rücken lief. „Ich glaube eher, du hast keine Augen im Kopf, wenn du in den Spiegel schaust."

Sie blinzelte und ließ sich von ihm auf die Füße ziehen. Einen

Moment lang suchte sie vergeblich nach ihrer Keckheit, die sie sonst begleitete.

„Na los", lächelte er und seine weißen Zähne blitzten.

„Gut, ein Mittagessen. Aber bilde dir darauf ja nichts ein." Sie grinste frech, froh, ihre Schlagfertigkeit wiederzuhaben. Doch innerlich zitterte sie. Eine Ella Baumgarten sollte sie sein, keine Ella Silberthal. Und schon gar keine Ella Orlow. Nein, das konnte sie nicht werden.

Sie ärgerte sich ein wenig, wie anziehend sie ihn fand und wie gut sich seine Aufmerksamkeiten anfühlten. Es kam ihr vor wie ein Verrat an Abram – auch wenn es das nicht war. Doch der Gedanke an ihn trieb ihr schon wieder fast die Tränen in die Augen.

Eingehakt führte er sie vom Schloss aus durch die Berliner Altstadt. Offenbar plante er einen längeren Spaziergang vor dem Essen, denn sie liefen bis in die Friedrichstraße. Dort kamen sie an einem kleinen Kaufhaus vorbei. Ein Loch prangte im großen Schaufenster, nur notdürftig durch eine Blecheinlage ersetzt. Hinter den Preisschildern gähnende Leere, keine feinen Damen-Glacees für 14,50 Mark, kein prima Spitzenkragen für 16,75 Mark, kein Glasbatistkragen für 19,50 Mark und auch kein günstiger Batistkragen mehr für 6,75 Mark.

„Elende Diebe", zischte Ella.

„Elend, ja. Betrogene ihrer Klasse. Doch ihnen verschaffen wir Freiheit, dass sie gar nicht mehr stehlen müssen."

Sie bogen ein Stück weiter in die Behrensstraße ab, wo ein struppiger Kerl mit Schiebermütze stand, in der Hand einen großen Korb aus Weidengeflecht. Als Ella an ihm vorüberlief, öffnete er die Seitenklappe, lächelte sie gewinnend an und zog ein Stück Stoff aus dem Korb hervor.

„Spitzenkragen jefällig? Na, wie is et denn, jnädiget Frollein, mit so een feinen prima Batistkragen? Hier, der janz feine acht Mark."

Sprachlos über so viel Dreistigkeit sah sie dem Mann ins Gesicht. Wie alt er wohl sein mochte? Fünfundzwanzig vielleicht?

„Den hier hätte ich gerne", verkündete Orlow und zog einen blauen Kragen mit Spitze aus dem Korb.

Ella krallte ihre Fingerspitzen in ihren Rock. Kaufte er gerade tatsächlich dem offensichtlichen Einbrecher sein Diebesgut ab? Bei aller Liebe zur Revolution, aber das ging zu weit!

„Sechs Mark."

Er drückte dem Straßenhändler das Geld in die Hand, führte Ella ein Stück weiter und hielt ihr dann den Kragen hin.

„Für dich", lächelte er.

„Wirklich? Einbruch unterstützt du auch noch?" Fassungslos starrte Ella auf das Kleidungsstück, ohne es in die Hand zu nehmen.

„Er nimmt sich das, was seiner Klasse lange verwehrt war. Es ist eine … frühzeitige und eigenmächtige Enteignung, wenn du so willst."

„Es ist nicht recht!"

„War es denn recht, die Stickerinnen auszubeuten, die den Kragen angefertigt haben? Was haben sie wohl für einen Lohn erhalten? Für wie viele Stunden Arbeit? Du weißt doch, dass gerade die begabten Frauen in der Heimarbeit fast nichts verdienen."

„Aber …", stotterte Ella.

„Vielleicht hat seine Frau den Kragen ja hergestellt, weißt du es? Wäre es dann nicht ihr gutes Recht, ihn selbst zu verkaufen?"

„Er hat ihn eindeutig gestohlen."

„Ella, du musst dich verabschieden von deinen kleingeistigen Moralvorstellungen. Schau dir das gesamte Bild an. Wir sind wie Robin Hood, der die Reichen bestohlen hat, um das Geld den Armen zu geben. Sei nicht der Sheriff von Nottingham!"

Sie schluckte, immer noch ein wenig verwirrt.

„Du hast natürlich recht, dass die unorganisierte Kriminalität uns letztlich schaden wird", lenkte er ein und sie lächelte erleichtert.

„Es ist also doch nicht in Ordnung."

„Nicht langfristig – man muss alles gut organisieren, Firmen ihren Arbeitern geben und Betriebsmittel verstaatlichen. Nicht jeder darf sich einfach alles nehmen, was er möchte, natürlich nicht."

„Ich dachte schon …" Erleichtert atmete Ella auf. Am Ende

hieß er den Diebstahl dann doch nicht gut. „Den Kragen nehme ich aber trotzdem nicht an."

Schulterzuckend ließ Orlow das teure Stück in seiner Manteltasche verschwinden. „Komm, hier geht es lang."

Er führte sie in ein Restaurant, das so edel aussah, dass es sich noch nicht einmal Ellas Vater hätte leisten können.

„Orlow, ich bin Studentin!", murmelte sie.

„Deswegen lade ich dich ja ein. Meine Stellung hier hat durchaus gewisse Vorzüge, genieße sie. Und nenne mich doch Sascha."

„Ich dachte, du heißt Alexander?"

„Ja", lachte Orlow. „Meine Mutter hat mich von jeher Sascha genannt. Das macht man bei uns so."

„In Ordnung, Sascha", murmelte Ella. Es klang viel vertrauter, als es ihr lieb war.

Der Kellner führte sie an einen Tisch für zwei und reichte Orlow die Speisekarten, der eine Bestellung für ein kleines Festmahl herunterratterte.

„Hast du denn die Essensmarken dafür?", fragte Ella verblüfft.

„Auch ein Vorteil meiner Stellung. Mach dir heute keine Gedanken, genieße einfach das Mittagessen."

„Sascha, verstehe mich nicht falsch, ich stehe auf der Seite der Revolution, aber das hier … das ist doch das Gegenteil von dem, wofür wir kämpfen."

Er schüttelte den Kopf. „Dass einfache Bürger auch einmal den Reichtum der ganz Großen genießen? Das ist nicht verwerflich, das sind die Möglichkeiten, die uns die Revolution ermöglicht."

„Aber bei der Lebensmittelknappheit … Wir essen doch einer anderen Familie die Haare vom Kopf."

„Ich bin als einfacher Junge aufgewachsen, Ella. Ich war ein Arbeiterkind in Hamburg, mein Vater war Hafenarbeiter, meine Mutter Heimarbeiterin. Beide Russen, ihr Ansehen hätte nicht niedriger sein können. Bis ich mich der USPD angeschlossen habe, zu Kriegsbeginn nach Moskau bin und dort mit Lenin die Revolution vorangetrieben habe. Seitdem bin ich jemand, Ella. Ich, ich Arbeiterkind. Wenn es nach den Kapitalisten ginge, stünde ich heute irgendwo in einer Fabrik und würde Munition gießen. Wahrscheinlich noch als Kriegsinvalide."

Wenn er überhaupt überlebt hätte. Sie schüttelte sich bei dem Gedanken daran. Mit diesen Worten hatte er ihren Nerv getroffen. Schweigend sank sie in ihrem Stuhl zusammen und beobachtete, wie die anderen Gäste an den Nachbartischen ebenfalls Berge an feinem Essen in sich hineinschaufelten. Die Wohlstandsbäuche der Oberschicht waren nicht kleiner geworden in den letzten vier Jahren. Fleisch, Milch, Mehl, Kaffee, Kakao – hier mangelte es an nichts, während die Kinder in der Gosse die Wurstzipfel aus den Mülleimern pulten. Wie ungerecht die Welt doch war – für jeden offensichtlich, der die Augen aufmachte. Und trotzdem tat keiner etwas dagegen und man schimpfte auf die Revolution, obwohl sie den Waffenstillstand gebracht hatte. Die Leute fürchteten sich, denn plötzlich war der Krieg nicht mehr weit weg an den Grenzen, sondern mitten in Berlin auf der Straße, wo es die eigene Schatzkammer treffen konnte.

Und sie sollte hier sitzen und mit ihnen schlemmen? Andererseits lief ihr das Wasser im Mund zusammen und sie hatte schon fast Bauchschmerzen vor Hunger. Die Röcke musste sie teilweise mit Gürteln zusammenhalten.

Sie musterte Alexander. Breit und kräftig, aber keinen Wohlstandsbauch. Er aß wohl auch nicht jeden Tag hier, trotz seiner „Privilegien". Plötzlich kam ihr Abram vor Augen, seine starken Arme, die kurz vor seinem Tod kein Wasserglas mehr halten konnten.

Alexander beugte sich zu ihr über den Tisch. „Ella, du bist eine wahre Schönheit, weißt du das?" Er wollte nach ihrer Hand greifen, aber sie zog sie schnell zu sich, ihre Augen feucht.

„Nicht, Sascha", murmelte sie.

Er lehnte sich wieder zurück. Falls er enttäuscht war, konnte man es ihm nicht ansehen. „Iss dich satt, das wird dir guttun", sagte er stattdessen.

Sie nickte. Die Kraft zu widerstehen wurde hinfort geschwemmt von der Welle an Trauer, die sie überrollte.

Kapitel 14

Der graue November hatte sich lange hingezogen. Nun lag draußen Schnee und von dem Bilderadventskalender, den seine Mutter ihm geschickt hatte, hatte Nathanael bereits das fünfzehnte Türchen geöffnet.

Er hatte seine neue Bude eingeräumt, sämtliche seiner H. G.-Wells-Romane gelesen, die Physikbücher studiert und mit Paul ausgiebig Karten gespielt. Gestern hatte er außerdem seine Waffen abgeliefert – die Regierung drohte mit fünf Jahren Strafe, wenn man es nicht tat. Ein Schlag für die Revolutionäre, die am liebsten alle Arbeiter bewaffnet und die Armee entwaffnet hätten. Nun war es andersherum.

Sonst hatte Nathanael nicht viel zu tun. Bis das nächste Semester anfing, hing die Nadel seines Schallplattenspielers in der Luft. Die Zeit bewegte sich vorwärts, aber nichts passierte. Er kam keinem seiner Träume näher. Von Wiltzi wusste er nicht, wo er steckte, und nach Ella zu suchen, traute er sich nicht. Blieb nur sein neuer Zimmerkamerad, mit dem er zum Glück gut auskam.

„Hab einen Brief für dich. Muss wohl schon seit gestern im Briefkasten liegen. Deine Mutter schreibt." Paul zog seinen Mantel aus, den er von seinem Kirchenbesuch trug, und pfefferte einen weißen Umschlag auf Nathanael, der sich im Bett ausgestreckt hatte.

Missmutig öffnete Nathanael den Brief. Meistens schrieb Mutter nur, wie wenig in der letzten Woche auf den Tisch gekommen war – was für Berliner Verhältnisse immer noch Unmengen waren – und von den zwei süßen Sprösslingen von Anna Kran, jetzt Anna von Preiter. Seine erste große Liebe – verheiratet mit einem ominösen einarmigen Pfarrer. Und Mutter hatte kein Erbarmen mit ihm, sie berichtete in allen Einzelheiten von Annas neuem Leben. Der implizite Vorwurf, er hätte sich mehr um sie bemühen müssen, sprach aus jeder Zeile. Diese Briefe hielten ihn davon ab, seinen Eltern in Blaubeuren einen Besuch abzustatten, wie es sich gehörte.

„Dein Bruder ist in Berlin!" Verwundert las Nathanael die erste Zeile laut vor. Aaron! Von ihm hatte er schon lange nichts mehr gehört. Seit Beginn des Krieges hatten sie sich einmal im Heimaturlaub gesehen, Weihnachten 1915. Aaron war bei der Garde-Kavallerie-Schützen-Division untergekommen, ein Freikorps unter der Führung von **Waldemar Pabst**. Was das wohl bedeutete?

Nathanael sprang aus seinem Bett auf. Seinen Bruder sehen! Der Gedanke beflügelte ihn. Zum Glück war heute Sonntag, da hatte er bestimmt frei.

„Ich muss weg. Aaron ist in Berlin!"

Paul nickte abwesend. Er hatte sich in *Die Zeitmaschine* vertieft, welches er sich von Nathanael ausgeliehen hatte.

Dieser streifte sich nun seinen knielangen braunen Wintermantel über und eilte zur Unterpflasterbahn am Alexanderplatz. Ein bisschen furchteinflößend fand er es immer noch, hinab in die Tiefe zu steigen, in der das elektrische Licht flackerte und die Luft durch die schwarzen Tunnel pfiff. Seine Mutter hatte ihm erklärt, sie würde niemals mit einem Zug unter der Erde fahren, das wäre ihr zu gefährlich. Doch wenn man einmal in einen der roten oder gelben Waggons gestiegen war, in denen die Damen ihre Hüte festhielten und ihre Röcke sortierten, die gemütlichen Bahnhofsbeamten aus ihren gläsernen Holzkabinen am Bahnsteig grüßten, verloren die Bahnhöfe unter der Erde all ihre Gruseligkeit.

Ob er Aaron etwas von Berlin zeigen konnte? Sein Bruder hatte ihn nie besucht, er war das erste Mal hier.

Die Adresse, die ihm Mutter aufgeschrieben hatte, war eine dieser eintönigen Kasernenbauten, wo jedes Gebäude aussah wie das andere, in gleichem Abstand zueinander und mit der gleichen Anzahl Bäumen dazwischen. Die Fenster wirkten wie Gucklöcher in einen Hühnerstall, die Einblick auf die unbequemen Metallstockbetten gaben.

Die Soldaten hatten ordentlich gepflegte Uniformen, aber genauso wie die Matrosen rauchten sie und spielten Karten. Doch ihre Gesichter wirkten abgekämpfter, magerer, härter. Im Gegensatz zur Marine hatten sie die Front gesehen. Überlebt.

Nathanael fragte einen der Kartenspieler nach Aaron Klingenstein.

„Klinge? Ist auf seiner Stube. Warte kurz." Er pfiff einem Kameraden zu, der gerade nach drinnen ging, und bat ihn, „Klinge" zu holen.

Womit sich sein Bruder wohl diesen Spitznamen verdient hatte?

Einen kurzen Moment später stand Aaron in der Eingangstür. „Nathi!"

Wortlos gingen die Brüder aufeinander zu und umarmten sich.

„Lange nicht gesehen."

„Ja." Nathanael nickte. Sein Bruder war kein Neunzehnjähriger mehr, sein Gesicht war kantiger geworden, seine Haltung strammer. Auf seinen Schultern blitzten die silbernen Leutnantsabzeichen. „Soll ... ähm ... ich dir Berlin zeigen? Eine Führung?"

„Lass uns lieber in den Tiergarten gehen. Ins Grüne."

Nathanael nickte und schlug den Weg in den großen Stadtpark zwischen Pariser Platz und Hippodrom, dem Lieblingsreitplatz des Kaisers, ein. „Die Lunge Berlins" war zwar in festem Winterschlaf und mehr weiß als grün, aber die Luft war angenehm frisch und unverbraucht.

„Wie ... ähm ... wie geht es dir?" Was fragte man, nachdem man sich so lange nicht gesehen hatte?

„Hm." Aaron zuckte mit den Schultern. „Die Sozialdemokraten haben den Krieg aufgegeben. Demütigend für alle Soldaten."

„Bist du nicht froh, nicht mehr an der ... Front zu sein?"

„Die Front vermisst keiner."

„Warum ... bist du dann bei einem Freikorps? Ich dachte, die sind freiwillig?"

Aaron lachte. „Wie lange hast du deine Matrosenuniform noch getragen? Wir können gar nichts anderes mehr nach den Jahren, oder?"

„Du wolltest immer Medizin studieren."

„Ich weiß nicht. Gerade ist es wichtiger, Deutschland vor diesen Sozialisten und Sozialdemokraten zu schützen."

Nathanael schluckte. Scheinbar hatten sie beide den Krieg unterschiedlich erlebt. Er suchte nach einem unverfänglicheren Thema. „Warst du bei Mutter und Vater?"

„Ja, für drei Tage. Mutter schimpft natürlich, dass du nicht kommst, aber sonst geht es allen gut. In Blaubeuren feiert kaum einer die Republik, die Württemberger mochten ihren Bürgerkönig, Wilhelm II."

„So …"

Sie stapften am weißen Goethe-Denkmal vorbei.

„Wäre nett, wenn es von jedem gefallenen Soldaten so eine Statue gäbe. Stattdessen steht ihr Name auf einem Metallkreuz, dass sie sich meistens noch mit drei anderen teilen müssen. Falls sie überhaupt ein Grab haben, viele haben wir nie wiedergefunden."

„Sind viele … deiner Kameraden gestorben?"

„Ach, weißt du, Nathi, ich habe dem Tod täglich ins Gesicht geblickt und mich jeden Tag gewundert, warum er mich noch nicht erwischt hat. Bei euch sind wohl nicht so viele verreckt, oder?"

Nathanael musste an Marten Lütje denken, Ruperts besten Freund, den Skagerrak das Leben gekostet hatte. Wie es sein musste, Hunderte Martens zu verlieren? Und Wiltzis, Ruperts, Sockes und Kreuzes dazu?

„Nicht viele, nein. Aber jeder Einzelne tat weh."

„Mir nicht mehr. Meine Freunde habe ich alle in Verdun gelassen, wer danach noch gefallen ist, war mir egal. Man kann nicht um jeden trauern."

„Lebt keiner mehr, der dir wichtig war?"

„Pah", Aaron lachte auf. „Einer ist im Lazarett, aber leben kann man das nicht nennen. Zittert am ganzen Leib und hat panische Angst vor Stiefeln."

„Vor Stiefeln? Was der erlebt haben muss …" Nathanael schüttelte es bei dem Gedanken.

„Was wir alle erlebt haben. Enge Gräben, aus denen man nicht fliehen kann, nie endendes Trommelfeuer, Menschen, die neben einem sterben wie Fliegen." Aaron riss einen Zweig von einem Baum und kratzte damit Rillen in den Kiesweg vor ihnen.

„… oh." Etwas anderes fiel Nathanael nicht ein. Er hatte von all dem schon gehört, aber dass sein Bruder das so erlebt hatte, machte ihn sprachlos. Aaron zitterte nicht, doch der tote Blick, die Abgedroschenheit darin, waren fast noch furchterregender. Wo war der Bruder, mit dem er als Kind einen Käferzoo aus Streichholzschachteln eröffnet hatte?

„Und … wie ist es jetzt beim Freikorps?"

„Wir bereiten uns darauf vor, ein paar Sozialisten abzumurksen." Aaron zuckte mit den Schultern.

„Was? Aber das sind doch keine … Feinde. Das sind … Brüder. Kameraden!"

„Ach wo, ein paar Tote mehr oder weniger hier im Hinterland machen auch keinen Unterschied mehr. Glaube mir, ich habe gar keine Lust, mir das Vaterland wegnehmen zu lassen, für das ich so lange und hart gekämpft habe."

„Das verstehe ich, aber …"

„Aber was? Bist du etwa auch zu so einem Vaterlandsverräter geworden wie die anderen Matrosen?"

„Hm … nein?"

„Da bin ich froh, Bruder." Aaron klopfte ihm auf die Schulter. „Warst doch immer ein guter Kerl."

Nathanael war sich gerade nicht sicher, ob er das von seinem Bruder immer noch sagen könnte. Und was Aaron mit ihm machen würde, wenn er erfuhr, wie weit nach links sein Freundeskreis inzwischen reichte …

Sie drehten eine Runde um den Fischteich am Komponistendenkmal vorbei und schlenderten dann wieder zurück. Es fiel Nathanael schwer, ein Thema zu finden, dass sie beide interessierte und unverfänglich war. Schließlich blieben sie bei den Schulbubenstreichen aus ihrer Kinderzeit hängen.

Trotzdem fragte sich Nathanael, wie sie es geschafft hatten, sich so weit auseinanderzuentwickeln. Wäre er auch so, wenn er ebenso wie Aaron die Offizierslaufbahn beim Heer eingeschlagen hätte?

Sie waren aus einem Fleisch und Blut und dabei doch so unterschiedlich wie Tag und Nacht.

Eins hatte ihm die Begegnung mit Aaron gestern klargemacht. Er durfte sich nicht hängen lassen und nicht seinem Schicksal ergeben. Er hatte zwei Beine, zwei Hände und einen klaren Kopf. Und wenn seine Studien- und Heiratspläne auf Eis lagen, brauchte er einen neuen Plan.

Paul fand die Idee ebenfalls gut. Er schlug vor, dass man dem Reichsrätekongress zuschauen könnte, der am 16. Dezember im preußischen Abgeordnetenhaus tagte. Hier wurde über Deutschland entschieden, das war spannender als jeder Zukunftsroman.

Der Leipziger Platz war dicht bepackt mit Demonstranten. Um die zweihunderttausend Menschen mussten es sein, schätzte Nathanael. Unter diesen Umständen konnten sie vergessen, im preußischen Abgeordnetenhaus Mäuschen zu spielen und der Versammlung zuzuhören.

Der Platz war umgeben von einem Achteck aus mehrstöckigen Gebäuden. Mehrere Ministerien, ein Palais und das Kaufhaus *Wertheim*, das größte Warenhaus Europas, dessen Eingang zum Platz hin wie eine Kathedrale ohne Turm wirkte. Ein Tempel des Konsums. Nicht umsonst nannten die Berliner die Leipziger Straße auch die „Kaufstraße".

In der Mitte schoben sich mit lautem Klingeln die elektrischen Bahnen durch die Menschenmassen.

Ob Ella auch hier irgendwo auf dem Platz war? Mit Sicherheit.

„Wenn jemand eine Rede hält, müssen wir weiter nach vorne, um etwas zu verstehen." Nathanael schob Paul an den Rändern des Platzes in Richtung Abgeordnetenhaus, das man anhand der Statuen, die das Dach säumten, gut erkennen konnte.

Die Demonstranten traten gelangweilt von einem Fuß auf den anderen, dabei schwenkten sie halbherzig ihre Plakate. „Nieder mit der Gegenrevolution", „Entwaffnet die Offiziere!" und „Sozialismus! Jetzt!".

Ein Herr mit schmaler Brille und schwarzem Anzug, der einige

Meter von Paul und Nathanael entfernt stand, räusperte sich. „Liebe Genossen! Wenn ich darf, würde ich Ihnen gerne ein Gedicht vortragen, das genau dem entspricht, was wir heute erleben. Es heißt ‚Der Revoluzzer‘, aber ich nenne es ‚Wenn die SPD demonstrieren geht‘.“

Paul hielt Nathanael am Ärmel fest. „Moment, das möchte ich hören!“ Er schob sich noch ein Stück näher an den Vortragenden, der seine Brille zurechtrückte und ein kleines Büchlein aufschlug.

War einmal ein Revoluzzer,
Im Zivilstand Lampenputzer;
Ging im Revoluzzerschritt
Mit den Revoluzzern mit

Und er schrie: „Ich revolüzze!“
Und die Revoluzzermütze
Schob er auf das linke Ohr,
Kam sich höchst gefährlich vor

Doch die Revoluzzer schritten
Mitten in der Straßen Mitten,
Wo er sonsten unverdrutzt
Alle Gaslaternen putzt

Sie vom Boden zu entfernen,
rupfte man die Gaslaternen
Aus dem Straßenpflaster aus,
Zwecks des Barrikadenbaus

Aber unser Revoluzzer
Schrie: „Ich bin der Lampenputzer
Dieses guten Leuchtelichts.
Bitte, bitte, tut ihm nichts!

Wenn wir ihn' das Licht ausdrehen,
Kann kein Bürger nichts mehr sehen,

Lasst die Lampen stehn, ich bitt!
Denn sonst spiel' ich nicht mehr mit!"

Doch die Revoluzzer lachten,
Und die Gaslaternen krachten,
Und der Lampenputzer schlich
Fort und weinte bitterlich

Dann ist er Zuhaus geblieben
Und hat dort ein Buch geschrieben:
Nämlich, wie man revoluzzt
Und dabei doch Lampen putzt.

Paul zog eine Grimasse. „Was soll das mit der SPD zu tun haben?"

„Sie möchte ein bisschen Revolution, ohne dass etwas kaputt geht oder sich verändert? So würde ich das Gedicht interpretieren." Nathanael zog Paul weiter, bevor der sich noch auf eine Diskussion mit dem Vortragenden einließ.

„Was hat denn das eine mit dem anderen zu tun? Ich bin für eine soziale Demokratie und diese basiert darauf, dass wir alle gemeinsam ein Parlament wählen, das uns dann regiert. Ob man das nun mit oder ohne Barrikadenbau erreicht, spielt dabei keine Rolle."

„Ebert möchte garantiert keine Barrikaden. Der will in Ruhe ein paar Reformen planen."

„Das ist doch in Ordnung so. Man muss allen etwas Zeit geben."

Nathanael schüttelte den Kopf. „Man muss aber vorher schon dafür sorgen, dass die eingesetzten Beamten, Richter und Lehrer auch Demokraten sind und keine Monarchisten, die im Hinterstübchen Konterrevolutionen planen."

„Richtig!", trällerte eine weibliche Stimme dazwischen.

Nathanael hob suchend den Blick. Ein Stück über ihnen, auf dem Dach einer schwarzen Droschke, thronte ein schwarzhaariges Mädchen und lachte.

„Ella!"

Geschickt hob sie ihre Röcke und kletterte über das Heck nach unten.

„Lange nicht gesehen, Nathanael. Hast du die Revolution schon aufgegeben?"

„Ähm … nein." Warum pochte sein Herz wie verrückt?

Sie streckte Paul die Hand hin. „Ella Silberthal."

„Paul Weber. Kennen wir uns irgendwoher?"

Sie zuckte mit den Schultern. „Ich weiß nicht, vielleicht von der Universität?"

Die Leute stießen sich gegenseitig an und wiesen nach vorne. Karl Liebknecht war auf der Vorderseite des Abgeordnetenhauses vor die Menge getreten.

„Genossen, Kameraden, Freunde!", hob er an.

„Kommt, wir klettern wieder auf die Kutsche. Da hört man besser." Mit einem Schwung war Ella oben.

„Ich bleibe lieber auf festem Boden. Von hier unten hört man ihn genauso gut", murmelte Paul.

Nathanael sah Ella einen Moment hinterher. Sich auf fremdes Eigentum zu setzen, war nicht seine Art, aber der Gedanke, dort neben ihr zu sitzen, verursachte ein wildes Kribbeln in seinem Bauch. Dann eben noch ein Regelbruch auf seinem Revoluzzer-Konto.

Er trat auf die Gepäckablage, griff nach der Stange auf dem Rand des Daches und zog sich in die Höhe. Ungelenk streckte er sich ein Stück weiter und hievte sein Knie auf das schwarze Holz. Plötzlich spürte er eine warme Hand in seiner, die ihn unterstützend hochzog.

Ella lächelte ihn an, dann wandte sie sich Liebknecht zu.

„Der Tag, an dem der erste Kongress der Arbeiter- und Soldatenräte zusammentritt, ist von historischer Bedeutung. Die erste Aufgabe des Kongresses ist, die Revolution zu schützen, die Gegenrevolution niederzuwerfen: Entwaffnung aller Generale und Offiziere; Aufhebung der bisherigen Kommandogewalt; Gründung einer Roten Garde, um die soziale Revolution durchzuführen."

Nathanaels sah auf seine Hand, die soeben die ihre berührt hatte. Wie konnte sie so einen Tumult in seinem Inneren auslösen? Er, der rationale Denker, völlig hingerissen von einem Mädchen mit einem strahlenden Lächeln.

Ihre losen Haarsträhnen wirbelten durch die Luft, ihre Augen funkelten, während sie im Schneidersitz auf ihre Hände zurückgelehnt dem Spartakus lauschte.

„Aushebung des Restes der Gegenrevolutionäre, und dazu gehört auch – ich sage das, auch wenn sich irregeführte und missgeleitete Proletarier darüber empören – die Regierung Ebert-Scheidemann."

Liebknecht riss ihn aus seinen Gedanken. Hatte er gerade Ebert und Scheidemann als Gegenrevolutionäre gebrandmarkt? Die, die sich an die Spitze der Revolution gestellt hatten? Höchstwahrscheinlich nur, um sie auszubremsen, aber …

Die Menge stimmte mit Liebknecht überein. „Nieder mit den Scheidemännern!", brüllte es von allen Seiten. Einige fuhren dabei mit der Faust in Richtung Erde, um die Worte zu bekräftigen.

„Denn in der Regierung Ebert-Scheidemann laufen nach dokumentarischen Feststellungen die Fäden der Gegenrevolution zusammen. Ebert hat gestern nach Erweiterung seiner Machtbefugnisse verlangt."

„Buuuuh!"

„Verräter!"

Lebhafte Protestrufe gegen Ebert wurden ausgestoßen.

„Die sozialistische Republik muss erst durch das Proletariat herbeigeführt werden, durch den Kampf gegen die jetzige Regierung, die zur Trägerin des Kapitalismus geworden ist."

Ein etwa zehnjähriger Junge zog sich vor ihnen auf den Kutschbock. „Was meint er damit, Vati?", zwitscherte er aus der erhöhten Position.

„Wir Arbeiter müssen gegen Eberts Pappenheimer kämpfen. Das sind verlogene Geldsäcke", interpretierte der Vater das Gesagte und schwang sich neben seinen Sohn. „Und jetzt hat er gesagt, dass die Leute in dem Haus da drin, die Arbeiterräte, die Macht behalten und nicht irgendwelchen Partei-Heinis geben sollen."

Nathanael rieb sich die Stirn, während Liebknecht weiterredete. Verstanden die Arbeiter seine komplizierte Rede überhaupt? Der Mann wollte keine vom Volk gewählte Nationalversammlung. Er befürchtete anscheinend, dass die Wähler seine Ziele nicht unterstützen würden, vor allem die Bauern und die Reichen nicht.

Liebknecht mit seiner kleinen Brille brüllte weiter über den Platz: „Wir wollen die Weltrevolution und die Vereinigung der Proletarier aller Länder unter Arbeiter- und Soldatenräten."

Danach verlas Liebknecht noch vier Forderungen, die sie gestern formuliert hatten. Ella jubelte bei jeder einzelnen Forderung mit der Menge mit. Dann drehte sie sich zu Nathanael um.

„Was schaust du so trübselig?", lachte sie.

Er zog eine Grimasse. „Ist es nicht gerechter, das ganze Volk abstimmen zu lassen, was für eine Regierung sie haben möchte?"

Sie antwortete nicht, lachte auch nicht mehr. Aus ihrem Blick sprühte ein wildes Funkenfeuer.

„Ich möchte dir etwas zeigen", sagte sie dann ernst, sprang von der Kutsche und wühlte sich durch die Menge.

Nathanael kletterte behäbiger herunter, verabschiedete sich knapp von Paul und eilte ihr hinterher. Sie war klein und wendig und er hatte Mühe, mit ihr mitzuhalten.

Am Ende des Platzes hielt sie vor dem funkelnden Warenhaus *Wertheim* an, dessen Lichter über die nasse Straße tanzten. Sie drehte sich nach Nathanael um, der schwer atmend neben ihr zum Stehen kam.

„Warst du schon einmal da drinnen?", fragte sie ihn.

„Nein. Das tut dem Geldbeutel nicht gut." Für das größte Kaufhaus Europas mit fast 15.000 Quadratmetern Grundfläche und 250 Metern Fassade hatte man einige Häuser abgerissen. Die schmalen, an die Gotik angelehnten Pfeilerreihen ließen erahnen, wie groß die Innenräume sein mussten. Sogar der Kaiser hatte es 1910 besucht.

„Dann noch einmal zur Erinnerung, bevor wir hineingehen: Alles, was du nun siehst, ist nach vier Jahren Kriegswirtschaft hier zu haben. Warte, wir nehmen den Eingang zum Brunnenlichthof." Sie führte ihn an der Fassade entlang. In den Schaufenstern lagen Teppiche, Kronleuchter, Zuckerbonbons, Flachswebwaren, Schürzen, Putzartikel, Damenhüte, Capes, Paletots und Ballfächer. Sowohl die einfache Arbeiterin als auch die reiche Dame wurden angesprochen.

Nathanael wollte vor den Auslagen stehen bleiben, doch Ella ergriff ihn am Handgelenk und zog ihn durch eine Glastür ins Innere. Warme Luft wirbelte durch ihre Haare und sie schälte sich aus ihrem Wintermantel, den sie sich über den Arm hängte. Er musste sich zusammenreißen, ihre schlanke Figur nicht zu lange zu bewundern und sich auf das zu konzentrieren, was sie ihm zeigen wollte.

Der Brunnenlichthof wurde so genannt, weil das Licht durch die unzähligen kleinen Fensterquadrate an der Decke auf einen plätschernden Springbrunnen mit mehreren Ebenen fiel.

Drum herum waren dunkle Auslageflächen aus Edelhölzern aufgestellt, die von elektrischen Wohnzimmerlampen mit Kordeln in noch mehr Licht gehüllt wurden. Darauf lagen Damenschuhe, Strümpfe, Gürtel, Schnallen, Krägen, Pelz-Colliers und Fellmuffs. Auf den marmorverkleideten Säulen ruhten Galerien aus weiteren Stockwerken wie in einer Oper. Durch orientalisch wirkende Bögen hindurch sah man drei weitere Etagen voller Prunk schimmern.

Freundliche Mitarbeiterinnen bedienten überall, boten Kataloge an, zeigten Auslagen und halfen beim Anprobieren.

„Die fünftausend Frauen, die hier angestellt sind, haben erst vor drei Tagen für höhere Löhne gestreikt."

„Warum zeigst du mir das alles?", fragte Nathanael.

„Ich bin noch nicht fertig." Ella zog ihn durch Teppichsäle mit vergoldetem Reliefschmuck, den Onyxsaal, zwei Teeräume und die Abteilung mit den Galanteriewaren, in der Kronleuchter, Puderdöschen, Schnallen, Armbänder, Tücher, Kerzenständer, Vasen und Bilderrahmen verkauft wurden.

Ihm schwirrte der Kopf und er war froh, als sie endlich wieder draußen auf dem Leipziger Platz standen, auf dem die Arbeiter protestierten. Ein kleines Mädchen trug noch nicht einmal einen Mantel, sondern nur eine dünne Jacke, die ihr zu kurz war. Um den Hals hatte sie ein Stück alten Vorhang gewickelt und die Strümpfe bestanden mehr aus gestopften Löchern als aus Strumpfware. Aus Leibeskräften schrie es mit den Demonstranten mit. „Wir wollen Räte! Für Frieden und Brot!"

„Das ist es, was ich dir zeigen wollte." Ella drehte sich zu ihm und sah ihn ernst an. „Bis vor Kurzem galt in Preußen das Stimmrecht eines Reichen zehnmal so viel wie das eines Arbeiters. Es wurde nach der Steuerleistung aufgeteilt, vier Prozent der Bevölkerung brachten allein ein Drittel der Steuerleistung auf, deswegen durften diese vier Prozent auch über das Drittel der Wahlstimmen bestimmen."

Nathanael nickte, er kannte die Details des Dreiklassenwahlrechts.

„Der Reichtum eines Staates basiert aber überhaupt nicht auf dem Vermögen der Bürger und auch nicht auf der Steuerleistung. Es ist entscheidend, was ein Staat produziert!" Ella strich sich energisch eine Haarsträhne von ihrer erhitzten Wange und stemmte die Hände in ihre Hüften. „All der Reichtum, alles, was du im Kaufhaus gesehen hast, ist von diesen Arbeitern hergestellt. Das Geld, mit dem es bezahlt wird, ist nur Edelmetall und wertloses Papier. Warum gibt man nicht das Wahlrecht denen, die unser Land reich machen können – den Arbeitern? Sie wählen direkt ihre Arbeiterräte in den Fabriken, die wiederum wählen zentrale Räte und die bestimmen dann über die Politik. Wie eine Pyramide, von der Fabrik an der Basis bis zum Zentralrat an der Spitze. Und die Arbeiter können direkt ihre Arbeiterräte abwählen, falls die in die falsche Richtung laufen. Dann haben die die Macht, die das Kaufhaus Wertheim zu dem machen, was es ist. Die Deutschland zu dem machen, was es ist. Die Arbeiter!"

„Aber dann wäre es dir und mir nicht erlaubt zu wählen."

„Richtig, nicht unsere Regierung. Wir Studenten placken uns ja auch nicht den Rücken kaputt für dieses Land. Was haben wir für ein Recht, über das Geld mitzubestimmen, was andere verdienen? Wie es die Väter manchmal zu Hause sagen, ‚solange du deine Füße unter meinen Tisch stellst …‘"

Nathanael schüttelte den Kopf. „Es ergibt Sinn, aber …" Er brach ab. Sein Gerechtigkeitssinn sagte ihm, dass jeder erwachsene Mensch zu gleichen Teilen über die Regierung abstimmen sollte, jeder sollte vor dem Gesetz gleich sein. Studenten waren schließlich auch kluge Köpfe, aber tatsächlich wärmten sie eigentlich nur die hölzernen Klappstühle in den Vorlesungssälen. Kinder und Jugendliche schloss man ja auch aus von Wahlen.

Was war eigentlich gerecht? Die Frage erschien ihm auf einmal deutlich komplexer, als er je gedacht hätte.

„Wir brauchen deine Unterstützung, Nathanael. Komm zu uns ins Schloss. Hilf uns bei dem Kampf gegen die Konterrevolution, die am liebsten wieder den Kaiser hätte oder zumindest Ebert als Ersatzkaiser."

Ihre karamellbraunen Augen sahen so bittend und herzlich aus.

„Ich …" Er schob sich die rotblonden Haare aus dem Gesicht und kratzte sich am Kinn.

„Denk darüber nach, Nathanael. Du findest mich im Stadtschloss bei den Telefonen!" Sie winkte ihm fröhlich zu und wirbelte durch die Menge, bis die Menschenmassen sie verschluckt hatten.

„Puh!" Er atmete aus. Dann drückte er seine Hand auf seinen Wintermantel, als könnte er damit sein wie verrückt schlagendes Herz beruhigen. Sie wollte ihn nicht als Ehemann, nur als Mitrevolutionär. Aber allein das gab ihm schon das Gefühl, auf einer Wolke zu schweben.

Gedankenversunken trottete er zurück zu der Kutsche, neben der Paul immer noch die Reden der Demonstration verfolgte.

„Wer war denn das?", fragte sein Mitbewohner.

„Wir … haben uns kurz vor der Revolution in Wilhelmshaven kennengelernt und uns dann in Kiel wiedergetroffen."

„So, so." Paul nickte grinsend. „Eine besondere Freundin?"

„Ach." Nathanael winkte ab. „Sie interessiert sich nicht für mich. Ich wette, sie mag einen großen breitschultrigen Revoluzzer namens Alexander Orlow. Einer der Leiter der Revolution, wenn es so was überhaupt gibt."

„Von den Russen finanziert."

„Wie meinst du das?"

„Na, das ist doch kein Geheimnis, dass die Russen Agenten bezahlen, die in Deutschland die Revolution vorantreiben. Haben wir im Krieg umgekehrt ebenfalls gemacht, damals allerdings, damit Russland einen Separatfrieden mit uns schließt. Jetzt kommt es auf uns zurück, die Sozialisten wollen die Vereinigung aller Proletarier weltweit, hast du doch vorhin gehört."

Nathanael schwieg einen Moment. „Gehen wir nach Hause?"

„Ja, es wird Zeit. Hier erfahren wir sowieso nichts Neues."

„Sie will, dass ich mit ins Schloss komme, die Revolution unterstütze."

„So? Du wirst doch nicht hingehen, oder?"

Nathanael zuckte mit den Schultern. Er war sich selbst nicht darüber klar, was er wollte.

Kapitel 15

Ella lehnte sich auf ihrem Stuhl mit den vergoldeten Armlehnen zurück. Sie war so müde. Der Reichsrätekongress war die reinste Enttäuschung gewesen. Statt Sozialismus anzustreben, hatte er seine eigene Macht abgegeben. Dass **Rosa Luxemburg** und **Karl Liebknecht** kein Mandat erhalten hatten, war schlimm genug gewesen, dass sie aber noch nicht einmal als Berater dabei sein durften, eine Bankrotterklärung des Kongresses.

Die Anträge von Liebknecht, die dieser auf dem Leipziger Platz vorgetragen hatte, waren abgeschmettert worden. Das erste revolutionäre Tribunal Deutschlands, aber in den Reihen kaum Revoluzzer. Nur schwammige SPD-Köpfe. Dass sie dann noch politischen Selbstmord begangen hatten, indem sie ihre eigene Macht abgetreten hatten, konnte Ella nicht begreifen.

Wahl der Nationalversammlung bereits in einem Monat, am 19. Januar, das hatten sie beschlossen. Damit nahmen sie der Revolution jegliche Luft zum Atmen. Sie wurde abgewürgt, bevor sie Fahrt aufgenommen hatte. Ella konnte sich schon denken, was das bedeutete. Viel würde bleiben, wie es war. Alte Eliten würden ihre Posten behalten und Ebert würde der Sattlermeisterkaiser werden.

Ihre Hand ruhte neben dem Telefonhörer. Mit jedem Tag, den sie hier in der Telefonzentrale der Volksmarinedivision verbrachte, wurde sie noch überzeugter davon, dass sie eine *richtige* Revolution brauchten, dass die Nationalversammlung mit ihrem allgemeinen Wahlrecht nichts ändern würde. Auch wenn es bedeutete, dass sie nur das Recht zu wählen haben würde, wenn sie arbeitete: Es ergab einfach Sinn und sie war bereit, dieses Opfer für die Arbeiter zu bringen, um den Bürgern und Mächtigen eins auszuwischen.

Ihre Aufgabe hier lenkte sie ab von ihren trüben Gedanken, aber trotzdem fühlte sie sich ein wenig einsam unter den ganzen Matrosen. Sicher, sie wurde akzeptiert wie eine Kameradin, doch wenn sie abends in ihre Studentenwohnung nach Hause fuhr, die hektische Großstadt um sie herum, vermisste sie ihre Familie. Kathi, ihre Studentenfreundinnen, die allesamt nicht mehr in Berlin waren, ja sogar die Frauen der jüdischen Gemeinde. Die Gedanken an ihre Brüder und Abram schaffte sie meist zu verdrängen – doch wie gut würde es tun, mal wieder mit einem Freund zu reden!

Warum war sie über Chanukka nicht nach Kiel gefahren? Heute war der 23. Dezember, die Christen sangen Weihnachtslieder und versuchten, Zeit mit ihrer Familie zu verbringen, während sie mit den Matrosen auf ihrem Posten blieb.

Orlow kam ab und zu vorbei und machte ihr Komplimente, verschwand dann aber wieder. Ein Schleier des Mysteriösen umgab ihn, wann immer er in ihrer Nähe war. Über die Revolution redete er Tolstoi-Romane, über sich selbst sprach er so viel wie Secundus der Schweigsame.

„Ella?"

Sie schrak auf. Dicht hinter ihr stand Nathanael Klingenstein und knetete seine Hände.

„Huch, was machst du denn hier?"

„Ich … ähm …", stotterte er.

„Ich meinte natürlich, so direkt hinter mir, du hast mich erschreckt."

„Entschuldige."

Sein schüchternes Lächeln brachte sie zum Lachen. Es tat gut, sein Gesicht zu sehen, die Diskussionen mit ihm hatten ihr immer gefallen. Hoffentlich hatte er ihren Korb von November inzwischen überwunden und sie konnten ihre Freundschaft fortsetzen.

„Hast du dich für die Revolution entschieden und gegen den Haufen Reaktionärer, die ihre heilige Ordnung über alles stellen?"

„Ich … bin hier, um dich zu unterstützen."

„Hast du dir schon das Schloss angesehen?"

„Nein."

„Dann komm, ich zeige es dir!" Sie sprang auf, weckte einen Matrosen im Nebenraum und bat ihn, das Telefon zu hüten.

„Wenn du das *Wertheim*-Kaufhaus letzte Woche dekadent fandest, dann wirst du hier umfallen, ich sage es dir." Ella stieg über einen anderen schlafenden Matrosen, der es sich auf einem Orient-teppich gemütlich gemacht hatte, und führte Nathanael durch die Wohnung des Kaisers, durch die Prunkkammern, die Elisabeth-Kammern, durch Galerien, Bibliotheken und Speisesäle.

Überall hatten die rund 800 Mann der Volksmarinedivision es sich gemütlich gemacht. Sie rauchten, aßen und lachten auf vergoldeten Stühlen unter kristallenen Kandelabern, schliefen im Bett des ehemaligen Kaisers oder in Dienerkammern, je nachdem, wo sie sich eine Ecke hatten ergattern können. Die alten Schlossangestellten, die irgendwie immer noch verzweifelt versuchten, nach dem Rechten zu schauen, blieben bald in ihren Wohnungen oder besichtigten die Räume mit bewaffneter Begleitung unter viel „ach" und „oh weh". Besonders, wenn in der Marmortreppe eine Ecke fehlte, die Teppiche beschmutzt waren oder jemand vom Meißner Teeservice der Kaiserin seine Stulle aß.

Nathanael bedachte das meiste nur mit einem sachlichen Kommentar. Weder die Dekadenz noch die verlotterten Matrosen brachten ihn aus der Ruhe. Er trug inzwischen wieder private Kleidung. Geputzte Brille, Hemd, Sakko, Schiebermütze und eine rote Krawatte gaben ihm das Aussehen eines fleißigen Physikstudenten und Überzeugungsrevoluzzer gleichzeitig. Sie kicherte in sich hinein. Irgendwie mochte sie den schüchternen, schlauen Mann mit der wilden rotblonden Mähne. Es war auf seine ganz eigene Art angenehm, mit ihm Zeit zu verbringen.

Allerdings fürchtete sie, dass er sie zu sehr mochte. Dass er sie bewunderte, konnte ein Halbblinder wie Paul auf zwanzig Meter Entfernung erkennen. Trotzdem – ihn auf Abstand zu halten, wie es vielleicht besser gewesen wäre, wollte sie auch nicht.

Abram hätte ihn gemocht. Für Orlow hätte er sicher nur abfällige Worte übriggehabt. Das Lächeln verschwand aus ihrem Gesicht. Wie gerne hätte sie mit ihm über diese Revolution gesprochen. Abram hätte ihr seine Hände auf die Schultern gelegt, sie ernst angesehen und sie gebeten, noch einmal alles zu überdenken und nicht zu rasch Schlüsse zu ziehen. Sie stellte sich seinen lieben Blick und seine braunen Locken vor, aber das Bild zersprang wie ein zerberstendes Glas. Blut, Verbände, blasse Lippen, Fieberschweiß.

„Alles in Ordnung?" Nathanael hatte angehalten.

Ella bemerkte jetzt erst, dass sie ihre Hand an eine Säule gestützt hatte und wie schnell ihr Atem ging. Sie räusperte sich. „Ja, ja …" Sie stieß sich ab und fuhr fort, von der Flottenliebhaberei des Kaisers zu erzählen. „Die Matrosen haben die Modelle aus den Glaskästen geholt und sie in die Toilettenzimmer gestellt, damit sie auch im Wasser schippern können."

Nathanael lachte. „Die SMS König als Toilettendekoration – herrlich!"

„Ach, das erinnert mich daran, dass ich dir noch etwas zeigen muss." Sie griff ihn am Handgelenk und zog ihn hinter sich her zu den ehemaligen Gemächern der Kaiserin. Dort hatten sich an einem Esstisch einige Matrosen zwischen Porzellan und Silber zum Kartenspielen zusammengesetzt. Als sie den Raum betraten, drehten sich die Männer zu ihnen um.

„Nattel!", johlte der Größte viel zu laut. „Wo hast du denn gesteckt? Haben schon unseren Klugscheißer in der Runde vermisst, altes Haus!"

„Wiltzi, Socke, Kreuze. Ach, und Peter auch!" Nathanael trat zu Wilhelm Stark, der ihm seine Pranke entgegenstreckte.

„Ja! Alle stolzer Teil der Volksmarinedivision." Wiltzi nickte und grinste über beide Ohren.

„Fragt sich, wie lange noch." Peter schmiss sein Blatt hin. „Setzt euch zu uns, wir halten gerade eine Lagebesprechung."

Ella zögerte nicht und quetschte sich direkt zu Socke und Kreuze auf die mit Schnitzereien verzierte Bank aus Kirschholz. Dann schob sie die beiden noch ein Stück weiter, damit Nathanael ebenfalls Platz neben ihr fand. „Über was beratet ihr euch denn?"

Ihre eine Schulter berührte Kreuze, die andere Nathanael. Es gefiel ihr, dass sie gleich in die Runde mitaufgenommen wurde. Eine Genossin unter Genossen, wo es keine Rolle spielte, dass sie eine Frau war.

„Ebert und seine Pappenheimer bezahlen uns nicht", knurrte Wiltzi.

„Der Rat der Volksbeauftragten will uns aus dem Schloss rausschmeißen! SPD und USPD!" Peter bohrte seinen Zeigefinger in die weiße Marmortischplatte. „Angeblich, weil so viele Kunstschätze verschwinden. Aber die sind schon lange vor uns abhandengekommen, bevor wir uns als Volksmarinedivision organisiert haben. Unser Kommandant hat inzwischen sogar eine Kriminal-Kommission eingesetzt, um weitere Plünderungen zu verhindern. Die hat herausgefunden, dass nach dem anfänglichen Drunter und Drüber ein ehemaliger Schlossdiener die längsten Finger hatte. Nein, ich glaube, es gefällt ihnen nur nicht, dass auch mal einfache Stiefel über die hochheiligen Teppiche marschieren."

„Könnt ihr nicht in den Marstall umziehen?", wandte Nathanael ein.

Das vierstöckige Gebäude hinter dem imposanten Schlossbrunnen bot genug Platz für die Matrosen. Neben dem Pferdestall und dem Saal für historische und noch benutzte Kutschen und Schlitten gab es jede Menge andere Räume. Aus strategischen Gründen wäre es bestimmt besser, die Truppen unter einem Dach zu vereinen.

„Sicher, aber die eingebauten Maschinengewehrnester im Schloss werden sehr nützlich sein, wenn es wirklich zur Konfrontation kommt." Socke zog an seiner Zigarette.

„Und wir sind ja bereit auszuziehen, doch nur zu unseren Bedingungen. Wir sollten den Schlüssel des Schlosses dem Stadtkommandanten **Otto Wels** von der SPD geben, dem trauen wir aber nicht. Jetzt haben wir ausgemacht, ihn **Emil Barth** von der USPD zu übergeben", erläuterte Kreuze.

„Und nun weigert der alte Wels sich, uns unseren Lohn zu bezahlen! Erst sollen wir uns in die Republikanische Soldatenwehr eingliedern. Aber das kommt gar nicht infrage, wir werden doch nicht Eberts Schoßhündchen! Außerdem haben wir den Lohn bereits fair verdient, die 80.000 Mark sind unser Recht!" Peter schlug mit der Faust auf den Tisch. Das Porzellan klirrte.

„Wir schuften seit dem 11. November – stehen täglich Wache, stoppen Einbrecher und schrecken Konterrevolutionäre ab. Wir waren wirklich bereit auszuziehen, haben sogar schon ein paar Möbel in den Marstall verfrachtet. Doch nun – kurz vor Weihnachten – drehen sie den Lohnhahn ab! Wir arbeiten doch nicht umsonst!" Wiltzi lachte, obwohl es nicht recht zur Stimmung passte.

Ella nickte. „Der Rat der Volksbeauftragten ist bankrott. Der Reichsrätekongress hat ja nicht viel auf die Reihe bekommen, aber immerhin haben sie nach einem Tumult im Sitzungssaal die Hamburger Punkte beschlossen. Ihr wisst schon, Abschaffen von militärischen Rangabzeichen, Wählen von Offizieren, Kontrolle des Heeres von einem Soldatenrat und kein Buckeln mehr außerhalb des Dienstes. Und Ebert weigert sich, diese anzuerkennen! Will wohl sein geliebtes Militär nicht verärgern, als wäre er Wilhelm II. Ihr solltet euch dem Spartakusbund anschließen, wir wollen den Rat der Volksbeauftragten stürzen!"

Wiltzi grunzte. „Das ist mir eigentlich egal, ich will nur den Lohn, der mir zusteht."

Ella schüttelte den Kopf so heftig, dass sich eine Haarsträhne aus ihrer Frisur löste. „Wie kann dir das egal sein? Wir werden von jemandem regiert, der mit der Obersten Heeresleitung einen Pakt geschlossen haben soll! Mit **Wilhelm Groener**, Generalquartiermeister, soll er jeden Abend telefonieren, munkelt man!" Am Telefon wurde ihr so einiges zugetragen. Da galt es immer, Gerücht von Wahrheit zu unterscheiden, aber so wie Ebert sich verhielt, konnte das nur stimmen. „Wenn ihr den Sozialismus wollt, müsst ihr auch bereit sein, das Alte zu zerschlagen und durch Neues zu ersetzen!"

Ein Johlen drang durch das Schloss. Dann Stimmengewirr, Schritte. „Alle Mann sammeln!", rief jemand.

Die Matrosen sprangen auf, rissen die Tür mit goldener Klinke auf und eilten die Flure entlang.

Ella erhob sich langsamer, Nathanael blieb bei ihr. Ein weiterer Soldat schoss an der offenen Tür vorbei.

„Was ist los?", fragte Ella ihn.

Er hielt kurz an. „Wir ziehen zur Stadtkommandantur und verlangen unseren Lohn!" Dann stürzte er den anderen hinterher.

Nathanael drehte sich weg und sah aus dem Fenster. „Hier, schau!"

Ella folgte ihm. Die Volksmarinedivision marschierte aus. Nicht in Reih und Glied, wie man das von früher kannte, sondern wie ein wilder Haufen, entschlossen, ihre Rechte zu erkämpfen.

„Sie denken nur an das Geld und ihre Rechte." Ella seufzte und verschränkte die Arme vor der Brust. „Das Gesamtbild ist ihnen egal."

„Was machen die Jungs nur immer für Sachen. Die bringen sich in Gefahr!" Nathanael lehnte seine beiden Hände an die Glasscheiben. „Ich will Wiltzi nicht schon wieder aus der Patsche retten müssen."

„Sie denken zu wenig nach!" Ella schob die samtenen Vorhänge weiter beiseite, um den Zug verfolgen zu können.

„Ja!" Nathanael sah sie überrascht an und nickte. „Genau so ist es!" Dann seufzte er. „Wir können ihnen wohl nur noch Hals- und Beinbruch wünschen."

„Das heißt *Hazloche un Broche* – Erfolg und Segen", verbesserte sie ihn.

„Was?"

„Jiddisch. Die Deutschen haben eine ganz komische Variante daraus gemacht."

Er grinste überrascht. „Was ich von dir noch alles lernen kann."

Die nächsten Stunden war das Schloss gespenstisch still. Ella nahm wieder ihren Platz am Telefon ein, um nichts zu verpassen. Aber niemand rief an. Stattdessen malte sie die Linien auf dem kalten Marmor einer Säule nach.

Nathanael hatte sich in einer Fensternische niedergelassen und starrte auf die Straße. Nieselregen tröpfelte aus dunkelgrauen Wolken.

„Ella …", begann er unvermittelt. „… das mit dem Tanzen, das …" Er blickte vor sie auf das Telefon und biss sich auf die Lippen.

„War eine gute Idee", fiel sie ihm ins Wort. Er sollte bloß kein schlechtes Gewissen haben, sie gefragt zu haben. Wer weiß, vielleicht hätte sie wann anders Ja gesagt. Vor dem Krieg. Oder in ein paar Jahren. „Es ist nur … gerade nicht der richtige Zeitpunkt."

„Ja?" Er sah sie an. Überraschung, Hoffnung und Zweifel kämpften in seinem Blick miteinander.

Sie sollte ihm sagen, woran es lag. Sich noch einmal zu verlieben – egal in wen – nein! Nicht nach Abram, nicht, nachdem sie beide Brüder verloren hatte. So oft gelang es ihr zu vergessen. Doch der Gedanke an einen anderen Mann brachte alles wieder nach oben wie ein verdorbenes Frühstücksei.

Sie hätte Chanukka nach Hause fahren sollen. Die Feiertage waren heilig und sie hatte sie nicht gehalten, sondern gearbeitet – und nun litt sie selbst darunter.

Wenigstens zu ihrer Freundin Katharina nach Wilhelmshaven hätte sie fahren können. Weg von all den trüben Gedanken, die sie zu verschlingen drohten. Weg von Orlows Komplimenten.

Ella vergrub ihr Gesicht in den Händen.

„Was …" Nathanael stand aus der Fensternische auf und kam näher. „Was hast du?"

„Nichts." Sie schüttelte den Kopf und tastete nach dem Telefon. Fahrig suchte sie nach einem Thema, das sie ansprechen konnte, um von sich abzulenken. Doch sie bekam keinen klaren Gedanken zu fassen. Sie zwang ihre Hände, sich ruhig auf den Tisch zu legen.

„Du bist … immer fröhlich, aber ab und zu … huscht ein dunkler Schatten über dein Gesicht." Er legte seine Hand dicht neben ihre, dass sie die Wärme davon spüren konnte. Fast wünschte sie sich, er würde sie nehmen, tröstend und freundschaftlich. Doch sie war auch froh, dass er es nicht tat.

„Der Krieg?", fragte er. „Was hat er dir geraubt?"

„Uns allen hat er zugesetzt, nicht wahr? Wir werden für immer eine kaputte Generation sein. Die Kriege in unseren Herzen sind noch nicht ausgefochten."

„Das Gefühl hatte ich, als ich neulich meinen Bruder wiedergetroffen habe. Er … er sah so viel älter aus. Ich glaube, er weiß gar nicht mehr, wie Frieden funktioniert."

„Nein, das wissen wir alle nicht mehr."

„Du glaubst doch an einen guten Gott … wenn er wirklich so gut ist, wie konnte er all das zulassen?"

Sie starrte auf die Wählscheibe des Telefonapparates. Diese Frage hatte sich ihr mehr als einmal aufgedrängt in den letzten Jahren. Sie wusste eine Antwort, und trotzdem schmerzte es sie. „Es ist der Preis der Freiheit."

„Wie meinst du das?"

„Gott hat uns einen freien Willen gegeben – wir sind keine Gefangenen seiner Macht, sondern dürfen uns frei entscheiden, Fehler zu machen. Manchmal leiden wir selbst darunter und manchmal – noch schlimmer – leiden andere unter uns."

„Aber – das ist doch ungerecht, oder nicht?"

„Wie man es nimmt. So hart es auch klingt: Leid ist nicht nur schlecht. Es kann auch unseren Charakter prägen, uns zu reiferen, dankbareren Menschen machen." Wie die zerquetschte Olive, die das Öl hervorbrachte. Ella bohrte ihre Finger tief in ihre Frisur, die sich plötzlich eng und unangenehm anfühlte. „Aber du hast recht. Manches Leid fühlt sich einfach nur ungerecht an, einfach nur schmerzvoll, einfach nur furchtbar." Und sie kannte dieses Leid nur allzu gut.

„Könnte ein allmächtiger, guter Gott denn nicht wenigstens das Allerschlimmste verhindern?"

„Vielleicht tut er das ja. Vielleicht müssen wir längst nicht alles erdulden, was passieren könnte. Hattest du noch nie einen Moment im Leben, wo du das Gefühl hattest, mit dem Leben davongekommen zu sein?"

Seinem Gesicht nach zu urteilen hatte er das – nicht nur einmal, wie es schien.

„ Und stell dir mal die Frage: Wenn du Gott wärst, welches Leid würdest du verhindern? Wenn Böses keine schlechte Konsequenz mehr hat, würde man gar nicht merken, dass es böse ist. Wenn dir jemand einen Zahn ausschlägt und er würde nachwachsen, wäre ja nichts dabei. Die Frage ist eher, warum schlägt jemand einen Zahn aus, wenn er doch weiß, dass das böse ist? Warum hetzen die Mächtigen unsere Brüder, Väter und Freunde aufeinander?"

„Weil die Menschenleben in ihren Augen wohl weniger wert sind als ihre Machtansprüche." Nathanael kniff nachdenklich die Lippen zusammen.

„Das Schöne ist, sie werden nicht für immer bleiben. Mächtige kommen, Mächtige gehen. Aber Gott bleibt. Und unser Trost ist, dass Gott weiß, wie schlimm es ist. Sein Sohn wurde zu Tode gefoltert. Wir dürfen wissen, dass es nicht für immer so sein wird. *Gott wird abwischen alle Tränen von ihren Augen, und der Tod wird nicht mehr sein, noch Leid noch Geschrei noch Schmerz wird mehr sein.*"

„Die Antwort Gottes auf Leid ist also Hoffnung?", fragte er und bewegte seine Hand einen Millimeter näher zu ihrer hin. Dann schreckte er zusammen und drehte sich weg. „Hörst du das?"

Entferntes Johlen und Singen. „Sie sind zurück!" Ella sprang auf und stürzte zum Fenster. „Ja, ich sehe sie!"

Sie versuchte, bekannte Gesichter auszumachen, aber noch waren die Matrosen zu weit weg.

„Haben die einen Gefangenen?"

„Zwei sogar!" Ella presste ihre Nase an das Fensterglas. „Es sind viel weniger, als losgezogen sind."

„Was ist da bloß gelaufen?"

„Komm!" Sie lief zur Tür. „Wir gehen ihnen entgegen."

Sie rannten die Treppen hinunter durch das Portal in den Regen hinaus, der sich inzwischen zu dicken, platschenden Tropfen verdichtet hatte. Sie spürte, wie ihr das eisige Wasser in den Nacken lief, aber es war ihr egal.

„Da, Wiltzi!" Erleichtert atmete sie aus und rannte auf den Freund zu. „Was ist passiert?"

„Die kamen uns mit einem Panzerwagen entgegen. **Max Perlewitz** und einen von der Sicherheitswehr hat es erwischt, tot. Da haben wir den Stadtkommandanten Wels und seinen Adjutanten gefangen genommen."

„Ihr habt was??", fragte Nathanael entsetzt.

„Wo sind die anderen?" Ella wies auf den kurzen Zug aus Matrosen.

„Besetzen das Reichskanzlergebäude und kümmern sich um die Fernsprechleitungen. Wir werden schon zu unserem Recht kommen."

„Seid ihr verrückt geworden?" Nathanael packte Wiltzi am Oberarm. „Wels als Geisel nehmen? Was ist denn das für eine Selbstjustiz?"

„Na, welche Justiz verhilft uns denn sonst zu unserem Recht?", blaffte Wiltzi. „Ja, ich weiß, es war vielleicht etwas voreilig. Aber wir mussten uns selbst helfen!"

„Wollt ihr sämtliche Truppen, die auf Ebert hören, gegen euch aufhetzen?" Nathanael fuchtelte mit den Armen in Richtung des Reichkanzlergebäudes.

Ella erschauderte. Würden die Freikorps ihre Waffen gegen die Volksmarinedivision erheben? Möglich war es.

„Nun ist es zu spät. Ich konnte es sowieso nicht verhindern", grummelte Wiltzi, schob Nathanael zur Seite und folgte seinen Leuten.

Ella berührte Nathanael am Arm. „Und jetzt?"

Er schnaubte. „Gehen wir wohl nach Hause. Wie soll man diesen Verrückten auch helfen", murmelte er und schüttelte sich das Regenwasser aus den Haaren. Das Wetter hatte sich inzwischen etwas beruhigt und der dichte Regen war einzelnen Tropfen gewichen.

„Soll ich dich nach Hause bringen? Ich weiß, du kommst allein zurecht, aber wegen des Aufruhrs und so …"

„Gerne." Sie nickte und hob ihren Rock an, dessen Saum sich mit Wasser vollgesogen hatte. Der Gedanke, nicht allein durch Berlin stapfen zu müssen, beruhigte sie.

„Wo ist denn deine Wohnung, kann man die Strecke laufen?"

„Ungefähr vier Kilometer die Köpenicker Straße hinunter." Ella hängt sich bei ihm ein.

Sie ließen das Schloss hinter sich und bogen über die Breite Straße und die Fischer Straße in die Köpenicker Straße ein, die früher einmal den Kurfürsten gedient hatte, das Jagdschloss Köpenick auf der Schlossinsel zu erreichen, wo die Dahme in die Spree mündete. Die Strecke bis zum Schloss hinunter waren Abram und sie früher gerne mit dem Fahrrad gefahren, am liebsten mit einem Picknick an der Spree, wenn sie eine Pause brauchten. Und wie oft hatte sie genau hier an seinem Arm gegangen, wenn er sie nach einem geselligen Studentenabend im Stadtteil Alt-Berlin nach Hause geleitet hatte.

Jetzt war Nathanael an ihrer Seite. Es war anders. Aber war es nicht auch irgendwie schön?

Neben ihnen ragte eine Fabrik nach der anderen in die Höhe – Marmelade, Singer-Nähmaschinen, Uhren, Werkzeugmaschinen, Kattun-Stoff, Schuhe, Metallwaren, Seifen, Bücher, Berufswäsche, Briefumschläge und sogar „orientalische" Teppiche fanden hier ihren Weg in die Transportkisten.

Wie viele Arbeiter wohl täglich hier ihr Dasein fristeten?

Der Geruch von Kohlenstaub hing in der Luft, die die Hunderten Öfen der Dampfmaschinen durch die Schornsteine pusteten.

„Weißt du, was ich vermisse?" Ella sah zu Nathanael hoch.

„Hm?", murmelte er und wischte einen einsamen Regentropfen von seiner Brille.

„Den Duft von Weihnachten. Ich habe zwar mit meiner Familie immer Chanukka gefeiert, aber trotzdem mochte ich diese Adventsatmosphäre. Zimt, Weihrauch, Mandeln, Maronen … das alles ist dem Krieg zum Opfer gefallen. Heute ist der 23. Dezember und die meisten Familien haben noch nicht einmal genug Zutaten für ein paar Butterplätzchen."

„Dabei ist der Krieg doch schon vorbei. Wann die Entente wohl die Handelsblockaden aufhebt?"

„Noch nicht einmal Tannen hat man aufgestellt. Die verbrennt man höchstens, um warm zu bleiben." Ella fröstelte und schob sich etwas näher an Nathanael heran. Der nasse Mantel hing klamm an ihr, nur die Bewegung half ein wenig, die Kälte zu vertreiben.

„Erzähl mir von Chanukka. Ist das ähnlich wie Weihnachten oder ganz anders? Und was wird eigentlich gefeiert?"

„Es ist ein Lichterfest, an dem wir die Wiedereinweihung des Tempels feiern, der von den Seleukiden besetzt war."

„Den was?"

„Einer der Staaten, die aus dem zerfallenen Reich von Alexander dem Großen entstanden sind. Antiochius IV. hatte damals den Tempel dem Zeus geweiht. Ein Jude namens Judas Makkabäus schaffte es schließlich, den Tempel zurückzuerobern."

„Ich sag's ja – was ich von dir alles lernen kann!" Er lächelte sie an.

„Während des Festes zündet man in der Familie jeden Abend ein weiteres Licht des Chanukka-Leuchters an. Das erinnert daran, dass das Öl nach der Zurückeroberung acht Tage lang nicht ausging, bis neues hergestellt war, obwohl es nur noch für einen Tag reichen sollte. Durch ein Wunder hielt das Feuer des siebenarmigen Leuchters, das niemals erlöschen darf, für die ganzen acht Tage."

„Aber nach der Zerstörung des Tempels durch die Römer ist es schließlich doch erloschen", fügte Nathanael in bitterem Ton hinzu.

„Doch weißt du, was dazwischen war? Weihnachten! Jesus kam als nie erlöschendes Licht in diese Welt, um sie für immer zu erhellen." Bei dem Gedanken hüpfte ihr Herz ein wenig und die Last, die darauf lag, fühlte sich ein wenig leichter an. Wenn sie trotz allem hin und wieder Freude, Dankbarkeit und Zufriedenheit empfand, lag es daran, dass Jesus sie gelehrt hatte, dass es immer Grund zum Danken gab.

Sie konnte dankbar sein für ihre wunderbaren Eltern, dankbar für ihre Freundin Katharina oder auch nur dankbar für einen Sonnenstrahl im richtigen Moment. *Seid allezeit fröhlich, betet ohne Unterlass, seid dankbar in allen Dingen; denn das ist der Wille Gottes in Christo Jesu an euch.*

Nathanaels Miene war hingegen düster. Er wies um sie herum auf die Fabriken, die im Dunkeln lagen. Selbst der Sternenhimmel war von einer Wolkendecke verhangen.

„Findest du nicht, dass es sich gerade nicht danach anfühlt? Der Krieg, die Revolution, die vielen Toten …"

„Und doch habe ich Hoffnung, dass es wieder besser wird. Die Hoffnung habe ich von Jesus." Würden auch die düsteren Gefühle, die sie manchmal seit Abrams Tod umgaben, wieder besser werden? Stumm betete sie, dass sie diese Trauer eines Tages überwinden konnte. Mit Gottes Hilfe konnte es ihr gelingen.

„Deine hoffnungsvolle Art gefällt mir." Vorsichtig strich Nathanael ihr über den Arm, bevor er seine Hand wieder wegzog.

Sie ließ es geschehen. Wie ein warmer Sonnenstrahl auf ihrer kühlen Haut im richtigen Moment. Ihre Augen wanderten hinauf zu seinen und sie lächelte ihn an. „Du kannst diese Hoffnung auch haben, weißt du?"

Er schüttelte den Kopf. „Ich kann das alles nicht glauben. Ich will mich keinem falschen Trost hingeben, den es am Ende gar nicht gibt. Das wäre Selbstbetrug."

„Dann bitte um Glauben und er wird dir gegeben werden. Suche danach und du wirst ihn finden. Manchmal sind wir auch nur zu stolz, um zu glauben."

Vielleicht war Nathanael zu stolz auf seinen Intellekt, zu stolz auf seine rationale Anschauung auf die Welt, um Gott zu erkennen. Er wollte alles durch natürliche Phänomene erklären, ohne zu begreifen, wer die Natur geschaffen hatte.

Ein schnaubendes Lachen entfuhr ihm. „Du bist unverbesserlich, oder? Und wirklich felsenfest überzeugt."

Sie musste grinsen. Früher war sie das nicht gewesen, früher waren ihr oft Zweifel gekommen. Es war Abram gewesen, der ihr durch seine Philosophie und seine tiefgründigen, durchdachten und logischen Argumente geholfen hatte, ihren Glauben auf ein festes Fundament zu gründen.

Ach Abram, ich vermisse dich!

Neben einer Knopffabrik, die im Dunkeln lag, leuchtete das Etablissement *Fürstenhof.* In den Fenstern hingen von Kindern gebastelte Strohsterne und Glühbirnen warfen tanzende Lichtspiele auf die Straße. Als sie näher kamen, hörten sie einen Damenchor im Kanon ein altes Kirchenlied trällern.

Er ist die rechte Freudensonn,
bringt mit sich lauter Freud und Wonn.
Gelobet sei mein Gott!

All unsre Not zum End er bringt,
derhalben jauchzt, mit Freuden singt:
Gelobet sei mein Gott!

Glitzernder Schnee löste sich aus der Wolkendecke. Die weißen Flocken verwandelten Ellas schwarzen Wintermantel in ein Sternenmeer.

„Sieh mal, man kann die einzelnen Kristalle erkennen." Entzückt wies Ella auf eine Schneeflocke auf ihrem Ärmel. Die sechs Arme des Kristalls wirkten mit ihren kleinen Verästelungen wie weiße Tannenbäume.

Nathanael betrachtete die Flocke eingehend durch seine Brille, bevor sie zu einem Wassertropfen schmolz. „Wusstest du, dass Schneeflocken immer genau sechs Ecken haben? Keine acht oder zehn?" Seine düstere Laune war umgeschlagen in kindliche Begeisterung.

„Das stimmt! Darüber habe ich noch nie nachgedacht. Aber warum?"

„Wegen der besonderen Beschaffenheit des Wassermoleküls. Hier, schau dir dieses Prachtexemplar an!" Er wies auf seinen Ärmel, die Augen blitzend vor Freude. „Wie gerne hätte ich jetzt ein Mikroskop."

Ella lächelte in sich hinein und hielt sich ein wenig fester an Nathanaels Arm fest. „Das machen wir eines Tages mal. Mit einem Mikroskop hinausgehen und Schneeflocken untersuchen."

Kapitel 16

Das Thermometer an der *Rothe Apotheke* zeigte null Grad an. Der Horizont über den Berliner Dächern leuchtete dunkelblau, die Sonne war noch nicht aufgegangen. Ella schlotterten die Knie. Aber nicht vor Kälte – im vorletzten Winter hatte man nachts bis zu minus zweiundzwanzig Grad in Berlin gemessen. Mit der Kohlenknappheit war das ein ganz anderes Level an Frieren gewesen.

Nein, dieser Heiligabend, kurz vor acht Uhr morgens, machte Ella Angst. Sie hatte sich mit Nathanael im Schloss verabredet, aber die Stadt schien schon wieder in Aufruhr. Unterwegs hatte sie marschierende Soldaten und sogar ein Geschütz gesehen. Bestimmt lag das an der Entführung des Stadtkommandanten! Waren die Matrosen in Gefahr?

Kurz vor dem Schloss trat sie auf die Kurfürstenbrücke und stockte. Vor ihr richteten Soldaten ein schweres Maschinengewehr aus. Das durfte nicht wahr sein! Einige Meter davor sperrten Infanteristen den Weg ab.

Im Laufschritt lief sie auf die Soldaten zu. Doch links neben ihr überholte sie ein Matrose.

„Was macht ihr da?", brüllte er.

Der Leutnant des Trupps drehte sich gemächlich um. „Gehören Sie zur Schlossbesatzung?"

„Ja, auf dem Weg zum Dienst", erwiderte der Matrose.

Der Offizier wandte sich an zwei Soldaten mit aufgesetztem Bajonett und nickte ihnen zu. Die fackelten nicht lang, packten den Mann und führten ihn ab.

Ella schluckte. Besser, sie erregte keine Aufmerksamkeit. Waren Wiltzi, Peter und all die anderen im Schloss? Wo war Orlow, wenn man ihn brauchte?

In etwas Abstand stellte sie sich hinter die Absperrung, wo bereits ein paar Männer und Frauen standen, deren morgendlicher Weg zur Arbeit über den Schlossplatz führte. Am Schloss glimmten Zigaretten in der Dunkelheit. Die Maschinengewehrluken waren geöffnet. Nein, nein, nein! Nicht noch mehr Krieg! Konnten sie nicht endlich Frieden haben?

Vor ihr seufzte ein rotblonder Haarschopf.

„Nathanael?"

Der Brillenträger wandte sich zu ihr um. „Guten Morgen! Oder auch kein so guter Morgen."

„Weißt du, was hier los ist?"

Er strich sich mit der Hand über die Schläfe. „Eben hat jemand erzählt, dass gestern, nachdem wir weg waren, von allen Seiten Truppen an das Schloss angerückt sind, die Wilhelmstraße und der Tiergarten glichen einem Heerlager. So schnell, wie die da waren, müssen die vorbereitet gewesen sein. Es gab wohl irgendwelche Verhandlungen und sie sind wieder abgezogen. Aber jetzt das!" Er stützte sich auf das Geländer, unter dem die Spree in Richtung Westen strömte. „So" – Nathanael wies auf das Maschinengewehr – „sieht keine Demokratie aus."

Ella lehnte sich neben ihn an das Geländer. Fassungslos sah sie von den Soldaten zum Schloss und wieder zurück. „Sag mir, dass das nur zur Drohung dient."

Er schüttelte den Kopf. „Ich kann es nur hoffen, aber ..." Er seufzte.

„Ist Wiltzi im Schloss?" Ella knetete nervös ihre Hände.

„Ich habe einen der Matrosen hier draußen gefragt. Anscheinend sind gestern einige Matrosen nach Hause gegangen, aber es sollen noch dreißig im Schloss sein. Wiltzi ebenfalls. Bestimmt hat er es sich im Himmelbett des Kaisers bequem gemacht."

Die Soldaten führten einen langen Leinengurt mit Hunderten von Patronen in das Maschinengewehr ein und legten sich dahinter flach auf den Boden.

Am Schlossbrunnen mit der Neptunfigur schienen Verhandlungen im Gange zu sein. Eine Patrouille, die ein weißes Taschentuch schwenkte, debattierte mit zwei Wachen. Ein äußerst breiter Matrose, der stark genug schien, eine Kutsche allein hochzuheben, lachte laut.

Die Patrouille lief im Eilschritt davon und die beiden Matrosen verschwanden zügig im Schloss.

Es donnerte. Ella packte Nathanael am Arm. Da – kaum einen Meter neben dem Neptunbrunnen spritzten Pflastersteine, Erde und Beton in die Höhe, als wäre ein Stein in eine Pfütze gefallen.

Die Soldaten auf der Spreebrücke drückten auf den Auslöser und Schüsse ratterten über den Schlossplatz. Die Zivilisten stoben erschrocken zurück.

Ein Kriegsschauplatz, mitten in Berlin! Waren denn etwa alle verrückt geworden? Die beschossen ihre eigenen Leute, mit denen sie noch vor wenigen Wochen auf einer Seite gekämpft hatten! „Was macht ihr denn da?", schrie Ella.

Der Leutnant gab einem Trupp Befehle. Diese zogen sich die Stahlhelme tief ins Gesicht und rückten an das Schloss und den Marstall heran. Direkt hagelte es Kugeln. Einer schrie, hielt sich den Arm und der Asphalt unter ihm färbte sich rot.

Blut! Ein erstickter Schrei löste sich aus Ellas Kehle und sie schlug sich die Hände vor den Mund.

„Weg hier, Ella!" Nathanael zog sie am Arm zurück, bis sie hundert Meter zwischen sich und das MG gebracht hatten.

Ein weiterer, donnernder Artillerieschuss und kurz dahinter ein zweiter aus einer anderen Richtung.

„Die bringen noch mehr Artillerie", rief er.

„Wie auf dem Schlachtfeld", flüsterte Ella entsetzt, aber ihre Worte gingen in dem ohrenbetäubenden Lärm unter.

Schloss und Marstall glichen feuerspeienden Drachen, aus allen Luken blitzte goldenes Mündungsfeuer. Immer wieder bahnten sich Trupps ihren Weg auf den Schlosshof und warfen Granaten auf das jahrhundertealte ehrwürdige Gebäude. Putz, Teile von Statuen und Ziersäulen, die dort die verschiedensten Künstler angebracht hatten, bröselten von der Fassade wie Puderzucker von einem Vanillekipferl.

Heute kamen Weihnachten und Silvesterfeuerwerk zusammen, aber ohne die ausgelassene Stimmung.

Ein Pfeifen, Krachen.

„Das klang wie eine Haubitze. Wo haben sie die denn aufgestellt – hinten bei der Universität?" Nathanael reckte sich, als könnte er dadurch über Schloss, Spree, Ruhmeshalle und Universitätsgebäude schauen.

Ellas Herz raste. Sie kannte doch die Leute im Schloss. Wiltzi, vielleicht Peter, vielleicht einer, der am Telefon neben ihr gesessen hatte. „Wir müssen etwas tun! Es kann nicht angehen, dass sie die Volksmarinedivision mit Haubitzen beschießen! Wels ist sogar noch im Schloss, den gefährden sie doch genauso!"

Nathanael nickte. „Wir müssen ihnen helfen. Egal, ob sie alles richtig gemacht haben oder nicht. Wir brauchen keinen Krieg in Berlin."

Verzweifelt sah sich Ella um. Wie konnte man Frieden stiften bei diesem Höllenlärm? „Wir sind doch hinter den Truppen. Können wir ihnen nicht in den Rücken fallen und sie entwaffnen?"

„Zu zweit nicht." Er warf ihr einen grübelnden Blick zu. „Aber den Rest der Volksmarinedivision, der nicht im Schloss ist, den müsste man doch zusammentrommeln können."

„Und die Arbeiter! Die helfen sicher auch."

„Man bräuchte nur mehr Zeit." Nathanaels Stirn legte sich in tiefe Falten.

Ella zuckte zusammen. Erneut ein Artillerieschlag. Und das andauernde MG-Feuer. Das Blut auf dem Asphalt. Sie krallte ihre Finger in ihre Röcke, bis ihre Knöchel weiß waren. Nicht noch mehr Tod. Nein, das hielt sie nicht aus.

Nathanael sah sie ernst an. „Ich gehe da hinein."

„Wo?" Sie löste ihre Hände. Was hatte er vor?

„Ins Schloss."

„In … welches?" Er konnte doch unmöglich das Stadtschloss meinen, das von allen Seiten bombardiert und beschossen wurde.

„In das Schloss Neuschwanstein in Bayern. Nein, in das da natürlich." Er streckte seine Hand in Richtung der Kurfürstenbrücke aus.

Wollte er sich umbringen? „Nein. Nein! Du bist verrückt! Was soll denn das bringen?" Sie durfte doch nicht noch jemanden verlieren!

„Die da drinnen müssen Zeit schinden, bis sich genug Verstärkung gesammelt hat. Sie müssen einen Waffenstillstand aushandeln."

„Und was bringt es, wenn du hineingehst?" Er durfte nicht gehen! Nicht in diese Todeszone!

„Ich muss ihnen das sagen! Die da drin haben keine Zeit, strategische Pläne auszuarbeiten."

„Aber Nathanael …!" Ella griff nach seiner Hand.

„Ich muss zu Wiltzi, ich kann ihn nicht im Stich lassen! Er war all die Jahre auf dem Schiff an meiner Seite." Seine Finger klammerten sich um ihre und er schob sie auf seine Brusthöhe zwischen sie beide.

Sie atmete durch. Noch jemand in Todesgefahr. Alles in ihr sträubte sich. Nicht noch einen wertvollen Menschen verlieren! Nicht noch jemanden. Sie sah ihn an, durchforschte sein Gesicht. Die Furcht, die sie darin sah, widerspiegelte ihre eigene. So wie sie um ihn fürchtete, hatte er um Wiltzi Angst. Sie zwang ihre Halsmuskeln, langsam zu nicken. „Okay. Dann helfe ich dir."

„Nein!" Er schüttelte energisch den Kopf. „Es reicht, wenn einer geht."

„Ich komme auch nicht mit, so lebensmüde bin ich nicht. Aber ich werde die MG-Schützen ablenken, so gut ich kann. Und Verstärkung zusammensuchen." Wie wusste sie zwar noch nicht, aber ihr würde schon etwas einfallen. Ihr *musste* etwas einfallen!

Er blickte auf ihre Hände, die ineinander verschlungen waren, als würde es den anderen davor retten, von einer Klippe zu stürzen. „Danke."

Sie drückte ihre Finger in seine Handfläche, ließ ihn los und sah über die Spree. „Wie willst du hineinkommen?"

Rauch stieg vom Schlosshof auf.

„Die Brücken zu passieren wird schwierig, die sind gut gedeckt." Nathanael ließ seinen Blick über das Wasser schweifen. „Vielleicht könnte man über die Spree auf der Wasserseite des Schlosses anlanden."

Das war doch verrückt. Wie wollte er denn da hinkommen? Schwimmen? „Hast du denn ein Boot?"

„Nein. Aber ich gehe auf die Suche. Kümmere du dich derweil um Verstärkung."

Ella nickte und lief los. Wo fand sie nur am schnellsten Arbeiter? Gab es hier in der Nähe größere Betriebe? Die Königsstraße in Richtung Rathaus, dann in die Rathausstraße. Zwei verschanzte MG-Nester. Würden sie auf sie schießen? Sie sah doch aus wie eine Zivilistin.

Sie hetzte zwischen ihnen hindurch und wurde gar nicht beachtet. Anscheinend hatten sie die Geschütze hier zur Verstärkung platziert. Sie schnellte um die Ecke in die Jüdenstraße.

Da! Auf der Straße kam ihr eine Gruppe Arbeiter entgegen. Erleichtert atmete sie aus und winkte ihnen zu. „Genossen! Genossen!"

„Was ist?" Etwa fünfzehn Mann, Schiebermütze, Hosenträger und Glimmstängel im Mund, kamen ihr entgegen.

„Das Schloss wird beschossen und …" Sie schnappte nach Luft.

„Das hört man in der ganzen Stadt. Wir kommen als Verstärkung."

„Haben aber keine Waffen", ergänzte ein anderer.

„Rosa Luxemburg hat uns informieren lassen, dass sie Hilfe brauchen. Da sind wir sofort los."

Ella nickte und hielt sich die Seite. „Wir müssen die Geschütze ablenken, ein Freund von mir muss eine Nachricht überbringen." Und er musste überleben. Er musste einfach!

„An den Maschinengewehren da vorne kommen wir nicht so einfach vorbei. Nicht in Richtung des Schlosses", wandte einer der Arbeiter ein.

„Dann müssen wir sie entwaffnen", erwiderte Ella, obwohl sie keine Ahnung hatte, wie das gehen sollte.

„Na, dann mal los."

Entschlossen liefen die Männer auf die MG-Nester zu.

„Was macht ihr denn da? Ihr schießt doch auf eure Kameraden?", rief ein langer Arbeiter mit Glatze.

Unsicher sahen die Soldaten sich an.

Ella hakte ein: „Die Volksmarinedivision möchte nur ihren Sold bezahlt bekommen, nicht mehr. Wer weiß, am Ende habt ihr noch mit einem von ihnen Seite an Seite im Krieg gekämpft …"

Der Leutnant wurde blass.

Einer der Soldaten legte sein Gewehr ab. „Ich finde es auch komisch, dass wir in der Heimat schießen sollen."

Sein Kamerad nahm schnell die Schusswaffe wieder auf. „Aber das sind Unruhestifter!"

„Sie kämpfen für die Rechte der Arbeiter und Soldaten. Damit ihr nicht mehr von euren Offizieren rumkommandiert werdet, sondern selbst eure Vorgesetzten wählen könnt."

„Das klingt doch gut", erwiderte der erste. Sein Kamerad zuckte mit den Schultern und sah abwartend seinen Leutnant an.

Der räusperte sich, zog seine Pistole aus dem Halfter und steckte sie wieder hinein. „Ach, macht, was ihr wollt", wandte er sich schließlich ab und ließ seinen Trupp allein.

Das andere MG-Nest war inzwischen aufmerksam geworden.

„Was ist da los, was macht ihr da?", brüllten sie.

Ella lief zu ihnen hinüber, die Arbeiter im Schlepptau. „Ihr könnt doch nicht auf eure Kameraden schießen", hob sie an, aber wurde sofort unterbrochen.

„Gehört ihr auch zu den Bolschewisten im Schloss? Na, euch werden wir es zeigen!"

Ella zog sich der Magen zusammen. In was für eine Gefahr hatte sie sich blindlings begeben?

Doch plötzlich hechteten ihre Genossen zu den Soldaten und schlugen ihnen die Waffen aus der Hand. Die Überrumpelten sprangen auf und stoben davon. Die Gewehre wurden kurzerhand aufgeteilt.

„Das wäre geschafft", grinste der Lange.

„Wie will dein Freund in das Schloss kommen?", fragte ein anderer.

„Über das Wasser, er meinte, das wäre am sichersten."

„Dauert doch viel zu lange. Was soll er denn ausrichten?"

„Sie sollen um einen Waffenstillstand bitten, um Zeit zu schinden, bis genug Verstärkung eingetroffen ist."

„Gut. Männer, habt ihr irgendetwas Weißes?"

„Was habt ihr vor?" Ella krallte wieder ihre Hände in ihre Röcke.

Einer der Arbeiter lief um eine Straßenecke in die Poststraße und kam kurz darauf mit einem weißen Bettlaken zurück. Kurzerhand wickelten sie es um zwei Stangen.

„Mit dieser weißen Fahne werden sie uns nicht beschießen. Wir versuchen, uns zum Schloss durchzuschlagen. Oder auf die andere Seite zur Haubitze. Man muss doch verhandeln können, ich glaube, das alles ist ein großes Missverständnis."

„Also für ein Missverständnis habe ich heute schon zu viele Kugeln fliegen sehen. Die werden euch abknallen!" Ella biss sich fest auf ihre Lippen. Ob sich so die Männer an der Front gefühlt hatten? Dieses sinnlose, aussichtslose in den Kampf Werfen und Hoffen, dass man überlebte?

„Machen Sie sich um uns keine Sorgen, Fräulein." Der Lange winkte ab.

Vier weitere stimmten zu, ihn zu begleiten – noch mehr, die sich in Gefahr begeben wollten! Ellas Magen krampfte sich zusammen. Sie begleitete die Männer zur Spreebrücke und klammerte sich an die Brüstung. Zu fünft eilten sie auf die Absperrung zu. Nach einem heftigen Wortwechsel wurden sie durchgelassen und das MG setzte für einen Moment seinen Beschuss aus.

Kurz vor dem Marstall klafften jedoch plötzlich Löcher im weißen Tuch. Ella hielt den Atem ein. Die Männer wurden aus Richtung der Französischen Straße auf der anderen Seite des Schlosses beschossen. Einer, der eine Stange getragen hatte, brach zusammen. Einen Wimpernschlag später zwei weitere. Die letzten beiden brachten sich hinter Pfeilern in Sicherheit und verschwanden aus Ellas Blickfeld.

Entsetzen klammerte sich um ihr Herz und wollte sie zerquetschen. Waren ihre Brüder im Feld auch so gefallen? Einfach in sich zusammengebrochen, den Lebensatem ausgehaucht? „Nein, nein, nein, nein, nein, nein!" Ella schlug auf das Geländer und ein heiserer Schluchzer brach aus ihrer Kehle hervor. Sie kannte noch nicht einmal die Namen der Arbeiter, aber sie hatten sicher Frauen,

Kinder, Eltern, zu denen sie heute Abend nicht zurückkehren würden. Oder Schwestern.

Sie blickte über die Brüstung und hielt Ausschau nach Nathanael. Er war nicht zu sehen. Wo blieb er? War ihm etwas zugestoßen? War es schwierig, ein Boot zu finden?

Sie hatte versprochen, ihn zu unterstützen, also musste sie irgendetwas tun. Versuch eins war kläglich gescheitert. Ihr schossen die Tränen in die Augen. Ärgerlich wischte sie sie beiseite. *Konzentration! Du darfst ihn jetzt nicht im Stich lassen!*

Ella hetzte zurück in die Königsstraße. Ihr Atem rasselte bei jedem Schritt. Vielleicht konnte sie am Alexanderplatz neue Verbündete auftreiben.

Um sie herum pfiff und knallte es. Schwere Brocken sausten über die Dächer hinweg, zu weit geschossene Artilleriegranaten zertrümmerten die Umgebung. Wer kam darauf, diese Todesmaschinen in einer dicht besiedelten Stadt einzusetzen?

Tatsächlich, die Bürgersteige und Straßen in der Nähe des Alexanderplatzes waren dicht befüllt. Von den AEG-Werken, von Knorrbremse, Maschinenbau Schwartzkopff und den Munitionswerken kamen die Arbeiter heran.

Ella musste gar nichts sagen – alle wussten schon Bescheid und liefen laut protestierend, Werkzeuge und Waffen schwingend, die Königsstraße entlang auf die Kurfürstenbrücke zu. Sie hielt an und wartete ab, bis der Zug sie eingeholt hatte. In der Menschenmasse fühlte sie sich gleich viel sicherer als allein auf der Straße.

Auf der Brücke hatte sich inzwischen ein zweites Maschinengewehr platziert. Die Arbeiter drängten an die Soldaten heran, die die Absperrung bildeten. Ella ließ sich im Zug zurückfallen und schaute in die Spree hinunter. Das Gewühl würde die Truppen ablenken, da achtete keiner auf das Wasser. Wo war Nathanael?

An einem Anlegesteg etwa zweihundert Meter entfernt schaukelte ein kleiner Kahn auf der Spree. Zwei Männer lösten die Taue und setzen sich in das Boot. Mit kräftigen Ruderschlägen kam es näher.

Tatsächlich, eines der Ruder hatte Nathanael in der Hand, er hatte es geschafft. Sie winkte und streckte ihm ihre Daumen entgegen. Hoffentlich kam er durch. Wenn nicht jetzt, wann dann?

Er winkte zurück und sie schipperten unter der Brücke hindurch.

Ella wechselte schnell die Seiten und beobachtete, wie der Kahn an einem Erkerfenster anlegte und der andere Mann an die Scheiben klopfte. Auf der Spreeseite war das herrschaftliche Gebäude mit Efeu bewachsen und hohe Büsche ragten über die Brüstung.

In dem Moment schrie jemand: „He, da will jemand ins Schloss! Bestimmt eine Botschaft überbringen!"

Nein! Halt den Mund! Sie durften Nathanael nicht abschießen! Lieber warf sie sich selbst vor die Waffen.

Drei Soldaten stürmten zum Geländer und richteten ihre Gewehrläufer auf die Männer am Erkerfenster.

Was konnte sie nur tun? Vor die Waffen werfen ging nicht, da die Männer direkt an der Brüstung standen. Fürs Entwaffnen war sie zu schwach. Sie schloss für einen kurzen Augenblick die Augen. Nur einer musste den Abzug seiner Waffe auslösen und …

Nathanael klopfte noch einmal ans Fenster, diesmal fester.

„Schießt!" Schüsse donnerten in die Schlossmauer.

Ella hielt den Atem an.

„Gott im Himmel, bewahre ihn! Jesus, Gott, bitte!" Er war jetzt der Einzige, der noch helfen konnte.

Lenk sie ab!, schoss es ihr durch den Kopf, als wäre es nicht ihr eigener Gedanke.

Sie formte mit ihren Händen einen Trichter und schrie: „Hier drüben, ein Spion!"

Drei Köpfe wandten sich ihr zu. Sie wies wild in die Menschenmenge hinter sich. Die Soldaten waren einen Moment irritiert und suchten die Gesichter der Leute ab. Es war zwar widersinnig, denn genau genommen war ihnen die ganze Meute feindselig gesinnt, aber das Wort „Spion" schien alle Urängste aus dem Krieg wieder ans Licht zu zerren. Nach ein paar Momenten wurde ihnen jedoch klar, dass sie hereingelegt worden waren, und sie drehten sich zurück zum Hauptgeschehen.

Genau in dieser Sekunde öffnete jemand von innen das Fenster. Der Kahnführer sprang hastig hinein und Nathanael kletterte hinterher. Die Soldaten feuerten ein paar Schüsse in ihre Richtung, aber die Kugeln blieben im alten Gemäuer stecken.

Doch Ellas Anspannung wich nicht. Im Gegenteil, die Artillerie sauste heftiger als zuvor über ihren Kopf hinweg und immer wieder konnte sie Trupps entdecken, die auf dem Schlossplatz mit Granaten warfen.

Jetzt konnte nur noch Gott Nathanael bewahren. Ella faltete die Hände vor der Brust, unfähig, einen klaren Gedanken zu formulieren. Früher hatte sie regelmäßig gebetet, hatte Jesus jeden Abend ihr Herz ausgeschüttet und ihm alles erzählt. Doch der Krieg hatte diesen Teil ihrer Seele taub hinterlassen. Nach dem Tod ihrer Brüder hatte sie weniger mit Gott geredet, nach Abram hatte sie fast ganz aufgehört. Nicht, dass sie nicht mehr an ihn glaubte, nein. Sie wusste tief in ihrem Herzen immer noch, dass er der einzige rettende Anker war, auf den sie sich verlassen konnte, der ihr Halt gab und den sie vor Nathanael auch immer wieder verteidigte. Aber ihre Freude am Beten lag mit ihrer Familie begraben. Doch langsam, langsam schien sie wieder zurückzukehren.

Und nun stand sie hier, hatte Nathanael tiefer in alle Gefahren gezogen. Sie hatte ihn zu sich ins Schloss geholt, ohne sie läge er jetzt sicher im Bett und würde ein Buch lesen. „Es tut mir leid", flüsterte sie.

Die Minuten zogen sich in die Länge. Die Demonstranten wetterten gegen die Soldaten, aber nichts tat sich. Waren sie genug, um die Truppen hier zu überwältigen? Ella schätzte die Menge auf etwa zweihundert Arbeiter. Auch einige Frauen und sogar ein Kind konnte sie entdecken. Wenn sich nur *ein* Geschoss verirrte und in der Menschentraube einschlug … Sie schluckte heftig.

Man hatte sie betrogen. Hatte ihnen Freiheit von Krieg und Unterjochung versprochen und nun hatte die Übergangsregierung eine Schlacht in der eigenen Stadt zugelassen. Ebert hätte das verhindern können, wenn er gewollt hätte, da war Ella sich sicher. Und warum hatten die Matrosen bloß Wels entführt? Es war noch nicht einmal um höhere Ziele gegangen, sie wollten nur bezahlt werden.

Und nun all diese Menschen in Gefahr. War sie selbst irgendwo falsch abgebogen? Hatten sie richtig gehandelt in diesen Revolutionswirren? Hätte man das hier verhindern können?

Von hinten kamen weitere Arbeiter heran. Plötzlich ging ein Ruck durch die Menge. Ella wäre beinahe über ihre eigenen Füße gestolpert. Sie streckte sich, doch ihre Körpergröße reichte nicht aus, um über die Köpfe hinweg zu sehen. Die Menschen schoben sich nach vorne. Man hatte die Absperrungen durchbrochen und die Soldaten entwaffnet, die sich plötzlich an Ella vorbei vom Schloss wegdrängten.

Sie zwängte sich durch zwei bullige Arbeiter hindurch und stand mit einem Mal direkt zwischen den beiden Maschinengewehren.

Die feuerten aber nicht mehr. Die Bediener sahen erschrocken auf die Männer, Frauen und Kinder vor ihren Gewehrläufen.

„Geht zur Seite! Die Matrosen gehören uns!" Der Leutnant richtete seine Pistole in die Menge.

„Wenn ihr nicht weggeht, dann schieße ich!", brüllte der am MG-Abzug.

Ella hielt die Luft an. Das würde sie verhindern. Egal wie.

Sie hob ihren Rock an, schwang ihren Winterstiefel und trat dem Soldaten, der vor dem Maschinengewehr lag, mit voller Wucht auf den Arm am Abzug. Der jaulte vor Schmerzen und ließ das MG los. Diesen Augenblick musste sie nutzen, sie stürzte sich auf das Gewehr und wollte es aufheben, aber das Teil war mit dem Schlitten genauso schwer wie sie selbst. Sie ächzte. Der Leutnant richtete seine Waffe auf sie.

Hatte sie es nicht mit Beten versuchen wollen? „Bitte", hauchte sie.

Da schlitterte die Pistole über den Boden, jemand hatte sie dem Offizier aus der Hand geschlagen.

Ein Paar kräftige Arme packten das Maschinengewehr.

„Wohin?" Der bullige Arbeiter stemmte das Gewicht komplett allein.

„In die Spree damit. Es sind genug gestorben.“

Er wuchtete die Waffe über die Brüstung. Das Wasser spritzte in die Höhe, als wäre ein Artilleriegeschoss eingeschlagen.

Die Menge wartete unschlüssig auf der Brücke. Der Schlossplatz stand noch immer unter heftigem Beschuss, weiter kamen sie nicht. Ella suchte alle Fenster des Schlosses ab. Doch sie konnte nur blitzende Gewehrmündungen erkennen. Wo war Nathanael? War er am Leben?

***

Die Scharniere quietschten. Er setzte seinen Fuß auf den Fenstersims und sprang hinter dem Kurier, auf dessen Kahn er mitgefahren war, ins Schloss hinein. Er hatte den Mann auf seiner Suche nach einem Boot getroffen, er wollte ebenfalls eine dringende Nachricht überbringen. So hatten sie sich kurzerhand zusammengetan und der Mann hatte Nathanaels Idee, über den Fluss in das Innere zu gelangen, gleich aufgegriffen und ihnen ein Ruderboot requiriert.

Nathanael stieß das Fenster zu, verriegelte es eilig und trat dann zur Seite, wo die dicke Schlossmauer ihn schützte. Die Schüsse verhallten. Sein Atem ging stoßweise. Wie knapp war er gerade dem Tod entgangen? Was hatte er sich nur dabei gedacht? Dass er ungesehen ins Schloss schippern konnte? Wie naiv!

Er brauchte einen Moment, bevor er sich im Raum umschauen konnte.

Orlow! Ausgerechnet er hatte sie hineingelassen. Er grinste, was überhaupt nicht zum Ernst der Situation passen wollte.

Sie befanden sich in der Schlossküche, unterhalb der alten Gemächer des großen Kurfürsten. In die Wand war ein offener Ofen von der Größe eines Kraftwagens eingelassen, von einer Säule hingen reihenweise Pfannen und überall standen dreckige Töpfe und ungespültes Geschirr herum wie in einem Wohnheim nach einer Studentenfeier.

„Herzlich willkommen in unseren bescheidenen Räumlichkeiten. Warum habt ihr den gefährlichen Weg auf euch genommen?" Orlow klang fast etwas belustigt. Oder war er angetrunken?

Der Kurier machte ein wichtiges Gesicht. „Ich melde, dass Arbeiter und Mitglieder des Spartakusbundes die Gertraudenstraße gestürmt haben und im Anmarsch sind."

„Bereits auf der Spreeinsel, sehr gut", nickte Orlow und rollte das R dabei unnötig lange.

„In der Bruderstraße und in der Breiten Straße kommt es ebenfalls zu Kämpfen."

Nathanael stieß einen leisen Pfiff aus. Die beiden Straßen führten von einer Parallelstraße der Gertraudenstraße direkt auf den Schlossplatz.

„Und du? Was machst du hier?" Orlow nickte ihm herablassend zu.

„Ich … ähm … ich wollte vorschlagen, einen Waffenstillstand auszuhandeln. Dann können wir weiter auf Verstärkung warten, während die Arbeiter und Matrosen von außen die Geschütze stürmen. Die Truppen wären umzingelt und wir würden unnötiges Blutvergießen vermeiden."

„Aha. Der große Stratege." Orlow lachte.

Nathanael runzelte die Stirn. Er musste mit jemand anderem sprechen. Er wollte seinen Hals nicht umsonst riskiert haben. „Wo ist Wiltzi?"

„Wer war das noch mal?"

„1,92 Meter groß, dreiundzwanzig Jahre alt, braune Haare."

„Ich habe nicht alle Personalakten auswendig gelernt." Orlow zuckte mit den Schultern. Nathanael ging langsam die Geduld aus.

„Es sind keine drei Dutzend Matrosen im Schloss, wo ist der größte von ihnen?"

„Hm, war das der im Eckzimmer hin zur Schlossfreiheit?" Orlow lachte, doch es klang nicht fröhlich, sondern irre.

Also auf der anderen Seite des Schlosses. Allerdings müsste es sechs Eckzimmer geben, auf drei Geschossen jeweils eines links und eines rechts. „Welches?", grummelte er.

„Keine Ahnung, geh suchen."

Das ließ sich Nathanael nicht zweimal sagen. Er lief aus der Küche in Richtung des zweiten Schlosshofes. Wahrscheinlich war Wiltzi in einem der oberen Stockwerke, von der die Schussbahn besser war. Einige Küchenzimmer und Flure später stand er am Fuß der Gigantentreppe, die sich mit üppigen Marmorfiguren verziert bis in den zweiten Stock hochzog. Die Treppenläufe und die zweigeschossige Empore wurden von Atlanten und Gigantenfiguren getragen. Über die Stockwerke hinweg kämpften die zu Stein gefrorenen Götter des Olymps miteinander. Die donnernde Geräuschkulisse der Artillerie untermalte die Szenerie geradezu.

Doch Nathanael hatte keine Zeit, die Kunstwerke zu bewundern. Er hetzte die sanft aufsteigende Rampe hinauf, auf der die Könige früher mit dem Pferd zu ihren Gemächern hatten reiten können. Im Südflügel lief er durch die kaiserliche Wohnung. Der Geruch von Feuer und heiß gelaufenen Gewehren schlug ihm entgegen.

Am Speisesaal machte er halt. Gegenüber davon waren zwei Maschinengewehre auf die Schlossfreiheit und auf die Brüderstraße ausgerichtet. Sie schossen nicht, sondern beobachteten angestrengt die Geschehnisse draußen. Wahrscheinlich wollten sie nicht auf ihre eigenen Leute zielen. Nathanael duckte sich und krabbelte in den Raum hinein.

„Hallo, habt ihr Wiltzi gesehen?", fragte er die Matrosen an den MGs.

„Ein paar Zimmer weiter im Eckzimmer, du bist fast da."

Nathanael hob erstaunt die Augenbrauen. Bei einer Wahrscheinlichkeit von siebzehn Prozent – oder fünfundzwanzig Prozent, wenn man das Erdgeschoss ausschloss – hatte er nicht damit gerechnet, so schnell fündig zu werden. Erleichtert ging er gebückt durch die Bibliothek des Kaiserpaares auf den Flur, am Treppenhaus vorbei. Er betrat den Salon der Hohenzollern-Wohnung.

„Wiltzi!", rief er, doch er erhielt keine Antwort.

Angespannt schob er die Tür zum Eckzimmer auf. Ein kleines Kabinett mit gemütlichen Polstermöbeln und ehemals blumigweißen Vorhängen zeigte sich. Der Kandelaber war heruntergestürzt, die Kerzen lagen auf dem Boden verteilt. Der Teppich war kohlrabenschwarz, als wäre eine Granate darauf explodiert.

Und daneben am Fenster ... Nein! Das durfte nicht wahr sein!

Eine große, breitschultrige Gestalt hing reglos über einem Maschinengewehr.

„Wiltzi? Wiltzi!" Nathanael kroch zu dem Matrosen. Er war es tatsächlich!

Vorsichtig rüttelte er an seinem Arm. Doch die Muskeln waren völlig erschlafft – sein bester Freund reagierte nicht.

Nathanael packte einen Arm und wuchtete den schweren Körper vom MG runter auf den Boden. Wilhelm Stark. Nathanael fühlte nach Wiltzis Puls, hielt seine Wange vor Mund und Nase des Freundes, ob er noch atmete. Nichts.

Sein Blick war so leer wie der der Büste, die zerstört auf dem Boden neben ihm lag.

„Wiltzi, was machst du für Sachen!" Nathanaels Augen füllten sich mit Tränen. „Du darfst dich nicht die ganze Zeit in Gefahr bringen! Ich kann dich doch nicht immer retten!" Verzweifelt versuchte er, den Freund von der klaffenden Wunde wegzuziehen, die die Granate in das Kabinett geschlagen hatte. Er schleppte ihn bis in den Flur, bevor ihn seine Kräfte verließen.

Er stöhnte, ließ den Freund los und tastete sich zurück zum Speisesaal. „Wiltzi hat es ..." Nathanael sammelte sich und wischte sich die Tränen von der Wange. „... erwischt."

Der eine Matrose fluchte.

„So ein netter Kerl. Der hat es nicht verdient", brummte der andere. „Wir haben einen Einschlag gehört, ist schon über eine Stunde her. Aber wir konnten nicht nachsehen gehen." Er drehte sich zu ihm um. „Ich bin Gustav."

Nathanael nickte und murmelte ebenfalls seinen Namen. Wenn er Wiltzi schon nicht mehr retten konnte, dann wenigstens diese beiden Fremden. Er musste seinen Plan durchziehen.

„Wir müssen einen Waffenstillstand aushandeln. Von außerhalb kommt überall Verstärkung. Wir müssen Zeit gewinnen und ausharren, bis sie sich durchgekämpft haben."

Gustav nickte. „Ein guter Plan. Unten sind Fillbrandt und Radtke, die haben das Kommando. Geh gleich zu ihnen und schlag es ihnen vor. Dann können wir auch Wiltzi bergen."

„Gut, ja." Nathanael schob sich zurück zur Treppe, neben der Wiltzi ausgestreckt und leblos lag. „Es tut mir leid, dass ich dich gestern allein gelassen habe. Ich hätte hierbleiben sollen", murmelte er. Vielleicht hätte er den Vorschlag mit dem Waffenstillstand früher anbringen können und … vielleicht …

Er eilte die Treppe hinunter. Im Saal des Staatsrates, in dem eine lange Tafel mit schmucklosen Holzstühlen stand, hatten zwei Matrosen ihre Stellung bezogen, die Radtke und Fillbrandt sein mussten.

Nathanael schilderte ihnen mit keuchendem Atem seine Idee. Auch die Botschaft des Kuriers überbrachte er erneut, diese war hier noch nicht angekommen.

„Und Verstärkung ist wirklich auf dem Weg? Ausreichend?"

Nathanael bejahte.

„Wir sollten sowieso die Frauen und Kinder aus dem Marstall evakuieren. Die sind immer noch dort drin."

Radtke zog das weiße Tischtuch von der langen Tafel. „Gebt den Befehl, dass das Feuer eingestellt werden soll."

Fillbrandt nickte und schickte Nathanael in den ersten Stock, um den Befehl weiterzugeben.

Es dauerte nicht lange, bis sich Truppen und Matrosen am Schlossbrunnen trafen und verhandelten.

Es war ungefähr zehn Uhr. Über zwei Stunden hatten die Kämpfe angedauert. Man brachte Frauen und Kinder aus dem Marstall, sammelte die Verwundeten und bahrte im Keller neben Max Perlewitz die sechs Toten auf.

Nathanael faltete seinem Freund die Hände, damit er friedlicher im Tod aussah. Gustav hatte ihm geholfen, ihn hinunterzutragen.

Aus dem Nachbarraum kam ein Wimmern.

„Was ist das?" Nathanael sah Gustav an.

„Der Stadtkommandant."

„Otto Wels?" Er ging zu der Tür, von der das klägliche Geräusch gekommen war, aber sie war abgeschlossen.

„Orlow hat den Schlüssel. Ich glaube, sie haben ihn ganz schön zugerichtet."

„Zusammengeschlagen?"

Gustav zuckte mit den Schultern.

Nathanael lief ein Schauder über den Rücken. Gefangene schlagen – wie wütend und niederträchtig musste man dazu sein! Hoffentlich verhandelte Radtke bald die Freilassung des Mannes; ihn hier festzuhalten war nicht richtig.

Die Kämpfe kamen nicht wieder in Gang. Die Truppen sahen sich schon als Sieger, als sie immer weiter von Arbeitern aus allen Richtungen entwaffnet wurden. Um elf Uhr hatte sich das Militär in Luft aufgelöst und um zwölf Uhr marschierten zweihundert bewaffnete Zivilisten in den Marstall ein. Bis zum Rathaus war die Gegend von Anhängern der Matrosen mit Maschinengewehren besetzt.

Rücktrittsrufe wurden laut, die Regierung Ebert-Haase sollte sofort ihre Posten verlassen.

Doch Nathanael nahm das alles nur wie durch einen Schleier wahr. Sein Freund war unter den Toten! Er mochte es nicht glauben.

Irgendwann rief jemand seinen Namen. Er drehte sich in die Richtung und erblickte Ella, die sich vor Erleichterung an ihr Herz griff. Dann rannte sie auf ihn zu und fiel ihm um den Hals. „Du lebst noch! Ich habe mir solche Sorgen gemacht und nur noch um deine Bewahrung gebetet."

Schwach erwiderte er die Umarmung, unfähig, etwas zu sagen.

Sie schob ihn eine Armeslänge von sich und durchforschte sorgenvoll seine Miene. „Nathanael, was ist denn?"

„Wiltzi … Er ist …"

„Nein! Nein!" Ella ließ ihn los und schlug sich die Hände vor den Mund. „Wo ist er?"

„Unten im Keller aufgebahrt."

Langsam ließ sie die Hände sinken, ihr Gesicht war zu Stein erstarrt. „Nicht noch einer. Nicht noch einer."

„Ich muss dir auch … etwas anderes sagen, Ella." Er zögerte.

„Was?"

„Dein Orlow …"

„Er ist nicht *mein* Orlow!"

„Er soll Wels übel zurichten haben lassen. Oder er hat es selbst gemacht, ich bin mir nicht sicher."

„Was?" Ella sah ihn ungläubig an. „Das kann ich mir nicht vorstellen." Sie verschränkte die Arme vor der Brust.

„Er hatte den Schlüssel zu dem Kellerzimmer."

„Das heißt doch gar nichts."

„Und er war ziemlich angetrunken, als er mir begegnet ist."

Ella schüttelte energisch den Kopf. „Nein. Nein, das kann nicht sein." Sie wich ein paar Schritte zurück, öffnete den Mund, um etwas zu sagen, schloss ihn wieder.

„Es war so, glaub mir", murmelte er und ging einen Schritt auf sie zu. Er brauchte sie jetzt, brauchte ihren Halt, ihre Lebendigkeit, um den Tod aus seiner Seele zu vertreiben.

Doch sie streckte ihren Arm abweisend vor sich aus. „Ich muss … nachdenken. Allein." Damit drehte sie sich um und ließ ihn stehen.

Mit brennendem Herzen blieb er zurück. Dachte daran, wie sie heute seine Hand gehalten hatte und ihm versprochen hatte, ihm den Rücken frei zu halten. Gerade hatte sie gesagt, dass sie sich Sorgen um ihn gemacht hatte. Doch wie es schien, kam er an Orlow nicht vorbei.

„Frohe Weihnachten", flüsterte er leise.

Kapitel 17

Die Rufe der Menge gellten in Ellas Ohren.

„Des Matrosenmordes klagen wir an
Ebert, Landsberg und Scheidemann."

Im Tiergarten hatten Liebknecht und andere Reden gehalten und waren dann über das Brandenburger Tor bis hin zum Marstall und Schloss marschiert. Der Demonstrationszug war immer größer geworden.

„Es lebe die Marinedivision, nieder mit den Bluthunden Ebert-Scheidemann, hoch Liebknecht."

Gerade erklärte einer von der Volksmarinedivision auf dem Balkon des Schlosses, dass die Lebensmittelvorräte nicht geplündert worden wären, wie die sozialdemokratische Zeitung *Vorwärts* behauptete, vielmehr hätten sie diese bewacht.

Doch Ella hörte nur mit halbem Ohr zu. Inzwischen hatte man schon elf Tote der Marine gezählt, die hinter dem Redner im Saal des Schlosses aufgebahrt lagen.

Wiltzi – tot. Sie hatte ihn nicht gut gekannt, aber trotzdem musste sie an Abram denken.

Wie sie Tage und Nächte an seinem Bett ausgeharrt hatte, in der Hoffnung, dass wieder Leben in ihn kam.

Die Granate hatte ihn schlimm zugerichtet. Sein ganzer Körper war mit Brandwunden und Schrapnell-Splittern übersät gewesen. Irgendwie hatte er es zunächst überlebt, war sogar stabil genug für einen Transport in die Heimat gewesen, während ihre Brüder im Ausland gestorben waren.

Aber dann der Wundbrand, das Fieber. Das Dahinschwinden, bis nichts mehr von ihrem Verlobten übrig gewesen war.

Nach außen hin hatte sie die starke Ella gespielt, die weiterstudierte und weiterlebte, doch innerlich war sie wie ein Weinglas in tausend Scherben zerbrochen. Ein elendes Häufchen Glas, das es nicht mehr aushielt, mit sich allein zu sein. Zu viel über ihre

Vergangenheit nachzudenken, zu viel Grübeln tat weh, als würde man ein Messer in ihrer Brust wieder und wieder umdrehen. Und so fühlte sich Wiltzis Tod an. Als würde man es noch einmal in sie hineinrammen.

„Wir sterben bis zum letzten Hauch für die Revolution!", sagte der Redner.

Ella schüttelte den Kopf. Wofür? Wenn nachher keiner mehr übrig war, der die Früchte der Revolution erntete, konnte man es auch gleich lassen.

Jetzt forderte er die Arbeiter auf, sich mit der Marinedivision zu verbrüdern. „Ich fordere euch auf: Schwört, dass ihr mit uns sterbt und fallt!"

Ihr wurde so schlecht, dass sie dem Kommandanten vor die Füße hätte brechen können. Man konnte sich ja gerne verbrüdern, aber auf den Tod schwören? Hatten sie noch nicht genug vom Sterben?

Dann sprach Liebknecht von einem Auto herab und dankte dem Proletariat für die Treue gegenüber der Revolution und wie sie zur Marinedivision gestanden hatten.

Ella seufzte. Zwar hatte man die Schlacht gestern gewonnen, aber die Verhandlungen verloren. Die Volksmarinedivision hatte sich breitschlagen lassen, sich in die republikanische Soldatenwehr einzugliedern. In die, die sie mit attackiert hatte. Immerhin musste der freigelassene Otto Wels seinen Rücktritt erklären und es wurden ihnen Büroräume im Marstall versprochen, wenn sie die Schlüssel zum Schloss abgaben. Die Truppen, die nicht aus Berlin stammten, mussten abziehen.

Trotzdem, so viel Blutvergießen für nichts und wieder nichts. Die Ebert-Regierung saß immer noch fest im Sattel. Immerhin hatte das Militär nicht die Macht an sich gerissen, aber ihre Waffen hatten sie behalten. Das betonte auch Liebknecht in seiner Rede und warnte davor, dass die Regierung noch mehr Streiche gegen die Revolution plante.

Ob das stimmte?

Ella hielt sich die Schläfen und verließ den Platz. Durch eine

Scheunentür betrat sie den Marstall. Ob er überhaupt Telefonleitungen besaß? Sie bezweifelte es. Dahin war ihre Aufgabe.

Die Pferde schnaubten in ihren Boxen. Es roch nach Stroh und Mist. Ella strich einer Stute über die Nüstern. Warmer Pferdeatem blies über ihre Hand. „Sogar ihr Tiere hattet es nicht leicht im Krieg. Es sind Millionen von Pferden gestorben", flüsterte sie und der Fuchs stupste sanft Ellas Schulter.

Ihr Gespräch mit Nathanael über das Leid kam ihr wieder in den Sinn. Sogar die unschuldigen Pferde hatten gelitten. Wie bodenlos ungerecht und böse hatten doch die Menschen in diesem Krieg gehandelt – besonders die, die ihn nicht verhindert hatten, obwohl sie die Chance dazu hatten. Saßen nicht genau die jetzt in der Regierung?

Die Stute schnaubte und stupste sie etwas heftiger. Erschrocken wich Ella einen Schritt zurück. Dann lächelte sie den Fuchs versöhnlich an. „Hast wohl Hunger, hm? Ich auch. Und ich bin so, so müde."

Müde, noch mehr Menschen zu verlieren. Müde, gegen die Ungerechtigkeit zu kämpfen. Müde, sich einsam zu fühlen.

Siehe, ich bin bei dir alle Tage, schoss es ihr durch den Kopf.

„Wirklich?" Sie hob den Blick und starrte an die hohe gewölbte Decke des Stalls, die auf dicken Säulen ruhte. „Es fühlt sich nicht so an", flüstere sie.

Die Stimme ihrer Mutter kam ihr in den Sinn, wie sie abends vor dem Schlafengehen die Tehillim, die Psalmen, mit ihr auswendig gelernt hatte. *Meine Augen sehen stets zu dem Herrn; denn er wird meinen Fuß aus dem Netze ziehen. Wende dich zu mir und sei mir gnädig; denn ich bin einsam und elend. Die Angst meines Herzens ist groß; führe mich aus meinen Nöten!*

Als Kind hatte sie sich über die sonderbar klingenden alten Worte gewundert und die Bedeutung nicht verstanden. Aber jetzt brannten sie sich ihr mitten ins Herz und trieben ihr die Tränen in die Augenwinkel. *Führe mich aus meinen Nöten! Ich bin einsam und elend!*

Sie musste endlich heraus aus dem Kreislauf, den Schmerz zu

verdrängen – er brach sich doch wieder heftig seine Bahn. Aber ihn zuzulassen, ihn auszuhalten – das schien ihr unmöglich. Sie würde haltlos ertrinken!

Hatte sich der alte König David, der so viele Psalmen geschrieben hatte, nicht ganz genauso gefühlt? *Wenn sich Krieg wider mich erhebt, so verlasse ich mich auf ihn.*

Ihm waren Krieg, Leid, Hunger, Verrat und Tod begegnet. Er hatte seinen besten Freund im Krieg verloren – und trotzdem hatte er sich immer Gott zugewandt, der wieder alles zum Guten wendete.

War sie auch bereit, sich wieder Gott zuzuwenden, ihm wieder zu vertrauen? Sie schloss die Augen, spürte, wie sich alles in ihr zusammenkrampfte. Ein Feuer, das ihr wundes Herz lichterloh in Brand setzte.

Die Stalltür schwang quietschend auf. Ella schreckte zusammen und drückte sich an die Stallwand, doch der Eintretende hatte sie bereits gesehen.

„Die schöne Ella!" Orlow stampfte herein und lächelte sie an.

Sie zog als Antwort den Mund in die Breite. Ihn wollte sie gerade nicht sehen. Stimmte es, was Nathanael gesagt hatte? Hatte Orlow wirklich Wels misshandeln lassen oder hatte Nathanael aus Eifersucht übertrieben? Er war dem Russen von Beginn an mit Vorbehalt begegnet. „Hallo, Orlow."

„Sascha, das weißt du doch", verbesserte er sie und lächelte dabei so charmant, dass Ella Zweifel kamen.

Er hatte einen roten Schal um seinen schwarzen Mantel geworfen und seine dunklen Augen blitzten. Sie fand, dass er gut aussah, geheimnisvoll und stark, aber nicht böse. Nein, er hatte Wels sicher nicht zusammenschlagen lassen. Das passte doch nicht zu ihm, oder?

„Hat man Wels freigelassen?" So ganz konnte sie das Thema noch nicht auf sich beruhen lassen.

„Ja, ja, schon lange."

„Hat man ihn gut behandelt?"

„Ach Ella, was du für Fragen stellst." Sascha lachte. „Er hat sogar vom Abendessen etwas abbekommen. Ein Gefangener erster Klasse."

„Gut", lachte sie nun ebenfalls. Also hatte Nathanael übertrieben, oder? „Wie geht es nun weiter?"

„Die Regierung wird sich für ihr Handeln verantwortlich zeigen müssen, man lässt die eigene Bevölkerung nicht mit Artillerie beschießen. Mal sehen, was jetzt passiert im Rat der Volksbeauftragten. Davon hängt nun vieles ab. So lange müssen wir abwarten. Und demonstrieren natürlich."

„Natürlich", murmelte Ella abwesend.

„Aber ich möchte dir für deinen treuen Einsatz danken, Genossin. Gehst du mit mir ins Café?"

Sie schüttelte den Kopf. „Danach ist mir gerade nicht."

„Nach was ist dir dann?" Er kam zwei Schritte auf sie zu, sodass er nur noch wenige Zentimeter von ihr entfernt stand. Sein Atem strich über ihr Gesicht und seine dunklen Augenbrauen wölbten sich fragend. Hinter sich fühlte sie die Stallwand im Rücken.

Ella legte ihre Hand auf seine Brust und schob ihn ein Stück von sich weg. „Eigentlich möchte ich nur nach Hause."

„Eigentlich?"

„Auch uneigentlich."

„Ich werde dich begleiten." Seine Worte waren absolut, als würden sie keinen Widerstand dulden.

Ihr innerer Rebell wurde wach. Diesmal nicht.

Er bot ihr seinen Arm, doch sie drückte ihn beiseite. „Danke, Sascha. Ich möchte gerne allein sein."

Schnaubend hob er die Hände in die Höhe. „Ist ja gut. Ich halte dich auf dem Laufenden, was weiter geschieht." Er grinste. „Und jetzt schuldest du mir ein Essen mit dir."

„Meinetwegen", sie rollte mit den Augen und musste lächeln. Dann verließ sie den Stall.

***

Nathanael lag lang ausgestreckt auf seinem Bett und starrte an die hölzerne Zimmerdecke.

Heute war der Trauerzug und Wiltzis Beisetzung gewesen. Natürlich waren es wieder in einen Demonstrationszug ausgeartet. Es kam ihm vor, als hätte man den Tod seines Freundes für die Politik instrumentalisiert. Ihn zum Märtyrer stilisiert.

Langsam beeindruckten die Menschenmassen ihn nicht mehr. Ob es fünftausend, zehntausend oder hunderttausend gewesen waren, interessierte am Ende niemanden. Auch die SPD hatte einen Zug organisiert. „Gegen die Blutdiktatur des Spartakusbundes", „Demokratie, nicht Diktatur". Nathanael zog in Zweifel, dass die Spartakisten in den letzten Tagen die Blutigen gewesen waren.

Die drei Abgeordneten der USPD hatten die Regierung verlassen, sie wollten nicht mehr länger unter Eberts Fuchtel tanzen. Die SPD war sicher froh darum, sie hatten die frei gewordenen Posten gleich mit ihren Leuten besetzt.

„Als könnte man alles und jeden einfach ersetzen!", zischte er durch seine zusammengebissenen Zähne. Die Volksmarinedivision würde sich neue Freiwillige suchen. Die SMS König fuhr auch ohne sie. Aber wer ersetzte ihm seinen Freund? Der, der ihm durch die schlimmste Zeit seines Lebens geholfen hatte? Der Einzige, der auf diesem höllischen Schiff stets zu ihm gehalten hatte? Seine bulligen Schultern, das zu laute Lachen, der derbe Humor und die treue Seele – das konnte niemand mal eben ersetzen.

Warum hatte dieser Gott das zugelassen? Wütend schüttelte er seine Faust in Richtung Zimmerdecke. Dann fiel ihm wieder ein, dass er ja gar nicht an einen Schöpfergott glaubte und ihn daher auch für nichts verantwortlich machen konnte. Mit einem Seufzer ließ er seine Hand zurück auf das Bett fallen. Und wütend auf ein Universum oder „das Schicksal" zu sein, war, als würde man versuchen, den Wind in einem Eimer einzufangen. Blödes Universum.

Er kniff sich so fest in den Oberschenkel, dass es wehtat. Warum war er an dem Morgen nicht früher zum Schloss aufgebrochen? Warum hatte er nicht dort übernachtet? Oder Wiltzi überredet, mit ihm zu kommen und bei Paul zu pennen? Warum hatte sich sein Freund auch ständig Gefahren aussetzen müssen und hatte sich unverwundbar gefühlt? Nathanael hatte ihn schon aus dem Gefängnis befreit, er konnte schließlich nicht alles!

Es knarzte im Flur, die Zimmertür schwang auf und Paul betrat das Zimmer.

„Du siehst miserabel aus", kommentierte er und rückte seine dicke Brille zurecht.

Nathanael seufzte. „Können wir nicht einfach eine vernünftige Regierung haben? Eine, die ihre eigenen Leute nicht mit Artillerie beschießt?"

„Denn sie haben nicht dich, sondern mich verworfen, dass ich nicht soll König über sie sein", murmelte Paul.

„Was?"

„Ein Bibelvers aus dem ersten Buch Samuel. Das Volk Israel wollte nicht mehr nur von Gott regiert werden, sondern einen König haben."

„Und dann?"

„Ging es bergab. Der erste König war ein wenig wahnsinnig, der zweite war gut und danach war es ein ständiges Auf und Ab. Meistens aber ein Ab."

„Was hat das mit heute zu tun?"

Paul ließ sich am kleinen Tisch nieder und strich über das zerkratzte Holz. „Der einzige perfekte und gerechte Regent ist Gott, aber den wollen die Menschen nicht. Die Regierungen werden immer Fehler haben, egal ob Kaiser, Demokraten oder Diktatoren."

„Du bist doch überzeugter Demokrat."

„Ich habe noch keinen gefunden, der nie Fehler macht. Und solange in einer Staatsform Menschen Entscheidungen treffen, wird es nie perfekt werden."

Nathanael legte seine Hände auf sein Gesicht. „Ich würde gerne unpolitisch werden. Das erscheint mir das Einfachste." Vielleicht war das auch langweilig, aber mit Langeweile kannte er sich aus.

Etwas Leichtes traf ihn an der Stirn. „Ich habe was für dich."

Nathanael langte an seinen Kopf und zog einen Zettel hervor.

„Post", erläuterte Paul.

„Von Ella." Er faltete das Papier auseinander und überflog die schräg geschriebenen Zeilen, deren Großbuchstaben sich schwungvoll über die Linien hinwegsetzten.

„Was schreibt sie?"

„Morgen soll aus dem Spartakusbund die KPD, die Kommunistische Partei Deutschlands, gegründet werden."

„Noch eine Partei. Alles zersplittert immer weiter."

„Sie lädt mich dazu ein – ich soll beim Gründungsparteitag dabei sein."

„Du wirst doch nicht hingehen, oder?"

Nathanael überflog die Nachricht immer wieder. Allein wie impulsiv Ella ihren Namen schrieb, mit über zwei Zeilen gezogenen „L"s, ließ ihn sie vermissen. „Höchstens um ein Auge auf sie zu haben", murmelte er.

„Auf Ella? Du bist wirklich über beide Ohren in sie verschossen, oder?"

„Ach …" Nathanael drehte sich zur Wand. Bereits die zweite unerwiderte Liebe in seinem Leben. Er sollte sich wieder dem Nobelpreisziel widmen.

„He, ist doch kein Beinbruch. Sie ist hübsch, schlau und hat ein gutes Herz. Ich finde sogar, ihr würdet gut zueinander passen und vielleicht sieht sie das eines Tages auch ein."

Nathanael drehte sich wieder zurück und sah Paul zweifelnd an. „Sie und … ich? Die Kommunistin und der Physiker?"

„Ja, klar! Das würde einen hervorragenden Roman geben."

„Und du findest, dass sie ein gutes Herz hat? Ich meine, ich denke das auch, aber ich dachte, du würdest sie für eine Fanatikerin halten."

„Fehlgeleitet vielleicht, doch nicht aus böser Absicht. Mir ist gestern Abend eingefallen, woher ich sie kenne."

„Du kennst sie?"

„Ja, mir kam sie von Anfang an bekannt vor. Sie war die Verlobte meines Studienkollegen."

„Was?" Nathanael richtete sich im Bett auf und stützte sich auf seinen Unterarm. Verlobt? Sie hatte nie einen anderen Mann erwähnt. Er war nicht auf die Idee gekommen, dass sie vergeben sein könnte. Ob ihr Verlobter vielleicht als Kriegsgefangener noch irgendwo ausharrte und sie auf ihn wartete?

„Ja, Abram Baumgarten. Kam 1917 schwerverwundet aus Verdun wieder und ist in der Charité verstorben."

„Auch ein Jude." Und verstorben, also theoretisch keine Konkurrenz. Aber bei Liebesdingen konnte man sich da nicht so sicher sein.

„Ja. Sie hat stundenlang an seinem Bett gesessen. Ich habe ihn einmal dort besucht, da habe ich sie gesehen. Verweint und niedergeschlagen, aber sie war es."

„Das hat sie nie erzählt."

„Ich glaube sogar, ihre beiden Brüder sind ebenfalls im Krieg gefallen."

Nathanael ließ sich zurück ins Kissen fallen. Ein Federkiel bohrte sich durch den Bezug und stach ihn in den Nacken. Er drückte ihn benommen beiseite. Warum hatte sie ihm bloß noch nie davon erzählt? Der Verlust musste sie unglaublich schmerzen. Waren ihre Brüder nicht auch im Krieg gefallen? So viele Tote in der Familie. Was hatte sie leiden müssen.

Wünschte sie sich ihren Verlobten zurück und wollte ihn deswegen nicht? Oder hatte sie sich lieber Orlow anvertraut? Mit der letzten Option könnte er am wenigsten umgehen.

„Wie war er? Abram Baumgarten?"

„Ein nachdenklicher Philosoph – hing mit seinem Kopf in den Wolken. Aber sehr anständig."

„Wirklich?" Nathanael grinste. Er hatte eher an einen verrückten Weltretter gedacht, der zuerst handelte, bevor er nachdachte – das Gegenteil von ihm selbst. Am liebsten hätte er gefragt, wie muskulös der Verlobte gewesen war.

„Also, du gehst nicht auf den Parteitag, oder? Du bist kein Extremist, richtig?"

„Ich werde nur still hingehen, zuhören und, wenn es sein muss, vernünftige Ratschläge geben."

„Nathanael!"

„Was? Ich muss Ella wiedersehen."

„Dann lade sie auf eine Tasse Muckefuck oder einen Teller dünnes Gulasch ein. Führe sie aus, mache etwas Schönes mit ihr."

„Dieser Orlow wird ebenfalls auf dem Parteitag sein", grummelte Nathanael. Der noch lebende Konkurrent.

„Vergiss ihn. Du kannst doch nicht eine Partei unterstützen, die Leute gewaltvoll enteignen möchte, um ihren Willen durchzusetzen. Die einen Bürgerkrieg in Kauf nimmt, die am liebsten ihre Oppositionen ausradieren möchte, um ihr utopisches Verständnis von Gerechtigkeit durchzuboxen."

„Und die SPD ist weniger gewaltvoll?"

„Die SPD verteidigt die Freiheit, die KPD kämpft gegen die Freiheit."

„Für Gerechtigkeit."

„Das ist doch Wortklauberei. Geht es in Russland etwa gerade gerecht zu? Sterben nicht auch Tausende Unschuldige in den Kämpfen?"

Nathanael seufzte. „Ich will die KPD ja gar nicht unterstützen. Ich will nur ..." *Ella.* Aber er wagte es nicht, das erneut auszusprechen. Er wollte sie aus den Fängen der Extremisten retten, doch ob er das überhaupt konnte? Bisher hatte sie ihn nur viel tiefer in ihre Ansichten gezogen und einen halben Revoluzzer aus ihm gemacht.

Paul zögerte einen Moment. „Ich würde an deiner Stelle darüber beten, aber ..."

„Nein."

„Ich weiß."

Nathanael schwang sich über die Bettkante und setzte sich zu seinem Freund an den Tisch. „Danke dir trotzdem. Lust auf eine Runde Kartenspielen?"

„Immer."

Er zog das Blatt Karten hervor und mischte. Wie viel schöner wäre es, wenn Ella am Tisch sitzen würde und mit ihnen spielen und lachen würde, statt sich auf kommunistischen Kongressen herumzutreiben.

Kapitel 18

„Klingenstein, Nathanael."

„Sind Sie ein Abgeordneter aus einer anderen Stadt?"

„Ähm, nein." Nathanael wurde rot. Der Genosse, der die Anwesenheit am Eingang notierte, sah ihn irritiert an.

„Sondern?"

„Ein … Gast … äh … Zuhörer."

„Wollen Sie Parteimitglied werden?"

„Ähm … nein."

„Was machen Sie dann hier?"

Nathanael sah sich suchend im Raum um. Die Abgeordneten standen plaudernd um die Stühle im Sitzungssaal herum. Ella trug ein loses, dunkelblaues Kleid, was ihre Schienbeine umspielte, und lachte über die Worte ihres Gesprächspartners. Orlow. Bei dem Anblick der dunklen Locken stieg ihm die Galle in der Speiseröhre hoch.

„Ich dachte, die Veranstaltung ist öffentlich", murmelte er dem Mann hinter dem Tisch zu, dessen Hände auf der Namensliste ruhten.

„Ist sie auch", grummelte der Listenschreiber und kritzelte das Wort „Zuhörer" neben „Klingenstein".

Nathanael schüttelte den Regen von seinem nassen Hut. Morgen war Silvester. Wäre es nicht nett, wenn er mit Ella an einem Lagerfeuer sitzen und den Neujahrsraketen zuschauen könnte? Stattdessen ein Sitzungssaal und dieser Orlow.

Kaum über hundert Leute befanden sich im Festsaal des preußischen Landtags. Von einer Massenveranstaltung konnte nicht die Rede sein.

Er wagte es nicht, auf Ella und Orlow zuzugehen. Letzterem würde er am liebsten für immer aus dem Weg gehen. Wer weiß, wenn der Kerl ihn ernst nehmen würde, hätte er bestimmt nichts dagegen, falls ein paar Schergen Nathanael irgendwo in einem

Hinterhof verprügeln würden. Das Gefühl hatte er jedenfalls immer, sobald der spöttische Blick des Genossen ihn traf.

Er ließ sich in die hinterste Reihe auf einen Holzstuhl nieder und fühlte sich so fehl am Platz wie auf dem Offiziersdeck der SMS König. Was tat er hier bloß? Warum war er so naiv und nahm jede Gelegenheit wahr, Ella zu sehen? Sein sonst so trockener Verstand schien ständig auszusetzen. Er war geradezu verrückt nach ihr. Aber irgendwie konnte er sich nicht helfen.

Die setzte sich gerade neben Orlow, ohne sich umzusehen. Hatte sie ihn nicht hierher eingeladen? Und jetzt drehte sie sich noch nicht einmal nach ihm um.

Er versuchte, sie nicht andauernd anzustarren, sondern ließ seinen Blick über die bunten Seidentapeten schweifen, die zwischen den Wandgliederungen aus Stuckmarmor gespannt waren.

Gegen 9.30 Uhr begann ein Genosse **Meyer**. Dann folgte ein Vortrag über die Krise der USPD von Karl Liebknecht.

Er beschrieb, dass die Partei unfähig war, irgendetwas zustande zu bringen, da sie in zwei Gruppen gespalten war. Nathanael bedauerte, dass er sich nicht auf der Versammlung der vernünftigen Hälfte befand, sondern bei der zweiten, für die „rücksichtslos" ein positives Wort darstellte.

Aber endlich verstand er aus Liebknechts Rede, warum diese Gruppe vom Volk gewählte Abgeordnete verabscheute.

„Das ist seine schlimmste Wirkung, dass er, statt die Massen aufzupeitschen, die Massen beruhigt in dem Wahn, dass ja tüchtige Vertreter ihre Interessen im Parlament schützen", donnerte es aus seinem Schnauzer. Liebknecht musste seinen Zwicker neu positionieren, der auf seiner Nase klemmte.

Aus Sandsäcken konnte man kein Feuer schlagen. Und die Kommunisten brauchten das Feuer der Revolution, um alles zu verbrennen und neu aufbauen zu können.

Nathanael kratzte sich am Kopf. Hier waren alle fest davon überzeugt, dass es der Kommunismus wert war und das Neue den Verlust des Alten rechtfertigte. Das Stadtschloss abreißen und einen Palast der Revolution darauf bauen.

„Genossen!" Wenn man jedes Mal, sooft Liebknecht dieses Wort benutzte, einen Schnaps trinken müsste, wären schon alle blau! „Vom ersten Tage an hat die SPD die Heiligkeit des Privateigentums proklamiert. Sie stellten sich vor die Geldsäcke des großen Kapitals."

Nathanael sah zu Ella, die Liebknecht gebannt lauschte. Orlow streckte sich und legte seinen Arm auf die Rücklehne von Ellas Stuhl. Sie tat so, als würde sie es nicht bemerken, und lehnte sich nach vorne.

Der Kerl sollte seine Finger bei sich behalten! Ella war viel zu schade für ihn.

„Rätesystem heißt Diktatur des Proletariats, heißt alle Macht in den Händen des Proletariats zur Durchführung der sozialen Revolution. Nationalversammlung heißt Wiedereinsetzung der Klassenherrschaft, Erdrosselung der sozialen Revolution", hetzte Liebknecht weiter.

Wie konnten alle hier so friedlich beisammensitzen und von Kampf, Feuer und Macht reden? Hatte hier keiner genug vom Krieg? Was war denn so schlimm daran, nach Ordnung zu streben und durch langsame Reformen etwas zu verändern? Wollte die SPD nicht auch Änderungen im sozialen Bereich?

Wie konnte Ella dem hier so seelenruhig zuhören? War sie nicht Christin? Oder Jüdin, die an Jesus glaubte, oder wie auch immer man das nannte? War das nicht der Mensch gewesen, der gesagt hatte, man sollte die andere Wange hinhalten, wenn einen jemand schlug? War das nicht der gewesen, der nicht wie erwartet die Juden von der Römerherrschaft befreit hatte, sondern stattdessen eine Revolution der Liebe gestartet hatte? Eine Revolution, in der die Herzen der Menschen verändert wurden – freiwillig und ohne Druck? Oder hatte er die Kirche da ganz falsch verstanden, als er als Vierzehnjähriger konfirmiert wurde? Er hatte schon damals nicht daran geglaubt, aber den Firlefanz seiner Mutter zuliebe mitgemacht.

Doch Ella sollte sich doch damit auskennen. Wieso war sie hier? Liebknecht trat zur Seite und man stimmte über den neuen

Parteinamen ab. Die Mehrheit war für „Kommunistische Partei Deutschlands (Spartakusbund)".

Dann wurden vier Genossen als Vertreter der russischen Sowjetrepublik nach vorne gebeten, von denen einer ein Grußwort mitbrachte.

Orlow erhob sich und trat neben drei weiteren Männern an das Rednerpult. Wenigstens hatte er so seine Pfoten nicht mehr bei Ella.

Die drehte sich nun um und sah sich im Raum um. Als sie Nathanael in der letzten Reihe entdeckte, lächelte sie ihm zu, stand auf und schlich sich zu ihm nach hinten auf den freien Platz neben ihm. „Schön, dass du gekommen bist!"

„Äh … ja." Er lächelte zurück. War er nur der Lückenbüßer für Orlow? Aber ihr Blick war so ehrlich erfreut, dass sein Herz zu pochen begann.

Einer der sowjetischen Genossen, der als **Karl Radek** vorgestellt wurde, ergriff das Wort. Mit seiner kreisrunden Brille, den lockigen Haaren und dem Bart, der sich von einem Ohr zum anderen am Kinn entlangzog, sah er aus wie ein frecher Mathematik-Professor, der seine Studenten ständig herausforderte.

Daneben taxierte Orlow unter seinen buschigen Augenbrauen die letzte Reihe.

„Willst du dir das anhören?" Nathanael wies auf Radek, der gerade die Sozialdemokraten mit der russischen Partei der Menschewiki verglich.

Ella zuckte mit den Schultern. „So viele Blätter, wie er da vorne liegen hat, kann das noch eine Weile dauern." Sie kicherte. „In der Nachmittagsveranstaltung um drei Uhr geht es um die Nationalversammlung, bis dahin sollten wir wieder zurück sein."

Sie erhob sich und huschte aus dem Sitzungssaal. Nathanael blieb dicht hinter ihr, froh, den finsteren Blicken Orlows entkommen zu sein. Im Foyer holten sie ihre Mäntel von der Garderobe und traten hinaus auf den Leipziger Platz.

Heute war er leer, nur die üblichen Passanten stiegen aus den elektrischen Bahnen ein und aus. Das Kaufhaus *Wertheim* jagte

Nathanael einen Schauer über den Rücken. Wie Ella ihn mit sich durch die prächtigen Stockwerke gezogen hatte, dicht bei ihm, um ausgerechnet ihm etwas zu beweisen. Ihm, nicht Alexander Orlow.

Doch das schien alles schon wieder so lange her zu sein.

„Ist es nicht aufregend, Karl Liebknecht, Rosa Luxemburg und all die anderen aus nächster Nähe zu sehen?" Ella stieß ihn sanft ihren Ellbogen in die Seite. Dann lehnte sie sich gegen eine der mächtigen Säulen vor dem Eingangsportal und blickte hinaus in den Regen.

„Hm", murmelte Nathanael und ließ es dabei leicht zustimmend klingen. Er lehnte sich ihr gegenüber an die andere Säule.

„Was ist los?"

„Stimmst du allem zu, was die sagen?"

Ella zuckte mit den Schultern. „Die USPD hat wirklich nichts vorangebracht. Es war eine gute Idee, sich von ihr zu trennen."

„Das meine ich nicht."

„Was dann?"

„Der Klassenkampf. Ist Kämpfen wirklich der richtige Weg, um die Armen aus dem Sumpf zu holen? Willst du nicht auch endlich Frieden?"

Ella seufzte. „Ich wünschte, der Kampf wäre metaphorisch gemeint. Aber tatsächlich scheinen sie den Bürgerkrieg anzustreben. Und nein, das … möchte ich nicht. Doch eine bessere Idee, um politisch endlich etwas zu verändern, sehe ich auch nicht."

Gab es keine andere Möglichkeit? Sollte sie als Jesus-Gläubige keinen anderen Weg kennen? „Was sagt denn deine Bibel dazu?"

„Die Bibel? Das möchtest du wirklich wissen?" Sie lachte und trat von einem Fuß auf den anderen. Ein Schatten zog über ihr Gesicht. „Als Kind habe ich einen Psalm auswendig gelernt, an den ich manchmal denken muss. Das Volk bittet darin Gott um Gnade an und dann endet er so:

Doch ist ja seine Hilfe nahe denen, die ihn fürchten,
dass in unserm Lande Ehre wohne;
Dass Güte und Treue einander begegnen,

Gerechtigkeit und Friede sich küssen;
Dass Treue auf der Erde wachse
Und Gerechtigkeit vom Himmel schaue;
Dass uns auch der Herr Gutes tue
Und unser Land sein Gewächs gebe;
Dass Gerechtigkeit vor ihm bleibe;
Und ihre Tritte zu seinem Wege mache.

Als Kind habe ich ihn nicht verstanden, aber nach allem, was wir erlebt haben …"

„Gerechtigkeit und Friede sich küssen", wiederholte Nathanael andächtig und sein Blick blieb unwillkürlich an Ellas roten Lippen hängen.

„Ja. Das ist schön, nicht?"

„Es ist genau das, was ich mir wünsche. Frieden *und* Gerechtigkeit, dass ich mich nicht für eines von beiden entscheiden muss. Gerade bleibt die Gerechtigkeit auf der Strecke, dort drinnen aber der Frieden."

„Das stimmt." Versonnen blickte Ella in den Himmel, wo sich ein Sonnenstrahl durch die dichte Wolkendecke gekämpft hatte. „Ich mag es, mit dir über so etwas zu reden."

„Ella …" Wie warm und weich sich der Name in seinem Mund anfühlte. *Ich liebe dich*, dachte er. Doch er wagte nicht, die Worte der Winterluft anzuvertrauen.

Sie wusste es doch längst. Vielleicht verdrängte sie es, aber tief im Inneren musste sie spüren, dass ihr Name unwiderruflich in seine Herzenstüren eingraviert war.

Und wenn sie nichts weiter dazu sagte, musste er davon ausgehen, dass sie es so wollte. Entweder sie war noch nicht über ihren Verlobten hinweg oder Orlow stand bei ihr auf Platz eins. Im Schloss hatte sie ihm gesagt, dass gerade nicht der richtige Zeitpunkt war.

Doch gab es falsche Zeitpunkte, wenn man jemanden liebte? Oder empfand sie einfach nicht mehr für ihn als freundschaftliche Gefühle?

Zweifel und Hoffnung wirbelten durch seine Magengrube wie ein Wintersturm.

„Die Sitzung drinnen ist bald vorbei. Ich gehe mit Orlow und einigen Abgeordneten essen – möchtest du mitkommen?"

„Ähm, nein, ich … habe keine Essensmarken mehr."

„Oh, vielleicht können wir etwas für dich zusammenkratzen. Die russischen Abgesandten scheinen mehr als genug davon zu haben."

„Ist schon in Ordnung, ich habe mir eine Butterstulle mitgebracht." Nathanael winkte schnell ab. Er konnte darauf verzichten, mit Orlow an einem Tisch zu sitzen. Auch wenn es ihn wurmte, dass Ella trotzdem mit ihm gehen würde.

Sie nickte, lächelte und schlenderte wieder hinein.

Er rieb sich die Stirn. Heute Nachmittag würde er sich die Sitzung noch antun, aber morgen nicht mehr.

Nach der Mittagspause ging es darum, ob man als KPD die Wahl zur Nationalversammlung boykottieren oder ob man daran teilnehmen sollte, in der Hoffnung, ebenfalls Mandate zu gewinnen.

Nathanael verstand nicht, was eine Ablehnung bezweckte, aber die meisten Abgeordneten stellten sich dahinter.

Der Genosse Rühle drückte es so aus: „Was sollen wir den Leuten sagen? Wählt uns in die Nationalversammlung, damit wir sie von innen aushöhlen und sprengen können, damit wir sie sabotieren, damit wir sie dem Gelächter der Welt preisgeben?"

Rosa Luxemburgs Ansatz hielt Nathanael für wesentlich klüger. Sie rief die Anwesenden zu taktischeren Überlegungen auf: „Ich habe die Überzeugung, ihr wollt euren Radikalismus ein bisschen bequem und rasch machen. Es sind nicht die Reife und der Ernst, die in diesen Saal gehören. Es ist meine feste Überzeugung, es ist eine Sache, die ruhig überlegt und behandelt werden muss."

Doch weder sie noch die Genossin **Käte Duncker** noch die ganzen männlichen Genossen, wie auch immer sie alle hießen, konnten die Abstimmung beeinflussen, die gegen die Nationalversammlung ausfiel.

Als der Genosse **Eugen Leviné** an das Rednerpult trat, hätte Nathanael beinahe laut gelacht. Er hatte definitiv denselben Friseur wie Orlow, die gleichen Locken und selbst der Bartschnitt ähnelte sich.

Ella bekam er am Nachmittag kaum noch zu Gesicht. Sie war selig, sich mit all den Gleichgesinnten unterhalten zu können, während Nathanael alle Gespräche vermied und lieber lauschte.

Als Ella gerade ausnahmsweise mal nicht in Orlows Reichweite stand, trat Nathanael an ihre Seite. Sie unterbrach ihr Gespräch mit der Genossin Duncker und wandte sich ihm zu.

Er räusperte sich. „Ich gehe dann mal – und ich glaube nicht, dass ich morgen wiederkomme."

Sie nickte. „Ja, es ist zäh. Dass sie sich nicht bei der Nationalversammlung zur Wahl stellen, war wirklich ein Dämpfer. Was für eine Chance sie sich damit verspielen."

„Also dann – guten Rutsch."

„Das heißt *Rosch Haschanah*", verbesserte sie ihn.

„Schon wieder jiddisch?"

„Hebräisch diesmal – es bedeutet ‚Kopf des Jahres'. So heißt unser Neujahrsfest, das wir in diesem Jahr Mitte Januar feiern."

„Und davon kommt der gute Rutsch?" Nathanael schüttelte lächelnd den Kopf. „Wir sehen uns dann im neuen Jahr – ich hoffe im europäischen."

Sie lachte. „Ich auch!"

Ein Kribbeln fuhr durch seine Beine, während er sich langsam umdrehte. Sie hoffte ebenfalls, dass sie sich bald wiedersahen und nicht erst wieder Mitte Januar? Konnte das wirklich wahr sein? Oder war es nur eine Floskel gewesen? Da lud sie ihn extra ein auf diese Versammlung, er kam nur ihr zuliebe und sie fand kaum Zeit für ihn? Wenn sie auch nur einen Bruchteil von dem, was er für sie empfand, verspürte, würde sie nicht mehr aus seiner Nähe weichen wollen. Aber so war es nun einmal nicht. Er sollte sich nichts vormachen.

Frustriert und ratlos kehrte er in seine Studentenbude zurück. Sein Kopf war ausgelaugt und sein Magen schmerzte. Sparsam beschmierte er sich eine Stulle mit Butter, verspeiste sie langsam und rollte sich dann in seine Decke ein, froh, dass Paul unterwegs war. Er brauchte seine Ruhe.

***

Auch am nächsten Tag lud Orlow sie wieder mittags zum Essen ein. Ella fühlte sich ein wenig schlecht, diesen Luxus zu genießen, aber sie wollte die Gespräche mit der Genossin Duncker auf keinen Fall verpassen. Eine dreifache Mutter, die trotzdem noch politisch aktiv war, die Vorträge über Kinderschutz und Frauenrecht hielt, sich an der Herausgabe der Spartakusbriefe beteiligt hatte und Teil der Zentralleitung der neuen KPD war. Bewundernswert, was diese Frau alles schaffte.

Doch als Orlow aus dem Sitzungssaal trat und ihr seinen Arm bot, war die Genossin nirgendwo zu sehen.

„Wollte Genossin Duncker nicht mitkommen? Ich hatte mich darauf gefreut!", wandte Ella ein, als Orlow schon losging.

„Nein, sie fährt zu ihren Kindern zum Mittagessen nach Hause, schließlich ist Silvester. Sie kommt aber später wieder."

„Schade", murmelte Ella. Das hatte Orlow wieder fein hinbekommen, dass er mit ihr allein war. Ob er es wohl darauf anlegte?

Unterwegs begegneten sie mehreren kleinen Versammlungen. Bei einem etwas größeren Menschenknäuel blieb Ella interessiert stehen. Ein stämmiger Mann stand in der Mitte und redete auf die anderen ein.

„Ist das nötig, dass sich der Kapitalist an unserer Hände Arbeit mästet? Die Betriebe sollen alle uns gehören, und der Nutzen wird geteilt."

Einer von ihnen also. Ella nickte zufrieden – da hatte jemand das Problem verstanden.

„Na denkste denn", fiel ihm ein Arbeiter ins Wort, „ein Betrieb jeht von allein? 'n jeistiger Leiter muss immer sein, und der muss auch besonders bezahlt werden. Ihr schlagt aber alles jleich klump, und det nennt ihr ‚sozialisieren'."

„Du bist noch nicht reife für die neue Zeit", fuhr der Spartakusmann unbeirrt fort, „sonst wirdest de nich den Kap'talistenstandpunkt vertreten. Wo Holz jefällt wird, da fallen Spähne, det is nu mal nich anders. Wenn man erst de Iberjangszeit ieberstanden is, denn jeht det noch mal so schneen. Aber wenn ihr zu de Scheidemänner hält, werdet ihr immer Knechte von de Kapitalisten bleiben. Det dirfen wir Proletarier uns nich jefallen lassen."

Nach den gestelzten Reden, denen Ella heute den ganzen Tag gelauscht hatte, tat es gut, die einfache Berliner Schnauze zu hören.

„Proletarier mit 120 Mark Wochenlohn", rief einer im besseren Anzug ironisch dazwischen.

Der Redner schüttelte empört den Kopf. „Wat sind denn 120 Mark in 'ne Zeit, wo 'ne Jans 200 Mark und een halb Pfund Butter hintenrum 14 Mark kostet. Da missen wir noch bei hungern und darben. Aber de Reichen – du – bei dir is noch allet da."

Ella schluckte und fühlte sich auf dem Weg zum Restaurantbesuch mehr als ertappt.

Ein Zuhörer lachte. „Du hast doch ooch noch nich im Kriege jehungert. So siehst du doch nich aus."

Ein anderer stimmte dem Redner zu und wandte sich an die Kritiker: „Der Mann hat janz recht. Die Zustände stinken zum Himmel. Wenn wir die Sache selber in die Hand nehmen, denn muss et besser werden. Denn werden wir wieder reichlich Fleisch und Butter haben."

„Kein Fleisch und Butter für uns heute!", zischte Ella Orlow zu und schob ihn weiter.

„Was? Wieso?"

„Wir sind ja genauso schlimm wie die Kapitalisten!", entfuhr es ihr.

„Gut, also heute nur Rübensuppe mit Kartoffeln."

Ella nickte zufrieden.

Orlow sah sie von der Seite an: „Wir möchten die Zustände für alle verbessern. Alle sollen wieder Fleisch haben, uns eingeschlossen." Er lächelte ihr aufmunternd zu. „Lass dir doch kein schlechtes Gewissen machen."

Sie schüttelte energisch den Kopf. „Heute bleibe ich standhaft. Es ist ja eine richtige Sünde, sich den Bauch vollzuschlagen, während man weiß, dass die anderen Leute hungern."

„Sünde", schnaubte Orlow verächtlich. „Darüber sind wir Kommunisten doch hinweg. Du etwa nicht?"

„Ich bin vieles, Jüdin, Christin, aber definitiv keine Atheistin!"

„Eine religiöse Marxistin? Weißt du nicht, was Karl Marx gesagt hat? ‚Religion ist das Opium des Volkes.‘ Das, womit sich die Bevölkerung zufrieden gibt in einem ewigen Ist-Zustand. Was sie daran hindert, etwas zu ändern."

„Allein, dass ich bei den Kommunisten bin und trotzdem religiös bin, beweist doch das Gegenteil, oder?"

„Du wirst hoffentlich noch verstehen, dass du der Religion abschwören musst, wenn du wirklich weiterkommen möchtest."

„Wieso?" Entgeistert sah sie Orlow an. Widersprachen sich die beiden Weltanschauungen tatsächlich so drastisch?

„Allein, dass du von ‚Sünde‘ sprichst ... Wie es der Mann vorhin gesagt hat: Wo Holz gefällt wird, da fallen Späne. Die Späne sind alles ‚Sünden‘, wenn du nach dem Maßstab deines Gottes gehst, aber anders kann man nun einmal keinen Baum fällen! Wenn du die Revolution wirklich möchtest, musst du bereit sein, Opfer zu bringen."

Ella schüttelte vehement den Kopf. „Es muss doch auch einen anderen Weg geben, um Gerechtigkeit zu schaffen. Man kann dafür nicht über Leichen gehen! Dann wäre sie nichts wert und würde nicht lange andauern."

„Hoffentlich müssen wir nicht über Leichen gehen", stimmte Orlow ihr zu.

„Hoffentlich?" Entgeistert sah sie Alexander an.

„Du musst niemanden umbringen", beruhigte er sie. „Nein, du hast recht, je weniger Gewalt nötig ist, umso besser. Ella, du und dein reines Gewissen – es ist wirklich Gold wert, dass du auf unserer Seite bist. Die Kriegsverrohung darf keine Schatten auf die Revolution werfen."

Sie nickte energisch. „Ich will Frieden, Sascha!"

„Ich auch. Frieden und Gerechtigkeit."

Ella lächelte. Hin und wieder ging sein Temperament mit ihm durch, aber am Ende war Orlow doch ein guter Mann.

Kapitel 19

Ruhe war nichts für Berlin in diesen Tagen. Am 1. Januar wurde der Kohlenpreis fast verdoppelt – 42,90 Mark sollte eine Tonne nun kosten. Vor dem Krieg habe das Gleiche 12,50 Mark gekostet, wetterte die Hauswirtschafterin beim Frühstück. Am 2. Januar eine Arbeitslosenkundgebung. Am 3. trat die USPD aus der preußischen Regierung aus.

Der nächste Skandal ließ nicht auf sich warten, am 4. Januar wurde Emil Eichhorn, der Polizeipräsident aus der USPD, abgesetzt. Er war der Regierung schon länger ein Dorn im Auge gewesen, weil er die Polizisten nicht so eingesetzt hatte, wie sie es gerne gehabt hätte. Der *Vorwärts* brachte fast jeden Tag neue Vorwürfe gegen ihn vor.

Doch halb Berlin war auf seiner Seite und so zogen unterhalb von Nathanaels und Pauls Zimmerfenster mal wieder die Demonstranten die Straße entlang. Bereits gestern Abend hatten sie damit angefangen und setzten es heute in noch größerer Zahl fort. In ihren Sprüchen und Liedern klagten sie wild Ebert des Matrosenmordes an, die SPD des Verrats und sowieso alle als Feinde der Arbeiter.

Nathanael, der ein Buch auf seinem Bett gelesen hatte, zog sich die Decke über den Kopf.

„Nicht schon wieder eine Demonstration. Das halte ich nicht aus."

„Du hältst gerade aber auch gar nichts aus", lachte Paul, der über seinen Unterlagen für sein Studium brütete.

„Kann ich nicht einfach meine Ruhe haben?", grummelte Nathanael.

„Liebeskummer hast du, dicken Liebeskummer. Dass man dir das erst sagen muss."

„Ach …", wollte Nathanael abwehren, doch es blieb unvollendet in der Luft hängen.

„Geh etwas raus, mische dich unter die Leute, dann geht es dir bald wieder besser. Oder geh Ella besuchen, ich verstehe gar nicht, warum du das nicht machst."

„Die ist doch sicher bei Orlow. Oder demonstriert irgendwo da draußen. Wahrscheinlich auch mit Orlow."

„Und vielleicht wartet sie sehnsüchtig darauf, dass du kommst und den Kerl ablöst."

„Das glaubst du doch selbst nicht." Nathanael warf sein Kopfkissen nach seinem Freund, der lachend das weiche Geschoss fing.

Es klopfte an der Tür. Paul öffnete und redete mit der Person davor. Wahrscheinlich die Vermieterin.

Nathanael schnappte sich einen Roman von seinem Nachttisch. *Winnetou I*, den er als Junge von seinem Vater geschenkt bekommen hatte. Blutsbrüderschaft und eine tragische Liebe passten zu seiner Stimmung. Er war auf den letzten Seiten, wo Nscho-tschi von dem Banditen Santer erschossen wurde.

Paul kam wieder herein.

„*Winnetou*? Ach, komm schon, ich finde, du solltest *wirklich* auf die Straße zu deiner Ella gehen."

„Und wie soll ich sie da draußen in dem Gewühl finden, Herr Siebengescheit?"

Er grinste. „Ganz einfach, sie steht vor der Tür."

Nathanael wühlte sich aus der Bettdecke und sprang aus dem Bett. „Und das sagst du mir erst jetzt?" Fahrig strich er sich durch die in alle Richtungen abstehenden Haare. „Was hast du denn so lange mit ihr geredet?"

„Ach, nichts", grinste Paul.

Nathanael schlüpfte in seinen Mantel und trat an die Tür.

„Ella!" *Sie! Hier!*

Ihre funkelnden Augen, ihr duftendes Haar, das in ihrer Frisur schimmerte. Wie immer waren einige wilde Strähnen hinausgefallen. Am liebsten hätte er sie ihr hinter das Ohr gestrichen, doch er hielt sich zurück. Kaum zu fassen, dass sie wirklich in seiner Studentenbude auftauchte. Brauchte sie etwas von ihm? Oder könnte es seine Nähe sein, die sie vermisste?

„Dachte ich es mir doch, dass du dich vor der Revolution drücken willst und dich hier verkriechst", lachte sie.

Er zog sich seine Mütze über den Kopf. „Und das konntest du nicht zulassen?"

„Nein, ohne dich verlieren wir." Sie grinste und hakte sich bei ihm unter. „Begleitest du mich?"

Wenn sie mit ihrer kleinen Gestalt so zu ihm heraufsah, wurde ihm ganz warm ums Herz. Stotternd stammelte er: „Ja, gerne."

Wie sie einfach in seinem Leben auftauchen konnte und ihn komplett durcheinanderbrachte. *„Ohne dich verlieren wir."* Was hatte er schon Großes beizutragen zur Revolution? Doch aus einem unerfindlichen Grund wollte sie ihn dabeihaben – und an ihrer Seite wissen.

Was sie wohl vorhatte? Es war ihm egal – mit ihr am Arm war er sogar bereit, durch Kugelhagel zu laufen. Um ihr nahe zu sein, um sie zu schützen.

Die sonst ruhige Georgenkirchstraße wurde von Demonstranten genutzt, die den Zug auf der Neuen Königsstraße überholen wollten. Je näher sie an den Alexanderplatz kamen, desto voller wurde es.

„Streik! Streik! Streik!", skandierte es. „Wer hat uns verraten? Die Sozialdemokraten!"

Ella zeigte auf den Platz vor der Georgenkirche, der randvoll mit Menschen war. „Der Alexanderplatz ist bereits überlaufen. Wir sind vor über zwei Stunden in der Siegesallee aufgebrochen und immer noch strömen von allen Seiten Berliner dazu."

„Wie viele Leute können das denn sein? Wie viel Quadratmeter hat der Platz?", überlegte Nathanael und überschlug die Zahlen im Kopf. Er schätzte, dass etwa 70.000 auf den Alexanderplatz passten. Wenn man die umliegenden Straßen noch dazunahm, könnten über 100.000 Demonstranten unterwegs sein.

„Schade, wir werden den Rest der Reden verpassen. Auf dem Balkon des Polizeipräsidiums werden sie gehalten. Keine Chance, dass wir uns irgendwie dorthin quetschen."

„Die KPD wird sicher stolz auf die große Menschenmenge sein."

Ella schüttelte den Kopf. „Im Gegenteil. Sie ärgern sich, dass die Entlassung Eichhorns sie zum Handeln gezwungen hat. Sie sind noch nicht bereit – die Bewegung muss noch wachsen in politischer und militärischer Hinsicht. Bisher ist ja alles auf Berlin zentriert, die Revolution muss aber im ganzen Land stattfinden."

„Warst du noch auf der gesamten Tagung?"

Ella nickte. „Ja – da haben sie sich nicht träumen lassen, dass die Stimmung innerhalb weniger Tage so explodieren würde."

„Und jetzt?"

„USPD, KPD und revolutionäre Obleute streiten sich, was sie tun sollen, und niemand tut etwas. Orlow wird mich nach der Besprechung am Rathaus treffen."

„Orlow", grummelte Nathanael, während die Menge „Gebt uns Eichhorn oder spürt unseren Zorn!" über ihn hinweg brüllte. Konnte sie sich nicht endlich mal zwischen ihnen entscheiden? Wenn sie nicht aufhören konnte, von ihm zu reden, warum kam sie dann Nathanael abholen? Da hatte sie doch ihren verwegenen Revoluzzer, was wollte sie noch mit ihm?

„Du brauchst nicht jedes Mal ein langes Gesicht ziehen, wenn ich seinen Namen erwähne. Ich weiß, dass du ihn nicht magst." Ella lachte und stupste freundschaftlich seinen Arm an.

Er folgte ihr vor das Rathaus, wo schon eine Meute Arbeiter stand.

„Genossen, wir werden das Zeitungsviertel besetzen, wollt ihr mitmachen?", rief ihnen ein blonder, schlanker Kerl zu.

„Ich warte hier auf Alexander Orlow."

Eine Frau trat zu ihnen. „Ich auch, wir alle hier. **Hilde Steinbrink**." Sie hielt Ella die Hand hin und drückte sie kräftig.

„Was für ein Handschlag!", lachte Ella und schüttelte ihre Rechte aus.

„Entschuldige, Genossin. Ich arbeite seit kurz nach Kriegsbeginn in den AEG Werken in Hennigsdorf."

„Lokomotiven-Bau! Ja, da bekommt man bestimmt Muskeln."

„**Alfred Roland**. Kellner, da lernt man Balancieren", stellte sich der Blonde vor.

„Und warum das Zeitungsviertel?", erkundigte sich Ella.

„Alfreds Idee", zuckte Hilde mit den Schultern.

„Wenn wir ihnen ihr wichtigstes Kommunikationsorgan, den *Vorwärts,* wegnehmen, haben wir eine viel höhere Reichweite! Und die anderen Druckereien besetzen wir auch. Sie werden auf unsere Zeitung angewiesen sein, die wir herausgeben werden!"

Nathanael runzelte die Stirn. Er hatte zwar recht – den Informationsfluss zu kontrollieren, war durchaus eine Errungenschaft –, aber wollten die Kommunisten nicht die Regierung stürzen? Dafür wäre es doch sinnvoller, die Regierungsgebäude zu besetzen.

„Außerdem", fuhr der Blonde fort, „müssen sie dafür büßen, was sie über Eichhorn geschrieben haben. Nichts als Lügen über unseren Polizeipräsidenten, den einzigen, der zu uns Arbeitern gehalten hat!"

Um ihn herum nickten die Leute, klatschten und johlten.

„Eine gute Idee! Wir warten auf Orlow und ziehen dann los, oder?" Ella rieb sich tatkräftig die Hände.

Nathanael sah sie verwundert an. Alfreds Vorhaben war ihm nicht geheuer, sie wollten wirklich die Zeitungen stürmen? Was für ein dummer und undurchdachter Plan. Aber er wagte nicht, Einwände vorzubringen, da ihm selbst nichts Besseres einfiel.

„Lasst uns doch gleich gehen", entgegnete Alfred.

Warum war er so ungeduldig? Wahrscheinlich brachte der Russe noch Verstärkung mit. Warum sollten sie riskieren, ohne ihn loszuziehen?

Hilde schüttelte den Kopf. „Wir warten. Im Schutz der Dunkelheit ist es sowieso besser."

„Richtig", stimmte Ella zu. Sie begann sofort, auf vorbeiziehende Demonstranten einzureden und sie für den gefassten Plan zu begeistern.

Er trat von einem Bein aufs andere und blies sich in seine ausgekühlten Hände. Mal wieder war er Luft für Ella. Warum versetzte es ihm immer noch einen Stich? Er kannte es doch nicht anders.

Es dauerte eine ganze Stunde, bis Orlow kam, aber er hatte Verstärkung dabei. Fast fünfhundert Menschen waren sie nun.

Orlow begrüßte Ella als Erste, dann die anderen. Nathanael ignorierte er geflissentlich.

„Lasst uns das Zeitungsviertel stürmen!", jubelte Roland in diesem Moment und die Arbeiter um ihn herum reckten jubelnd ihre Waffen.

Woher sie die wohl hatten? Vom Schwarzmarkt? Von den Russen? Oder waren sie ehemalige Soldaten? Wahrscheinlich eine bunte Mischung aus allem.

Orlow wirkte einen Moment irritiert und wandte sich leise an Ella. „Wieso das Zeitungsviertel?"

„Wenn wir die anderen Informationsorgane ausschalten, sind wir die einzige Quelle der Wahrheit", erläuterte sie ihm knapp.

„Ah", murmelte Orlow nachdenklich, aber nicht ganz zufrieden mit der Antwort. Anscheinend hatte er andere Pläne gehabt.

Doch die Meute zog schon nach Süden in Richtung Getraudenstraße los, die in die Leipziger Straße mündete.

Schulterzuckend folgte Orlow ihnen. „Auch eine gute Idee", murmelte er.

Nathanael hielt sich dicht neben Ella. „Bist du dir bewusst, dass der *Vorwärts* bewacht ist? Das könnte in einem Gemetzel enden."

„Wenn wir nicht kämpfen, wird es niemand tun und wir werden die Revolution verlieren."

„Ella!" Nathanael griff nach dem Ärmel ihres Wintermantels. „Kämpfen? Mit Gewehren, Pistolen, Maschinengewehren? Womöglich gegen Artillerie? Und da willst du mitmachen?"

„So weit kommt es schon nicht", winkte sie ab.

Blauäugig, wie Nathanael fand. Naiv, idealistisch, unbesorgt. Immer ein Lächeln auf dem Gesicht. Ihre karamellbraunen Augen strahlten und sie sah entschlossen aus.

Er würde mitkommen und auf sie aufpassen. Wenn er sich jetzt zu Hause bei Paul im Studentenzimmer verkroch und Ella etwas zustieß, würde er sich das nicht verzeihen können. Bei Wiltzi war er gutgläubig nach Hause gegangen, diesen Fehler würde er nicht noch einmal begehen.

In den *Vorwärts* hineinzukommen war erstaunlich einfach. *Zu* einfach.

Die achtzig Polizisten zogen sich kampflos zurück und überließen ihnen den Gebäudekomplex in der Lindenstraße 3 ohne jeglichen Widerstand.

Die Besetzer scheuchten die Redakteure aus ihren Büros und quartierten sich selbst ein, während das Druckerpersonal einbehalten wurde, um die Maschinen zu bedienen. So drehte sich Orlow bald im Sessel des Chefredakteurs und teilte Befehle aus. „Eingänge absichern! Und wir wollen uns sofort an die Arbeit machen und eine Zeitung verfassen!"

Ein Teil der Männer schickte er weiter, um noch die *Berliner Morgenpost* und die *Vossische Zeitung* in ihre Gewalt zu bekommen. „Wenn, dann ganz!", verkündete er, als wäre die Idee mit der Besetzung des Zeitungsviertels von ihm gekommen.

Die Gestaltung des morgigen *Vorwärts* überließ er direkt Ella. Er schickte ihr ein paar geeignete Unterstützer hinzu und so diskutierte sie bald mit dem Schriftsteller **Wolfgang Fernbach** über  den Namen, den ihre neue Zeitung tragen sollte. Man konnte ja kaum *Zentralorgan der Sozialdemokratischen Partei Deutschlands* als Untertitel weiterführen. Nach einigem Hin und Her entschieden sie sich für *Organ der revolutionären Arbeiterschaft Groß-Berlins*.

Nathanael sah aus dem Fenster und kaute auf seinen Fingernägeln. Unten fuhren sie mit Lastkraftwagen in das Tor. Die Scheinwerfer krochen langsam über den Asphalt. Waffen? Munition? Geschütze? Dann und wann knallte es, doch er war es schon fast gewohnt und prüfte kaum noch, aus welcher Richtung der Schuss wohl gekommen war.

Es herrschte helle Aufregung und beständiges Treiben. Wachposten befragten erst jeden, bevor sie ihn hineinließen. Einige trugen auch wieder Dinge heraus. Aus einem Sack stand die Ecke eines Gemäldes hervor. Hatten sich Plünderer und Diebesbanden unter die Aufständischen gemischt? Innerlich zog er den Hut vor so viel Einfallsreichtum, die Revolution als Vorwand für Einbrüche zu nehmen, auf der anderen Seite verachtete er sie dafür.

Als dann auch noch unter Jubel ein schwerer Mehlwagen empfangen wurde, drohte er wie ein Dampfkessel zu explodieren. Das war das Mehl, dass an die Bevölkerung verteilt werden sollte!

Sicherlich warteten die kleinen Leute mit ihren Tunken und Suppen auf das bisschen Mehlpampe, während der Vorrat dort unten die Besetzer monatelang durchbringen konnte! Als ob sie sich für eine Belagerung vorbereiteten! Und damit nahmen sie kleinen Kindern ihr Essen weg.

Das war nicht idealistisch, es war niederträchtig!

Nach einer Weile spähte er auf den Flur. Irgendwo fand eine lautstarke Diskussion statt, ob das Rätesystem oder die bürgerliche Republik besser waren – wahrscheinlich versuchte jemand, die Drucker zu bekehren.

Nein, auf diese Debatte hatte er nun wahrlich keine Lust. Sie würden nur die ewig gleichen Phrasen und schlechten Argumente wiederholen.

Ella war immer noch in ihre Arbeit vertieft. Er sträubte sich, sie dabei zu unterstützen. Er war schließlich hier, um auf sie aufzupassen, nicht, weil er hinter den kommunistischen Kampfideologien stand.

***

Ella strich ein Wort durch, das sie soeben geschrieben hatte. „Ich brauche ein Wörterbuch", jammerte sie. Sie hatte schon Flugblätter und Deutschaufsätze verfasst, aber eine Zeitung zu schreiben, stellte sie vor eine ganz neue Herausforderung. Man erwartete Fehlerfreiheit, elegante Worte und dabei doch Inhalte, die den Leser bewegten.

„In der Bibliothek gibt es bestimmt eines." Wolfgang Fernbach sah nicht von seinem Blatt auf.

Ella warf einen Blick zu Nathanael, der gelangweilt an die Fensterscheibe hauchte und mit dem Finger Kreise in das kondensierte Wasser malte. Ihm war offensichtlich langweilig, aber ihnen helfen wollte er auch nicht. Trotzdem schätzte sie seine bloße Anwesenheit. Es gab ihr das Gefühl, jemanden zu haben, der bedingungslos hinter ihr stand.

Sie lief durch die Gänge und spähte in die verschiedenen Büros, bis sie schließlich die Bibliothek fand.

Mit ihren Fingern strich sie über die Buchrücken. An einem roten Einband blieb sie hängen und lächelte. Dieses Buch musste sie Nathanael zeigen, vielleicht konnte das seine Langeweile etwas stillen.

Doch als sie zurück ins Büro kam, las er gerade ein Flugblatt vor.

„Das Volk soll nicht sprechen dürfen. Seine Stimme soll unterdrückt werden. Die Erfolge habt ihr gesehen. Wo Spartakus herrscht, ist jede persönliche Freiheit und Sicherheit aufgehoben. Die Presse ist unterdrückt, der Verkehr lahmgelegt. Teile Berlins sind die Stätte blutiger Kämpfe. Andere sind schon ohne Wasser und Licht. Proviantämter werden gestürmt, die Ernährung der Soldaten und Zivilbevölkerung wird unterbunden."

Ella knallte die Bücher auf den Tisch und Nathanael zuckte zusammen.

„Lies das nicht vor!" Eine Welle der Wut durchflutete sie. Was für ein haarsträubender Unfug!

„Warum nicht?"

Ella schnaubte. „Wir sollen daran schuld sein, dass die Stadt ohne Wasser und Licht ist? Oder dass die Leute nichts zu essen haben? An Ersterem ist ja wohl eher der Generalstreik schuld, zu dem die SPD genauso aufgerufen hat. Und Essen haben wir schon seit 1914 nicht mehr. Was für eine Propaganda!"

Wolfgang Fernbach sah von einem zum anderen. „Ich gehe auch mal lieber in die Bibliothek", murmelte er und ließ sie im Büro allein.

„Das mit der Pressefreiheit ist allerdings richtig."

„Hilde hat mir erzählt, dass sie an einer Litfaßsäule Mordaufrufe gegen Liebknecht und die Spartakistenanführer gesehen hat. Und für diese Leute argumentierst du?" Ella schlug das Wörterbuch auf und blätterte so aufgebracht darin, dass Nathanael fürchtete, sie würde die Seiten herausreißen.

„Erstens war das wahrscheinlich nicht Ebert, der mit Nägeln durch die Stadt gezogen ist und die Plakate angehämmert hat. Und zweitens sterben durch die ganze Revolution, durch die Bewaffnungen und Schießereien wirklich unnötig Menschen!"

„Und das soll allein unsere Schuld sein?"

„Sie glauben eben an das allgemeine Wahlrecht und verteidigen es, ihr glaubt an das Rätesystem und kämpft dafür. Am Ende sind die gut, die gute Taten tun, und die schlecht, die schlechte Taten tun, egal auf welcher Seite sie stehen."

Ella hielt inne und wiederholte in ihrem Kopf die Worte, die er eben gesagt hatte. *„Am Ende sind die gut, die gute Taten tun, und die schlecht, die schlechte Taten tun, egal auf welcher Seite sie stehen."* Da stand er hier als Atheist und machte *ihr* deutlich, worauf es ankam. *„Also lasset euer Licht leuchten vor den Leuten, dass sie eure guten Werke sehen und euren Vater im Himmel preisen"*, flüsterte sie leise. Ließ sie gerade ihr Licht leuchten? War sie ein Vorbild in ihren guten Werken? Sie erschauderte. Vor einigen Stunden hatte sie dabei geholfen, das Zeitungsviertel zu besetzen. Sie hatten sich etwas genommen, was ihnen nicht zustand und nicht gehörte.

Nathanael faltete das Flugblatt zusammen. „Was?"

„Das hat Jesus gesagt. Du hast recht – welches politische System man für besser hält, macht einen zu keinem besseren Menschen. Was man redet und tut, ist entscheidend. Und dass man so lebt, wie Jesus es vorgelebt hat." Sie schluckte heftig.

Damals glaubten die Juden, dass der Messias sie von der Herrschaft der Römer befreien würde. Doch daran dachte Jesus überhaupt nicht. Sogar als er gefangen genommen wurde, wehrte er sich nicht. Seine Jünger wollten mit Schwertern für ihn kämpfen und Petrus schlug einem Knecht das Ohr ab. Aber Jesus heilte das Ohr.

Statt seinen Herrschaftsanspruch geltend zu machen, befreite er die Menschen von ihren Sünden und lehrte sie, wie man in Liebe zueinander lebt. *Du sollst Gott, deinen Herrn, lieben von ganzem Herzen, von ganzer Seele, von ganzem Gemüte und von allen deinen Kräften. Das ist das vornehmste Gebot. Und das andere ist ihm gleich: „Du sollst deinen Nächsten lieben wie dich selbst." Es ist kein anderes Gebot größer denn diese.* Wie sich diese Verse bei ihr eingebrannt hatten. Sie folgte ihnen schon längst nicht mehr, hielt Nathanael Vorträge, aber liebte weder Gott noch ihre Mitmenschen. Allen voran ihre Feinde – für die konnte sie keine Liebe aufbringen, wie es Jesus getan hatte.

„Wenn dir das hilft, dass es einmal einen Mann gegeben haben soll, der das gesagt hat …" Er zuckte mit den Schultern.

„Nicht irgendein Mann, Gottes Sohn." Ihre Worte waren nur ein Hauch.

„Ich kann nicht an Gott glauben. Bisher gibt es nichts, was mir seine Existenz beweisen könnte."

„Ich habe dir etwas mitgebracht." Ella reichte ihm das dicke rote Buch.

„Einen theologischen Kommentar? Was soll ich damit?"

„Der Glaube ist nicht nur für ungebildete Träumer. Jesu Leben ist von den Evangelien wesentlich besser und genauer bezeugt als Alexander der Große, wusstest du das?"

„Aber die Evangelien sind alle voreingenommen."

„Und Cäsars *De bello Gallico* etwa nicht? Weil jemand parteiisch ist, heißt es ja nicht, dass nichts stimmt von dem, was er geschrieben hat." Der letzte Satz passte auch haargenau auf ihre heutige Situation, wurde ihr bewusst. Das Flugblatt hatte ja recht, sie brachten mit ihrem Treiben hier die Pressefreiheit in Gefahr. Wie oft hatte sie sich im Krieg über die Zensur aufgeregt – nur um jetzt selbst zu zensieren. Andererseits mussten sie doch auch eine Chance bekommen, zum Volk zu sprechen, oder?

„Und wenn es einen historischen Jesus gab? Dann war er ein guter Redner, aber er ist sicher nicht auferstanden."

„Es gibt mehr Dinge im Himmel und auf Erden, als deine Schulweisheit sich träumen lässt. Und seine Jünger waren so fest von Jesu Auferstehen überzeugt, dass sie ihre Weltansicht aufgaben, die ihnen von Kindheit an gelehrt worden war. Sie sind allesamt als Märtyrer gestorben. Für mich ist das ein eindeutiger Beweis, dass sie fest an ihn geglaubt haben. Paulus schreibt sogar: *,Ist aber Christus nicht auferstanden, so ist unsre Predigt vergeblich, so ist auch euer Glaube vergeblich.'"*

Nathanael faltete langsam das Flugblatt wieder auseinander. „Bist du denn bereit, für die Verteidigung des Zeitungsviertels zu sterben?"

„Wieso?"

Langsam las er die letzten Zeilen vor: „Die Regierung trifft alle notwendigen Maßnahmen, um diese Schreckensherrschaft zu zertrümmern und ihre Wiederkehr ein für alle Mal zu verhindern. Entscheidende Handlungen werden nicht mehr lange auf sich warten lassen. Es muss aber gründliche Arbeit getan werden, und die bedarf der Vorbereitung. Habt nur noch kurze Zeit Geduld! Seid zuversichtlich, wie wir es sind, und nehmt euren Platz entschlossen bei denen, die euch Freiheit und Ordnung bringen werden. Gewalt kann nur mit Gewalt bekämpft werden. Die Stunde der Abrechnung naht."

Ella lief ein Schauer über den Rücken. Ein Kampf stand bevor. Mit Waffen und allem, was die Weltkriegsarsenale zu bieten hatten.

„Nein." Sie schüttelte den Kopf. „Nein, ich möchte nicht sterben. Aber wir werden das schon irgendwie überleben. Hoffentlich." Das letzte Wort fügte sie leise hinzu, während sie sich über das Wörterbuch beugte.

***

Es war bereits spät in der Nacht, als Ella ihm stolz ihr Probeexemplar der morgigen Ausgabe unter die Nase hielt.

„Na, was sagst du? Aber sag schnell, die Drucker müssen mit dem Setzen anfangen und dann die Druckmaschinen anschmeißen. Hoffen wir, dass wir bis morgen früh noch eine ordentliche Auflage zusammenbekommen."

Er legte den Bibelkommentar beiseite, den er aus Langeweile tatsächlich zu lesen angefangen hatte, und überflog die Texte.

„Ein Aufruf zum Streik morgen um 11 Uhr in der Siegesallee, die Revolution ist in Gefahr, ein Aufruf an die Arbeiter ... aber das ist ja nur ein Blatt." Er wendete den Zettel auf die Rückseite.

„Ich weiß, für mehr war keine Zeit, wir sind leider nicht so geübt darin, eine Zeitung zu schreiben. Immerhin, die zweite Hälfte der zweiten Seite ist sogar eng bedruckt."

„Gut", murmelte Nathanael, ohne zu wissen, was er von all dem wirklich halten sollte. Er folgte Ella nach unten zu den Druckern, die die Texte sofort in die vielen Setzmaschinen eingaben, wo sie Zeile für Zeile zusammengesetzt und gegossen wurden. Fasziniert beobachtete Nathanael, wie die Setzer auf der Tastatur Buchstabe für Buchstabe vorsichtig tippten, genau darauf bedacht, keinen Fehler zu machen.

Es dauerte eine Zeit, bis endlich die ersten Zeitungsseiten durch die Rotationsdruckmaschine rollten. Fünf Exemplare pro Sekunde schossen aus der Maschine und gaben schon nach wenigen Minuten einen beträchtlichen Stapel ab, der verschnürt und verladen wurde.

Gähnend lehnte er sich an die Wand und war überrascht, als Ella sich neben ihn stellte.

„Wo ist eigentlich dieser Orlow?", fragte er sie von der Seite.

Sie zuckte mit den Schultern. „Keine Ahnung. Er wollte die Ausgabe lesen, ist aber nirgendwo zu finden. Ist ja auch egal."

„Egal?", murmelte Nathanael und Hoffnung keimte in ihm auf. War es ihr wirklich egal, was Orlow sagte, während sie *ihm* stolz die Ausgabe unter die Nase geschoben hatte?

„Und? Wie findest du den Bibelkommentar bisher?", fragte sie mit Blick auf das rote Buch, was er immer noch unter dem Arm trug.

„Überraschend sachlich und lehrreich. Eigentlich dachte ich immer, es gehe in der Religion darum, Gesetze und Regeln zu befolgen. Aber dieser Jesus war ganz schön streng mit diesen Pharisäern, obwohl sie versucht haben, sich an alle Regeln zu halten." Er grinste. Ob Ella sich daher ihre rebellische Ader abgeschaut hatte? Dieser Jesus war kein frommer Kirchgänger, wie er ihn sich immer vorgestellt hatte. Der hatte Feuer, aber ein reines, machtvolles und gutes Feuer. Es verbrannte das Böse und ließ das Gute wie geschmolzenes Gold zurück.

Ella schüttelte lächelnd den Kopf. „Nein. Es geht als Nachfolger Jesu nicht darum, alles richtig zu machen und alle Gebote zu befolgen. Vielmehr geht es um ihn. Mit seinem Tod am Kreuz ist er das Zentrum unseres Glaubens, nicht dass wir perfekt handeln und uns durch unsere überlegene Moral in den Himmel katapultieren. Jesus nachzufolgen heißt anzuerkennen, dass man ein Sünder ist, der Fehler macht, doch den Jesus aus allem Bösen herausgerettet hat – nicht durch unseren Verdienst, sondern durch seine Gnade. Wir versuchen zwar, so zu leben wie er es uns vorgelebt hat – aber wir erliegen nicht der Täuschung, dass uns das retten würde."

Nathanael nickte, doch so ganz verstand er es noch nicht. „Lebst du so wie er?", fragte er dann.

„Viel zu wenig." Ein düsterer, reumütiger Schleier zog über ihr Gesicht.

Sie schwieg und das Rattern der Druckmaschinen dröhnte Nathanael in den Ohren. Er wagte es nicht, die Stille zwischen ihnen zu durchbrechen. Zu kostbar war dieser Moment, einfach neben ihr zu lehnen, sie anzusehen und ihre Schulter wenige Zentimeter von seiner entfernt zu sehen.

Sie musste gähnen und hob schnell die Hand vor den Mund.

„Komm, wir finden ein Plätzchen zum Übernachten. Jetzt sollten wir uns nicht mehr auf die Straßen wagen." Er richtete sich auf.

Sie nickte. „Ja, zum Gebäudekomplex gehören auch Wohnungen, denke ich. Vielleicht lässt uns jemand bei sich hinein."

„Ich denke, die Bewohner sind vertrieben, wenn ich das Treiben auf der Straße richtig interpretiert habe."

Sie streiften durch leere Flure, eine Gaslampe in der Hand, die sie aus dem Büro mitgenommen hatten. Das Knattern der Druckmaschinen hallte durch die Räume und gab allem eine gespenstische Atmosphäre. In manchen Büros lagen quer auf dem Boden Aufständische und schnarchten, andere waren leer. Sie schlichen über die verlassenen Innenhöfe in ein Nachbargebäude, bei dem die Tür eingeschlagen war.

„So brutal", murmelte Ella.

Ein paar der Wohnungen waren belegt, aber im Dachgeschoss fanden sie noch eine Wohnung, wo es ein müder Arbeiter nur bis zum Sofa geschafft hatte und wo zwei Schlafzimmer frei waren. Nathanael überprüfte die Schlösser der Zimmer und gab Ella das, welches man verschließen konnte. Er gab ihr auch die Lampe mit und stolperte dann in seinem Raum über eine Holzeisenbahn, die auf dem Boden aufgebaut war. In dem fremden Bett eines unbekannten Kindes streckte er sich aus. Das war alles nicht recht. Er musste dem ein Ende setzen! Doch er durfte Ella nicht zurücklassen. Sie meinte es nur gut und hatte es nicht verdient, von einer verirrten Kugel getroffen zu werden.

Beim Einschlafen fragte er sich, was sie wohl damit gemeint hatte, dass sie viel zu wenig so lebte, wie Jesus es getan hatte. Wurde ihr langsam bewusst, dass sie sich einer ganz schön extremistischen Gruppe angeschlossen hatte? Und dass Orlow nicht der Retter der Menschheit war?

Nathanael konnte es nur hoffen. Um ein Haar hätte er sogar dafür gebetet, doch er konnte sich gerade noch zurückhalten. *Nun schnapp nicht über, Junge!*

Kapitel 20

Als sie aufwachte, fragte sie sich, wo sie war. Rosa geblümte Vorhänge, himmelblaue Bettwäsche, weiße Möbel. Die geklöppelten und gehäkelten Deckchen auf der Kommode und die bestickten Kissen versetzten Ella in die Biedermeierzeit. Wo jede gute bürgerliche Tochter noch Klavier spielen und handarbeiten konnte, als gäbe es sonst nichts Wichtigeres auf der Welt.

Es dauerte einen Moment, bis sie sich erinnerte, wie sie mit Nathanael durch die dunkle Wohnung getappt war.

Sie schlüpfte in ihre Oberbekleidung und wagte dann einen Blick vor die Tür. Ein Krug Wasser stand davor. Erleichtert schloss sie wieder ab, füllte die Waschschüssel und wusch sich. Mit einer fremden Haarbürste kämmte sie sich. Ob sich damit gestern noch eine ganz andere Frau gebürstet hatte? Es war ein merkwürdiges Gefühl, so in die Privatsphäre von Unbekannten einzudringen. Sie machte ja nichts kaputt, lieh nur aus, aber richtig fühlte es sich nicht an.

Ella öffnete ein Fenster. Die Sonne stand hoch am Himmel, es musste bereits später Vormittag sein. Im Hof schleppten Männer Papierrollen, Möbel, Hölzer und Stapel alter Zeitungen über das Pflaster.

Man rief sich gegenseitig wilde Kommentare zu und lachte, dass es dröhnend von den Wänden widerhallte.

Das Fenster quietschte, als sie es wieder schloss. Die bürgerliche Wohnung war leer, Nathanael und der Arbeiter waren bereits auf.

Im Treppenhaus hörte sie eine vertraute Stimme rufen.

„Höher, die Barrikaden müssen höher. Man muss dorthin und davon wegkommen, ohne in Gefahr zu geraten, eine Kugel abzubekommen."

„Sascha, guten Morgen!" Ella lehnte sich über die Brüstung und sah die sich im Kreis drehenden Stufen hinab bis ins Erdgeschoss.

Alexander Orlow trat ins Auge des Treppenhauses und sah nach oben. „Die schöne Ella! Moment, ich komme zu dir hoch!"

Mehrere Stufen auf einmal nehmend, eilte er herauf. Ohne außer Atem zu sein, trat er vor sie. „Hast du hier geschlafen? Nett." Er streckte die Hand aus und wies sie an, vor ihm in die Wohnung zu treten. Hinter ihr schloss er die Tür.

„Ich habe dich gestern gar nicht mehr gesehen." Seine Stimme klang tief und rau.

„Ja, wolltest du keinen Blick mehr auf die fertige Zeitung werfen?"

„Wollte ich, die Pflicht hat an anderer Stelle gerufen. Aber mit dir habe ich die Aufgabe in die besten Hände gegeben." Er nahm ihren Unterarm und zog sie näher zu sich.

Ellas Herzschlag beschleunigte sich. Sie wollte von ihm nicht so berührt werden.

„Wir waren noch nie so allein, meine Süße."

„Doch, im November im Gewerkschaftshaus in Kiel." Ella versuchte, ihm unauffällig ihren Arm zu entwinden, aber er hielt sie fest.

„Das ist lange her. Seitdem habe ich dich vermisst."

„Ich war doch immer da." Sie lachte nervös. Was wollte er von ihr?

Er ließ sie los und warf die Arme in die Luft. Schnell zog Ella ihren Arm zurück und schob ihn sich hinter den Rücken. „Als Genossin! Als treue Genossin warst du immer da. Doch du verstehst nicht, ich habe *dich* vermisst, *dich*! Und uns beide zusammen." Mit einem schwungvollen Schritt trat Sascha an sie heran, nahm ihr Kinn zwischen seine Finger und presste ihr einen Kuss auf den Mund.

Der Geschmack von Zigarettenrauch und Alkohol brannte auf ihren Lippen. Wie konnte er es wagen? Sie nahm all ihre Kraft zusammen und stieß ihn von sich. Taumelnd versuchte er, sein Gleichgewicht wieder zu finden.

„Halten Sie sich im Zaum, Genosse Orlow!" Wütend wischte sie sich mit dem Ärmel über ihr Gesicht. Das vertrauliche „Sascha" hatte er sich verspielt! Widerwärtig, sie mit einer Fahne so zu bedrängen!

Seine charismatische, gut aussehende Fassade war endgültig zerbröckelt. Er war bedrohlich, finster. Gewissenlos! Wie eine Handgranate – abenteuerlich, aber zerstörerisch.

„Ella!" Er lachte. „Spürst du denn nicht das Feuer zwischen uns?" Sascha wollte wieder nach ihr greifen, doch sie wich ihm aus. „Küss mich, leidenschaftlich, dort im Schlafzimmer, wir beide. Du bist eine erwachsene Frau, sag mir nicht, dass du noch nie jemanden geküsst hast."

Sie begab sich in Richtung der Wohnungstür. „Ich war verlobt. Doch im *Schlafzimmer* werde ich nur meinen Ehemann küssen."

„Ehemann?" Er gluckste. „Ich hätte dich für weniger brav und naiv gehalten. Für wild und unabhängig."

Sie zog die Tür hinter sich auf. „Da muss ich dich enttäuschen. Raus mit dir!"

Er zuckte mit den Schultern. „Schade." Damit rauschte er an ihr vorbei ins Treppenhaus. „Dann kann aus uns nichts werden."

„Bist du gegen das Heiraten?"

Er galoppierte die Treppenstufen hinunter. Sie beugte sich über das Treppengeländer und blickte ihm durch die Mitte des Treppenhauses hinterher. „O nein, nein. Aber erstens bist du mir *dafür* dann doch nicht hübsch genug und zweitens bin ich bereits verheiratet."

Ella krallte ihre Finger um das Geländer. „Was?"

„Du Träumerin." Er stoppte, drehte sich zu ihr nach oben und rollte mit den Augen. „Meine Frau und mein Sohn sind in Leipzig."

Sie wollte etwas sagen, doch ihr Mund stand tonlos offen.

„Was? Ich habe sie seit drei Monaten nicht gesehen, da wird man eben … hungrig."

„Du. Hast. Eine. Frau? Und dann … kokettierst du so mit mir?? Lädst mich ständig zum Essen ein? Obwohl ich dir gar nicht hübsch genug bin?"

„Nichts für ungut, ich mag dein Feuer. Du bist so … leidenschaftlich."

„Ich habe dich bewundert, Orlow. Vielleicht fand ich dich sogar attraktiv. Aber mehr konnte ich mir nie mit dir vorstellen." Sie drehte sich um, knallte die Wohnungstür hinter sich zu und schloss sich im fremden Schlafzimmer ein.

Eigentlich hätte ihr zum Heulen zumute sein sollen, aber stattdessen stand ihr einfach nur der Mund offen. Sie hob die Handflächen nach oben und gefror zur Salzsäule.

„Was für ein … So ein …" Ihr fehlten die Worte.

Dann griff sie eines der bestickten Kissen und donnerte es wütend gegen die Wand. Sie war so geschmeichelt gewesen, hatte sich zu ihm hingezogen gefühlt, zu dem geheimnisvollen Revolutionär mit den dunklen Locken und den breiten Schultern. Wie dumm von ihr! Sie hatte nicht auf seinen Charakter geschaut, sondern nur auf sein anziehendes Äußeres. Wie ein Backfisch!

Ein zweites Kissen flog hinterher.

Abram hätte ihn von Anfang an nicht leiden können, auch Nathanael mochte Orlow nicht. Und sie – sie fiel auf ihn herein und ließ sich ständig von ihm ausführen.

Seine Frau betrügen! Sogar ein Kind hatte er mit ihr! Und das hatte er drei Monate lang verschwiegen, als wären sie nicht existent.

„Arrg!" Ein drittes Kissen flog, landete aber nicht an der Wand, sondern stieß die Lampe vom Nachttisch, die klirrend zu Boden fiel. „O nein!"

Erschrocken eilte sie zu dem kostbaren Stück, das nun zertrümmert auf den Dielen lag. Was konnte sie tun? Die Sachen gehörten ja jemandem. Kleben? Zu viele Scherben. Ersetzen? Womit, in der dürren Nachkriegszeit? Noch nicht einmal Geld hatte sie dabei, das lag zu Hause in ihrer spärlichen Studentenkasse.

Zerstört und unersetzbar. Wie die Löcher, die im Berliner Stadtschloss klafften. Wie die vielen Toten des Weltkrieges. Wie Abram.

Nun kamen ihr doch die Tränen. Sie kniete sich auf den Boden und vergrub ihr Gesicht in ihren Röcken.

Sie hatte Orlow vertraut. Auf was war sie noch alles hereingefallen? Wenn er nicht der Idealist war, für den sie ihn gehalten hatte, was dann? Ein Opportunist? Ein machtgieriger Putschist?

Und wenn die anderen – die SPD und alle – nicht die Bösen waren, sondern die Kommunisten?

Nein, viele von ihnen waren wirklich Idealisten und die SPD hatte sich einige schlechte Dinge geleistet. Aber so war auch auf ihrer Seite nicht alles golden. Es liefen Dinge schief, die Falschen bekamen die Macht in die Hände und schon war die ganze gute Idee der gerechten Sache befleckt. Wie in Russland, wo ein Bürgerkrieg das Land zerstörte, obwohl der Kommunismus es eigentlich aufbauen sollte.

Es klopfte an der Tür. Ella sprang auf und wischte sich die Tränen aus dem Gesicht. Hoffentlich nicht noch mal Orlow. Sie drehte den Schlüssel im Schloss und schob die Tür einen Spalt breit auf.

„Ja?"

„Ich bin es, ich habe Frühstück aufgetrieben."

Nathanael.

„Moment, ich komme gleich an den Esstisch."

Sie schob die Scherben rasch auf einen Haufen, wusch sich die roten Tränenflecken aus dem Gesicht und suchte das Speisezimmer.

Nathanael saß lächelnd vor zwei Scheiben Brot.

„Mit Butter! Und ohne Sägespäne!", verkündete er grinsend.

Ella musste lächeln, setzte sich zu ihm und biss gierig in die Butterstulle. „Himmlisch!"

Nathanael nickte und brach sich eine Mäuseportion nach der anderen von seinem Brot ab. „Dann hält es länger."

In ihr zog sich etwas warm zusammen. Plötzlich wünschte sie sich, sie könnte jeden Morgen mit ihm frühstücken.

Einen so loyalen Freund wie ihn hatte sie noch nie gehabt. Der zu ihr hielt, egal ob er politisch mit ihr übereinstimmte oder nicht – Nathanael hatte sie nie im Stich gelassen.

Irgendwo in ihr entsprang plötzlich ein Funke und wärmte sanft ihr tiefgefrorenes Herz.

In den nächsten Tagen kam Ella kaum zum Nachdenken. Der Generalstreik dauerte an, ging nun schon beinahe eine ganze Woche. Teilweise hatte ein Viertel der Berliner auf den Straßen gestanden – 500.000 Menschen mit Transparenten. Am 6. Januar hatte die SPD allerdings ebenfalls zum Streik aufgerufen und die Demonstrationszüge hatten sich – beide rote Fahnen schwenkend, aber unterschiedliche Sprechchöre schreiend – sogar gekreuzt. Wo war der Witz an einem Streik, wenn die Gegenseite für das Gegenteil streikte?

Dann hatten beide Seiten ihre Arbeiter bewaffnet und nur Schießereien und Straßenkämpfe geerntet.

Keiner hatte etwas gewonnen.

Ella überlegte, ob die Demonstranten die Regierung hätten überwältigen können, wenn jemand dazu einen Befehl gegeben hätte. Liebknecht, Eichhorn, Luxemburg. Irgendjemand.

Liebknecht hatte zwar einen netten Brief geschrieben, in dem er die Regierung absetzte, aber bei dem Stück Papier war es geblieben.

Stattdessen verhandelte der selbsternannte Revolutionsausschuss nun mit Ebert und Scheidemann. Worüber wohl? Ob sie sich absetzen lassen wollten? Sie hatten nichts als wertvolle Zeit vergeudet, Zeit, in der **Gustav Noske**, Eberts neuer Freund im Rat der Volksbeauftragten, Truppen heranschaffte. „Fünf Mark Handgeld pro Kopf und Tag, freie Verpflegung und Unterbringung, kürzeste Kündigungsfrist, Treuegeld, Entlassungsgeld und Entschädigung." Noskes Freikorps, die gegen die Besetzer des Zeitungsviertels eingesetzt werden sollten, waren traumhafte Arbeitgeber.

Am 8. Januar war Liebknecht zu ihnen gestoßen und unterstützte sie seitdem beim Schreiben der Zeitung.

Drinnen grübelten sie über Texten, draußen wurden die Barrikaden erweitert und Maschinengewehre platziert. Die fast 800 Leute hatten sich eine kleine Festung im Gebäudekomplex des *Vorwärts* in der Lindenstraße 3 errichtet. Die Volksmarinedivision hatte sich ihnen allerdings nicht angeschlossen, sondern sich für „neutral" erklärt.

An diesem Tag hatten auch die ersten Kämpfe angefangen. Erst beim *Mossehaus*, dann in Spandau, bald würden sie dran sein.

Ihnen lief die Zeit davon. Ella schrieb mit Wolfgang um die Wette, aber ihnen gingen die Ideen aus, wie sie die Arbeiter noch für ihre Sache einspannen konnten. Die Revolution verpuffte wie ein losgelassener Luftballon.

Alles fühlte sich an wie ein Kampf gegen Windmühlen.

Und zwischen all dem Nathanael, der ihr immer wieder aus dem Bibelkommentar vorlas und Fragen stellte. Fragen, die sie mehr als einmal ins Zweifeln brachten. Setzte sie sich wirklich für Gerechtigkeit ein? Für das Gute? Oder war sie einer Ideologie verfallen, die dem Bösen diente? Langsam fürchtete sie sich, dass das der Fall sein könnte.

Aber sie hatte doch die letzten Monate so hart für das hier gekämpft – für ein Kriegsende, für die Gerechtigkeit, für die Arbeiter! Für eine ganz und gar gerechte Gesellschaft. War das nicht in Gottes Sinne? Warum waren dann alle Kommunisten um sie herum Atheisten und Religion grundsätzlich abgeneigt?

Lustlos kritzelte sie neben ihrem aktuellen Artikelentwurf mit dem Bleistift Kringel auf das Papier. Sie wollte gerade die Arbeiter zum Kommunismus aufrufen, aber irgendwie war ihr die Lust darauf vergangen. Sie sah zu Nathanael, der versunken in das rote dicke Buch war. Hatte er am Ende recht?

Er spürte ihren Blick auf ihm und wandte ihr sein Gesicht zu. „Ist alles in Ordnung?"

Sie nickte, dann schüttelte sie den Kopf. „Denkst du wirklich, dass hier alles ist so falsch? Ich wollte doch immer das Richtige tun."

„Das wolltest du. Aber manchmal wollen wir das Gute und tun das Böse, oder?"

Jetzt zitierte er schon die Bibel! Sie musste grinsen. „Ist es denn wirklich so … böse? Ich mag es gar nicht glauben."

Nathanael kratzte sich nachdenklich am Arm. „Neulich habe ich beobachtet, wie sie einen Mehltransporter requiriert haben. Das Mehl wäre eigentlich für die Bevölkerung gedacht gewesen. Ich verstehe zwar, dass wir hier auch etwas essen müssen, aber widerspricht es nicht all den kommunistischen Prinzipien, sich einfach von den Armen zu nehmen?"

Ella schluckte. Natürlich tat es das. Es war dreister Diebstahl –

und dann noch nicht einmal von den Reichen. Hatte der verlogene Orlow nicht neulich erst einen Dieb in Schutz genommen? Und war bereit gewesen, über Leichen zu gehen? Wie hatte sie das einfach so abtun können? „Komm", sagte sie und zog ihn von seinem Stuhl hoch. „Lass uns hinausgehen und uns selbst ein Bild machen von dem, was draußen vorgeht."

Nathanael nickte und folgte ihr durch die Gänge des Zeitungsverlags nach unten. Über eine mannshohe Papierrolle, die als Barrikade diente, kletterten sie hinaus auf die Lindenstraße.

Überall flanierten Männer mit roten Armbinden in Trupps, die Gewehre lässig über der Schulter. Das Abendrot erleuchtete ihre verstrubbelten Frisuren in warmem Gold.

„Überhaupt keine Zivilisten auf der Straße", murmelte Nathanael.

„Wie die Leute sich wohl etwas zu essen oder neue Kohlen holen?", wunderte sich Ella.

„Vermutlich gar nicht. Bei dem, was man immer wieder an Schüssen hört, trauen sie sich wahrscheinlich nicht."

Überall waren die schweren Metallgitter heruntergelassen. Ein einzelner, mutiger Geschäftsmann wagte es, durch einen winzigen Spalt seines fast geschlossenen Zuggitters hindurch zu verkaufen. Aber mit jedem Trupp, der vorbeikam, legte er die Hände an die Gitter, bereit, sie blitzschnell zuzuziehen.

Sie liefen in Richtung Norden die Friedrichstraße entlang, als sie plötzlich von einem der Trupps angezischt wurden: „Ihr tragt keine roten Armbinden! Auf wessen Seite steht ihr?"

Ella starrte nur auf den langen Gewehrlauf, den einer der Männer langsam zu heben begann. Eigentlich hatte sie geglaubt, dass sie sich hier im eroberten Zeitungsviertel frei bewegen konnten. Sie waren mitten im Dreieck zwischen *Tägliche Rundschau*, *Lokal-Anzeiger* und *Wolffsches Büro*, sicheres Gebiet – oder etwa nicht?

„Das ist Ella Silberthal, die täglich Artikel für die kommunistische Version des *Vorwärts* schreibt. Ein bisschen mehr Respekt, bitte!", sagte Nathanael so sachlich, dass sie ihn für seine Ruhe nur bewundern konnte.

Die Männer brummten und zogen sich zurück.

„Dass immer gleich mit der Waffe gefuchtelt werden muss. Die Dinger sind brandgefährlich!", murmelte Ella.

Plötzlich gellte ein Schuss. Und noch ein zweiter und dritter. Irgendwo ratterte ein Gewehr. Nathanael handelte blitzschnell und schob sie erst in eine Seitenstraße und dann in einen Hauseingang. Die Sonne war mittlerweile untergegangen. Bald knallte es von allen Dächern, an einigen Fenstern über ihnen blitzten Gewehrmündungen in der Dunkelheit auf.

„Komm, wir gehen hier rein." Nathanael rüttelte an der Tür, die sogleich nach innen aufging. Sie hetzten eine Treppe hinauf in den ersten Stock und sahen vorsichtig aus dem Fenster.

„Die schießen doch nicht auf uns, oder?" Ella begann, an ihren Fingernägeln zu knabbern.

„Wer weiß denn hier noch, wer Freund und Feind ist", murmelte Nathanael.

Gegenüber des Hauses, in dem sie sich befanden, landete etwas in der Dämmerung vor einem vergitterten Eingang auf dem Boden. Es schepperte nur leise.

„Handgranate!", rief Nathanael, aber da zerbarst die Waffe schon in alle Richtungen. Das schwere Eisengitter erzitterte. Jetzt landete eine zweite Granate daneben und ließ die Barrikade endgültig zusammenbrechen.

Ein Lichtkegel fiel auf Ella. Sie fuhr herum. Aus einem Wohnungseingang im ersten Stock war ein älterer Mann getreten.

„Freund oder Feind?", zeterte er mit knittriger Stimme.

„Wir sind unbewaffnet!", entgegnete Ella, in der Hoffnung, ihn damit zu besänftigen.

„Eine Frau!", erwiderte der Alte verwundert. „Kommen Sie, kommen Sie! Da am Fenster ist es zu gefährlich." Er wedelte sie mit der Hand zu sich hinauf.

Ella sah die Stufen entlang. Ihr war tatsächlich nicht ganz wohl bei dem Gedanken, hier im Treppenhaus zu kauern. Sie sah Nathanael an, der zustimmend nickte. Sie hielt sich unwillkürlich an seinem Arm fest. Es tat gut, jemanden bei sich zu wissen, dem sie bedingungslos vertrauen konnte. Er war auf ihrer Seite – selbst wenn sie nicht wusste, wo sie stand.

Eine alte Dame wartete hinter dem Herrn in der Tür. „Wer ist das, Georg?" Ihre Stimme zitterte. „Du sollst doch nicht immer auf den Flur hinaus, das macht mir Angst."

„Ein Ehepaar, Margarete. Und sie sehen nicht bewaffnet aus."

„Wir sind …", setzte Ella an, um zu erläutern, dass sie kein Ehepaar waren. Allerdings wollte sie die alten Leute nicht noch mehr verstören. Wie sie da nebeneinander im dunklen Flur gekauert hatten, musste die beiden ja an ein Ehepaar denken. Für Unverheiratete gehörte sich das normalerweise nicht – aber das war ja keine normale Situation gewesen. Sie holte Luft: „… Ella. Und Nathanael Klingenstein."

Ein bisschen merkwürdig musste das in den Ohren der Senioren klingen, aber sie sagten nichts.

Ella Klingenstein, schoss es ihr durch den Kopf. Es klang gar nicht so schlecht. Verstohlen warf sie Nathanael einen Blick zu und in ihrem Bauch flatterte es altvertraut. Wenn Abram sie angesehen hatte, war es dasselbe hektische Flattern gewesen – bei ihm schon bei ihrem ersten Zusammentreffen. Doch wo war es plötzlich bei Nathanael hergekommen? Er mochte sie, das war ihr seit Langem bewusst. Es hatte sie nie mit Abscheu erfüllt, aber auch nicht mit einem ähnlichen Verlangen. Dennoch – jetzt sah sie ihn mit anderen Augen. Sein Blick, der immer so aufmerksam durch seine Brillengläser wanderte. Die rötlich blonden Haare, die sowohl ordentlich gekämmt sein als auch wild in alle Richtungen abstehen konnten. Er war für einen Mann nicht sonderlich groß, aber da sie ebenfalls sehr klein war, konnte sie trotzdem zu ihm aufsehen.

Er bemerkte ihren Blick und erwiderte ihn etwas verwirrt, doch leicht lächelnd. Plötzlich wünschte sie sich zurück vor das Fenster, allein neben ihm, sich schutzsuchend an ihn drückend.

Sie betraten die Wohnung des alten Ehepaars. Die ausgeblichenen Tapeten, staubigen Teppiche, Gemälde und zerkratzten Möbel erinnerten an einen vergangenen Reichtum, der sie die letzten Jahrzehnte verlassen haben musste.

„Kommen Sie hier ins Esszimmer. Dort gibt es kein Fenster", murmelte Margarete und rückte noch eilig den Kerzenständer auf dem Tisch zurecht. „Hier, setzen Sie sich. Ich würde Ihnen ja gerne eine kleine Mahlzeit anbieten, aber mein Georg hier hat heute die letzten Plätzchen verdrückt, die ich noch sorgsam aufgehoben hatte."

Ihr Mann fuhr sich verstohlen über das Hemd, das schlaff an ihm herabhing. „Ich weiß sowieso nicht, für wen du die so lange gehortet hast", murmelte er.

Auf dem Boden neben dem Esstisch lagen dicke Perserteppiche übereinandergelegt und das Bettzeug.

„Entschuldigen Sie, wir schlafen hier im sichersten Zimmer", erklärte Margarete und schob ein Kissen etwas zur Seite.

Ella schüttelte den Kopf. „Wir danken Ihnen für die freundliche Aufnahme. Fühlen Sie sich hier sehr bedroht?"

„Feuer! Jede Nacht knallt es überall! Wir liegen mitten im Kampfgebiet. Und glauben Sie, Freund oder Feind nimmt darauf Rücksicht, dass wir hier wohnen?"

„Wer sind denn die Feinde?", fragte Ella vorsichtig.

„Was weiß ich, spielt das eine Rolle? Sehen Sie da oben das Loch in der Tapete? Und da drüben in der Ecke die Einschlagstelle? Im Erkerzimmer sind sogar vier solcher Einschläge, im Schlafzimmer drei."

Ella nickte verständnisvoll. Wie schlimm musste es sein, in so einem hohen Alter in der eigenen Wohnung um sein Leben fürchten zu müssen.

„Jahrelang haben wir von den Soldaten im Unterstand gelesen. Aber erst jetzt in diesen schaurigen Nächten ist es uns zum Bewusstsein gekommen, was die armen Feldgrauen dort draußen erduldet haben. Wir machen kaum noch ein Auge zu – und nachts ist gar nicht an Schlaf zu denken."

„Gegenüber ist der gute Herr Worzmann erschossen worden. Einfach durch sein geschlossenes Wohnzimmerfenster, während er seelenruhig ein Buch gelesen hat", ergänzte Paul.

„Ja, der Worzmann dachte, er hat den 70er-Krieg überstanden, jetzt haut ihn auch nichts mehr um."

Das alte Ehepaar erzählte noch weiter von den Strapazen der letzten Tage. Ab und zu klirrten die Gläser im Wandschrank und die Kerze flackerte.

Dann begann Margarete von früher zu sprechen. Wie sie sich gewünscht hatten, Kinder zu bekommen, und keine kamen, wie die Textilfirma aufgrund der Konkurrenz im Ausland bankrottging, wie die Nichten und Neffen sich nicht mehr um sie kümmerten. „Sobald klar war, dass es nicht viel zu erben geben wird, blieben selbst die Besuche zu den Geburtstagen aus", brummte Georg.

Gab es denn gar keinen Lichtblick im Leben der alten Leute? Alles wirkte so verbittert und aussichtslos. Dabei hatten sie noch so lange gut von dem alten Reichtum leben können. Geld machte die Menschen nicht glücklich. Und Ungerechtigkeit gab es überall. Ob man nun durch eine ausländische Firma kapitalistisch ausgestochen wurde oder durch kommunistische Enteignung. Der Schatten des Scheiterns und das Gefühl, ungerecht behandelt worden zu sein, würde die Menschen ihr Leben lang verfolgen.

Natürlich – die Arbeiter wurden reihenweise bodenlos ausgenutzt. Aber auch für Georg und Margarete empfand Ella Mitgefühl.

Die Sonne erhob sich langsam über dem Horizont. Die Schüsse wurden weniger und verstummten schließlich ganz. Mit müden Augen hingen ihre spontanen Gastgeber am Esstisch.

„Gehen Sie schlafen", schlug Ella vor, „jetzt im Hellen ist es bestimmt sicher für uns, den Heimweg anzutreten."

Nathanael nickte. „Herzlichen Dank für Ihre Hilfsbereitschaft. Hoffentlich hört dieser Krieg da draußen bald auf."

Mit hängenden Lidern verabschiedete sich das alte Paar von ihnen und Ella und Nathanael traten hinaus auf den Flur. An der Stelle, an der sie gestern Abend gehockt hatten, klaffte ein faustgroßes Loch in der Wand.

Ella erschauderte. „Vielleicht haben uns die beiden das Leben gerettet."

„Wahrscheinlich. Wohin gehen wir jetzt?"

„Zurück", murmelte sie.

„In den Zeitungsverlag? Willst du noch länger teilhaben an diesem Krieg?"

„Ich nehme keine Waffe in die Hand, mein Krieg findet auf Papier statt. Vielleicht kann ich dazu aufrufen, weniger Gewalt anzuwenden?"

Nathanael musterte sie schräg von der Seite. Ihr Herz begann zu klopfen. Sie wünschte sich plötzlich, dass er gut von ihr dachte. Doch seine Brillengläser schienen ihr undurchdringlich und sie konnte seinen Blick nicht deuten.

Dann nickte er und schob sanft ihren Arm an. „In die Richtung."

Diese leichten Berührungen zwischen ihnen – wie eine Gasflasche, an die man ein Feuerzeug hielt. Es loderte warm in ihr auf. Aber war sie tatsächlich bereit, diese Gefühle in sich zuzulassen? Sie war sich nicht sicher.

Zurück im Gebäude des *Vorwärts* suchten sie ihre provisorischen Quartiere auf. Ella versuchte, die Augen zu schließen und den verlorenen Nachtschlaf aufzuholen. Doch ihre Gedanken kamen nicht zur Ruhe.

War sie auf dem richtigen Weg? War der Kommunismus die Gerechtigkeit, die Gott sich für diese Welt ausgedacht hatte? Sie musste unwillkürlich den Kopf schütteln. Gottes Gerechtigkeit war eine Veränderung in den Herzen, die das Handeln der Menschen in Liebe wandelte.

Keine Enteignung, keine Waffengewalt, kein Häuserkampf, bei dem Senioren erschreckt wurden. Das konnte nicht richtig sein. Nein, vielleicht war sie einfach auf dem Holzweg. Vielleicht hatte sie sich blind in etwas verrannt, was zwar gut klang, aber tief im Kern gottesfeindlich war. Was Gott ersetzen wollte durch menschliche Gerechtigkeit, die nur ein schlechter Abklatsch von dem Frieden war, den er schenken wollte.

Nathanael hatte sie schon lange gewarnt, doch sie hatte es in den Wind geschlagen – in blindem Aktionismus und in ihrer ungestillten Trauer. Es tat weh, so etwas über sich erkennen zu müssen.

Sollte sie nicht als Nachfolgerin Jesu ein Vorbild für Nathanael sein? Stattdessen war er ihr ein Beispiel für christliche Nächstenliebe – er, der Atheist.

Sie musste sie endlich zulassen, die Trauer. Endlich nicht mehr die Weltverbesserin spielen, sondern an ihrem eigenen Herzen arbeiten.

Sie drehte sich auf ihrem Kissen zur Seite und zerknautschte es zwischen ihren Armen. „Es tut mir leid, Jesus. Hilf mir", flüsterte sie in den geblümten Bezug hinein.

Es war schon später Nachmittag, als es an ihrer Schulter rüttelte. „Genossin?"

Sie schreckte nach oben. „Ja?"

„Es tut mir leid, aber ich benötige wieder Ihre Hilfe mit den Artikeln. Sie haben da einfach ein Gespür und allein schaffe ich es nicht alles …"

Wolfgang Fernbach, der Schriftsteller, stand über sie gebeugt. Sollte sie ihn wegschicken? Ihn die kommunistischen Texte allein verfassen lassen? Oder noch ein letztes Mal die Gelegenheit nutzen und zum Verzicht auf Gewalt aufrufen?

Sie wischte sich ihre verstrubbelten Haare aus der Stirn und nickte müde. „Geben Sie mir ein paar Minuten, ich komme", sagte sie mit heißerer Stimme.

Offensichtlich hatte sie ihre Zimmertür nicht abgeschlossen. Hätte sie vor dem Krieg ein Mann an ihrem Bett aufgesucht, hätte sie ihn wohl empört davongejagt. Aber nach all dem, was sie erlebt hatte, fühlte es sich fast schon harmlos an. Die Sitten waren nicht mehr dieselben wie früher.

Sie wartete, bis Fernbach das Zimmer verlassen hatte, schälte sich aus dem Bett und machte sich an der Waschschüssel frisch. Ihr Magen knurrte, viel zu lange hatte sie nichts mehr gegessen.

Doch am Esstisch der Wohnung wartete Nathanael auf sie, in den theologischen Kommentar vertieft, vor ihm eine große Schüssel Haferbrei und – sie traute kaum ihren Augen – eine halbvolle Flasche Milch in der Tischmitte.

„Guten … na wie spät ist es? Abend?" Er grinste sie mit dicken schwarzen Augenringen unter der Brille an.

„Wo hast du denn die Milch her? Ich hatte schon seit Ewigkeiten keine mehr. Die Schlangen waren mir dafür immer viel zu lang."

„Die haben unten einen Milchwagen ‚requiriert'. Ich habe fast ein schlechtes Gewissen, sie zu trinken, aber der Hunger hat gesiegt. Außerdem ist der Hafer ebenfalls nicht legal hierhergelangt."

Ella goss sich ein großes Glas Milch ein und seufzte genüsslich nach den ersten Schlucken. „Das tut gut."

„Wir sollten hier weg, Ella. Die Regierung plant sicher schon einen Angriff auf das Zeitungsviertel, genauso wie auf das Schloss." Sein besorgter Blick ruhte auf ihr.

Ein warmer Schauer durchfuhr sie und erstaunt stellte sie fest, dass sie nichts dagegen hätte, wenn er sie jeden Morgen am Frühstückstisch erwartete. In ein Buch oder die Zeitung vertieft, mit seinem ernsten Blick, vielleicht einen ironischen Kommentar über die Tagespolitik auf den Lippen.

Aber sie hatte keine Zeit, sich mit ihren Gefühlen auseinanderzusetzen. „Ich muss Fernbach noch ein letztes Mal mit der Zeitung helfen. Lass uns morgen gehen."

„Morgen könnte es zu spät sein."

„Ich will die Chance nutzen, mit meinen Artikeln die Menschen zum Frieden zu ermutigen. Zur Selbstlosigkeit. Zur Achtsamkeit. Das hätte ich schon längst tun sollen." Sie schüttelte den Kopf. „Wir können die anderen Leute nicht verändern und sie zur Gerechtigkeit zwingen, sondern immer nur unser eigenes Herz. Du hattest recht, Nathanael. Ich will endlich Frieden. Und das alles hier ist weit weg davon."

Er lächelte und sein Gesicht leuchtete dabei. „Du hast ein wirklich gutes Herz, Ella."

„Nein", sie lachte leise. „Es steht schon in der Thora, dass die Herzen der Menschen böse sind von Jugend auf. Ich kann mich da nicht von ausschließen."

Nathanael zuckte mit den Schultern. „So geht es doch allen.

Das hat ja sogar Paulus von sich selbst gesagt: In ihm wohnt nichts Gutes. Er tut nicht das Gute, das er will, sondern das Böse, was er nicht will. Oder so ähnlich."

„Für einen Atheisten kennst du seit Kurzem aber ganz schön viele Bibelstellen", grinste sie.

Er deutete auf den Bibelkommentar. „Da stehen mehr gute Dinge drin, als ich dachte."

Ella löffelte ihren Haferbrei und sah Nathanael dabei aufmerksam an. Konnte es sein, dass Gott auch sein Herz veränderte?

Nachdem sie den letzten Tropfen Milch getrunken hatte, nickte er ihr zu. „Also, geh und rette die Welt."

„Zum Glück hat Jesus schon die Welt gerettet. Und dich auch", grinste sie und stand von ihrem Stuhl auf. Dann fügte sie noch ernst hinzu: „Danke, Nathanael. Für alles."

Sein Gesicht verfärbte sich einen Hauch rötlich und er murmelte etwas, was sie nicht verstand.

Die Arbeit in der Redaktion ging ihr erstaunlich schnell von der Hand. Die Texte, die zum Frieden mahnten, flossen ihr geradezu aus dem Füllfederhalter. Fernbach runzelte ein wenig die Stirn, weil sie eine andere Richtung einschlug als in den letzten Tagen, aber sie bestand auf ihren Artikeln und der Schriftsteller ließ sie schulterzuckend gewähren.

Es war trotzdem schon fast drei Uhr morgens, als sie endlich alle Texte bei den Setzern abgegeben hatten. Diese fluchten, dass man die Zeitungen längst in den Druck hätte geben sollen. Die Druckmaschinen fingen also erst gegen vier Uhr an, die dunklen Letter auf das weiße Papier zu pressen.

Erschöpft ließ sie sich neben Nathanael fallen, der tapfer im Druckraum mit ihr ausgeharrt hatte. Er saß mit angewinkelten Beinen auf dem Boden, den roten Kommentar auf den Knien, und lächelte sie von der Seite her an.

Sie schluckte schwer. Plötzlich sehnte sie sich danach, näher an ihn heranzurücken, damit sie die Wärme seines Armes spüren konnte. Es waren dieselben Gefühle, die sie von Abram kannte –

das Kribbeln im Bauch, der Kloß im Hals und das laute Pochen des Herzens, das im Takt der Druckmaschinen klopfte.

Sie konnte nicht ewig Abram hinterhertrauern. Das hätte er nicht gewollt! Er konnte für immer ein Teil ihres Lebens bleiben, doch er würde nicht ihr Ehemann werden. Der Gedanke brannte tief in ihr, aber heute war sie bereit, sich auf den Schmerz einzulassen. Sie erinnerte sich an sein Gesicht, seine Haare, sein Lächeln. Er war jetzt an einem besseren Ort, litt keinen Hunger, keine Ungerechtigkeit mehr. Sicher wünschte er ihr, dass sie nicht mehr um ihn trauerte, dass sie wieder echte Freude zuließ.

Ob sie es wagen konnte, Nathanael ihr Herz völlig zu schenken? Der Krieg war überstanden, eigentlich musste sie nicht mehr fürchten, auch ihn zu verlieren. Dachte er noch genauso atheistisch, wie als sie sich kennengelernt hatten? Bei einem Partner für das ganze Leben war es ihr wichtig, dass sie auch das Glaubensleben teilten und es nicht für immer ein Diskussionspunkt blieb.

Immerhin las er eifrig den Bibelkommentar, den sie ihm gegeben hatte. Vielleicht war er auf einer langsamen Reise zu Gott. Der Gedanke erfüllte sie mit einem Lächeln und sie lehnte ihren Kopf an seine Schulter.

✳✳✳

Diese Bibel verblüffte ihn immer mehr. Der Gedanke, dass Gott seinem Volk so strenge Regeln und Gesetzte auferlegt hatte, hatte ihn erst wütend gemacht. Was nahm dieser Gott sich heraus? Dann war ihm aufgefallen, dass wohl allein ein Gott die Macht und den Anspruch hatte zu bestimmen, was richtig und falsch war. Über die Jahrhunderte hatten die Völker immer wieder unterschiedliche Vorstellungen davon gehabt. Barbarische Dinge wie Menschenopfer waren für viele Kulturen in Ordnung gewesen – und war selbst heute nicht noch Böses wie Judenhass völlig salonfähig? Die Bibel hingegen hatte schon immer eine klare Ausrichtung gehabt und falsches Verhalten verurteilt. Laut ihr gab es eine objektive Wahrheit. Aber die Menschen in ihr besaßen auch die Größe zu erkennen, dass sie nicht in der Lage waren, diese Wahrheit voll-umfänglich zu erfassen.

Das war demütiger, als Nathanael es erwartet hatte. Die Christen gaben gar nicht vor, die Wahrheit mit Löffeln gefressen zu haben, wie es für ihn oft den Eindruck erweckt hatte. *Denn unser Wissen ist Stückwerk*, hatte er in einer Bibelstelle gelesen.

Er hatte zwar immer noch viele Fragen an die Bibel und den Glauben, aber bei einem war er sich mittlerweile sicher: Die Bibel gab eine Hoffnung auf Frieden, auf ewige Gerechtigkeit. Sie gab allem Sinnlosen hier auf der Erde einen Zweck oder einen Grund.

Darüber nachzudenken, dass er eben nicht allein gewesen war auf der SMS König, erfüllte ihn mit einem warmen Gefühl, das ihm die Tränen in die Augenwinkel trieb. Wenn es diesen Gott tatsächlich gab – was er trotz allem noch bezweifeln wollte –, hatte er ihm dann Ella und Paul über den Weg geschickt? Ihm, dem Atheisten? Falls ja, kannte dieser Gott ihn wohl sehr genau. Was wiederum den Christen recht gab. Er grinste.

Während um ihn herum die Druckmaschinen zu rattern und knattern begannen wie ein erwachendes Tier, blätterte er in dem roten Buch zurück zu der Stelle, wo Jesus seinen Jüngern sagte, wie man beten sollte. Vielleicht sollte er das doch einfach einmal ausprobieren, das mit dem Beten. Wenn es diesen Gott gab, würde es ihm helfen – wenn es ihn nicht gab, hatte er nichts verloren. Außer vielleicht den Stolz auf seinen untrügbaren Intellekt. Na ja, er hatte in letzter Zeit schon Riskanteres unternommen, als ein paar Worte zu murmeln. Er las:

Unser Vater in dem Himmel!
Dein Name werde geheiligt.
Dein Reich komme.
Dein Wille geschehe auf Erden wie im Himmel.
Unser täglich Brot gib uns heute.
Und vergib uns unsere Schulden, wie wir unsern Schuldigern
vergeben.

Und führe uns nicht in Versuchung, sondern erlöse uns von dem Übel.
Denn dein ist das Reich und die Kraft und die Herrlichkeit in Ewigkeit.
Amen.

In seinen Gedanken sprach er die Worte mit und spürte, wie ihn eine Kraft durchdrang, die er so nicht kannte. Er fühlte sich seltsam erleichtert. Befreit.

Vielleicht war doch etwas dran an allem. Konnte das wirklich sein oder war das nur die Kraft seiner Einbildung?

Ella kam zu ihm herüber und ließ sich neben ihn auf den Boden gleiten. Er lächelte sie an. Dankbar, dass sie bei ihm war. Dankbar für die Freundschaft. Dankbar, dass sie ihm mit ihrer Hartnäckigkeit einen Horizont eröffnet hatte, den zu erforschen er bislang nicht für wert erachtet hatte.

Ihre Überzeugung hatte ihn von Anfang an beeindruckt. *Sie* hatte ihn von Anfang an beeindruckt. Er sah lächelnd auf sein Buch, aber die Buchstaben standen nur verschwommen vor seinen Augen.

Ein Kopf drückte sich gegen seinen Oberarm. Erstaunt blickte Nathanael nach unten, wo sich eine müde und erschöpfte Ella an ihn lehnte.

Behutsam legte er seinen Arm um sie. „Komm, wir gehen irgendwohin, wo es weniger laut ist", rief er über den Lärm der Maschinen hinweg.

Sie nickte nur, ihre Augen waren geschlossen. Mühsam öffnete sie sie und hängte sich bei ihm ein.

Nathanael führte sie zurück in das Büro, wo sie die Zeitung verfasst hatten. Es war leer. Dort ließen sie sich an die Zimmerwand gelehnt auf den Boden fallen, zu müde, um sich noch Stühle zu nehmen.

Ella lehnte sich wieder an ihn an. „Wer hätte gedacht, dass es so anstrengend ist, Redakteurin zu sein", murmelte sie schläfrig.

„Normalerweise schreibt man ja tagsüber." Nathanael sah auf

ihre schwarzen Haare, die sich in ihrem Eifer fast komplett aus ihrer Frisur gelöst hatten. Mehrere Strähnen flossen ihr über die Schulter. Am liebsten hätte er ihr einen Kuss auf den Scheitel gedrückt, aber er hielt sich zurück.

„Ich war einmal verlobt", begann sie unvermittelt.

„Mit Abram Baumgarten."

„Ja, richtig. Woher …"

„Paul hat es mir erzählt, sie haben zusammen studiert."

„Ah. Deswegen kam er mir bekannt vor." Sie gähnte. „1915 war es, im Sommer. Wir haben uns an der Uni kennengelernt. Das hat dir Paul nicht erzählt, oder?"

„Nein." Sein Herz klopfte und ein Kloß setzte sich in seinem Hals fest. Würde sie ihm jetzt erklären, warum sie nur Freunde bleiben konnten? Oder war das Gegenteil der Fall?

„Wir haben uns auf Anhieb verstanden und nach zwei Monaten verlobt. Ich war so verliebt." Sie lachte leise. „Die Heiratspläne standen schon fest, es sollte eine kleine Hochzeit im Sommer 1916 werden. Ich weiß auch nicht warum, aber irgendwie haben wir gedacht, wir können ewig so weitermachen und der Krieg könnte uns nichts anhaben. Meine größte Sorge war, dass meine Brüder keinen Fronturlaub bekommen würden. Doch dazu kam es erst gar nicht, Daniel fiel noch im November 1915, Samuel drei Monate später. Daniel war erst siebzehn. Mein kleiner Bruder."

Ein Schluchzer stahl sich aus ihrer Kehle und Nathanael zog sie sanft an sich.

„Abram wollte die Hochzeit vorverlegen, er hatte Angst, eingezogen zu werden, aber ich wollte nicht, nicht direkt nach dem Tod meiner Brüder. Und im Mai musste er dann an die Front. Er hatte nur einen Abend Zeit, seine Sachen zu packen, und das Standesamt hatte schon zu."

Nathanael streichelte sanft ihre Haare. Ihr liefen Tränen über das Gesicht.

„Also haben wir uns versprochen, im nächsten Heimaturlaub zu heiraten. Aber er bekam keinen. Und irgendwann kam der Brief von den Behörden, dass er im Lazarett war. Es stand nichts Genaues darin und ich habe Todesängste ausgestanden. Sie konnten ihn in die Heimat transportieren und ich hatte Glück, dass er ausgerechnet in Berlin gelandet ist. Ich habe ihn, so oft es ging, besucht und an seinem Bett gesessen, aber er war kaum ansprechbar. Ein Häufchen Elend aus Verband, altem Blut und Brandwunden. Und es wurde nicht besser, sondern schlechter, jeden Tag schlechter, über mehrere Wochen. Bis er eines Morgens nicht mehr da war."

„Hast du ihn noch einmal gesehen?"

„Ja, ich durfte ihn vor der Kriegsbestattung sehen, aber er … war einfach nicht mehr da."

„Wie meinst du das?"

„Seine Seele. Ich hatte das Gefühl, dass es nur seine äußerliche Hülle war. Verstehst du, was ich meine?"

„Ich denke … ich denke schon." Er dachte an den starken Wiltzi, der leblos in seinen Armen gehangen hatte. Als wäre er fortgegangen an einen anderen Ort – ohne seinen Körper.

„Ich weiß, ich werde ihn im Himmel wiedersehen, aber es tut trotzdem so weh."

Er hauchte ihr nun doch einen Kuss auf den Scheitel.

„Ich habe seitdem nicht mehr über ihn geredet. Es verdrängt und dann nachts Albträume gehabt."

Er wollte sie fragen, warum sie ihm das erzählt hatte. Wollte wissen, was das für sie beide bedeutete. Ob es überhaupt etwas bedeutete, ob *er* ihr etwas bedeutete. Oder ob sie nie wieder einen „Abram" finden würde.

Doch er schwieg. Gerade ging es nicht um ihn.

Ella löste sich von ihm und wischte sich mit dem weißen Blusenärmel die Tränen aus dem Gesicht.

Dann lächelte sie zaghaft. „Danke", sagte sie schlicht.

Und so saßen sie noch bis zum Morgengrauen nebeneinander und redeten. Bis plötzlich ein Artillerieschlag die Stille zerriss …

Kapitel 21

Angriffe guter deutscher Regimenter starteten anscheinend immer pünktlich um acht Uhr morgens. Er bräuchte mehr Daten, um seine Hypothese zu bestätigen, doch aktuell galt es für zwei von zwei Fällen, denen er beigewohnt hatte.

Pfeifen. Knall. Zittern. Ein Mineneinschlag. Nathanael duckte sich tiefer unter den Schreibtisch. Staub rieselte von der Decke.

Ella schob sich Knie für Knie vorwärts an das Fenster. Sie zitterte unter ihrem Wintermantel.

„Bis du verrückt? Bleib zurück!", zischte er und drängte sich unter einen massiven Eichenholzschreibtisch, der früher einmal einem hohen Tier gehört haben musste.

„Ich muss sehen, was da los ist." Ella lugte auf den Belle-Alliance-Platz hinaus. Mehrere Knalle. Sie zuckte zurück. „Handgranatentrupps. Und Flammenwerfer. Maschinengewehre und zwei Minenwerfer." Sie sank unter dem Fenster in sich zusammen.

Ein weiterer Einschlag, ganz nah. Nathanaels Ohren fiepten und er rieb sich Staub aus den Augen. Plötzlich spürte er zwei Hände, die sich an seinen Arm klammerten. Ella kauerte sich dicht neben ihn.

„So müssen sich Abram und meine Brüder gefühlt haben. Es hagelt Tod und man kann nicht wissen, wen es als Nächsten trifft."

„Lass uns gehen, irgendwo durchbrechen und fliehen."

„Aber wie? Ist es nicht schon zu spät?"

„Wir müssen es versuchen! Diesmal haben wir keine Chance – die Arbeiter draußen sind nicht auf unserer Seite wie beim Schloss damals."

„Warum wollte ich bloß noch meine Artikel fertig schreiben? Bei dem Chaos können sie sowieso nicht ausgeliefert werden. Jetzt sind wir wegen mir in Gefahr!" Mit Verzweiflung im Blick sah sie ihn an. „Ich will nicht, dass du stirbst", flüsterte sie.

„Das werde ich nicht und du auch nicht! Komm!" Er klemmte

sich das rote Buch unter den Arm und zog Ella an der Hand aus dem Zimmer in den Flur. Geduckt huschten sie die Gänge entlang.

In einem der Büros hockte Hilde Steinbrink hinter einem Maschinengewehr und ballerte nach draußen.

„Wohin willst du?", rief Ella über den Lärm des MGs hinweg zu Nathanael. „Wir sind von Truppen umzingelt, oder?"

„Über das Dach auf das Nachbarhaus in Richtung Belle-Alliance-Platz. Das Nebengebäude hat ein Flachdach, das von der Straße wegführt. Von dort können wir uns durch die Innenhöfe durchschlagen, alles ist verwinkelt und verzweigt."

„Du kennst dich aber gut aus."

„Ich habe mich die letzten Tage, während ihr über der Zeitung gegrübelt habt, ein wenig umgeschaut." Und Fluchtrouten geplant – ein Angriff war ja abzusehen gewesen.

Sie eilten die Stufen hinauf. Es krachte. Sie zuckten zusammen und spurteten weiter. Oben führte eine Leiter an der Wand zu einer Luke.

„Hier kommt man aufs Dach." Er zog sich an den Sprossen mit einer Hand hoch.

„Du schleppst wirklich das theologische Studienbuch mit?"

Nathanael grinste ertappt. „Ich bin noch nicht fertig damit." Er war zu fasziniert davon, mit wie viel Kopf und Verstand die Ausleger an den Bibeltext und die historischen Gegebenheiten herangingen. Bisher war er immer davon ausgegangen, dass die Bibel sich nicht mit Wissenschaft vereinbaren ließ. Das Buch zeugte vom Gegenteil und er erlag nicht gerne Irrtümern.

Die Dachluke quietschte, als er sie aufstieß. Vorsichtig schob er seinen Kopf über die Kante und verschaffte sich einen Überblick. Hinter dem Dachfirst und den Schornsteinen hatten sich Arbeiter mit Maschinengewehren verschanzt. Gefährlich, ohne jegliche Deckung von oben.

Er kletterte hoch und drückte sich an das Dach. Ella kam ebenfalls herauf. Sie tasteten sich die abgewandte Seite hinunter. Die Dachziegel klirrten lautstark unter ihnen, aber die Maschinengewehre, 10,5-cm-Geschütze und Minenwerfer hätten auch übertönt, wenn sie darauf herumgesprungen wären und dabei Silvesterraketen gezündet hätten.

Am Rand angelangt, ließen sie sich herab und sprangen die letzten Zentimeter auf das zwei Meter tiefer liegende benachbarte Flachdach. Dann rannten sie über den Kies nach Westen weg, hinein in das Innere des Gewusels aus Hausdächern und Höfen. Am Ende des Gebäudes hüpften sie auf das Dach eines weiteren Hauses, das direkt angrenzte. Es war geschnitten wie eine Kurve und sie huschten die Rundung entlang bis zur Front, von der man den Belle-Alliance-Platz überblicken konnte.

Mächtige Geschütze waren dort aufgebaut. Soldaten wuselten darum herum, luden Munition in die Haubitzen, richteten sie aus und feuerten. In den Unterrichtseinheiten auf der SMS König hatten sie die unterschiedlichen Artillerie-Einheiten studiert – wenn Nathanael sich recht erinnerte, konnte man mit der Feldhaubitze 16 über 8000 Meter schießen. Die Entfernung hier war lächerlich, von der Mitte des Platzes waren es höchstens 150 Meter zur Lindenstraße 3. Theoretisch hätte man vom Prenzlauer Berg feuern können, nur dass man von dort den gesamten Kreuzberg gelöchert hätte.

Man schaffte alle sechs Minuten einen Schuss. Die Zeit halbierte sich natürlich für jedes weitere Geschütz.

Ella neben ihm ergriff seine Hand. „Schrecklich, diese Todesmaschinen", murmelte sie.

Er nickte stumm. Ihre Finger waren warm und angenehm weich. Selbst jetzt fiel ihm das auf.

Von hier aus war ihr Fluchtweg einfach, sofern man sie nicht entdeckte. Die Flachdächer führten rund um den Belle-Alliance-Platz bis zu der Stelle, wo sich der Platz zur Uferstraße und zum Blücher-Platz hin öffnete. Sie huschten durch die Schatten der Schornsteine und rüttelten an einigen Dachluken. Die meisten waren verschlossen, doch ein paar Dächer weiter fanden sie eine offene.

Durch ein düsteres Treppenhaus hasteten sie nach unten. Die letzten Stufen, dann nur noch über den Platz und sie hatten es geschafft.

In diesem Moment öffnete sich die Haustür und grelles Sonnenlicht fiel in den Flur. Ein Soldat trat ein, auf der Schulter ein fremdes Abzeichen, Gewehr im Anschlag. War er von einem Freikorps? Er hob seinen Kopf und Nathanael erstarrte.

Der Mann ebenso. Sein Blick huschte von Nathanaels Gesicht zu Ellas, die ineinander verschlungenen Hände, sein rotes Buch.

Er richtete sein Gewehr auf Ellas Brust. Nathanael schnappte nach Luft. Die unglaubliche Wut im Blick seines Gegenübers ließ sein Herz bis zum Hals schlagen.

Langsam kam der Mann die Stufen hinauf, sie beide im Schach haltend. Die Wut in seinem Blick loderte.

„Hör zu, ich kann … das erklären!", stotterte Nathanael.

„Und das wirst du", zischte der Soldat.

In dem Augenblick trat ein zweiter mit Gewehr über die Schwelle. „Alles in Ordnung?", brüllte der.

„Hab ein paar Zivilisten gefunden, die sicheres Geleit brauchen", rief der erste Soldat dem anderen zu, aber seine Zähne knirschten dabei.

„Danke Aaron", hauchte Nathanael tonlos.

Sein Bruder nickte und führte sie auf die Straße hinaus. „Du bei den Kommunisten. Das hätte ich nicht von dir gedacht", murmelte er, als sie außer Hörweite der anderen Wachposten waren.

Darauf wusste Nathanael nichts zu erwidern. Dass sein Bruder bei Artillerie-Beschießungen mitten in Berlin mitmachte, hätte er wiederum nicht gedacht. „Wir haben uns viel zu lange nicht gesehen", murmelte er leise.

In der Mitte des perfekt runden Belle-Alliance-Platzes thronte die Friedenssäule, auf der die Siegesgöttin Viktoria einen Kranz nach vorne streckte. Die Vorbedingung des Friedens: der Sieg. Nathanael schüttelte den Kopf. Es konnte immer nur eine Seite siegen, wann verstanden das die Menschen endlich?

In einem Haus am Rande des Platzes waren alle Fenster vom Druck der Geschütze geplatzt.

Zwei Fluchten gerader Häuserfronten zogen sich vom Belle-

Alliance-Platz in den Norden, eine dritte Straße knickte leicht ab. Wie die langen Klauen einer Bärenpranke.

An der ersten Flucht wies Aaron Klingenstein auf die Linden-straße 3.

An Ella gewandt, sagte er: „Schau es dir genau an. Wenn ihr weiter so revolutioniert, wird bald ganz Berlin so aussehen."

In der Mitte des *Vorwärts* klaffte ein zwei Stockwerke großes Loch, kein Fenster war mehr heil und von den Statuen im Giebel lag eine in Trümmern auf der Straße. Dort drin waren sie eben noch gewesen! Ein roter Feuerball donnerte und kam auf dem Dach nieder, wo Nathanael vorhin die MG-Schützen gesehen hatte.

Aaron führte sie durch die Absperrung hindurch in die Wil-helmstraße.

„Wenn ich euch noch einmal bei den Kommunisten erwische, decke ich euch nicht mehr!", herrschte er. An Nathanael gewannt fügte er leise hinzu: „Ich bin zurzeit in der Dragoner-Kaserne in der Belle-Alliance-Straße. Wir müssen über das hier reden." Eine tiefe Zornesfalte hatte sich in seine Stirn gegraben und die müden, tiefliegenden Augen wirkten fremd. Aaron drehte sich um und ver-schwand hinter den Barrikaden.

Nathanael sah ihm hinterher. Wie waren sie auf so unterschied-liche Wege geraten?

„Komm!" Ella zerrte an seiner Hand und begann zu laufen. Von der Absperrung weg in die Freiheit. Durch ein offenes Gittertor zog sie ihn in einen Innenhof. Dieser teilte sich auf in drei weitere Höfe. Je tiefer sie sich in das Häusergewühl schlugen, desto ärm-licher wurde es, die Wäsche hing von Fenster zu Fenster gespannt, von den Fassaden bröckelte der Putz. In einer Ecke wühlten zwei graufellige Streuner im Müll, der neben die Wechseltonnen gefal-len war. Als sie die beiden Menschen entdeckten, huschten sie in einen schmalen Hauseingang.

Sie befanden sich im letzten Hinterhof, der kaum etwas über fünf Meter in beide Richtungen maß, gerade genug, dass ein alter kleiner Spritzenwagen der Feuerwehr darin wenden konnte.

Ella blieb stehen und fing atemlos an zu lachen. „War das knapp.

Wie gut, dass der Soldat dich kannte. Ich dachte schon, ich sehe die Sonne nicht mehr untergehen."

Die Bluse, die sie seit Beginn der Besatzung trug, war knittrig und staubig. Der Rock hatte Rußschwärze von den Schornsteinen abbekommen.

Plötzlich trat sie auf ihn zu, schlang die Arme um seinen Hals und umarmte ihn. „Danke. Du hast uns das Leben gerettet."

Unsicher legte Nathanael seine Hände um ihre Schultern. Ihr so nahe zu sein war ein ungewohntes Gefühl. Wie lange hatte er es sich herbeigesehnt?

Galt das noch als platonisch oder war es schon eine Art Liebeserklärung? Nein, nein. Das mit dem Hoffnung-Machen hatte er lange aufgegeben – solange sie nichts Gegenteiliges sagte, würde er annehmen, dass sie Freunde waren. Die sich eben mal in Hinterhöfen umarmten ... Natürlich nur, wenn sie eine lebensgefährliche Situation überstanden hatten!

Beschlagene Stiefel hallten über das Pflaster. Sie fuhren auseinander.

„Hier sind sie hineingelaufen, meinst du?", sagte jemand.

Ella riss die Augen auf.

Schnell sahen sie sich suchend um. Dort, hinter die Mülltonnen! Mit zwei Sätzen schob sich Nathanael in den Spalt dazwischen. Ella quetschte sich dazu.

Er konnte ihr pochendes Herz hören, so nah waren sie aneinander. Durch die Tonnen hindurch spähte er in den Hof.

Zwei Soldaten traten hinein. „Was du schon wieder gesehen hast. Hier ist niemand! Und wenn, waren es vielleicht Zivilisten. Oder Kinder." Der eine drehte sich um. Der andere suchte den Hof noch ab, bevor er seinem Kameraden folgte.

Nathanael lehnte seinen Kopf mit einem Seufzen an die Hauswand und sah Ella erleichtert an.

Ihr Gesicht war seinem aufregend nahe und er spürte, wie ihr warmer Atem stoßweise über ihn strich. Sie lächelte. Dann überbrückte sie die wenigen Zentimeter zwischen ihnen und küsste ihn.

Nicht platonisch. Definitiv nicht platonisch.

Als sie sich wieder zurücklehnte und ihn ansah, lachte sie. „Du solltest dein Gesicht sehen. Als wärst du gerade auf dem Mond aufgewacht."

Er öffnete den Mund, aber es kam kein Ton heraus.

„So abwegig war das nicht", sie kicherte immer noch.

Dass jene unerreichbare Ella Silberthal, von der er nachts träumte, seit sie sich im Oktober in Wilhelmshaven getroffen hatten, ihn hinter drei Mülltonnen in einem Berliner Hinterhof küssen würde …? Hätte ihm das damals jemand in *Homfeld's Restaurant* erzählt, er hätte ihn für verrückt erklärt.

„Ella, du bist … unglaublich", brachte er mühsam hervor, unfähig, alle Gefühle in Worte zu legen, die ihm durch die Brust schwirrten. „Ich dachte, ich hätte bei dir keine Chance."

„Warum nicht?" Sie legte ihm die Hand an die Wange. „Du bist der klügste, begabteste, loyalste und tapferste Mensch, der mir jemals begegnet ist. Das sieht man nicht auf den ersten Blick, aber … wenn man es sieht, möchte man es nicht mehr missen."

Er sah lächelnd zu Boden, schloss für einen Moment die Augen und griff nach ihrer Hand. Zärtlich drückte er einen Kuss hinein und konnte kaum fassen, dass er nicht träumte.

„Aber jetzt komm, es gibt wirklich schönere Orte als diesen stinkenden Hinterhof." Sie zog ihn auf die Füße und hakte sich dicht bei ihm ein.

Vorsichtig tasteten sie sich durch die Innenhöfe vor, bis sie zurück auf der Wilhelmstraße waren. Die Wintersonne bohrte sich durch ein Loch in der Wolkendecke und strahlte genau durch eine Fassadenschneise hindurch.

Sie hatte ihn geküsst! Er konnte es immer noch nicht ganz fassen. Die Hoffnung, die er tief in sich vergraben hatte, brach sich aus der Erde wie eine Blume im Frühling. Es war fast so, als wäre dieser unerreichbare Gott plötzlich direkt neben ihm und würde ihn angrinsen. *Siehst du, ich bin doch ein guter Gott.*

Er betrachtete Ella von der Seite. Wie schön sie war, die Sonne im Haar und ein Lächeln auf dem Gesicht. Aber plötzlich erstarb es und sie blieb abrupt stehen.

„Was ist?" Nathanael sah in die Richtung, in die sie blickte. Zwei Männer unterhielten sich dort, einer in schäbiger Kleidung lässig an eine Straßenlaterne gelehnt, der andere aufrecht in Uniform. Er sah aus wie der neue Stadtkommandant **Anton Fischer**. Und auch der Arbeiter kam ihm bekannt vor.

„Dieses Verräterschwein!", fauchte Ella.

Da fiel Nathanael der Name des zweiten wieder ein, es war Alfred Roland, der vorgeschlagen hatte, das Zeitungsviertel zu stürmen.

„Wahrscheinlich steckt Fischer ihm Geld zu dafür, dass er sich als Spitzel betätigt." Ella trat wütend nach ein paar Kieselsteinen.

„Lass uns weitergehen", murmelte Nathanael und sie marschierten schweigend weiter die Wilhelmstraße entlang, bis sie weit genug weg vom Belle-Alliance-Platz waren und nicht mehr damit in Verbindung gebracht werden konnten.

„Es war seine Idee, den *Vorwärts* zu besetzen. Wir haben also auf Geheiß des Stadtkommandanten gehandelt!" Ella spuckte auf die Straße, wie es die Arbeiter oft taten. „Aber warum?" Sie löste ihren Arm von Nathanael und sah ihn fragend an. „Es macht doch keinen Sinn, das wichtigste eigene Presseorgan auszuschalten."

„Ich nehme an, um den Blick von anderen Zielen abzulenken. Vielleicht hättet ihr sonst das Regierungsviertel gestürmt und die Macht an euch gerissen. Ich habe mich gleich gefragt, warum ihr nicht dorthin marschiert seid."

„Du hast es dich also gleich gefragt und nichts gesagt?", herrschte sie wütend.

„Was soll ich denn sagen? Schaut mal, dort gibt es noch ein viel gefährlicheres Ziel, bei dem ihr euch unnötig in Gefahr bringen könnt?" Nathanael verschränkte die Arme.

„Ihr? Warum sagst du immer nur ‚ihr'? Du warst genauso dabei! Oder bist du am Ende auch ein Spitzel?"

„Was?" Ihm klappte die Kinnlade herunter.

„Wer war denn der nette Soldat, der uns vorhin so freundlich eskortiert hat?"

Nathanael seufzte und schlug die Augen nieder.

„Sag schon, wer?"

„Mein …", murmelte er.

„Dein? Spricht lauter!"

„Mein Bruder", fügte er unwillig hinzu.

„Dein Bruder ist bei den Freikorps? Das erklärt ja einiges! Wahrscheinlich waren die Kommunisten am Ende gar nicht böse, sondern einfach nur von kriegstreibenden Nationalisten unterwandert!"

„Ella! Ich bin doch kein Nationalist! Ich habe ihn jahrelang nicht gesehen, nur einmal kurz nach dem Krieg!"

„Aber du bist loyal, und so warst du ihm gegenüber auch loyal." Sie drehte sich von ihm weg und marschierte in die entgegengesetzte Richtung. „Wie kann ich nur so dumm sein, immer den Falschen zu vertrauen? Ein Bruder bei den Freikorps, bei denen, die weiter und weiter morden wollen!"

„Ella, warte doch!" Er hielt sie am Arm fest, aber sie schüttelte ihn ab wie eine lästige Fliege.

„Nein, Nathanael! Ich gehe, und du wirst mir nicht folgen wie sonst immer. Lass mich *einmal* in Ruhe!"

Fassungslos beobachtete er, wie sie schnellen Schrittes davoneilte. „Ella", flüsterte er in die kühle Winterluft. Wie auf Kommando öffneten sich die Schleusen des Himmels und dicke Regentropfen platschten auf ihn herab.

Ella bog auf die Leipziger Straße ab und verschwand im Untergrund-Bahnhof.

Nach allem, was sie durchgestanden hatten, ließ sie ihn so stehen. Es war doch von Anfang an klar gewesen, dass er nicht auf ihrer Seite stand, was die politische Meinung anging. Deshalb war er aber noch lange nicht Spitzel des Stadtkommandanten oder bei den Freikorps!

Das Gefühl des Kusses auf seinen Lippen wurde vom Regen weggespült, das Hoffnungspflänzchen ließ den Kopf hängen und er ebenso. So viel also zu dem nahbaren Gott.

Er trug immer noch das rote Buch, das schwer in seiner Hand wog. Es würde nass werden, doch es war ihm egal.

Die Häuser um ihn herum trugen Narben von den vergangenen

Tagen und waren mit Einschlägen übersät. Die Schaufenster der Geschäfte waren eingeschlagen, ihr Inneres leer geräumt, entweder von Plünderern oder von den besorgten Ladeninhabern. Einige waren notdürftig mit Holz vernagelt.

Sein Herz fühlte sich genauso zerlöchert an. Da ließ man einmal ein Glücksgefühl zu und schon wurde es einem wieder geraubt.

Was tat er nun mit dem angefangenen Tag? Nach Hause gehen und sich endlich frische Kleidung anziehen? Paul machte sich sicher Sorgen um ihn.

Ach, auch egal. Die dreckige Hose und der nasse Wintermantel passten gut zu seiner Stimmung.

Er drehte um. Richtung Süden, zur Dragonerkaserne. Vielleicht konnte er mit seinem Bruder reden. Wenigstens das musste er in Ordnung bringen. Wie wütend Aaron gewesen war! So viel Hass kannte er gar nicht von ihm. Von Ella hätte er aber auch etwas anderes erwartet. Irgendwie verstand er die Menschen nicht. Sie agierten nicht logisch wie seine Physikformeln. Noch nicht einmal er selbst handelte schlüssig. Dass er Ella überall hin gefolgt war, um sie zu beschützen … Warum?

„Weil du sie liebst, du Trottel", murmelte er.

Der Regen prasselte kalt auf seine Haare und rann seinen Nacken hinunter. Niedergeschlagen trottete er weiter. Er nahm einen Umweg, um nicht den Belle-Alliance-Platz überqueren zu müssen. Der Geschützdonner hatte aufgehört, aber die Stille war unheimlich.

Kurz nach dem Blücherplatz stand er vor der Kaserne. Türme mit Zinnen zierten ein langes, graues Gebäude, an dem sich ein gleiches Fenster neben das andere reihte. Wenn man an der Fassade vorbeiging, trat man auf einen gepflasterten Platz, hinter dem sich eine E-förmige Kasernenanlage auftat mit drei Exerzierplätzen zwischen den Gebäudereihen.

Auf dem ersten Platz umzingelten Soldaten sieben Gefangene. Einer mit demselben fremden Freikorps-Abzeichen wie Aaron entriss einem der Gefassten eine weiße Fahne.

Das war doch Wolfgang Fernbach, der Schriftsteller! Nathanael ging etwas näher heran, um die Szene besser beobachten zu können.

Sein Bruder war auch unter den Soldaten. Plötzlich hob er sein Gewehr, einige andere ebenfalls. Schüsse zerrissen die Luft und die Gefangenen stürzten zu Boden.

Aus nächster Nähe erschossen. Hingerichtet! Von seinem eigenen Bruder. Nathanael schnappte nach Luft. Wolfgang Fernbach, den er die letzten Tage fast dauerhaft gesehen hatte, lag tot auf dem Pflaster.

Fassungslos vergewisserte er sich erneut, ob es auch wirklich Aaron Klingenstein war. Doch, Vaters Kinn, Mutters Nase, er war es! Kein Zweifel.

Hinter ihm Rufe und Stiefel auf dem Kopfsteinpflaster. Nathanael drehte sich um. Eine schier unübersehbare Menge an Gefangenen wurde auf den Kasernenhof geführt. Er erkannte einige davon aus dem *Vorwärts* wieder. Die Regierungstruppen hatten sie eng umzingelt. Eilig ging er aus dem Weg.

Sie mussten den Kampf verloren haben. Hilde Steinbrink hatte ein blaues Auge und eine geschwollene Wange. Sie hatte anscheinend bis zum bitteren Ende gekämpft.

Es kamen von außen immer mehr Menschen heran, Fäuste ballten sich. „Den Schädel müsste man ihnen einschlagen!", rief ein Bauer neben Nathanael, der gerade dabei war, seine Fässer Dünnbier von einem Karren zu laden. „Die haben mehr als einmal meine Fuhren ‚requiriert'! Gesindel!"

Nathanael wandte sich ab und rannte davon. Weg vom Belle-Alliance-Platz. Weg von seinem mörderischen Bruder. Weg von Ella.

Kapitel 22

Ihr Kohlenvorrat war restlos leer. Ella rieb sich die weißen Hände, bis sie schmerzten. Sie hatte sich nicht die Zeit genommen, sich in die endlos langen Schlangen einzureihen, um eine winzige Portion zu erhalten. Nun bereute sie es. In der letzten Nacht hatte sie trotz Mantel, Fellmuff und Daunenbett gefroren.

Die Fensterscheiben ihres zugigen Studentenzimmers im siebten Stock unter dem Dach waren mit Eisblumen überzogen. Fast so wie ihr Herz.

Sie fühlte sich betrogen. Von Orlow, dem Ehebrecher, und von Nathanael, dem … ja, was war er? Ein Nationalist? Nein, das stimmte nicht. Er hatte sich auch nicht blendend mit seinem Freikorps-Bruder verstanden.

Und je mehr sie darüber nachdachte, desto weniger glaubte sie, dass er ein Verräter oder Spitzel war. Erstens war er dazu viel zu reaktionär, zweitens schien er ihr von der genügsamen und unbestechlichen Gattung und drittens: Wenn er sie verraten hätte, hätte er das wesentlich klüger und womöglich ohne Blutvergießen hinbekommen.

Sie war vor allem wütend auf sich selbst gewesen. Wütend, auf Orlow und den Spitzel Roland gehört zu haben. Wütend, dass sie sich aufs Glatteis hatte führen lassen. Von allen! Den Kommunisten sowie ihren Gegnern! Und in ihrer energischen Art war ihr Zorn auf den Nächstbesten übergeschlagen.

Ella schlang sich die Daunendecke um die Schultern und steckte ihre Hände in den Muff.

Es hatte sie verletzt, sich ihn als Spitzel vorzustellen. Viel mehr, als sie Orlows Geständnis aus der Bahn geworfen hatte.

Sie musste es sich eingestehen, Nathanael Klingenstein brachte ihr Herz zum Schwingen. Sie hatte sich in ihn verliebt. Nicht Hals über Kopf wie damals in Abram. Nein, langsam, wie ein reifender Wein.

Aber war das überhaupt gut? Konnte sie sich eine gemeinsame Zukunft vorstellen? Ihre Leben gingen doch in unterschiedliche Richtungen – politisch und philosophisch. Sie war die Revolutionärin, er der Reaktionär. Sie war Theistin, er war Atheist. Vielleicht nicht mehr so tief überzeugt, wie als sie sich kennengelernt hatten. Aber solange er keine eindeutige Entscheidung für Jeschua getroffen hatte, konnte er sich immer noch gegen ihn entscheiden. War es nicht wichtig, dass man in die gleiche Richtung ging? Sonst würde die Beziehung eine einzige Zerreißprobe, wie ein Tauziehen, bis einer aufgab und sich auf die andere Seite schlug. Oder das Band durchtrennte.

Nein, so ganz sicher war sie sich noch nicht mit ihm. Wie gemein von ihr, seine Hoffnungen durch einen Kuss zu wecken. Sie wusste doch, wie schmerzhaft Liebe sein konnte!

„Jeschua", betete sie leise, „es tut mir leid. Ich möchte dir nachfolgen, nicht meine eigenen Wege gehen." Sie zögerte. „Auch nicht politisch", ergänzte sie dann. „Du weißt besser als ich, was gut und gerecht ist."

Ob Abram sie wohl davon abgehalten hätte, sich den Kommunisten anzuschließen? *Mein Abram!*

„Du siehst meine verletzte Seele, Jeschua. Schenke mir deine Heilung und den Mut, wieder zu lieben. Und gib mir Weisheit mit … Nathanael." Tränen quollen aus ihren Augen und liefen über ihre eiskalten Wangen.

Was Nathanael schon alles von ihr erduldet hatte. Sie musste sich entschuldigen – und darin war sie gar nicht gut.

Sie wischte die kalten Tränen weg, bevor sie noch gefroren. Erst einmal brauchte sie Kohlen. Aber wo bekam sie diese her an einem Sonntag? Ob irgendwelche Soldatenräte ihr zu Hilfe kommen konnten?

Sie sollte sich auch eine Zeitung besorgen, um nachzulesen, wie der gestrige Tag für die Kommunisten verlaufen war.

Die Daunendecke flog zurück aufs Bett und sie griff nach ihrer Mütze. Im Zimmer herumzusitzen war nichts für sie.

Die Stufen polterten unter ihren Schritten. Kurz vor Ende der dritten Treppe stockte sie plötzlich. Eine in einen dicken Mantel eingepackte blonde Frau stand vor ihr, sie war anscheinend auf dem Weg nach oben.

„Katharina, was machst du denn hier?" Von der Freundin in Wilhelmshaven hatte sie schon lange nichts mehr gehört.

„Dich besuchen natürlich! Habe ich doch in meinem Brief angekündigt. Aber wie ich unten gesehen habe, fließt dein Briefkasten bereits über vor ungelesener Post."

„Du hast mir geschrieben?"

„Hundert Briefe bestimmt. Ich wollte doch wissen, ob es dir gut geht wegen der Revolution hier und allem. Und auf keinen habe ich eine Antwort erhalten, du treulose Tomate! Da musste ich nach dem Rechten sehen kommen."

Ella lachte. „Oh Kathi, das tut mir so leid! Jetzt bist du extra den weiten Weg angereist, nur um festzustellen, dass du eine faule Freundin hast!"

„Macht nichts." Sie knuffte sie in die Seite. „Es ist schön, dich zu sehen."

Ella schlang ihre Arme um die zierliche Blonde. Und wieder schossen ihr die Tränen in die Augen.

„He, was ist denn?", fragte Katharina, als sie die feuchten Wangen bemerkte. „Komm, wir gehen nach oben und du erzählst mir alles."

Ella wusste gar nicht, wo sie anfangen sollte. Sie sprang von Orlow, dem Ehebrecher, zu Wiltzis Tod, dann kurz zu den Demonstrationen und blieb bei Nathanael hängen.

Zwischendurch kauften sie einer Nachbarin Kohlen ab, die einen beträchtlichen Vorrat im Keller gehamstert hatte.

Dann kauerten sie auf Ellas Bett unter der Dachschräge und brühten zwei Tassen Pfefferminztee im Kohlebecken.

„So, so, der Matrose Nathanael gefällt dir also."

„Matrose", kicherte Ella. „Die Bezeichnung wäre mir für ihn gar nicht mehr eingefallen. Ist das lange her, dass wir mit Wiltzi und Nathanael im *Homsfeld's* am Tisch saßen."

„Ja, das ist es. Als ich dir eine Einladung zu meiner Hochzeit geschickt habe und du nicht reagiert hast, habe ich mir wirklich Sorgen um dich gemacht."

„Du heiratest?" Ella schlug sich die Hand vor den Mund. „Wer ist der Glückliche? Auch ein Matrose?"

„Nein, wir haben uns in der Suppenküche kennengelernt. Er hat eine alte Kriegsverletzung, ein Glasauge. Aber mit dem anderen hat er direkt mein Herz erobert. Er ist so gütig, wie er sich hingibt in der Arbeit." Kathi lächelte versonnen.

„Dann passt er zu dir, meine heilige Katharina!" Ella schloss sie überschwänglich in die Arme.

„Du musst mir jetzt aber erzählen, warum du nicht zum Briefe-lesen gekommen bist. Was hast du Aufregendes getrieben? Oder hat Nathanael so viel deiner Zeit geraubt?"

„Ganz und gar nicht. Ich habe bei der Revolution mitgemacht. Mit mäßigem Erfolg." Sie erzählte von ihrem Job als Telefonistin, von der Schlosseroberung, von den vielen Arbeiteransammlungen und schließlich von der Erstürmung des *Vorwärts*.

„Ich habe davon gelesen, aber da hast du mitgemacht?" Kathi klappte der Mund auf.

„Ja, ich hielt es für eine gute Idee. Doch am Ende war es sinnlos. Ich fürchte mich zu erfahren, was mit allen anderen passiert ist."

„Nein, ich meine dieses Machtstreben!"

„Wie meinst du das? Es ging doch um die Rechte der Arbeiter!"

„Das war ihr Vorwand, aber am Ende wollten nur ein paar die Macht an sich reißen. Oder an die Proletarier, wenn man es schön-redet. Letztendlich wollten sie doch nur mehr wert sein als ihre Arbeitgeber und sich *über* diese erheben. Nicht auf die gleiche Stu-fe, sondern darüber."

„Aber … ist das nicht gerecht? Die ganze Zeit war es umgekehrt. Und ist es nicht sinnvoll, die Produktionsmittel zu verstaatlichen und den Besitz der Reichen gerecht zu verteilen?" Die heftige Re-aktion ihrer Freundin machte sie stutzig.

„Natürlich hocken die Reichen auf ihren Gütern wie die Glu-cken und wollen den Schutz des Privateigentums. Aber weißt du, was passiert, wenn Eigentum plötzlich für vogelfrei erklärt wird?

Meinst du nicht, das nehmen ein paar wörtlich, tauchen in der Wohnung deiner Mutter auf, klauen ihr ihr Porzellan, ihre Spiegel und Möbel, dein altes Schaukelpferd oder gleich das ganze Dach über dem Kopf?"

Ella musste an die Gauner denken, die sich an den privaten Wohnungen in der Lindenstraße bedient hatten. Das hatte sie auch als Unrecht empfunden, aber wenn sie genau darüber nachdachte, war diese Form der Enteignung gerade das, was die Kommunisten befürworteten.

„Es müsste eben geregelt sein – jeder, der mehr als so und so viel hat, muss die Hälfte seines Besitzes abgeben."

„Das könnte für deine Eltern immer noch bedeuten, ihre Wohnung abgeben zu müssen."

„Sie ist doch groß genug für mehrere Familien, man könnte sie teilen und dann müssten die Arbeiter nicht mehr in solchen Schuppen wohnen."

„Ella, du weißt, dass ich mit Herz und Seele für die Armen einstehe. Aber all das, was du beschreibst, kann man auch weniger drastisch erreichen. Man erlegt den Reichen mehr Steuern auf, die man dann in Wohnungsbau investiert. Stell dir allein vor, wie viel der Unterhalt des Kaisers gekostet haben muss. Wenn man dieses Geld umverteilt, wie vielen könnte damit geholfen werden. Dazu braucht man aber nicht gleich eine Zwangsenteignung von heute auf morgen!"

„Also ... eine langsame Enteignung?"

„Wenn du so willst."

„Aber die SPD hat bisher noch nicht viel bewegt in diese Richtung."

„Nein, sie war zu beschäftigt damit, verzweifelt an der Macht zu klammern." Kathi rollte mit den Augen. „Ich sage nicht, dass sie besser oder gut sind. Sie haben auch ihre Fehler. Aber egal, du solltest wenigstens nicht diese Gewalt unterstützen! In allen großen Städten ist es zu dramatischen Szenen gekommen, nicht nur in Berlin. Überall brodelt es. Ich habe Angst. Wie viele Familienväter müssen noch sterben? Und wie viele Unbeteiligte?"

Ella nickte langsam und seufzte. „Ach, Kathi. Ich weiß gar nicht mehr, wo mir der Kopf steht. Es ist alles ein einziges großes Chaos. Und ich fürchte, ich habe in all meinem Handeln Gott selten um Rat gefragt. Ich habe mich moralisch im Recht gefühlt und dachte, deswegen müsse er auf meiner Seite stehen. Aber vielleicht war es gar nicht so."

„Ja, das kann sein." Katharina streichelte ihr über den Arm. „Komm, wir beten zusammen. Denn wo zwei oder drei in seinem Namen versammelt sind, ist er mitten unter ihnen, weißt du noch?"

Ella nickte und sie schloss ihre Freundin erneut in die Arme. Gemeinsam beteten sie, in all dem politischen Chaos den richtigen und guten Weg zu finden.

Als sie geendet hatten, lachte Katharina leise. „Bevor du dich ins nächste Abenteuer stürzt, setze ich dich unter Hausarrest. Mindestens, bis ich am Donnerstag zurückfahre."

„Hausarrest?"

„Ja, hier mit mir. Und wenn wir etwas einkaufen müssen, lesen wir keine Zeitungen. Du musst dich erst einmal sortieren, bevor du die nächste Revolution anfängst."

„Ich habe dich vermisst!", lachte Ella. Wahrscheinlich hätte sie spätestens morgen nach einer neuen Beschäftigung gesucht und womöglich eine weitere Partei gegründet oder die Regierung allein gestürzt.

Die beiden jungen Frauen verbrachten die nächsten Tage hauptsächlich redend, lachend oder Karten spielend. Es tat gut, abzuschalten und sich zumindest für eine Weile vom Weltschmerz abzuschotten.

Am Donnerstagnachmittag, inzwischen war es der 16. Januar, brachte sie Katharina zum Lehrter Bahnhof und versprach, zur Hochzeit im Mai nach Wilhelmshaven zu reisen. Ihre Freundin drückte sie fest und verschwand dann im ersten Waggon hinter der schweren Dampflok.

Schweren Herzens winkte Ella ihr nach. Direkt im Anschluss

würde sie zu Nathanael gehen und sich mit ihm versöhnen. Katharina war bei Ellas Erzählungen immer wieder entzückt von ihren Ausführungen über ihn gewesen. Was für ein gutes Herz er hatte und wie fürsorglich er war. „Und wenn er so intensiv in theologischen Büchern liest, ist er wahrscheinlich auch dem Glauben nicht mehr fern. Ihr braucht doch eine starke gemeinsame Basis nach all euren Diskussionen."

Sie hatten die liegen gebliebenen Briefe gelesen und entdeckt, wie sich Ellas Mutter immer wieder nach Nathanael erkundigte. Anscheinend hatte er einen guten Eindruck in Kiel gemacht. Sie musste schmunzeln.

Ihr Herz machte einen Satz, wenn sie daran dachte, ihn wiederzusehen. Hoffentlich konnte er ihr verzeihen.

Sie stockte. An einer Litfaßsäule hing ein Plakat.

Rächt Liebknechts und
Luxemburgs Tod!
Stürzt die Regierung!

Die beiden großen Revolutionsführer tot? Ermordet bestimmt! Das Herz sackte ihr in die Kniekehlen.

Irgendwie schaffte sie es, sich in eine Elektrische in Richtung Alexanderplatz zu setzen, aber ihre Gedanken fuhren Karussell. Die beiden hatten schon reißerische und nicht immer friedliche Phrasen im *Die rote Fahne* geschrieben, doch gerade Rosa Luxemburg war so eine patente, intelligente Frau gewesen. Wie sie den Kapitalismus kritisiert hatte, weil der Unternehmer darin immer gezwungen war, Profit zu machen. Ihre Ausarbeitungen in der Ökonomie, wo sie herauskristallisiert hatte, wo „Gewinn" herkam. Ihre Schriften zur Zusammenbruchstheorie, wo sie erläuterte, warum es eine Revolution brauchte und Reformismus zum Scheitern verurteilt war. Wie sie im Blick auf die Oktoberrevolution formuliert hatte, dass man auch Andersdenkenden Freiheit gewähren musste und nicht nur den Anhängern der eigenen Partei geben durfte. Und wie sie kritisiert hatte, dass Lenin die Demokratie innerhalb der Arbeiterklasse zugunsten seiner Partei unterdrückte. Sie war nicht diejenige gewesen, die zu Gewalt und Unterdrückung aufgerufen hatte. Sie wollte einen positiven Weg zur Gerechtigkeit beschreiten und war gegen eine Diktatur gewesen. Aber genauso wie Ella hatte sich Rosa Luxemburg mit den Falschen verbündet – wahrscheinlich waren es die bitteren Erlebnisse des Weltkrieges, die sie auf diesen radikalen Weg gebracht hatten.

Trotzdem – einfach ermordet! Sie schluckte schwer. Am Alexanderplatz erstand sie die letzte Ausgabe der *Roten Fahne*, die allerdings von gestern war. Heute war keine erschienen. Dann schleppte sie sich in die Georgenkirchstraße.

Kurz hinter der Kirche versperrte ihr ein einzelner Freikorpssoldat den Weg.

„Name und Vorhaben!", schnauzte er.

„Ella Silberthal", murmelte sie mechanisch. „Jemanden besuchen." Seit wann trieben denn die Freikorps ihr Unwesen auf den Berliner Straßen?

„Silberthal. Eine dreckige Jüdin bist du."

„Was?" Ella starrte ihn verständnislos an. Was wollte er von ihr?

„Und eine Kommunistin! Eine kleine Rosa Luxemburg also! Da, stell dich an die Wand!" Der Soldat hob seine Waffe und richtete sie auf sie.

„Das ist ein Missverständnis! Ich bin unbewaffnet und friedlich unterwegs!"

„Friedlich ist von euch jüdischen Drecks-Kommunisten keiner." Er wies auf die Ausgabe der *Roten Fahne* in ihrer Hand.

Sie stellte sich mit dem Rücken an die Wand der Kirche. Ihre Knie begannen zu zittern. Was war das für ein Fanatiker?

Erleichtert beobachtete sie, wie er sich sein Gewehr über die Schulter hängte. Als er dafür aber ein Messer hervorholte, sog sie scharf die Luft ein.

„Na, möchtest du dir noch ein letztes Mal einen Davidsstern schlagen?"

Am liebsten hätte Ella ihm ins Gesicht gebrüllt, dass man sich keine Sterne schlug als Jude, aber dass er gleich Sterne sehen würde, wenn sie ihm eine herunterhaute.

Doch ihr Verstand verbot ihr solche waghalsigen Aktionen. Sie musste ihn irgendwie beruhigen.

„Ich bin Christin!", erklärte sie, obwohl sie sich eigentlich immer als messianische Jüdin bezeichnete. Demonstrativ bekreuzigte sie sich und hoffte, dass das Zeichen richtig gelang.

„Kann ja jeder sagen", pfefferte der Soldat. Dann grinste er. „Ob ich für dich wohl auch Kopfgeld bekomme, wie für die alte Luxemburg?"

✳✳✳

„Willst du etwa auch sterben?" Aus dem Augenwinkel sah Nathanael, wie Paul mit einem Butterbrot gebeugt über ihm stand, während er in seine Decke eingerollt so tat, als ob er schlief. „Seit fünf Tagen liegst du hier im Bett. Iss wenigstens etwas! Nach dem Krieg hast du keinen Reserve-Speck mehr, den du noch loswerden könntest durch deine Fasten-Kur."

„Hm", brummte er unter der Decke hervor.

Mit einem Ruck zog Paul sie ihm weg.

„He!"

„Die ist konfisziert, bis du diese Stulle gegessen hast."

„Ich hab keinen Hunger."

„Du hast aber einen Magen und da wandert das Brot nun hinein."

Tief seufzend richtete Nathanael sich auf, biss von der Scheibe ab und kaute widerwillig. „Zufrieden?", nuschelte er.

„Nein. Du hast noch dickeren Liebeskummer als vorher und dein Bruder ist ein Psychopath, aber du musst endlich wieder auf die Füße kommen. Geh deine Ella besuchen, spreche dich mit ihr aus und alles kommt in Ordnung."

„Du warst nicht dabei", schmatzte Nathanael. „Du hast nicht gesehen, wie sie mich angeschaut hat."

„Na und? Davor hat sie gesagt, dass du ihr das Leben gerettet hast. Und ich meine ...", sein Freund grinste, „sie hat dich geküsst. Damit hatte ich übrigens recht und diesmal bestimmt auch."

„Sie hasst mich."

„Quatsch."

„Was ist eigentlich da draußen los?", murmelte Nathanael. „Die Revolution ist gescheitert, oder?" Er hatte wirklich seit fünf Tagen das Bett nicht verlassen, Paul hatte nicht übertrieben. Zu mehr als schlafen, lesen und an die Decke starren fühlte er sich nicht fähig. Er hatte sogar den kompletten theologischen Kommentar mit über zweitausend Seiten fertig gelesen und kannte sich nun wahrscheinlich besser mit dem Neuen Testament aus als Dreiviertel der Christenheit zusammen.

„Ja, allerdings. Dreihundert Besatzer haben sie ins Gefängnis gesteckt. Die Regierungssoldaten ziehen plündernd durch die Arbeiterviertel und verhaften alle möglichen."

„Schrecklich. Und Aaron bestimmt mitten dabei. Alles bricht auseinander. Parteien spalten sich, die Verteidiger der Arbeiter lassen ihre eigenen Leute einsperren, Brüder werden zu Mördern."

„Aber ich sage euch, die ihr zuhört: Liebet eure Feinde; tut denen wohl, die euch hassen. Segnet die, so euch verfluchen, und bittet für die, so euch beleidigen."

„Ich weiß schon: *Wenn dich jemand auf die Backe schlägt, halte ihm die andere hin, nimmt dir jemand den Mantel, gib ihm gleich den Rock.* Und so weiter. Aber wer tut das denn schon?"

„Du hast den Bibelkommentar aber genau gelesen. Nun, das ist ja das Problem, keiner tut es."

„Die Christen auch nicht."

„Leider. Sie nennen sich nur so, aber Christus wirklich nachfolgen tun sie nicht."

„Schade."

Paul sah ihn verwundert an. „Schade?"

„Na, er hat schon viel Gutes gesagt."

Sein Freund lachte leise. „Ja, das hat er wirklich."

Während Nathanael kaute, dachte er über die Worte nach, die Jesus gesagt hatte. Wenn jeder seine Feinde lieben würde – wie gut es der Welt dann gehen würde! Aber dafür müsste jeder seinen Stolz und seine Rachewünsche abgeben.

Rachewünsche hatte er eigentlich nicht, aber was den Stolz anging, war er nicht ganz unschuldig. Ob es wirklich einen guten, allmächtigen Gott gab?

Vielleicht war Nathanael so einer, von dem Jesus sagte: *Denn mit sehenden Augen sehen sie nicht, und mit hörenden Ohren hören sie nicht; denn sie verstehen es nicht.*

Er, der einen Nobelpreis ergattern wollte.

Ich will verstehen, dachte er. *Hilf mir … Gott.*

Nathanael wischte sich die letzten Krümel vom Mund. „Brot ist gegessen."

„So leicht kommst du mir nicht davon. Aufstehen!"

„Wieso?"

„Ella braucht dich. Es muss sie sicher jemand trösten, jetzt, nachdem man Karl Liebknecht und Rosa Luxemburg umgebracht hat."

„Man hat was?"

„Irgendwo aufgespürt und erschossen oder so was. Angeblich wurde Luxemburg von einer aufgebrachten Menschenmenge ermordet, aber da wäre ich mir ja nicht so sicher."

„Das wird Ella ganz schön getroffen haben."

„Geh schon."

„Wohin?"

„Zu ihr!"

Nathanael zögerte einen Moment, doch er spürte, wie ihn eine neue Kraft durchströmte. Gut, er wollte es probieren. Mit Ella und auch mit ihrem Gott. Er setzte seine Füße aus dem Bett. „Du hast recht, ich muss wenigstens versuchen, mit ihr zu reden."

„Wasch dich aber bitte vorher!"

Die Georgenkirchstraße war erstaunlich leer. Als hätte jemand die Straße gefegt und die Menschen mitgenommen.

Plötzlich stürzte aus einem Hauseingang ein Trupp Freikorps-Söldner, die Gewehre in der Hand. Alles junge Burschen, vielleicht Studenten oder ehemalige Offiziere.

Davon hatte ihm Paul also berichtet. Er rückte seine dünne Brille zurecht und versuchte, möglichst spießig auszusehen. Trug er irgendetwas Rotes bei sich? Nein, heute zum Glück nicht.

Sie beachteten ihn nicht, sondern passierten und betraten das nächste Haus.

An der Georgenkirchstraße standen noch zwei und unterhielten sich. Wie die Flöhe, die waren ja überall!

Doch als er näher kam, bemerkte er, dass die beiden sich irgendwie feindlich gesinnt waren, der an der Kirche stand in einer abwehrenden Haltung. Nein, *die* an der Kirche. Das war … Ella!

Er begann zu rennen. „He, lass sie in Ruhe!"

Der Soldat wandte sich nicht um, sondern schnappte sich Ella und drehte sich gemeinsam mit ihr um.

Sein Messer zitterte vor ihrer Kehle, sie riss die Augen weit auf.

„Komm nicht näher, sonst murkse ich sie ab!", brüllte der Freikorpsler.

Nathanael rannte noch ein paar Schritte, bis er den Sinn der Worte erfasste und abrupt stehen blieb, drei Meter von den beiden entfernt.

Er schluckte heftig.

„Bring dich in Sicherheit – wenn die anderen wiederkommen, dann …", zischte Ella, aber der Soldat brachte sie mit einem Ruck zum Schweigen. Er hielt sie fester und das Messer saß noch näher an ihre Kehle.

Nathanael wünschte, er hätte sich einen Plan überlegt, bevor er losgerannt war. Konnte er den Gegner entwaffnen? Hätte er bloß eine Waffe! Andererseits, was würde er dann damit machen – den anderen niederschießen?

Panisch suchte er den Soldaten ab, ob es irgendwo einen Schwachpunkt gab, aber ihm fiel absolut nicht ein, wie er Ella befreien konnte. Panisch schickte er ein Stoßgebet in den Himmel.

„Nimm mich statt ihr!", sprudelte es plötzlich aus ihm heraus. „Lass sie in Ruhe und du bekommst mich. Mann zu Mann, das ist doch fairer, oder?" Vielleicht konnte er an die gute Erziehung appellieren, dass man Frauen nichts antat – auch wenn er ein Physiker-zu-Soldat-Duell immer noch nicht gerade fair fand.

„Nein, Nathanael! Tu das nicht!" Ella liefen Tränen über die Wangen.

„Du kennst sie also! Gehörst du auch zum kommunistischen Judenpack! Oder Russenpack?"

Wut flammte in ihm auf. „Was hat denn Kommunismus mit Russen oder Juden zu tun? Sind die vielleicht gebildeter als du Germanen-Deutscher und kapieren, was kapitalistische Markwirtschaft bedeutet?", blaffte er.

Der Blödmann lief knallrot an. „Du machst jetzt genau, was ich sage, Wurm! Für jeden Widerstand wandert das Messer tiefer in den Hals! Und wenn du wegläufst oder mir noch mal blöd kommst, ist das Köpfchen ab!"

Nathanael biss sich auf die Lippen. Verbaler Angriff war nicht die beste Idee gewesen. Er und Worte, das sollte er lieber lassen. „In Ordnung", presste er hervor und hob beruhigend die Hände.

„Stell dich da an die Wand von der Kirche."

Langsam umkreiste er die beiden und stellte sich an den zugewiesenen Platz.

Mit einem Ruck schupste der Soldat Ella neben ihn, riss sich das Gewehr von der Schulter und richtete es auf sie beide aus. Jetzt hatte er sie alle zwei im Schach.

Nathanael griff nach Ellas Hand und warf ihr einen Seitenblick zu. Sie sah noch heil aus. Ihre Finger drückten sich fest in seinen Handrücken.

„So, wir machen das jetzt folgendermaßen. Einer von euch beiden wird gleich sterben. Den anderen lasse ich als Kommunist einbuchten, dann kann er sich sein restliches erbärmliches Leben fragen, was er falsch gemacht hat."

„Wir haben nichts gemacht, du kennst uns noch nicht einmal", wandte Nathanael ein. Er hatte es immer gewusst: Eines Tages würde ihm sein harmloses Aussehen nichts mehr nutzen.

„Ich behaupte einfach, ich hätte euch beim Plündern gesehen. Oder im *Vorwärts*. Und einen zweiten Zeugen treibe ich auch noch auf, kein Problem."

Er schien es ernst zu meinen.

„Und wen ich umbringe …? Hm, ich werde eine Münze werfen." Er griff in seine Tasche.

Der Herr aber ist treu, der euch befestigen und vor dem Bösen bewahren wird, schoss es Nathanael durch den Kopf. Stimmte das wirklich? *Wenn ja, dann beschütze uns jetzt beide,* betete er stumm. Es war irgendwie tröstlich, sich in diesem Moment nicht auf das Schicksal des Universums verlassen zu müssen – aber er konnte sich keinen Weg ausmalen, wie das hier gut enden konnte. Und so spürte er noch einmal intensiv Ellas warme Hand in seiner. Vielleicht ein letztes Mal.

Hinter dem Angreifer sah er plötzlich jemanden näher kommen. Seine Uniform hatte dieselbe Farbe wie die ihres Gegenübers. Ob er seinen Kameraden zur Vernunft bringen konnte oder als der zweite Zeuge dienen würde?

„Falls du wirklich existierst da oben, dann hilf uns", murmelte Nathanael tonlos. „Oder lass wenigstens die Münze auf mich fallen."

„Du, Jüdin! Kopf oder Zahl?"

„Beide."

„Ich soll euch beide umbringen?"

„Nein, nur mich!"

Nathanael konnte spüren, wie sie zitterte.

„Wähle, sonst sterbt ihr beide sofort."

„Kopf?", sagte sie zaghaft.

Er schnippte die Münze in die Höhe und ließ sie auf den Boden fallen.

Zahl.

„Nein, nein!", wimmerte Ella.

Nathanael atmete aus. Er. War er bereit zu sterben? Hatte er schon seinen Frieden auf dieser Erde gemacht?

Der Soldat richtete seine Waffe auf seine Stirn. Er krümmte den Finger leicht am Abzug.

„Ich nehme doch Zahl, bitte nicht auch noch Nathanael." Ella schloss die Augen und krallte sich in seine Hand. Er kniff seine ebenfalls zu. So mutig, dem Tod ins Gesicht zu sehen, war er nicht.

Ein dumpfer Schlag ertönte.

Kapitel 23

Schwärze.

Ein schepperndes Geräusch.

War er tot? Nein, sein Herz pochte in seiner Brust.

Langsam öffnete er die Augen wieder. Er stand immer noch in der Georgenkirchstraße und spürte Ella neben sich, ihre Hand fest in seiner.

Der zweite Soldat hatte mit seinem Gewehr ihrem Angreifer eines über die Rübe gezogen. Bewusstlos lag er auf dem Pflaster.

Jetzt erst sah Nathanael ins Gesicht des zweiten Freikorpslers. Aaron. Er rettete ihm schon wieder das Leben, und das, obwohl er vor wenigen Tagen andere ermordet hatte.

„Hab aus dem Fenster gesehen, dass der Georg dich erschießen wollte", murmelte dieser. „Aber auch wenn du ein Dreckskommunist geworden bist, darf dich trotzdem niemand umbringen."

„Ich bin kein Kommunist. Ja, ich war im Zeitungsviertel dabei, aber nur, um …" Auf Ella aufzupassen, wollte er sagen. Doch im letzten Moment überlegte er es sich anders. Er musste sie vor seinem Bruder schützen. „… zu deeskalieren."

„Und das rote Buch?"

„Ein theologischer Kommentar." Er musste ein wenig lachen, auch wegen der Erleichterung, noch am Leben zu sein.

Aaron zog den Mund zu einem halben Lächeln. „Und ich dachte schon …"

„Aber du? Ich war an der Dragonerkaserne, doch du warst … beschäftigt. Du … hast sie erschossen."

„‚Keiner kommt lebend aus dem *Vorwärts*‘ hieß es. Und jetzt wollen die Vorgesetzten wieder von nichts gewusst haben."

„Aber das war doch … Mord."

„Ich habe Befehle ausgeführt. Im Krieg habe ich das tausendfach gemacht, damit Deutschland überlebt. Jetzt genauso, es hat sich nichts verändert." Aaron zuckte mit den Schultern.

„Es hat sich viel verändert, es ist kein Krieg mehr und das sind Deutsche wie du und ich."

„Die Sozialisten haben schon 1914 gesagt, wir schießen auf unsere Brüder in Frankreich. Aber – und das weißt du jetzt – ich werde niemals auf meinen Bruder schießen. Nur auf Feinde, seien es Feinde im Ausland oder im Inland."

Nathanael wollte etwas erwidern. Doch dann schloss er Aaron einfach nur kurz in den Arm. „Danke, dass du uns das Leben gerettet hast. Zweimal schon."

Sein Bruder nickte schlicht und zog einen Mundwinkel nach oben. Wie abgekämpft er aussah. Als wäre seine Seele im Krieg mitgestorben.

„Ich muss los, die anderen warten."

Nathanael holte Luft. „Versprich mir eines, egal was passiert und was wir glauben oder nicht glauben – wir werden immer Brüder bleiben, ja? Und wir reden noch einmal über alles."

„Alles willst du nicht wissen. Aber ja, wir bleiben für immer Brüder." Er klopfte ihm auf die Schulter und wandte sich ab. Den bewusstlosen Kameraden auf dem Boden schleppte er zu den anderen Freikorpslern.

Sie sahen ihm stumm nach, bis er mit dem Trupp außer Sicht war.

Dann drehte sich Ella ihm zu und schlang seine Arme um ihn. „Ich hatte solche Angst um dich!"

Er drückte sie fest an sich. „Und ich um dich."

„Wann hört das alles endlich auf? Ich will nicht mehr in Todesangst leben müssen."

„Ich auch nicht", murmelte er in ihr Haar und sog ihren Duft ein.

„Es tut mir so leid, dass ich dich verdächtigt habe, ein Spitzel zu sein, das war Unsinn. Ich war nur wütend auf mich selbst und da …" Sie schluchzte aufgewühlt.

„Es ist in Ordnung." Er strich ihr über den Rücken. „Komm, am Ende der Georgenkirchstraße liegt der Friedrichshain. Gehen wir spazieren."

Sie nickte, hakte sich bei ihm ein und vergrub ihre Finger im Mantel. Ihr Atem war in der kalten Winterluft sichtbar.

„Wen hat dein Bruder umgebracht?", fragte sie nach einer Weile.

„Wolfgang Fernbach. Und noch mehr aus der Lindenstraße."

„Wirklich? Den Schriftsteller? Der hat doch sicher gar nicht mitgekämpft."

„Nein, ich glaube sogar, es war eine Delegation mit weißer Fahne, die sie da abgeknallt haben."

Sie seufzte. „So viel Tod. So viel unnötiger und grausamer Tod."

„Aber uns hat Gott wirklich bewahrt. Verrückt."

Sie sah ihn schräg von der Seite an. „Nicht das Universum oder das Schicksal?"

Er schüttelte den Kopf. „Nein. Diesmal bin ich mir sicher, dass es Gott war."

Sie strahlte ihn an. „Wie schön, dass du das sagst! Heißt das, dass du jetzt glaubst, dass er existiert?"

Er nickte. Es war ihm zur Gewissheit geworden. Dass da jemand war, der zuhörte, wachte, richtete, liebte. Dass es nicht nur ein kaltes, nacktes Universum war, in dem sie hilflos und zufällig schwebten. Er musste noch viel dazulernen, aber er fühlte sich bereit, diesen Schritt zu gehen. Einen Schritt des Glaubens quasi. Es war schon verrückt, den gewohnten Zweifel loszulassen. Ein bisschen wie im offenen Meer eine Boje loszulassen, um zum rettenden Schiff zu schwimmen.

„Muss ich mich jetzt taufen lassen? Das haben die im Neuen Testament alle so gemacht. Oder siehst du das als messianische Jüdin anders?"

„Nein, wir kennen die Taufe als Mikwe. Ein Reinigungsbad als Vorbereitung zum Bundesschluss, so ist es in der jüdischen Tradition – man wäscht symbolisch die Sünden ab. Genauso ist es im Neuen Testament: Der alte Mensch wird begraben und man lebt ein neues Leben mit Jeschua. Oder Jesus Christus, wie ihn die meisten nennen."

„Welche Sünden denn?"

„Zum Beispiel, dass du bisher den Schöpfer dieser Erde ignoriert hast und gedacht hast, du könntest dein Leben auch ohne ihn leben. Und die vielen Fehler, Lügen, Ungerechtigkeiten … mir fallen jede Menge Dinge ein, wo ich egoistisch war, wo ich Menschen verletzt habe. Wo ich dich verletzt habe."

„Sind die Christen denn ständig auf der Suche nach ihren Fehlern?"

Ella lachte. „Nein, das ist ja das Schöne. Meine Mutter hat sich dauerhaft schuldig gefühlt. Aber wenn man an Jesus glaubt, befreit er von aller Schuld und von den vielen Gesetzen aus der Thora."

Konnte das wahr sein? Ja, er hatte diese Freiheit bei Ella gesehen. Sie hatte Fehler gemacht und sie hatte getrauert. Aber irgendwie hatte sie trotzdem befreit gewirkt.

Glücklich, trotz all dem Unglück.

Und scheinbar hatte ihr dieser Jeschua auch geholfen, die letzten Fesseln der Trauer abzustreifen, so wie sie ihn nun anstrahlte. Er nickte ernst. „Das … das will ich auch."

Ein paar zarte weiße Schneeflocken schwebten vom Himmel. Ella schob sich näher an ihn heran. In ihren karamellbraunen Augen tanzte die pure Freude.

Er zögerte einen Moment. „Ella … hast du das eigentlich alles ernst gemeint? Was du … im Hinterhof über mich gesagt hast?"

„Ja." Sie drückte seinen Arm. „Sehr ernst."

„Hm." Er musste lächeln. Der klügste, begabteste, loyalste und tapferste Mensch, der ihr jemals begegnet war. Es fühlte sich an wie ein Ritterschlag.

Sie kamen an den Märchenbrunnen, der am Eingang des Parks lag. Flache Wasserbecken zogen sich von einem Bogen Absatz für Absatz nach unten, Grimms Märchengestalten säumten den Rand. Im Sommer spritzten hier kleine elektrische Pumpen weiße Fontänen. Heute lag der Brunnen stumm und leer da, erstarrt in der Winterkälte. Der Park war vereinsamt, ob wegen der Witterung oder den herumziehenden Freikorps, aber Nathanael war froh um die Ruhe.

Sie setzten sich auf eine Bank. Ella sah auf das Wasser und lächelte, Nathanael konnte den Blick nicht von ihr wenden.

Er legte eine Hand an ihre Wange und fuhr mit dem Daumen sanft über ihre Schläfen. Zögerlich, zaghaft. Er wollte sie wieder zurückziehen, aber sie hielt seine Hand fest und sah ihm prüfend in die Augen. Dann lächelte sie und drückte ihm einen Kuss auf die Lippen. Dabei stießen ihre Nasen ungelenk aneinander und sie mussten lachen.

„Tut mir leid. Darf ich es noch einmal probieren?", fragte er leise und sie nickte. Er zog ihr Kinn heran und küsste sie, diesmal ohne dass sich ihre Nasen in die Quere kamen.

„Du wirst es noch oft probieren dürfen", flüsterte sie ihm zu. Die Schneeflocken schmolzen langsam auf ihrer Wange.

„Ist das wahr?"

„Dich lasse ich nicht mehr gehen."

„Weißt du", er lachte nervös, „früher habe ich immer zwei Wünsche gehabt. Zu heiraten und eine Familie zu haben und einen Nobelpreis zu erhalten. Für lange Zeit habe ich Letzteres für wahrscheinlicher gehalten."

Sie lachte und fuhr mit der Hand durch seine wuscheligen Haare, die unter seiner Mütze hervorlugten. „Den Nobelpreis bekommst du bestimmt auch noch. Wir sollten uns wirklich mal wieder der Universität widmen."

„Ja", grinste er. „Aber erst wählen wir am Sonntag – unsere erste Nationalwahl."

„Und ich wollte schon lange Mal wieder in die Synagoge gehen, alle Briefe beantworten und an meinem Kohlenvorrat arbeiten. Und Essen habe ich auch noch kaum."

„Solange ich dich überall begleiten darf, bin ich zufrieden."

„Du *darfst* nicht, du *musst*!", lachte sie und zog ihn auf die Beine. „Komm mit!"

Kapitel 24

Die Bibliothek der Universität war leer. Anscheinend brachte keiner der Studenten die Motivation auf, sich für das kommende Semester vorzubereiten.

Ella machte es Spaß, sich durch ihre alten Unterlagen zu wühlen und verschiedene Theorien zur Ökonomie zu lesen. Und dass neben ihr ein gut aussehender Nathanael saß, der sich verzweifelt daran zu erinnern versuchte, wie man mit maxwellschen Gleichungen umging, machte alles noch besser.

Die Wahlergebnisse vom Sonntag waren enttäuschend gewesen. Die KPD war nicht angetreten, die SPD dominierte mit 37,9 %, aber selbst mit den 7,6 % der USPD gab es keine Mehrheit der Arbeiterparteien. Durch die Streitereien miteinander hatte man am Ende wahrscheinlich nur noch Wähler vergrault.

Immerhin, die Straßenkämpfe hatten für den Moment aufgehört. Die neue Nationalversammlung würde in Weimar zusammentreten, weil man in Berlin erneute Umsturzversuche fürchtete.

Doch wer hatte dazu noch die Kraft? Ella nicht mehr. Sie war die Politik vorerst leid. Wenn alles weiter so den Bach herunterging und am Ende die verrückten Freikorpsler an die Macht kamen, würde sie auswandern.

Hoffentlich mit Nathanael, der sie gerade wieder anlächelte, statt zu lernen. Er hatte sich tatsächlich gleich taufen lassen, seine Hauswirtschafterin hatte ihm einen Pfarrer bei der Berliner Mission empfohlen, der schon oft Erwachsene getauft hatte.

„Nase ins Buch", zischte sie und musste lachen.

„Deine steckt auch nicht drin, du denkst nach." Er stupste ihr Kinn.

„Du hast recht." Sie schlug ihr Buch zu. „Wir haben schon zwei Stunden gelernt. Wir müssen unseren Kopf erst wieder ans Denken gewöhnen."

„Geben wir auf?", lachte er.

„Draußen liegt herrlich viel Schnee. Lass uns Schlittenfahren gehen."

„Was? Wo das denn?"

„Im Viktoriapark. Dort kann man sogar Schlitten ausleihen. Komm!"

Sie klappten die Bücher zusammen, schlüpften in ihre Mäntel und nahmen die Elektrische in den Berliner Süden. Mit einem geliehenen Schlitten sausten sie die Piste herunter, um sie herum Kinder, Familien und andere Studenten. So eine ausgelassene und gelöste Stimmung hatten sie schon lange nicht mehr erlebt. Es tat gut, lachende Gesichter und Kinderstimmen zu hören.

Einmal lenkte Ella den Schlitten aus Versehen in die falsche Richtung und sie kamen von der Piste ab in ein kleines Waldstück hinein. Als die Kufen und der Fahrtwind verstummten, war es plötzlich still um sie herum. Der Schnee schluckte den Schall, als hätte er alles in Watte gepackt. Die Welt schien für einen Moment den Atem anzuhalten.

Sie drehte sich zu Nathanael um, der ihre Arme um sie geschlungen hatte und sie liebevoll musterte.

„Das möchte ich ab jetzt jeden Winter mit dir machen."

„Jeden? Bis du achtzig bist?", fragte er verschmitzt.

„Dann schauen wir unseren Urenkeln zu."

„Unseren?", flüsterte er.

„Wenn du willst."

„Heiratest du mich?"

„Auf jeden Fall."

Er beugte sich vor und küsste sie.

Dann lachte er plötzlich. „Kann man sich das vorstellen? Ich darf die schönste und beste Frau der Welt heiraten!"

Sie sprang vom Schlitten auf und zog ihn in die Höhe.

Er nahm sie in die Arme und drückte sie so fest, dass sie vor Glück beinahe geplatzt wäre. Kichernd schob sie eine Handbreit Abstand zwischen sie beide.

„Meine Mutter wird sich freuen, die hat sich schon ganz unauffällig in jedem Brief nach dir erkundigt."

„Und meine Mutter wird erst einen Herzanfall bekommen, dass ich überhaupt jemanden gefunden habe, dann einen neuen, weil du Berlinerin bist, dann einen, weil du Jüdin bist, dann weil sie nicht versteht, was messianische Juden sind, und dann wieder einen, wenn sie dich in ihr altes Brautkleid steckt."

„Wirklich?" Ella schüttelte sich vor Lachen. „Ich muss sie unbedingt kennenlernen."

„Ja, ich zeige dir den Blautopf und das Rusenschloss, das Klötzle Blei und die küssende Sau!" Der sonst so ruhige Nathanael war nun ganz aufgedreht.

„Die küssende Sau? Ich weiß nicht, ob ich das sehen möchte! Bist das nun du oder ich oder –"

Grinsend verschloss er ihr das lose Mundwerk mit einem Kuss.

Epilog

Die Schwäbische Alb zeigte die ersten Frühlingsknospen, als sich die Eisenbahnwaggons von Stuttgart aus die Geislinger Steige heraufschoben.

Ella war noch nie so weit im Süden gewesen und freute sich über jedes Fachwerkhaus und jeden Bahnbeamten mit schwäbischem Dialekt.

Nathanael konnte sein Glück kaum fassen, dass er sie seine Verlobte nennen und seinen Eltern vorstellen durfte.

Sogar die Hochzeit im Sommer hatten sie schon geplant, Ella wollte sie nicht unnötig aufschieben – bevor noch eine Revolution dazwischenkam. Sie würden in der Hamburger Jerusalemkirche heiraten, wo keiner wegen Ellas jüdischen Wurzeln die Nase rümpfte oder sich gar weigerte, sie zu trauen.

Sie hatten in den letzten drei Monaten viele Entschlüsse gefasst. Gemeinsam wollten sie sich für den Frieden einsetzen und dass er erhalten blieb. Aber vor allem wollten sie dauerhaften Frieden in ihren Herzen bewahren, den nur Gott geben konnte.

Er hatte sich auch mit Aaron ausgesprochen, doch es war schwierig, an den kriegsgezerrten Mann heranzukommen, der nicht mehr wusste, wie man ein normales Leben führte.

Gerade durchsuchten sie die Berliner Zeitungen nach einer freien Wohnung für sie beide. In Ellas Dachwohnung konnten keine zwei Erwachsenen nebeneinanderstehen und er konnte sie schließlich schlecht zu Paul mit ins Zimmer nehmen.

„All die Wohnungen, die besser sind als eine Abstellkammer im siebten Hinterhof, sind unerschwinglich", seufzte er.

„Ach, wir werden schon etwas finden. Hier schau", sie wies auf eine kleine schmucklose Anzeige, „der Preis ist doch annehmbar – und sogar im Vorderhaus."

„Im Dachgeschoss und nur 14 Quadratmeter groß. Da werden wir keine Gäste empfangen können."

„Als ob du das wolltest!", lachte sie und rückte ein Stück näher an ihn heran, ihren Arm an seinen schmiegend. „Außerdem, wir kennen es doch beide eng. Ich in meiner Dachwohnung und du aus deiner stinkenden Kasematte III. So schlimm kann ich gar nicht schnarchen, dass ich es mit neununddreißig anderen Matrosen aufnehme."

„Darum geht es nicht." Er legte seine Hand auf ihren Rock. „Du wirst meine allerliebste Mitbewohnerin sein und ein winziges Schlafzimmer stört mich überhaupt nicht. Nur … ich würde dir gerne etwas mehr bieten können. Wie schön wäre eine dieser Wohnungen mit Badezimmer und fließendem Wasser."

„Dank dir und der kleinen Stelle, die du an der Universität gefunden hast, können wir uns überhaupt eine gemeinsame Wohnung leisten. Und mehr brauchen wir als Studenten nicht, nur uns beide. Wenn du dann mal deinen Nobelpreis gewonnen hast, können wir immer noch in ein Haus mit Bad ziehen, Herr Professor." Sie grinste ihn an.

Er lachte, und als die anderen Fahrgäste im Abteil gerade nicht hinsahen, hauchte er ihr einen schnellen Kuss auf die Wange. „Ich liebe dich, weißt du das?"

„Ich dich auch", flüsterte sie zurück und ihre Augen glänzten dabei.

Der Zug ratterte über eine Brücke. Unter ihnen erstreckten sich ein blauer Fluss und im Hintergrund die grünen Bäume der Schwäbischen Alb.

„Schau, das Rusenschloss!", er wies auf eine Ruine, die zwischen Felsen und Bäumen herausragte.

„Wunderschön!", hauchte sie und gemeinsam staunten sie über die Schönheit der sommerlichen Natur.

Mit einem Koffer in der einen Hand und Ella in der anderen sprang er auf den Blaubeurer Bahnsteig. Das Bahnhofsgebäude mit den roten Ziegeln, die Karlstraße in die Stadt hinein – nichts hatte sich verändert, es war alles gleichgeblieben wie ein guter alter Bekannter.

Hinter ihnen rauchten die Zementwerke, vor ihnen lagen die

Villen und in der Altstadt quetschten sich die kleinen Fachwerk-häuschen aneinander.

Ganz spurlos war der Krieg aber nicht vorübergegangen. Nathanaels Blick fiel auf zwei kleine, blonde Mädchen, die gerade ihren Vater auf dem Bahnsteig begrüßten. Er hatte nur einen Arm und musste die beiden abwechselnd streicheln, aber das Strahlen in seinem Gesicht minderte die Kriegsversehrtheit nicht.

Als er seiner Frau einen Kuss gab, musste Nathanael grinsen. Anna von Preiter, die er das letzte Mal vor dem Krieg gesehen hatte und der er einen Heiratsantrag per Brief gemacht hatte. Wie gut, dass sie abgelehnt hatte.

Die Familie musste gespürt haben, dass er sie beobachtet hatte, denn die beiden Eltern sahen zu ihm herüber. Anna erkannte ihn und winkte.

Er hob lächelnd die Hand und griff dann wieder nach Ella, die ihn aufgeregt anstrahlte.

„Wo geht es hin? Sitzen meine Haare ordentlich?"

„Deine Haare?" Er grinste breit. „Seit wann fragst du dich, wie deine Haare aussehen?"

„Ich treffe gleich meine Schwiegermutter, schon vergessen?"

„Nein. Dass meine Mutter deine Schwiegermutter wird, heißt nämlich, dass du mich heiratest, du wunderschöne Frau!"

Sie kniff ihn in den Arm und lachte. „Ich freue mich darauf."

Historischer Hintergrund

Während meine Protagonisten und ihre Geschichten frei erfunden sind, sind die Umstände wirklich so passiert. Vieles habe ich aus verschiedenen historischen Quellen gesammelt und so angeordnet, dass man die Welt verstehen kann, in der sich Nathanael und Ella bewegen. Ein paar wenige Freiheiten habe ich mir herausgenommen – insbesondere was das Mitwirken von Ella und Orlow an der Revolution betrifft und wie genau Ella im *Vorwärts* die Zeitungsartikel formuliert, ist meiner Fantasie entsprungen. Ansonsten habe ich mich aber akribisch an die historischen Quellen gehalten, die ich bei meinen Recherchen gefunden habe.

SMS König

Die Revolution begann tatsächlich mit Grünkohl. Die Ereignisse auf der SMS König haben sich nach den Aufzeichnungen von Kapitän Carl Wilhelm Weniger in etwa so zugetragen. Die drei Matrosen, die wegen Hetzerei von Bord gebracht wurden, hießen nicht Kreuze, Socke und Wiltzi, aber das Einschließen in der Kasematte III und die Versammlung auf dem Achterdeck mit den Scheinwerfern haben so stattgefunden.

Messianische Juden in Hamburg

Ausgehend von der Jerusalem-Kirche in Hamburg, in der Jude und Pastor Dr. Arnold Frank wirkte, wurde die Zeitschrift *Zions Freund* herausgegeben. Dr. Arnold Frank bemühte sich stark, Juden für den Glauben an den Messias Jesus Christus zu gewinnen. So wurden Neue Testamente und Büchlein unter den Juden verteilt und es gab ein Missionshaus, in dem jüdische Jugendliche christliche Inhalte lernten. Vor dem Ersten Weltkrieg kamen dort oft bis zu dreißig jüdische Männer zusammen, die das Evangelium hörten. Die Jerusalem-Kirche litt unter starker Verfolgung während der NS-Zeit. Sie halfen sowohl getauften als auch ungetauften Juden bei der Auswanderung. 1939 wanderte Dr. Arnold Frank nach einer Verhaftung der Gestapo selbst nach Nordirland aus.

Ich kann mir vorstellen, dass Arnolds Einfluss sicher auch bis nach Kiel reichte. Damals blieben bekehrte Juden oft in ihren Synagogen, versuchten sich aber mit anderen „Judenchristen" zu vernetzen, zum Beispiel auf verschiedenen internationalen Kongressen.

Revolution in Kiel

Die Novemberrevolution wurde in Kiel gestartet, in erster Linie mit dem Ziel, die gefangenen Kameraden freizulassen. Dabei ging es vor allem um die Missstände, die die Soldaten am meisten störten: Briefzensur, die Behandlung durch die Vorgesetzten, die Ausfahrt der Flotte und Grußzwang und Verpflichtungen, obwohl man außer Dienst war. Ein Abdanken des Kaisers war gar nicht geplant, entwickelte sich aber in den nächsten Tagen rapide in diese Richtung. Immer mehr Städte schlossen sich den Ausschreitungen an, bis in Berlin am 9. November die beiden Ausrufungen der Republiken stattfanden.

Die Abdankung des Kaisers

Der Kaiser dankte am 9. November nicht freiwillig ab, er hatte vor, zumindest seinen Titel als König von Preußen zu behalten. Max von Baden kam ihm allerdings zuvor und gab eigenmächtig Wilhelms Abdankung bekannt. Daraufhin floh der Kaiser ins Exil in die Niederlande. Meine Protagonisten konnten das natürlich unmöglich wissen, deswegen ist im Roman nur beschrieben, was in den Zeitungen stand.

Weihnachtskämpfe um das Schloss

Die nicht bezahlte Löhnung löste am 24. Dezember 1918 heftige Kämpfe um das Schloss aus. Insgesamt kosteten sie elf Matrosen, sechsundfünfzig Soldaten und einigen Zivilisten das Leben. Das Scheitern der Lequis-Truppen, die vor allem während des Waffenstillstands von Verbündeten der Volksmarinedivision von außen

entwaffnet wurden, schürte die Bildung der sogenannten Freikorps. Diese freiwilligen Truppen setzten sich vor allem aus Berufs-
soldaten und Offizieren zusammen und bildeten später den Kader
der SA, der in der Machtergreifung der NSDAP eine entscheidende Rolle spielte.

Die Kämpfe im Buch sind den echten Geschehnissen nachempfunden. Dem Kurier, der über die Spree durch das Fenster ins
Schloss kam, habe ich Nathanael zur Seite gestellt, und der Tote
im Eckzimmer, der von einer Granate getroffen wurde, ist Wiltzi
geworden.

Der Waffenstillstand wurde vordergründig wirklich ausgehandelt, um die Frauen und Kinder aus dem Marstall zu evakuieren,
hat aber dazu beigetragen, dass die Matrosen das Schloss halten
konnten, bis die Verstärkung die Lequis-Truppen entwaffnet hatte.
Die Entwaffnungen wurden teils durch Überredung, teils gewaltvoll durchgeführt. Trotz des Sieges wurde das Schloss geräumt und
die Volksmarinedivision reihte sich in die Regierungstruppen ein,
die sie vorher belagert hatten.

Januarkämpfe

Der sogenannte „Spartakusaufstand" hat diesen Namen eigentlich
nicht so verdient, da die Initiative zur Besetzung der Zeitungsviertel nicht von den Spartakisten ausgegangen ist. Entweder war das
eine spontane Idee der Massen oder von Spitzeln des Stadtkommandanten initiiert, um von den Regierungsvierteln abzulenken.

Weiterer Verlauf

Mit den Wahlen am 19. Januar war die Revolution noch lange
nicht abgeschlossen. Es folgten immer wieder Aufstände, Generalstreiks und Versuche, eine Räterepublik zu gründen. In München
hielt sich die Räterepublik mit vier Wochen am längsten, bis diese
von Freikopsverbänden niedergeschlagen wurde.

Ein Rätesystem nach bolschewistischem Vorbild lag nach heuti-
gem Forschungsstand nie im Bereich des Wahrscheinlichen, zumal
die Mitglieder der Räte vor allem demokratisch orientiert waren

und eine Diktatur ablehnten. Doch das Schreckgespenst Russland verleitete die Regierung um Ebert dazu, hart durchzugreifen und sich mit der Obersten Heeresleitung und den Freikorps zu verbünden. Die Gefahr von links wurde überschätzt, die von rechts unterschätzt. Doch das ist aus der heutigen Perspektive gesehen – damals waren die russischen Zustände wirklich beängstigend; im Bürgerkrieg verloren dort insgesamt etwa acht bis zehn Millionen Menschen ihr Leben. Ähnlich viele wie gefallene Soldaten im Ersten Weltkrieg.

Mit dem Zweiten Weltkrieg, der um die 80 Millionen Leben forderte, rechnete man damals noch nicht.

Die Verfeindung zwischen KPD und SPD war tief, die Kommunisten erklärten die SPD zu ihrem Hauptfeind und versäumten damit, die NSDAP gemeinsam aufzuhalten. So konnten die Nationalsozialisten unter Hitlers Führung die Macht ergreifen, eine Gewaltherrschaft aufrichten, einen zweiten Weltkrieg provozieren und im Schatten dessen Millionen Menschen, vor allem Juden, aber auch Kommunisten und weitere Bevölkerungsgruppen systematisch ermorden.

Altes Berlin

Den Berlinern unter euch ist wahrscheinlich aufgefallen, dass die beschriebene Stadt wenig mit der heutigen Stadt zu tun hat. Zu viel wurde im Laufe der Geschichte zerstört und anders wieder aufgebaut. In meinen Beschreibungen habe ich mich an alten Fotos und Karten orientiert.

Matrosen

Max Reichpietsch und Albin Köbis

Reichpietsch, Matrose auf der SMS Prinzregent Luitpold, und Köbis, Heizer auf der SMS Friedrich der Große, waren zentrale Figuren der Marineunruhen im Sommer 1917. Die bessere Versorgung der Offiziere und unmenschliche Behandlung führte immer wieder zu Konflikten und man wünschte sich, den Krieg schnell zu beenden. Nach einer Protestaktion gegen willkürliche Bestrafungen wurden von der Marineführung viele Matrosen und Heizer verhaftet. Während die meisten lange Zuchthausstrafen bekamen, erschoss man Reichpietsch und Köbis. Das Urteil sollte angeblich als Abschreckung dienen, wurde jedoch lange geheim gehalten, um weitere Unruhen zu vermeiden.

Kapitän zur See Carl Wilhelm Weniger – SMS König

Nach den hier im Roman geschilderten Ereignissen in Kiel verließ das III. Geschwader die chaotische Stadt, aber die SMS König blieb im Schwimmdock. Auf allen Schiffen, die noch in Kiel lagen, wurden rote Revolutionsflaggen gehisst, doch Kapitän Weniger wollte die Kriegsflagge verteidigen. Bei einer darauffolgenden Schießerei wurde er am Kopf verletzt, überlebte und wurde in ein Lazarett gebracht, wo er seine Berichte verfasste. Abgesehen von seinen Aufzeichnungen über die Revolution habe ich keine weiteren Informationen über ihn gefunden.

Lothar Popp und Karl Artelt

Diese beiden waren die Führer des Kieler Matrosenaufstandes. Popp wurde 1917 nach zwanzig Monaten Militärdienst für untauglich erklärt und arbeitete als Schlosser in der Germaniawerft. Als

Engagierter in der USPD gründete er den ersten Arbeiterrat in Deutschland. Artelt war ebenfalls Werftarbeiter, der 1917 als Streikführer für sechs Monate in Festungshaft gesteckt wurde. Danach arbeitete er bei der Torpedodivision.

Max Perlewitz
Der Matrose bei der Volksmarinedivision starb vor der Kommandantur am 23. Dezember 1918.

Politiker

Max von Baden
Der als liberal geltende Prinz Max von Baden übernahm gegen Ende des Krieges, als die Niederlage bereits klar war, das Amt des Reichskanzlers für insgesamt fünf Wochen. Sein Ziel war es, durch Reformen die Monarchie zu retten und in eine Parlamentarische Monarchie zu wandeln, doch die Novemberrevolution vereitelte diese Pläne.

Karl Liebknecht und Rosa Luxemburg
Liebknecht war von 1912 bis 1916 Reichstagsabgeordneter. Bereits zu Kriegsbeginn sprach er sich gegen die Vergabe der Kriegskredite aus und engagierte sich gemeinsam mit Luxemburg in der „Gruppe Internationale", die später zum Spartakusbund wurde. Die beiden wurden am 15. Januar nach Rücksprache mit Gustav Noske erschossen.

Ernst Däumig
Der sozialistische Politiker und Journalist war ein Kriegsgegner, Kritiker der Burgfriedenspolitik und gehörte zu den führenden Köpfen der Rätebewegung.

Friedrich Ebert
Über den ersten Reichspräsidenten der Weimarer Republik sind seine Zeitgenossen und die Historiker unterschiedlichster Mei-

nung. Von den gutbürgerlich-national Geprägten seiner Zeit wird er als Emporkömmling und Sattlermeister mit dem Kaiser verglichen. Seine Kinderstube wird kritisiert und man höhnt über ein Bild von ihm in Badehose am See. Aufseiten der SPD wird er zum Helden stilisiert, der einzige demokratische Reichspräsident der Weimarer Republik, der mit Kräften von links und von rechts zu kämpfen hatte in einer Demokratie ohne Demokraten. Linksgesinnte werfen ihm vor, mit seinem Handeln den Weg für den rechten Nationalsozialismus geebnet zu haben. Sein Bündnis mit den Freikorps, die blutigen Niederschläge der Arbeiteraufstände und das Aufrechterhalten alter Systeme (die alten Richter und Offiziere, die in ihren Ämtern blieben), mögen im Sinne der Ordnung gewesen sein, sahen seine linken Gegner aber als Verrat an der Arbeiterschaft und spalteten die sozialen Kräfte.

Gustav Noske

Der SPD-Abgeordnete war im Rat der Volksbeauftragten unter anderem zuständig für die Demobilisierung, Heer und Marine. Er war auch für den blutigen Kampf gegen die Spartakisten verantwortlich. Mit folgenden Worten sorgte er für seinen Beinamen „Bluthund": „Meinetwegen! Einer muss der Bluthund werden, ich scheue die Verantwortung nicht!"

Nach dem rechten Kapp-Putsch 1920 wurde er zum Rücktritt gezwungen, weil er die Konterrevolution begünstigt hatte.

Emil Eichhorn

Der USPD-Abgeordnete übernahm nach der Revolution das Amt des Polizeipräsidenten. Er formte die Polizei um und schaffte die politische Polizei ab. Weil er allerdings der Revolution nicht entgegentrat, sondern diese eher unterstützte, wurde er nach einer Hetzkampagne in den Zeitungen abgesetzt. Er weigerte sich, seinen Posten zu verlassen, und war so der Auslöser der Januarkämpfe.

Otto Wels

Der SPD-Abgeordnete sorgte am 9. November maßgeblich dafür, dass die Truppen nicht schossen und an diesem Tag kein Bürgerkrieg ausbrach. Im Anschluss wurde er Stadtkommandant von Berlin und setzte sich dafür ein, dass SPD und USPD gleichberechtigt im Arbeiter- und Soldatenrat Berlins waren. Am 6. Dezember führte ein Befehl von ihm dazu, dass das Feuer auf Demonstranten eröffnet wurde. Dies kostete sechzehn Todesopfer, was er vermutlich nicht beabsichtigt hatte.

Bei den Verhandlungen mit den Matrosen an Weihnachten wurde er gefangen genommen und misshandelt. Als Resultat musste er seinen Posten als Stadtkommandant abtreten.

Später erteilte er als Sprecher der SPD dem Nationalsozialismus eine klare Absage und sagte: „Freiheit und Leben kann man uns nehmen, die Ehre nicht." Hitler erwiderte auf seine Rede, warum sie das Ermächtigungsgesetz ablehnten: „Ich will auch gar nicht, dass Sie dafür stimmen, Deutschland soll frei werden, aber nicht durch Sie."

Käte Duncker

Aktivistin in der Frauenbewegung und Mitglied der KPD-Zentrale.

Anton Fischer

Nachfolger von Otto Wels, der einige Spitzel bezahlte. Das Geld kam von reichen Bürgern, die den Kommunismus verhindern wollten.

Wolfgang Fernbach

Der Schriftsteller half beim Verfassen der Artikel des *Vorwärts* während der Januarkämpfe, war aber eigentlich kein Teil der Besatzer. Er wurde gemeinsam mit sechs anderen erschossen, obwohl sie zu Verhandlungen herausgekommen waren.

Weitere erwähnte Politiker

Philipp Scheidemann, Emil Barth, Karl Radek, Eugen Leviné

 Offiziere

Ernst Julius Waldemar Pabst

Hauptmann Pabst war während des Weltkriegs im Generalstab tätig. Als Offizier bei den Freikorps war er daran beteiligt, den Spartakusaufstand niederzuschlagen. Außerdem ließ er die Ermordung von Rosa Luxemburg und Karl Liebknecht anordnen.

Wilhelm Groener

Als Generalquartiermeister war Groener seit Ende Oktober der Chef der Obersten Heeresleitung. Zunächst wollte er die Monarchie retten, wurde dann aber schnell ein Verbündeter Eberts und unterstützte die Politik der SPD. Er organisierte die Demobilisierung des Heeres und wollte eine bolschewistische Revolution verhindern. Später wurde er noch als Politiker aktiv und verbot als Innenminister die SA, die paramilitärische Kampforganisation der NSDAP, die Hitler zur Machtergreifung verhalf.

Arbeiter

Hilde Steinbrink

Die Arbeiterin verteidigte das letzte Maschinengewehr im Gebäude des *Vorwärts* und musste im Handgemenge entwaffnet werden. Beinahe wäre sie erschossen worden, was aber ein Vorgesetzter noch verhinderte.

Alfred Roland

Roland wurde von Anton Fischer als Spitzel bezahlt und hat anscheinend immer wieder vorgeschlagen, den *Vorwärts* zu besetzen.

Danksagungen

Einen Roman zu schreiben, ist ein kleines Abenteuer, das man allein nicht bewältigen kann. Ich bin daher sehr dankbar für all die Unterstützung, die ich erhalten habe.

Zuallererst bin ich Gott dankbar, der mich mit Kreativität und Ideen ausgestattet hat – ohne ihn an meiner Seite wäre mir mein Leben gar nicht denkbar!

Dann möchte ich meiner Familie danken. Meinem Mann und meinen Kindern für die Entbehrung von mir während der vielen Schreibstunden, meinen Eltern für die Ermutigung zum Schreiben schon in meiner Kindheit, meinen Brüdern für die vielen wissenschaftlichen Debatten am Esstisch, die mich befähigt haben, mich in einen Physiker hineinzudenken.

Weiterhin die vielen Bibliothekare, die sich für die Digitalisierung von historischen Materialien einsetzen. Herzlichen Dank, dass ihr stetig daran arbeitet, so wertvolle Dokumente frei im Internet zur Verfügung zu stellen. Ohne euch würde diesem Roman sicher viel fehlen.

Dem Team vom Brunnen Verlag möchte ich ganz besonders danken. Ich genieße es, mit euch zusammenzuarbeiten. Ihr habt das Herz am rechten Fleck und seid immer motiviert und engagiert. Danke, liebe Carolin, für deine tolle Arbeit am Manuskript, du bist ein wahrer Schatz!

Vielen Dank an Elisabeth Büchle, die so liebe Worte für meinen Roman gefunden hat. Und an Dave vom Apologetik-Projekt (Instagram: @ApologetikProjekt) für die Unterstützung bei den apologetischen Debatten im Roman.

Zu guter Letzt möchte ich dir danken, der du dieses Buch in den Händen hältst und sogar die Danksagungen gelesen hast. Wenn dir dieser Roman gefallen hat und du gerne noch einen von mir lesen möchtest, dann hinterlasse doch in deiner Lieblingsbuchhandlung eine Rezension, erwähne das Buch auf Social Media oder empfehle es einem Freund oder einer Freundin weiter.

Ich hoffe sehr, dass dir *Novembernächte* ein paar schöne Lesestunden beschert hat.

Vielen Dank euch allen!
Eure Sylvia

Glossar

Beletage
Das erste Obergeschoss in einem Haus, das am besten ausgestattet war. Es lag ein wenig entfernt von Straßendreck und -lärm und war trotzdem über wenige Treppen erreichbar.

Bolschewiki
Radikale Fraktion der sozialdemokratischen Arbeiterpartei Russlands, die Kommunismus und Sozialismus anstrebten und 1917 eine Diktatur des Proletariats in Russland errichteten.

Dösig
Plattdeutsch: dämlich, blöd

Fischkopp
Plattdeutsch: Fischkopf

Kasematte
Gepanzerter Raum auf einem Kriegsschiff, in dem zur Nacht Hängematten aufgehängt wurden und zum Essen Tische und Bänke aufgestellt wurden.

Kombüse
Schiffsküche

Messianische Juden
Messianische Juden sind Juden, die glauben, dass Jesus von Nazareth der ihnen versprochene Messias ist. Die meisten Juden glauben, dass der Messias erst noch kommen wird, die messianischen Juden glauben, dass er schon gekommen ist. Trotzdem nehmen sie nicht die kirchlichen Traditionen an, sondern leben nach den jüdischen, wie es auch Jesus getan hat. Vor 1945 war in Deutsch-

land eigentlich die Bezeichnung „Judenchristen" gebräuchlich. Da so aber ebenfalls zwangsgetaufte Juden genannt wurden, habe ich mich in diesem Roman gegen diesen missverständlichen Begriff entschieden.

Schefele
Jiddisch: Schäfchen / Liebling

Schietbüddel
Plattdeutsch für: Windelscheißer, eigentlich ein Kosewort für Kinder

SMS
Seiner Majestät Schiff

Sowjets
Zunächst basisdemokratische Arbeiter- und Soldatenräte in Russland, die aber später von den Bolschewiki dominiert wurden.

Spill
Dient dazu, Ankerketten oder Trossen an Bord zu holen. Das Tauwerk wird nicht auf das Spill aufgewickelt, daher kann das Spill beliebig langes Tauwerk anholen.

Trosse
Besonders dickes Tau, das zum Beispiel zum Festmachen dient. Zur Zeit der SMS König aus Stahl.

Verdun
Ort in Frankreich. Die Schlacht um Verdun forderte im Ersten Weltkrieg etwa 700.000 Todesopfer.

Bibliografie

1910 Straube's Plan von Berlin

Andersen, N.: Tagebuch eines Kieler Werft Konstrukteurs 1917-1919

Artelt, Karl: Kieler Matrosenaufstand: Erinnerungen eines Anführers

Beckers, Hans: Wie ich 1917 zu Unrecht verhaftet wurde

Behrends, et. al.: 100 Jahre Roter Oktober – Zur Weltgeschichte der Russischen Revolution

Berliner Leben: Zeitschrift für Schönheit und Kunst

Däumig, Ernst: Das Rätesystem

Das Berliner Schloss – Zusammenstellung der schönsten historischen Kammern, Säle und Zimmer

Deutsches Marinemuseum Wilhelmshaven: Die Flotte schläft im Hafen ein – Kriegsalltag 1914-1918 in Matrosentagebüchern

Die rote Fahne

Dr. Frank, Arnold: Ein Bericht über die Einschätzung des Erfolges der Evangelisation unter jüdischen Menschen, 1922

Eichhorn, Emil: Meine Tätigkeit im Berliner Polizeipräsidium und mein Anteil an den Januar-Ereignissen

Faludi, Christian: 1919 in Weimer – die Stadt und die Republik

Flitzner, Elisabeth: Ein Frauenstudium im Ersten Weltkrieg, Zeitschrift für Pädagogik 34 (1988)

Hager, Popp und Artelt: Die Ereignisse am 2. November 1918 in Kiel

Kirchenvorstand der Jerusalem-Kirche: 100 Jahre Kirchweihfest – Jerusalem-Kirche zu Hamburg, 1912-2012

Klemperer, Victor: Man möchte immer lachen und weinen gleichzeitig

Krieger, Bogdan: Das Berliner Schloß in den Revolutionstagen 1918

Münzenberg, Willi: Nieder mit Spartakus! 1919

Pfeiffer, Hermannus: Seemacht Deutschland – die Hanse, Kaiser Wilhelm II. und der neue maritime Komplex

Reinhard, Wilhelm: 1918-19

Dr. Runkel, Ferdinand: Die deutsche Revolution: ein Beitrag zur Zeitgeschichte

Sammelakte: Aufzeichnungen von Mitgliedern des Flottenstabes, 2. Nov. 1918 – 20. Juli 1920

Sammelakte: Aufzeichnungen Nov. 1918 über Vorgänge auf S.M.S. „König" und beim III. Geschwader

Spinney, Laura: 1918 – Die Welt im Fieber – Wie die Spanische Grippe die Gesellschaft veränderte

Stampfer, Friedrich W.: Der 9. November: Gedenkblätter zu seiner Wiederkehr

Uschomirski, Anatoli: Hilfe, Jesus, ich bin Jude, 2017

Von Werner, B.: Routine auf einem Kriegsschiff 1891

Vorwärts: Berliner Volksblatt

Wilhelmshavener Zeitung: Gestern und Heute, Wilhelmshaven in alten und neuen Bildern

Wrobel, Kurt: Der Sieg der Arbeiter und Matrosen im Dezember 1918 in Berlin

Zander und Labisch, 1919: 13 Blätter betreffend den Sachschaden am Marinehaus Köllnischen Park 4 und Brandenburger Ufer 1 nach dem Aufruhr vom 6. März 1919

Sylvia B. Barron
Die Tochter des Zementbarons
368 Seiten, Hardcover
ISBN Buch 978-3-7655-3665-6
ISBN E-Book 978-3-7655-7663-8

Blaubeuren 1914, der Erste Weltkrieg steht kurz bevor. Anna Kran,
Tochter eines Zementwerkbesitzers und überzeugte Nationalistin,
möchte einen Beitrag für ihr Vaterland leisten und Lazarettschwes-
ter werden. Doch ihr Vater traut ihr diese Arbeit nicht zu.
In ihrem Eifer, ihn von ihrer Tatkraft zu überzeugen, fügt sie anderen Menschen unbewusst Leid zu.
Erst ein verletzter Fremder, eine tragische Nachricht und Gott, der
schon lange um ihr Herz wirbt, ändern ihre Sicht auf die Dinge.

BRUNNEN VERLAG GMBH
www.brunnen-verlag.de

Ingrid Kretz
Die Feuermagd von Dillenburg
376 Seiten, Hardcover
ISBN Buch 978-3-7655-3654-0
ISBN E-Book 978-3-7655-7674-4

Vor dem Hintergrund des verheerenden Brandes von Dillenburg
am 14. Mai 1723 schildert der packende Roman die Geschichte der
Magd Philippa, ihre nicht standesgemäße Liebe zu dem Gerichts-
schreiber Caspar und das Schicksal ihrer Freundin Elsa, die des
Kindsmordes angeklagt den großen Brand auslöst.

BRUNNEN VERLAG GMBH
www.brunnen-verlag.de